PIEMME
POCKET

D1151734

CAROL O'CONNELL

LA BAMBINA DAGLI OCCHI DI GHIACCIO

Traduzione di
Ilaria Molineri

Titolo originale dell'opera: *Crime School*
© Carol O'Connell, 2002

Traduzione di: *Ilaria Molineri/Grandi & Associati*

© 2003 - Edizioni Piemme Economica

© 2002 - EDIZIONI PIEMME S.p.a.
   15033 Casale Monferrato (AL) - Via del Carmine, 5
   Tel. 0142/3361 - Fax 0142/74223
   www.edizpiemme.it

Stampa: Mondadori Printing S.p.a - Stabilimento NSM - Cles (TN)

Prologo

Le finestre, le uniche stelle nel cielo di New York, brillavano di una luce giallastra. La Prima Avenue pulsava ai ritmi latini provenienti da una macchina. La berlina svoltò bruscamente, facendo stridere i freni. Una bambina bionda, mancata per un soffio, si alzò in punta di piedi, pronta a spiccare il volo. Le braccia sottili come ali bianche.

Un libro schizzò via dalle mani di una donna e atterrò sul marciapiede quando la bambina la urtò. Gli occhi della bambina non erano verdi, non erano gli occhi di Kathy, eppure la donna trasalì come se uno spettro familiare avesse attraversato il tempo e lo spazio.

Quindici anni, stupida! Kathy Mallory non era più così piccola, non era morta né era diventata un fantasma. Il sudore colava sul viso di Sparrow. Se non fosse stato per quel libro rubato, la sua mente avrebbe vacillato a quel modo?

Sparrow si voltò di nuovo, ma non c'era traccia dell'uomo che l'aveva seguita dalla libreria. Aveva preso la strada più lunga verso casa, facendo ampi giri. Voleva seminarlo, e lui non aveva accelerato il passo per starle dietro: aveva mantenuto la stessa inesorabile andatura. Il suo corpo era senza espressione, senza vita.

Se un morto potesse camminare.

Sparrow sentì le mani umide, un'avvisaglia d'ansia, ma incolpò il caldo. E incolpò il costume che indossava per gli sguardi che riceveva dai passanti. La camicia con le maniche di pelle e la gonna lunga erano decisamente fuori luogo in quella serata afosa. Vide accanto a sé il bagliore di un fiammifero: un uomo, un tipo innocuo, accese una sigaretta e si allontanò. Il cuore adesso batteva più forte. Sparrow decifrò questo secondo avvertimento: senso di colpa.

Se non fosse stato per il libro.

Guardò le proprie mani vuote e fu assalita dal panico. Il tascabile giaceva ai suoi piedi e si chinò per raccoglierlo. Quando si rialzò, una figura silenziosa si specchiava nelle vetrine di un drugstore. Era sempre sorpresa da quegli incontri casuali con il suo riflesso. La sua faccia, trasformata dall'intervento chirurgico, non aveva più bisogno di trucco per coprire le ossa rotte e la pelle sciupata. Gli occhi blu nella vetrina erano gli stessi di diciassette anni prima, quando era scesa da un Greyhound proveniente dal cuore dell'America.

Sparrow annuì: «Mi ricordo di te, ragazzina».

Nascose il libro dietro la schiena, come se quel vecchio romanzo rischiasse d'essere rubato. Pensava di bruciarlo, ma l'uomo che la seguiva non voleva il libro. Sparrow lo cercò nella folla anonima. Individuarlo non sarebbe stato difficile, ma a quanto pareva era riuscita a seminarlo dietro qualche angolo. Avvertì un formicolìo, come se migliaia d'insetti premessero sotto la pelle. Accellerò senza voltarsi, ascoltando solo quella voce nella testa. La paura era una vecchia amica, che irrompeva nei suoi pensieri per dirle: "Eccomi qui" oppure, "Non è già troppo buio?". E ora, "Scappa ragazza!"

1

Greenwich Village aveva perso smalto già da un po': era divenuto la vecchia signora dei quartieri newyorkesi. Sotto il grande arco di pietra di Washington Park si esibiva uno dei suoi figli. I ragazzi indossavano pantaloni mimetici. Erano pronti per la rivoluzione, se per caso ne fosse passata una da quelle parti.

La custodia di una chitarra raccoglieva le offerte dei passanti, ma nessuno rallentava per gettare una moneta. Maledicendo l'afa d'agosto, la gente marciava verso casa, verso una birra fresca e una musica diversa.

L'auto della polizia in borghese avanzava silenziosa. Il sergente Riker abbassò il finestrino dal lato del passeggero e ascoltò una cascata di note malinconiche.

Non era quello che si aspettava.

Il ragazzino non sapeva cosa volesse dire essere giovani. Trentacinque anni prima, sotto quell'arco c'era lui, Riker, con la chitarra elettrica e l'amplificatore, a far impazzire la gente, a costringerla a ballare sul marciapiede.

Bei tempi.

Poi era cambiato *tutto*. Il mondo era cambiato.

Riker aveva venduto la chitarra elettrica per comprare un anello. Amava quella ragazza più del rock & roll.

Ma il matrimonio era finito e anche la musica l'aveva lasciato.

Il finestrino si richiuse.

Toccava sempre a Kathy Mallory il turno al volante, e non per scelta. Tra una bevuta e l'altra, il suo collega aveva fatto scadere la patente. Si avvicinava la fine della giornata di lavoro e Riker aveva dedotto che Mallory avesse dei piani per la serata. Indossava le scarpe da ginnastica d'ordinanza, nere come la T-shirt di seta e i jeans. Unica concessione al caldo, aveva arrotolato le maniche della giacca di lino. Se gli avessero chiesto di descrivere la sua giovane collega, Riker avrebbe trascurato i dettagli più evidenti, la pelle color latte di bionda naturale e quegli occhi così particolari. Avrebbe detto soltanto: «Mallory non suda».

Ma non era solo questo.

Il cellulare di Riker squillò. Scambiò alcune parole e lo rimise in tasca. «Niente cena stasera. Qualcuno della Omicidi vuole un consulto tra la Prima e la Nona.»

Il traffico scemava e Mallory accelerò. Riker sentì la macchina sbandare mentre faceva inversione e sfrecciava nella corsia di scorrimento veloce. Si incollò a un taxi giallo che liberò in fretta la corsia, la *sua* corsia adesso. Altre macchine si scansarono. Di solito evitava sirena e lampeggiante. I poliziotti non godono di grande rispetto in città, ma seminare il panico funziona sempre.

Riker si piegò verso la collega e disse, cercando di non perdere la calma: «Non vorrei morire stasera».

Mallory si voltò a guardarlo. Gli occhi verdi allungati e il suo sorriso dicevano: "Scendi pure se vuoi".

Continuò a fissarlo negli occhi finché Riker non alzò le mani in segno di resa.

Solo allora Mallory tornò a guardare la strada.

Riker avviò una conversazione silenziosa con Louis Markowitz, un fantasma che custodiva nel cuore e che utilizzava come calmante nei momenti di panico. Era una specie di preghiera, e cominciava sempre allo stesso modo: *Lou, bastardo che non sei altro...*

Erano passati quindici anni da quando la piccola Kathy Mallory vagabondava per le strade. La vita dei senzatetto è dura e cercare di aiutare quella ragazzina era divenuta la missione di Louis Markowitz, vecchio amico di Riker. Almeno finché erano vivi, i bambini non erano competenza della Crimini Speciali. Per diventarlo, come minimo dovevano morire in circostanze poco chiare.

La caccia a Kathy prendeva il via a fine turno. Il gioco era cominciato con queste parole, lasciate cadere come per caso: «Riker, se minaccia di spararti, non ammazzarla. La sua pistola è di plastica, e avrà sì e no dieci anni».

Al momento della cattura, la bambina stava in punta di piedi per cercare di sembrare più grande. Sosteneva d'avere dodici anni. Che bugiarda. Bugiarda e orgogliosa. Lou Markowitz avrebbe potuto schiacciarla con una risata. Invece, con pazienza infinita, aveva concordato con la bambina la più ragionevole età di undici anni. Così le pratiche d'adozione erano state avviate sulla base di una bugia leggermente più credibile.

In quel modo Kathy Mallory era diventata "la Figlia di Markowitz".

Lou Markowitz era stato ucciso in servizio e Riker sentiva la sua mancanza tutti i giorni. La figlia di Lou era cresciuta fino a raggiungere l'altezza di un metro e sessantotto, un revolver .357 aveva rimpiazzato la pistola di plastica, e Riker non era più autorizzato a chiamarla Kathy.

La scena del delitto brulicava di agenti della Omicidi. Il tenente dell'East Side si fece avanti: «Scommetto che non avete mai visto niente del genere».

I lampeggianti gialli e rossi delimitavano la zona, le volanti e i vigili del fuoco deviavano il traffico tra East Village e Alphabet City. Tutto si svolgeva in una strada laterale, ma le uscite antincendio pullulavano di curiosi. Gli automobilisti, intrappolati nel traffico, suonavano il clacson e lanciavano insulti.

La berlina marrone di Mallory s'infilò nell'unico parcheggio disponibile: la fermata dell'autobus. Il vestito di Riker era stropicciato e macchiato nei punti canonici, e ora lui si stava allentando la cravatta per completare l'effetto di totale sciatteria. Un lavaggio a secco avrebbe potuto permetterselo, ma Mallory sospettava che non fosse al corrente dell'esistenza di quel servizio.

Sui marciapiedi la gente si agitava, spingeva, sbraitava. Il luogo del delitto era una specie di palcoscenico a cielo aperto. Giovani e vecchi accorrevano allo spettacolo. Due al prezzo di uno: omicidio e incendio.

La coppia di detective s'incamminò verso i lampeggianti. Gli agenti in divisa dietro le transenne tenevano a bada la folla che trangugiava pizza e bibite in lattina.

«Bella festa» disse Riker.

Mallory annuì. Una splendida messa in scena per l'omicidio di una prostituta. Il tenente dell'East Side cui spettava il caso non aveva fornito altri dettagli.

Faticarono a farsi strada prima che i poliziotti li riconoscessero e facessero spazio al grido di: «Largo, fate passare!». Un agente sollevò il nastro che delimitava il marciapiede. Riker passò davanti alla sua collega. Scese una breve rampa di scale fino a un pianerottolo di cemento sotto il livello della strada, poi sparì dietro la porta dello scantinato.

Mallory allontanò i poliziotti e rimase sul marciapiede. Nel giro di qualche minuto le avrebbero riferito una serie di informazioni: alcune sbagliate, altre inutili. Si sporse oltre la ringhiera e guardò il pianerottolo di cemento. Vicino alla finestra dello scantinato c'erano sacchi e bidoni della spazzatura, ma la lampadina sopra la porta non avrebbe permesso a un intruso di nascondersi lì nell'ombra. Non c'erano inferriate alle finestre: un chiaro invito a entrare. Infatti, una finestra era rotta.

Nella stanza, gli agenti di quartiere intralciavano i tecnici della Scientifica, intenti ai primi rilevamenti, aggirandosi per la stanza nei grossi stivali presi in prestito dai pompieri. Riker, indifferente alla sorte delle proprie scarpe, sguazzava in direzione del cadavere. Dozzine di candele rosse galleggiavano tutto intorno a lui.

La morta indossava una maglia a collo alto e una gonna lunga. Gli stivali di vernice erano di qualità scadente. Una strana tenuta per una prostituta, specie nella calura di agosto.

Mallory riconobbe l'assistente del medico legale. Il giovane patologo, con l'aria di chi si crede una divinità in terra, accese una sigaretta senza curarsi dell'agente della Scientifica che gesticolava la sua disapprovazione. Attraversò a passi lenti la stanza e finalmente si occupò del cadavere. Appoggiò lo stetoscopio, constatò il decesso, completò le formalità di rito. Non mostrò alcun interesse per i capelli della donna, per i segni evidenti di aggressione, per il tentativo di scotennamento. Né sembrò curarsi della ciocca di capelli biondi infilati nella bocca della vittima.

Mallory si domandò come mai i pompieri non avessero levato quella ciocca nel tentativo di rianimarla. Capitava spesso che distruggessero le prove sul luogo del delitto.

Un fotografo della polizia fece un gesto con la mano e il patologo ruotò il cadavere su un fianco, mostrando il nastro adesivo che legava le mani dietro la schiena. Il cappio fu rimosso per lo scatto successivo. L'altro capo della corda, tagliato di netto, pendeva ancora dal lampadario. Il tenente dell'East Side non aveva esagerato. Superata l'epoca dei linciaggi di massa, l'impiccagione rappresentava una forma di omicidio decisamente rara. E Mallory sapeva che quella non era stata una morte istantanea.

Tortura?

Si voltò per osservare la folla e vide un poliziotto che un tempo lavorava nel suo distretto. Aveva deciso di lasciare la polizia appena prima di perdere il posto, e adesso era nei pompieri. «Ciao, Zappata. Chi ha rotto la finestra? Voi o l'assassino?»

«Noi.» Il vigile del fuoco si avvicinò baldanzoso e Mallory pensò che meritasse una lezione. Evitava di guardarla in faccia, per convincersi di essere più alto di lei. «Ho bisogno di un favore» le disse, lo sguardo puntato all'altezza del suo petto.

Scordatelo, stronzo. «Siete venuti con una sola autopompa?» domandò Mallory a voce alta.

«Sì, non era granché come incendio. Fumo, più che altro.» Indicò un giovane biondo vestito di scuro. «Vedi quell'idiota di un novellino? Ti spiacerebbe spiegargli che non c'è bisogno che chieda una dichiarazione a ciascuno dei miei?»

«Non è con me, chiedi al suo tenente.» Il tenente Loman avrebbe dato una bella ripassata a Zappata. Una seccatura in meno per lei.

Mallory indicò il cadavere. «Allora, l'avete tirata giù voi?»

«No, sono stati gli agenti.» Zappata era orgoglioso di se stesso. «Quando siamo arrivati era morta stecchita, così non ho toccato nulla, per preservare le prove.»

«Vuoi dire... che l'hai lasciata lì *appesa*?»

«Sì, un piccolo allagamento, qualche vetro rotto, ma per il resto la scena del delitto era intatta quando gli agenti sono arrivati.»

Era una vecchia mania di Zappata quella di dirigere le operazioni come se fosse un suo diritto. Mallory osservò le facce degli altri pompieri, una squadra di pochi uomini radunati intorno all'autopompa. In vista non c'erano capi, nessun grado alto. Se Zappata non fosse stato un ex poliziotto, gli uomini non gli avrebbero mai dato retta, e ci sarebbe stata un'ambulanza parcheggiata sul marciapiede e non il furgone della Scientifica. Ora capiva perché si fossero presentati sul posto gli agenti di tre dipartimenti diversi. «Hai fatto tu tutte le telefonate?»

«Sì, una bella fortuna. La squadra della Scientifica era a pochi isolati. È arrivata prima della polizia.» Zappata sogghignò, aspettando i complimenti per il modo in cui aveva gestito la situazione.

Mallory decise di lasciarlo in pasto alla stampa che lo reclamava dall'altra parte del nastro. Le telecamere zoomarono sul viso di Zappata mentre si avvicinava ai microfoni sventolati da una selva di giornalisti. Avrebbe fatto loro un bel resoconto di tutte le irregolarità e le violazioni di cui si era macchiato quella sera.

Mallory scese le scale e si fermò di fronte alla finestra. Da quel punto distingueva chiaramente l'estremità della corda legata alla maniglia di un armadio. Sul pavimento, in corrispondenza del lampadario, non c'erano oggetti che facessero pensare a un patibolo improvvisato. Immaginò l'assassino che sistemava il cappio intorno al collo della donna e tirava l'altra estremità per sollevare il corpo da terra. Le gambe della vittima non erano legate: probabilmente aveva cercato di resistere, aveva scalciato e scalciato finché non era morta.

L'assassino era un maschio, facile deduzione. Un omicidio del genere richiedeva forza fisica. Mallory sapeva che non c'era stata passione tra vittima e assassino. Quando un uomo ama davvero una donna, l'ammazza di botte o a coltellate.

Stava fissando la schiena di Riker, quando lui si piegò per raccogliere qualcosa nell'acqua. Quando si rialzò non aveva in mano niente e si stava abbottonando la giacca. Se non l'avesse visto con i propri occhi, Mallory non l'avrebbe mai creduto. Riker era un poliziotto onesto.

Cos'hai rubato?

Perché rischiare tanto?

Riker si unì agli altri e il gruppo si allontanò dal cadavere. Non fecero caso al ragazzo che entrava dalla porta dello scantinato, un tipo con i capelli giallo fosforescente. Il biondino si chinò sulla vittima. Allungò la mano e la ciocca di capelli le cadde dalla bocca. *Idiota.* Cos'altro poteva andare storto quella sera?

Il novellino con i capelli gialli bloccò la visuale a Mallory e si chinò ancora sulla vittima come per baciarla.

Che cosa stai facendo?

Un istante dopo strattonava il corpo della donna, comprimendole ritmicamente il petto. L'idiota stava tentando di rianimare una donna morta. «È viva» gridò.

No! No! No!

Tre detective si voltarono contemporaneamente. Il

patologo, terrorizzato, si avvicinò. Riker fu più veloce. Si inginocchiò accanto alla vittima e accostò le dita alle narici. «Oh *merda*, respira!» Le mani di Riker si strinsero, diventarono due pugni.

«Ti rendi conto di cos'hai fatto?» gridò al biondino. Non l'aveva detto, ma sottintendeva *stronzo*.

Era rimasta troppo tempo senza ossigeno: un poliziotto inesperto aveva appena trasformato un cadavere perfetto in un inutile vegetale.

Il capo del dipartimento di medicina legale ruppe il silenzio che regnava nella stanza d'ospedale con un'uscita secca: «La vivisezione di un essere umano è illegale in tutti i cinquanta stati». Il dottor Edward Slope emanava il senso di autorità tipico di un ufficiale dell'esercito, malgrado lo smoking, la borsa da medico e il tono di pesante sarcasmo davanti a una donna morente. La paziente, in ogni caso, non se la prese. Il fatto che muovesse gli occhi non significava che fosse viva. «Aspetteremo che muoia per fare l'autopsia.»

«È soltanto un dettaglio» disse Riker. «Poco fa questa donna era morta.» Tutto ciò che serviva al detective era un sommario esame da parte di quell'uomo la cui parola non veniva mai messa in dubbio in tribunale.

«Morirà di nuovo, presto.» Lesse la cartella clinica. «Il dottore ha scritto di non rianimarla. Morte cerebrale, dieci ore senza il supporto delle macchine la uccideranno.» Si voltò verso l'uomo calvo accanto a Riker. «Loman, in mattinata portami il corpo in sala dissezione. Prima, però, controllale il polso.»

Anche il tenente Loman sembrava moribondo. Una epidemia di influenza al dipartimento aveva decimato la squadra. Gli occhi iniettati di sangue e il pallore testimoniavano turni massacranti. «Non mi riguarda, dottore.»

Loman batté sulla spalla del sergente Riker: «Adesso il caso è tuo».

«Neanche per sogno!» protestò Mallory, e lanciò un'occhiataccia alla donna: secondo i suoi parametri una prostituta in coma era interessante più o meno quanto un gatto morto.

«È il *vostro* caso.» La voce del tenente era ferma. «I patti sono patti. Sparrow era un'informatrice di Riker. Il caso spetta a voi.»

Mallory passò a Riker la macchina fotografica, come se con le mani libere sperasse di vincere il match. Poi tornò a guardare Loman. «Qualcuno ha impiccato una prostituta. Non è un caso per la Crimini Speciali, e tu lo *sai*.» In quell'istante le venne in mente di aggiungere: «Signore». Ma il protocollo non era il suo forte.

Il tenente Loman si allontanò dal letto e si rivolse a Mallory: «*Cristo*, quel tipo è uno psicopatico! Guarda cosa le ha fatto!». Tutto quello che rimaneva dei capelli della vittima erano poche ciocche spelacchiate. Dalla bocca colava un filo di saliva e gli occhi erano rivoltati all'indietro.

Riker tirò la tenda che circondava il letto in modo da proteggere sé, il medico e la paziente da sguardi indiscreti. «Dalle solo un'occhiata.»

«No» disse il dottor Slope. «Mettile un biglietto all'alluce, così so chi ha vinto il caso. Sono in ritardo per la cena.»

Si sentì bussare violentemente alla porta. L'agente di guardia alla porta stava discutendo con qualcuno. Quando bussarono ancora Mallory alzò la voce per farsi sentire. Ringraziò il tenente Loman: se la tenesse pure una prostituta in fin di vita. Il tenente, furioso, replicò che non aveva abbastanza personale, che i suoi uomini accumulavano cadaveri su cadaveri, che in quel caldo la gente impazziva, e il numero degli omicidi aumentava senza sosta. Agosto è un mese impegnativo per i poliziotti e gli assassini.

Il dottor Slope si era fatto un'idea su quel continuo bussare alla porta: «Il medico di guardia non vuole che la paziente venga spogliata davanti a un pubblico di poliziotti. Giusto?». Fissò la macchina fotografica che Riker aveva in mano, come se fosse un depravato.

«Il medico di guardia è un ragazzino, sta facendo la specializzazione» disse Riker. «Se la esaminasse lui, che valore avrebbe la sua testimonianza in tribunale?»

Qualcuno riprese a colpire la porta, gridando: «Fatemi entrare, *bastardi*».

«Il nostro dottorino vuole vedere la sua paziente e voi glielo impedite. Hai idea di quante leggi stai violando stasera?» disse Slope.

«Certo, sono un poliziotto» rispose Riker.

Nel corridoio, Mallory parlava con il giovane medico: «Questo è un *ospedale*. Smettila di gridare». Sbatté la porta e ricominciò a contrattare con il tenente Loman. «Anch'io ho problemi di personale. Devi darmi tre dei tuoi uomini...»

«Tu sei pazza!» La voce del tenente fremeva per la collera. Se non fosse stata la figlia di Markowitz, l'avrebbe già sbattuta contro il muro.

Riker, dietro la cortina di tende, ammorbidì il tono per convincere il medico legale. «Solo cinque minuti. Una cosa veloce, un esame rapido, qualche campione.»

«No, nel modo più assoluto.» Il dottor Slope si girò verso la porta: «Dovete lasciare entrare quel dottore».

«Perché? Che cosa potrebbe fare per lei?»

«Se questa donna ha famiglia, faranno causa all'autorità sanitaria municipale. Dobbiamo rispettare le procedure.» Mallory scostò le tende ed entrò. «Loman ci darà due agenti per le scartoffie.» Poi si rivolse al dottor Slope e disse: «Viva o morta, ci serve quell'esame, subito».

Il capo medico legale era abituato a dare ordini, e non gli piaceva prenderne da Mallory. Fu evidente dal tono della risposta. «Domattina sarà morta. Dovrete aspettare...»

Riker era pronto per tornare alla carica, ma Mallory lo prese in contropiede. «Forse hai ragione, meglio insabbiare tutto.» Finalmente era riuscita a catturare l'attenzione del medico.

Il dottor Slope incrociò le braccia: «Ma cosa...».

«Sono stati commessi parecchi errori stasera» disse Mallory. «Nessuno ha chiamato l'ambulanza. Un pompiere inesperto ha deciso che la donna era morta, forse perché non sbatteva le palpebre. Perché non lo chiedete a lui? Prima di entrare nei vigili del fuoco lavorava in polizia, e lì ha imparato a preservare la scena del delitto.» Indicò il letto: «Ha lasciato la donna dov'era, appesa per il collo».

Il padre adottivo di Mallory era stato il miglior amico del dottor Edward Slope, fondatore del circolo del poker settimanale. Il dottore conosceva Mallory da sempre, le voleva un bene dell'anima ma sapeva che non poteva fidarsi di lei. Si voltò verso Riker, in cerca di una smentita.

«È andata proprio così» disse Riker. «Colpa del virus dell'influenza che ha decimato la divisione dell'East Village. Non c'erano uomini esperti a bordo dell'autopompa.»

Mallory mimò uno sbadiglio, per manifestare tutto il suo disinteresse nei confronti del caso. «E così gli uomini di Loman, prendono per buona la parola di un pompiere convinto che si tratti di omicidio. E uno dei tuoi, un dottore, l'unico autorizzato a usare quel dannato stetoscopio, conferma la morte della vittima.»

«Ammesso che l'abbia confermata...»

«Ho sentito dire che il mese scorso all'obitorio è resuscitato un cadavere. C'era il tuo amico di turno, quella notte?»

«Sono sicuro che in quel momento la donna era morta.»

«Non puoi esserne sicuro.» Mallory indietreggiò per ammirare lo smoking, poi passò un'unghia laccata di rosso sulla giacca dell'uomo. «Ma dopo tutto che te ne importa? È una serata di festa.» Mallory era davvero subdola: il pompiere, la polizia, l'assistente di Slope... tutti avevano commesso degli errori, riducendo quella donna a un vegetale, ma il medico legale che colpa ne aveva? «Non è una grande perdita.» Mallory guardò di nuovo la porta, poi abbassò la voce in un sussurro: «È soltanto una puttana. Lasciamo che le infermiere lavino il corpo e cancellino le prove. Nessuno saprà mai cosa è successo stanotte».

Voltò le spalle al dottor Slope e alla sua aria umiliata. Adesso toccava a Riker alzare il tiro: «Ho bisogno di quell'esame, e lo voglio ora...». Quindi il tocco finale, quasi un tentativo di corruzione. «Ti scorteremo fino alla festa. Stasera il traffico è un incubo.»

«E va bene, hai vinto» Slope posò la borsa sul tavolo. «*Kathy*, prendi appunti.» Con ciò il dottore intendeva pareggiare i conti, sapendo quanto Mallory odiasse essere chiamata per nome.

Slope sorrise compiaciuto. Era riuscito a irritarla, e intanto s'infilava i guanti di lattice.

«Niente trucco.» Riker si chinò sul letto per scattare la prima fotografia: «Sembra che Sparrow non stesse lavorando stanotte. L'assassino non può essere un tizio rimorchiato per strada... Tracce di droga?».

Il dottor Slope esaminò con cura gli occhi della donna, poi le unghie delle mani. «No, almeno nessun segno evidente...» Nessun livido sulle braccia, né segni di iniezioni. Slope accese una piccola torcia, ispezionò le narici. Poi prese una siringa dalla borsa. «Non ha sniffato, ma faremo un'analisi del sangue.»

Abbassarono il lenzuolo. Sul fianco sinistro della donna c'era una vecchia cicatrice da arma da taglio. «A quanto pare, il coltello è stato rigirato nella ferita.» Il dottor Slope aveva un'aria corrucciata: «È probabile che avessero già cercato di ucciderla».

Intanto Riker, attraverso l'obiettivo della macchina fotografica, osservava le dita avvolte nel lattice che tastavano la cicatrice. «È successo parecchio tempo fa.»

«Una rissa di strada?» chiese Slope.

«Può darsi.» Riker sapeva che Mallory avrebbe potuto fornire tutti i dettagli di quella rissa, ma lei disse soltanto: «Sparrow ci sapeva fare con il coltello».

«In questo caso, spero di non vedere mai le ferite del suo avversario.» Il patologo alzò lo sguardo, continuò: «Oppure le ho già viste, nel corso di un'autopsia?».

Riker alzò le spalle, non gli piaceva mentire al dottor Slope. «Non ho seguito quel caso.» Ed era vero. Inquadrò il viso di Sparrow. Non c'erano dubbi sulla sua identità, ma all'inizio aveva stentato a riconoscere i suoi occhi senza mascara né ombretto. Due anni prima portava i capelli biondo platino. Adesso erano di un colore più naturale. Dall'ultima volta che l'aveva vista c'erano stati altri cambiamenti.

Sparrow, che cosa è successo al tuo naso?

Una volta, il naso rotto era la prima cosa che saltava all'occhio nel suo viso. Evidentemente, se l'era rifatto, e della Sparrow di un tempo rimaneva solo il mento pronunciato e l'espressione aggressiva di ogni newyorkese che si rispetti.

Sparrow aveva poco più di trent'anni l'ultima volta che l'aveva vista. La strada e la droga l'avevano invecchiata di altri venti, eppure adesso sembrava nuova di zecca. «Si è fatta un lifting, vero?»

«Anche la rinoplastica,» disse Slope «dermoabrasione e un intervento alle palpebre piuttosto recente. Si vedono ancora le cicatrici. Un bel lavoro, costoso. Una squillo di alto bordo.»

«Non direi proprio» lo corresse Riker. Sparrow era sempre stata una baldracca da pochi soldi, con la misteriosa capacità di farlo ridere. Era l'informatrice di Riker da quando era poco più che adolescente.

La notte in cui si erano conosciuti, Sparrow era bagnata fradicia, troppo stonata per ripararsi dalla pioggia.

Aveva passeggiato tutta la notte su e giù per il marciapiede, levando i pugni al cielo: «Dio! Dammi un attimo di tregua!». Le divinità invocate da Sparrow vivevano negli attici. Credeva che la manna le sarebbe caduta in testa dal paradiso ai piani alti.

Non andò così.

In pochi anni aveva imparato a vendere il suo corpo per comprare l'eroina. Voleva smettere, e avrebbe smesso domani... sempre domani. Balle. Ciononostante Riker rimaneva il suo più ardente ammiratore. Sfiorò gentilmente una ciocca di capelli. «Cos'ha usato? Forbici o rasoio?»

Il medico alzò le spalle: «Non sono un barbiere».

«Rasoio» disse Mallory, che spendeva centinaia di dollari dal parrucchiere.

Riker immaginò la lama tranciare i capelli, gli occhi di Sparrow terrorizzati, il rasoio che sfiorava il viso appena rifatto. Mallory si avvicinò al letto. «Che ne dici di quel segno sul braccio? Ancora rasoio?»

«Può darsi» disse Slope. «Tu concentrati sugli appunti, signorina. Rileggerò ogni singola parola prima di firmare.» Si chinò per guardare da vicino la ferita sul braccio di Sparrow. «È roba vecchia di qualche giorno, non se l'è procurata difendendosi.» Consultò la cartella clinica. «Il dottore ha verificato l'ipotesi della violenza carnale. Non c'è traccia di liquido seminale. Nessun trauma nella zona genitale.» Guardò Mallory: «Ma non posso escludere un rapporto consenziente con il preservativo, quindi non saltare a conclusioni affrettate». Slope sistemò il corpo a pancia in giù, esaminò la parte posteriore delle ginocchia, i piedi, le dita. Nessuna traccia di iniezioni recenti. Sparrow aveva dato un taglio all'eroina, era pulita.

Di nuovo giovane, ricominciava da capo.

Dove stavi andando con la tua faccia nuova?

Dopo aver riletto gli appunti il dottore firmò, mettendo fine alla sua prigionia. Mallory aprì la porta e lo fece uscire. Slope si fece da parte per far passare un ragazzo con il camice corto dei tirocinanti. Il giovane medico piombò nella stanza insieme a un'infermiera e a un carrello carico di strumenti. Il dottor Slope rimase a guardare mentre il medico e l'infermiera intubavano la donna. «A cosa serve tutto questo se...»

22

«C'è segno di attività cerebrale.» Il giovane medico esaminò gli occhi blu di Sparrow. «Non avrei dovuto ascoltare quegli stupidi agenti. Mi hanno detto che questa donna è stata rianimata venti minuti dopo la morte. Non può essere vero.» Poi si voltò verso la faccia sbigottita di Riker. «Lei non aveva il diritto di tenermi fuori da questa stanza. Potrebbe essere troppo tardi...»

«Basta così. La sua paziente non è mai stata in pericolo» intervenne Slope che afferrò la cartella clinica e indicò il fondo della pagina. «Qui c'è scritto di non rianimare.» Scrutò il cartellino: «Credo che questa sia la *sua* firma».

«Sì signore, ma ho firmato prima di vedere i risultati degli esami.»

«Ed è stato uno sbaglio, non crede?» Non era una domanda, era l'ultima parola di Edward Slope su un errore imperdonabile.

Il giovane dottore era solo un ragazzino petulante. «Ho detto agli agenti che la mia paziente aveva bisogno di assistenza.»

«Nessuno mi ha avvertito» disse Riker. «Non ne ero al corrente.»

«Lei lo sapeva!» Il giovane medico si voltò e puntò il dito per accusare Mallory, che però se n'era già andata. La porta si stava richiudendo alle sue spalle.

Riker raggiunse una sedia accanto al letto. Aveva cinquantacinque anni, ma si sentiva molto vecchio e molto stanco, e di colpo aveva freddo. A fatica, riuscì a convincersi che nessun poliziotto, neppure Mallory, poteva essere tanto stupido da esporsi all'accusa di omicidio volontario, e che Mallory non aveva appena cercato di uccidere Sparrow.

2

Un lenzuolo era stato sistemato sulla finestra rotta e dalla strada si sentivano le risate della gente. Il pavimento dello scantinato non era più allagato ma l'aria era impregnata di umidità e calore. Mallory si tolse la giacca, la ripiegò e la appoggiò sul braccio. Si muoveva per la stanza, registrando tutti i particolari. La schiuma antincendio colava lungo gli armadietti della cucina, formando rivoli di umidità sulla polvere per il rilevamento delle impronte digitali. Un divano letto aperto e un mobile in ferro battuto costituivano tutto l'arredamento della sala da pranzo. Alle pareti, solo un crocifisso di legno. Contenitori di metallo e sacchetti di plastica della Scientifica erano ammucchiati vicino alla porta, in attesa di essere caricati sul furgone.

Nonostante fossero state raccolte tutte le prove, Riker teneva le mani in tasca per placare Heller, un uomo grande e grosso con gli occhi stanchi e le maniche rimboccate. Il medico legale passò l'asciugacapelli su una confezione vuota per rullini fotografici e borbottò: «Stupidi pagliacci». Era l'appellativo più lusinghiero che fosse riuscito a trovare per i vigili del fuoco che avevano rotto la finestra e innaffiato la sua scena del delitto. «I miei uomini non hanno trovato nessuna macchina fotografica. Forse l'assassino ha scattato una foto ricordo.»

Uno scarafaggio fradicio si asciugava sul bordo del lavandino, crogiolandosi sotto la luce artificiale fornita da Heller. Gli scarafaggi di città non si lasciano spaventare dalla luce, dal fuoco, dalle alluvioni, dai poliziotti armati. Ci vuole ben altro.

«Non ci siamo, qui è tutto sbagliato.» Riker, in piedi accanto al tavolo, esaminava un sacchetto di plastica pieno di insetti morti. «Mallory, hai mai visto tante mosche intorno a un corpo non ancora cadavere? Ce ne saranno un migliaio.»

«Come minimo.» Heller spense l'asciugacapelli poi, lentamente, ruotò la testa come un cannone che punta il bersaglio. «L'assassino s'è portato le mosche da casa, in un barattolo.»

«Cosa?» Riker si avvicinò al sacchetto che conteneva un grosso barattolo di vetro, cosparso di polvere nera. «Non avete trovato impronte?»

«Probabilmente apparteneva all'assassino, che indossava i guanti.»

Heller esaminò le impronte di pompieri e poliziotti che avevano raccolto per il confronto. «Abbiamo trovato solo quelle della vittima e di quell'idiota di Zappata.» Indicò il sacchetto di plastica. «Il barattolo è crepato. Forse l'assassino l'ha fatto cadere, o magari sono stati i vigili del fuoco. Ho ripescato le mosche dall'acqua, ma sono sicuro che erano morte ben prima di toccare il pavimento. Posso anche dirvi come sono morte.»

Riker sollevò un sopracciglio. «Sono annegate nella schiuma o hai trovato del fumo nei loro piccoli polmoncini?»

Il ghigno di Heller, un'espressione di malcelato disprezzo, non lasciava dubbi: *non si scherza col maestro*.

«L'interno del barattolo odorava di insetticida. E anche le mosche.» Tirò fuori dalle tasche quattro boccette per campioni e le allineò sul tavolo. Quattro mosche morte galleggiavano in un liquido chiaro. «Sono a diversi stadi di decomposizione. Direi che le conservava da almeno una settimana. Venti dollari che un entomologo mi darebbe ragione.»

«Ci credo.» Riker fece un gesto con la mano, sapeva che sarebbero stati soldi buttati. Difficile che quell'uomo sbagliasse.

«Progettava l'omicidio da qualche tempo.» Mallory si voltò verso la finestra. «Un tipo passa di lì per caso, abbassa gli occhi, vede Sparrow per la prima volta e decide di ammazzarla. A quel punto inizia a collezionare delle mosche. Un'esplosione di follia tipicamente newyorkese.»

Heller si chinò sulla borsa degli strumenti e iniziò a estrarre lamette e tamponi, pennelli e bottiglie. «Ha chiamato il tenente Coffey, sta arrivando.»

Mallory aveva il tipico sorriso da "Lo dicevo, io". Riker la ignorò e si avvicinò a Heller: «Allora, era arrabbiato?».

«Puoi scommetterci. Ha sentito dire che la Crimini Speciali ha accettato il caso. Come contate di cavarvela, ci avete pensato?»

«Sì,» rispose Riker «se ne occuperà Mallory.»

Heller annuì: «Ottima scelta».

Mallory studiò le bruciature alla base del muro di mattoni, poi si diresse verso i sacchetti delle prove, colmi di cenere e frammenti di carta. «Che cosa ha usato il nostro amico per appiccare il fuoco?»

«Un semplice fiammifero. Cercherò delle tracce di liquido infiammabile, ma so già che non ne troverò.»

Una sedia a dondolo e un piccolo portariviste bloccavano la porta del bagno. «Sei sicuro che i pompieri non abbiano spostato i mobili?»

Heller annuì in silenzio mentre riponeva le boccette nel loro scomparto. «Uno degli uomini di Loman ha raccolto le deposizioni di tutti i pompieri.»

Mallory indicò un cuscino del divano appoggiato contro la parete di fronte. Un grosso pezzo di rivestimento era stato asportato. «E quello, che cosa significa?»

«Ho tagliato via un pezzo bruciacchiato e l'ho catalogato. È la prima cosa che l'assassino ha cercato di bruciare. Avrebbe dovuto prendere fuoco come una torcia. Il divano probabilmente è stato acquistato fuori dallo Stato, dove i rivestimenti in materiale ignifugo sono obbligatori. Altrimenti, in quattro minuti sarebbe bruciato tutto.»

«E le prove sarebbero andate distrutte» disse Riker. «Forse era proprio quello che voleva.»

«Il nostro uomo puntava a un incendio rapido e controllato, tanto fumo ma danni contenuti. Ha fatto molta attenzione a sgombrare l'area attorno al falò.»

Mallory era d'accordo: quell'uomo voleva che il suo lavoro fosse notato, non che andasse distrutto. Per terra c'era un mucchio di stoffa umida e lustrini. «Su questi vestiti ci sono segni di bruciature.»

«Un altro tentativo» disse Heller. «Ha cercato di bruciarli, ma gli è andata male di nuovo. La legge prevede materiali non infiammabili per i costumi teatrali. Alla lunga però anche quelli prendono fuoco, come tutto il resto. Ma il nostro uomo aveva fretta, così ha raccolto tutte le cartacce che ha trovato in giro; ha bruciato persino la tenda della finestra.»

«Quindi non è un piromane esperto ma un principiante.» Riker si piegò per esaminare il mucchio di vestiti che non erano ancora stati catalogati fra le prove. «Ho passato quattro anni nella Buoncostume. Non ho mai visto una prostituta con un guardaroba così.» Sollevò un indumento a cui erano state applicate delle ali rivestite di lustrini. «Ho già visto qualcosa del genere. Credo fosse giugno. La rassegna "Shakespeare al parco", *Sogno di una notte di mezza estate*. Meraviglioso.»

Heller, la faccia stupita, si voltò a guardare Riker. Tutto si sarebbe aspettato tranne che quell'uomo amasse il teatro.

Riker scosse la testa, poi si corresse: «No, era ottobre, la sfilata di Halloween».

Il medico legale sospirò continuando a sistemare gli strumenti.

Mallory osservò la collezione di insetti catalogati sul tavolo. Heller sbagliava: il tenente Coffey non avrebbe mai pagato un entomologo. E avrebbe fatto del suo meglio per disfarsi di quel caso. Fra i contenitori delle prove ammucchiati vicino alla porta c'era un sacchetto di candele votive. Ce n'erano almeno una ventina, di varie forme, tutte ricoperte di polvere per le impronte.

«Le candele appartenevano all'assassino?»

«Sì, facevano parte del suo piccolo rituale» Heller indicò la zona sotto il lampadario. «Vedi quella cera?» Dove l'incendio non aveva attecchito, un cerchio di gocce rosse era sopravvissuto all'allagamento. «Tracce di cera rossa anche sulla gonna della vittima. Se ne deduce che fosse sdraiata sul pavimento mentre le candele bruciavano. Analizzando gli stoppini si capisce che l'ultimo è stato acceso quindici minuti prima che spegnessero le fiamme, e in quell'intervallo ha impiccato la donna e acceso il falò.»

«Non può essere» intervenne Mallory. «Sono passati altri dieci, dodici minuti prima che tirassero giù Sparrow e la rianimassero. Sarebbe sopraggiunta la morte cerebrale.»

«Il passaggio dell'ossigeno non era completamente ostruito.» Heller prese un contenitore di plastica. Ruppe il sigillo ed estrasse un pezzo di corda. «Se avesse fatto un nodo scorsoio, avrebbe potuto ucciderla in cinque minuti. Ma questo è solo un doppio nodo. Il cappio non si è serrato intorno al suo collo, nonostante il peso del corpo. Soddisfatta?»

Sì, era soddisfatta. Mallory immaginò Sparrow appesa in quella stanza. Cercava di respirare fingendosi morta, aspettando che l'uomo se ne andasse. Una puttana astuta. Aveva sperato di farcela: la finestra era aperta, le luci accese. Qualcuno sarebbe venuto ad aiutarla. Poi i suoi polmoni si erano riempiti di fumo e aveva perso i sensi. Forse si era accorta dell'arrivo dei soccorsi, aveva sentito le voci dei pompieri. Peccato che nessuno avesse aiutato una signora a scendere dal soffitto.

«E il barattolo di mosche?» chiese Mallory.

Heller smise di riporre i suoi strumenti per osservare quel perfetto cerchio di cera. «Un lavoro molto accurato, meticoloso. Anche il tentativo di scotennarla. Non puoi spuntarti i baffi senza spargere peli ovunque, ma non è stato trovato nemmeno un capello sui vestiti della vittima. E le candele, una accanto all'altra, alla stessa distanza. L'assassino è un tipo ordinato, non me lo vedo andare a caccia di insetti.»

Mallory invece sì. Immaginò un uomo che apriva i sacchi dell'immondizia, e aspettava a lungo, pazientemente, con l'insetticida in mano. Probabilmente indossava i guanti per raccogliere le mosche e provava ribrezzo a toccarle.

La porta dello scantinato si aprì e si richiuse di colpo. Il capo della Sezione Crimini Speciali era arrivato. Prima della promozione, Jack Coffey era un uomo dall'aspetto comune, un viso fra tanti, capelli e occhi castani. Ora, a trentasette anni, la tensione del comando lo stava portando alla calvizie. Sembrava più vecchio. Riker notò le mani del tenente, contratte, e contava i secondi prima che Coffey esplodesse.

Lo sguardo del tenente oltrepassò i due uomini per posarsi su Mallory. Era troppo tranquillo quando le rivolse la parola: «Immagina la mia sorpresa quando il tenente Loman mi ha passato il caso di una puttana». Poi la voce si alzò in un grido rabbioso: «Che, tra l'altro, non è nemmeno morta!».

Mallory non sbatteva mai le palpebre. Socchiudeva gli occhi come un gatto e questa sua calma serafica mandava in bestia il suo superiore.

«Il caso torna alla squadra dell'East Side» disse Coffey. «Stasera stessa! Cosa cazzo avete pensato? Questa è un'aggressione, non un omicidio. Loman dice che si tratta di un gioco sessuale finito male.»

Heller teneva gli occhi sulla borsa e scuoteva la testa. «Ho visto diversi ragazzini appendersi per il collo per provare piacere, e anche qualche vecchio, ma mai nessuna donna. Aveva le mani legate...»

«Era una puttana» disse Coffey. «Faceva quello per cui la pagavano. E il *bondage* faceva parte del gioco.»

«Sparrow non ha mai fatto cose del genere.» Riker lo disse con un tono distratto, casuale.

La reazione del tenente era prevedibile. «Non assegno una squadra a questo caso solo perché c'è di mezzo una tua informatrice.»

Riker alzò le spalle e si accese una sigaretta: avrebbe lasciato fare a Mallory. Coffey non poteva collegarla a Sparrow: l'ultima volta che aveva parlato con lei, Mallory aveva solo dieci anni.

«Stiamo parlando di un serial killer» disse. «La squadra di Loman non ha le competenze.»

Riker inspirò profondamente. *Mallory cosa cazzo stai facendo?* Stava cercando di farsi levare il caso? Quando mai si era sentito di un serial killer che impicca le sue vittime? Era più verosimile il profilo tracciato da Heller, uno psicopatico meticoloso con l'hobby di collezionare mosche morte.

«Un serial killer?» Coffey si inumidì le labbra, misurando le parole. «Allora, sentiamo.» Si guardò intorno provocatoriamente: «Dove sono gli altri corpi?».

«Archiviati tra i casi irrisolti» spiegò Mallory. «Il *modus operandi* è lo stesso. Il tipo di corda, i capelli, tutto combacia».

Ora comincia il divertimento. Riker interpretò così il sorriso sul volto di Jack Coffey. Le mani sui fianchi, il tenente squadrò Mallory. «E dove sarebbe il fascicolo relativo a questo caso non risolto?»

«Non l'hanno ancora trovato.»

Riker si rilassò. Mallory sapeva quel che faceva. L'archivio dei Casi Irrisolti era sterminato, comprendeva fascicoli risalenti al 1906. Recentemente era stato trasferito a una nuova sede. Nessuno si sarebbe preoccupato di cercare fra centinaia di scatoloni, solo per fargli un favore.

Il sorriso di Jack Coffey non vacillò. «Quindi hai preso l'informazione dal computer. Mi fai vedere la stampata?»

«Il caso non è nel computer» disse. «I fascicoli antecedenti a una certa data, non sono stati inseriti.»

Con problemi di budget e mancanza di personale, ci sarebbero voluti anni per inserire tutti i dati dei delitti irrisolti dell'ultimo secolo. Mallory poteva cavarsela con questa spiegazione.

Non credere di farmi fesso, diceva lo sguardo di Coffey. «Se non hai mai visto il fascicolo...»

«Me ne ha parlato Markowitz» disse.

«Bene» disse Coffey. «La tua fonte è un morto. Davvero un bel colpo.»

Anche Riker era perplesso: da Mallory si sarebbe aspettato di meglio.

Heller richiuse la borsa degli strumenti con un suono secco. L'attenzione di tutti si concentrò su di lui. Poi si alzò in piedi e disse: «Ero presente quando Mallory sentì parlare di quel vecchio caso d'impiccagione».

Il sorriso di Jack Coffey sembrò evaporare, e persino Riker si stupì.

«Non conosco tutti i dettagli,» disse Heller «e neppure Markowitz li conosceva. Non era un caso suo. Capitò sulla scena del delitto, e non riuscì più a levarsela dalla testa. Un modo davvero insolito per uccidere una persona.»

Heller non avrebbe mai coperto le bugie di qualcuno. Nessuno era credibile quanto lui. Il tenente Coffey alzò gli occhi al cielo, come se cercasse le parole sul soffitto. «Mallory, voglio vedere tutta la documentazione. E fino a quel momento, il caso non impegnerà un solo agente della Crimini Speciali, neanche uno, chiaro?» S'incamminò verso la porta, si voltò e disse: «Puoi disporre del ragazzo che ti ha prestato il tenente Loman, e questo è tutto».

«Due uomini» disse Mallory. «Loman me ne ha promessi due.»

Jack Coffey sembrò quasi divertito. «Due uomini, davvero? Credo che ti abbia presa per i fondelli. Avrai un solo detective, o meglio, mezzo detective. È un novellino, nessuna esperienza. Ed ecco la parte migliore: si tratta dell'idiota che ha resuscitato il cadavere. Così la squadra di Loman si libera di una prostituta mezza morta e di un poliziotto fesso in un colpo solo. Che affare, eh?»

"Un punto per il capo" pensò Riker. Jack Coffey aveva bisogno di qualche piccola vittoria, ogni tanto. Adesso che aveva messo a segno un colpo, uscì sbattendo la porta.

Heller si piegò per raccogliere la borsa, poi guardò Riker.

«Ti stai domandando perché Markowitz non ti abbia mai parlato di quel caso di impiccagione?»

«Non parlava mai dei casi aperti.»

«Lo stesso vale per me» disse Heller. «Ero l'unico con cui si confidasse.» Poi indicò Mallory. «Markowitz non le ha mai raccontato niente. Aveva solo tredici anni. La scoprimmo a origliare dietro la porta, se ricordo bene...»

Riker spense la sigaretta. «Ricordi nient'altro?»

«Le mani della donna erano legate. Corda o nastro, non saprei dirlo.»

Heller si alzò, asciugandosi la fronte con il fazzoletto. «L'assassino si era portato la corda per appenderla, proprio come il nostro uomo. Ma perché un'impiccagione?» Prese la giacca dallo schienale della sedia e solo a quel punto notò che, malgrado il caldo soffocante, Riker era l'unico a non essere in maniche di camicia.

Automaticamente, Riker controllò che la sua giacca fosse abbottonata. «E i soldi? Lou sosteneva che il denaro è sempre un buon movente.»

«No» disse Heller. «Fece qualche indagine fuori dall'orario di lavoro ma non trovò nulla che avesse a che fare coi soldi o col sesso.»

«Il cappio stringeva il collo della vittima» intervenne Mallory. «Ma di sicuro non si era buttata da un mobile. L'assassino aveva sollevato il corpo dal pavimento, proprio come è successo a Sparrow.»

«Ma non ci fu nessun incendio» disse Heller. «Niente candele né barattoli pieni di mosche.» Sembrava quasi un'accusa. «E non c'erano capelli nella bocca. Il tuo vecchio non disse niente in proposito.»

Riker si cacciò le mani nelle tasche: «Mallory, perché devi sempre complicare le cose? Hai detto a Coffey che i capelli...».

«Non è un problema» disse. «Senza il nome e il numero di protocollo, nessuno può sperare di trovare quel fascicolo. Non abbiamo neppure una data.»

«Hai ragione» disse Heller. «Quando Markowitz me ne accennò, il caso era già vecchio. Quella vicenda continuò a tormentarlo per anni. Troppe cose non quadravano.»

Alzò le spalle. «Non ricordo altro.»

La porta si aprì e un agente della Scientifica entrò a raccogliere la pila di contenitori di plastica. Heller seguì il suo uomo all'esterno.

Riker diede un'ultima occhiata ai sacchetti di cenere e frammenti. Si intravedevano i resti di alcune riviste e, per chissà quale miracolo, era sopravvissuto anche quel vecchio romanzo. Quando l'aveva recuperato dall'acqua, non aveva nemmeno una bruciatura. Sotto la giacca, all'altezza della fondina, sentiva la pelle umida a contatto con il libro.

Mallory aveva notato l'alone che si allargava sul vestito. Abbassò lo sguardo: «Scommetto che non hai mai usato quel bottone prima d'ora».

Vero, non si era mai preoccupato di chiudere la giacca, ma prima di allora non c'era niente da nascondere.

Bambina impicciona, sempre a notare le cose più strane.

Mallory lo fissava aspettando che dicesse qualcosa. Una confessione?

Accidenti a lei! Evidentemente, sapeva che aveva preso qualcosa dalla scena del delitto, ma non voleva fare una domanda diretta. Un poliziotto non chiede a un collega: «Hai infranto la legge?».

Riker uscì alla ricerca di una birra fresca e Mallory si trattenne a controllare il lavoro di Heller. La porta non era stata forzata. Non c'erano segni di scasso sulla serratura e anche dopo averla smontata non trovò traccia di forzatura.

Sparrow, perché l'hai fatto entrare?

Sparrow conosceva gli uomini, e sapeva evitare gli squilibrati.

Non era credibile che il collezionista di mosche morte fosse un cliente. Il suo radar l'avrebbe messa in allarme, a meno che non fosse disperata o in crisi di astinenza. Allora avrebbe aperto la porta a qualsiasi spacciatore, anche al più ambiguo. Ma il dottor Slope non aveva trovato tracce di droga, e non erano saltate fuori siringhe.

La puttana tossica si era sempre preoccupata di tenere una scorta di siringhe nuove. Da bambina, Kathy

Mallory ne aveva rubate scatole intere da una clinica. Regali per Sparrow.

Mallory sfiorò con la mano uno strappo nel cuscino del divano e notò qualcosa che gli uomini di Heller non avevano notato. Scavò nello strappo e trovò un pettinino d'avorio, finemente cesellato. Sparrow lo portava sempre fra i capelli. Le incisioni orientali erano elaborate ed eleganti. Era l'unico oggetto di valore che non avesse venduto per comprarsi una dose. Kathy aveva rubato quel fermacapelli antico per pagarsi la prima ora di storie. Ma Sparrow aveva posato il regalo con un sospiro, dicendo: «Piccola, le storie non si comprano, sono gratis».

No. La piccola Kathy aveva scosso la testa. Se così fosse stato, le puttane sarebbero state costrette a mendicare, le loro bugie non avrebbero avuto alcun valore. In realtà, Sparrow non aveva mai capito cosa la bambina cercasse di comprare.

Per quanto tempo si erano tenute compagnia, e perché?

Mallory non aveva ricordi precisi dell'epoca in cui ancora viveva per strada. La memoria andava e veniva, mescolando le cose. Decise che, nel migliore dei casi, Sparrow era stata la brutta copia di una madre morta. Una puttana e nient'altro. Sulla scena del delitto, non l'aveva nemmeno riconosciuta. Riker l'aveva avvertita mentre andavano in ospedale, e l'aveva fatto con mille cautele, come se si trattasse di una sua parente.

Mallory strinse il fermacapelli. Non era finito nello strappo del cuscino per caso. Era stato seppellito lì intenzionalmente. Sparrow aveva avuto tempo di nasconderlo, ma quando? Mentre l'assassino bussava alla porta? Oppure era già entrato in casa? C'era stato tempo per fare conversazione? Per tentare di convincerlo a non ammazzarla?

Fissò il lenzuolo sul vetro rotto. Perché l'uomo aveva bruciato la tenda prima di fuggire?

Volevi un pubblico che assistesse al tuo lavoro. Non solo i poliziotti, una vasta platea. La fama, è questo quello che volevi? Sì, aveva perfino lasciato un autografo, una firma fatta di mosche morte.

La porta si aprì. Mallory si alzò e vide Gary Zappata. Il pompiere era impalato sull'uscio. La maglietta senza maniche e i calzoni erano più piccoli di una taglia per mettere in mostra il fisico atletico. I capelli scuri erano pettinati all'indietro, ancora bagnati dopo la doccia. Puzzava di colonia.

«È la scena di un delitto, Zappata. Hai dimenticato le regole?» Mallory indicò la porta: «*Sparisci*».

«Sono qui per aiutare». Chiuse la porta ed entrò. C'era arroganza nel suo sorriso e in ogni gesto. «Allora, detective?»

«Sto lavorando. Cosa vuoi?»

Zappata agganciò i pollici ai passanti della cintura e si avvicinò al divano. «Sto cercando di far quadrare i conti.»

«Non farmi perdere tempo. Se sai qualcosa, dilla e falla finita.»

Adesso Zappata era irritato, ma si sforzò di sorridere. «Io posso aiutarti, Mallory. So delle cose sull'incendio. Per esempio, le candele non c'entrano nulla.»

«Bella scoperta. Grazie per essere passato di qui.» Mallory gli voltò le spalle per esaminare il muro annerito. Dopo un istante, si voltò. *Ancora lì?*

Il pompiere la ignorò e si buttò sul divano. «Non è un professionista.» Appoggiò una gamba al bracciolo, per farle capire che si sarebbe fermato per un po'. «Un vero piromane avrebbe collegato dell'esplosivo alla porta.»

«L'hai imparato alla scuola dei pompieri?»

Zappata non gradì che gli ricordassero che era nuovo del mestiere. Anche quando era in polizia, la sua carriera non era durata abbastanza perché cessasse di essere una recluta. «Ascolta, Mallory...» Era un ordine. «Non è nemmeno un assassino professionista. I veri killer tendono a ripetere ciò che ha funzionato in passato. Il nostro uomo è sicuramente un principiante.»

Il *nostro* uomo?

Mallory guardò la finestra e vide una sagoma maschile oltre il lenzuolo. Dalla forma del cappello, sembrava un poliziotto in divisa. Riker doveva aver messo qualcuno di guardia, contravvenendo agli ordini di Coffey. Zappata si alzò dal divano per raggiungere il mucchio di vestiti colorati. Sollevò il costume luccicante che anche Riker aveva notato.

«Chissà come le stava.»

«Lascia stare.» Mallory attraversò la stanza, dirigendosi verso Zappata. Lui indietreggiò verso la porta, stringendo il costume al petto.

«Non toccare le sue cose!» Gli strappò il vestito di mano. «Vattene!»

Zappata era sul punto di aprire la porta quando notò l'ombra del piantone. Si avvicinava. Poi sentì dei passi lungo le scale di cemento che conducevano alla porta dello scantinato.

Il pompiere era nervoso come una scolaretta preoccupata di perdere la reputazione. Gonfiò il petto per ritrovare un po' di spavalderia.

«Qui ho finito, stronza!» urlò Zappata, aprendo la

porta. Quindi uscì dall'appartamento come se fosse stata un'idea sua.

Mallory si chiese se i suoi colleghi pompieri sapessero che quella recluta era un autentico codardo. Ma si dimenticò subito di lui. Bastò uno sguardo al fermacapelli che aveva in mano.

Sparrow, come è entrato l'assassino? Ti ha portato dei regali, come facevo io?

Il sergente Riker sentì odore di cibo. Il suo stomaco gorgogliò non appena mise piede fuori dall'ascensore. Il piano era diviso in due. Da un lato l'appartamento di Charles Butler, dall'altro, un'agenzia di consulenza grazie alla quale Kathy Mallory regolarmente infrangeva la legge. Impiegava le ore libere indagando sul conto di personaggi tanto dotati quanto instabili, selezionandoli per posizioni professionali ad alto livello.

Il tenente Coffey le aveva ordinato di lasciare l'agenzia e Riker, quella sera, ammirò l'elegante soluzione trovata da Mallory. C'era una nuova targa appesa alla porta: quella che prima era la Mallory & Butler Ltd adesso era la Butler & Company. Era diventata un partner invisibile.

Attirato dal profumo, il detective attraversò il corridoio, diretto all'appartamento di Butler. Secondo il suo fiuto per il cibo da asporto, si trattava di cucina cinese. Prima che potesse bussare, la porta si aprì e si trovò di fronte a Charles Butler.

L'uomo era più alto della media e anche il naso era fuori misura, un naso sul quale avrebbe potuto comodamente posarsi un piccione. Gli occhi sporgenti, le palpebre pesanti, le piccole iridi blu, davano a Charles uno sguardo spaventato, simile a quello delle rane e dei cavalli imbizzarriti. Dal collo in giù, madre natura era stata generosa con quell'uomo. Il corpo di Butler era ben fatto, proporzionato e potente.

«Ciao, Riker.» Quando sorrideva sembrava un pazzo, anche se del tipo affascinante. Butler ne era consapevole, per questo sorridere lo imbarazzava.

«Allora, come va?» Riker notò che l'amico stranamente non indossava giacca e cravatta, ma portava una camicia di jeans che profumava di soldi. Si capiva da come gli donava. Probabilmente Mallory gli aveva presentato il sarto che le cuciva i jeans su misura. I due soci avevano qualche difficoltà con il concetto di abbigliamento sportivo.

«Ho sentito che sei in vacanza.»

«Sì, è un'idea di Mallory.» Charles si tolse dagli occhi una ciocca di capelli castani. Dimenticava spesso l'appuntamento con il barbiere. «Niente clienti fino all'autunno.» Improvvisamente sembrò preoccupato: «Mallory sta bene vero? Non sei venuto per dirmi che...».

«Sta bene. Avrei dovuto chiamare, scusa.» Riker era sinceramente dispiaciuto. Charles doveva aver pensato che fosse venuto a comunicargli la prematura morte di Mallory. «È tardi. È meglio che vada.»

«Che sciocchezza. Sono contento di vederti.» Charles si fece da parte per lasciar entrare l'ospite. «Ero preoccupato perché avevamo prenotato un ristorante, ma non era in casa quando...»

«Non ha chiamato per avvisarti? La sgrido io, stai tranquillo.»

Ecco spiegato il profumo di cucina cinese nella casa di un ottimo cuoco. Riker attraversò l'ingresso e si fermò in soggiorno. «Ti ha rifatto l'impianto stereo, vero?»

«E come lo sai?»

«Sono un detective.» La perfezione era la firma di Mallory. Aveva reso invisibili l'apparecchiatura, i cavi e le casse. Il suono era straordinario e ti dava l'impressione di avere un'orchestra nel cervello. Nella macchina di Mallory non esistevano CD e Riker si era sempre domandato che razza di musica potesse piacerle.

«Bevi qualcosa?»

«Una birra, grazie.» Riker sprofondò nel divano mentre Charles attraversava l'austera sala da pranzo per andare in cucina. Nonostante fosse stato in quell'appartamento parecchie volte, passò in rassegna la stanza arredata con preziosi mobili d'antiquariato, dalle pareti coperte di pannelli di legno. Libri e giornali erano impilati sulle sedie, segno che Charles aveva troppo tempo libero. Trovò quello che stava cercando: una ciotola di noccioline parzialmente nascosta da un giornale. Le aveva già divorate al ritorno di Charles, che portava le birre in due boccali ghiacciati. Chiunque tenesse i boccali per la birra nel freezer poteva contare sull'eterna amicizia di Riker.

«Sai...» Prendendo la sua birra, il detective vide un biscotto della fortuna sul tavolino accanto al divano. «Non è esattamente una visita di cortesia.» Afferrò il biscotto, poi, ricordandosi le buone maniere, chiese: «Ti dispiace?».

«Fai pure.» Charles si sistemò sulla poltrona. «Cosa posso fare per te?»

Riker sbottonò la giacca e mostrò il libro bagnato.

«Puoi sistemarlo?»

Charles osservò cowboy e pistole sulla copertina fradicia. L'espressione del suo viso era l'equivalente educato di *Merda*. Abbozzò un sorriso. «Credo di sì, ma occorrerà un po' di tempo.»

«Non c'è fretta.» Riker aprì il biscotto e guardò il foglietto cadere sul pavimento. Non lo raccolse: Riker era tra i pochissimi al mondo che mangiava quei biscotti, invece di limitarsi a leggere la frase all'interno. Si guardò intorno cercandone un altro.

Charles si allontanò per un attimo, e quando ricomparve portava un panino avvolto in un tovagliolo. Riker fu felice di scambiare il libro bagnato per un panino con il roast beef. Un secondo dopo la sua felicità era dissolta: Charles stava sfogliando il libro, e Riker notò un pezzo di carta incollato alla copertina.

Se non fosse stato così stanco e affamato, avrebbe pensato di esaminare il libro prima di consegnarlo. «Che cos'è?»

«Una ricevuta.» Charles delicatamente staccò il pezzo di carta. «È di Warwick libri usati. Strano. Credevo di conoscere tutte le librerie di Manhattan.» Chiuse il libro e fissò la copertina sbiadita. «Sembra che per te sia importante.» Era troppo discreto per chiedere perché.

«Non se ne trovano più. È uscito di stampa quarant'anni fa. È l'ultimo libro scritto da Jake Swain.» Riker divorò il panino, scolò la birra, cercando le parole. *Lo sceriffo Peety cavalca ancora.* Come si chiamava l'altro personaggio? L'aveva dimenticato, sperava di averlo cancellato dalla mente per sempre.

«È meglio che mi dia da fare prima che si asciughi.» Charles si alzò e passò nell'altra stanza.

Riker lo seguì in biblioteca. I muri erano alti più di tre metri, rivestiti da un mosaico di copertine di pelle. Una porta ricavata nella scaffalatura conduceva a un'altra piccola stanza.

Barattoli di colla, rotoli di carta, pennelli, pinzette e

rocchetti di filo erano sistemati su un lungo tavolo dove il bibliofilo riparava i libri della sua collezione. Charles spostò dei volumi istoriati d'oro per fare spazio a un tascabile costato cinquanta centesimi.

«Non devi dire nulla a Mallory» disse Riker. «Devi promettermelo. Il libro è suo, non voglio che sappia che l'ho rovinato.»

Charles era una di quelle persone che è meglio non far sedere al tavolo da poker. Era trasparente. Ora stava pensando che Riker mentiva. L'ufficio oltre il corridoio conteneva tutti i libri di Mallory. Quasi tutta informatica, niente narrativa. E prima di lasciare il college per entrare nella polizia, aveva frequentato la prestigiosissima Barnard per due anni. Quel libro non poteva appartenere a lei.

«D'accordo.» Charles si allungò per prendere la carta assorbente da una mensola sopra il tavolo da lavoro. «Non sei mai stato qui. Questa conversazione non è mai avvenuta.»

«Grazie.» Riker sapeva che nel frattempo Charles aveva messo in moto il cervello e cercava di capire che cosa stesse accadendo.

Staccò il blocco di pagine dal dorso. Il nervosismo del suo ospite era evidente. «Non preoccuparti. Tornerà come nuovo.» Dopo aver messo da parte la copertina, tolse la prima pagina di pubblicità per osservare meglio la successiva. La sua faccia diceva che adesso tutto era chiaro. «Non posso asciugare questa pagina, l'inchiostro scolorirebbe completamente. Posso salvare la dedica, ma la firma di Louis è andata.»

«Cosa?» chiese il detective sforzandosi di dissimulare la propria sorpresa.

«Questa è la calligrafia di Louis Markowitz, giusto?

Immagino saranno guai quando Mallory vedrà il disastro.»

Riker osservò la dedica scarabocchiata nella strana grafia del suo vecchio amico, e sotto la macchia blu della firma. «No. Mallory non ne sa niente. Contavo di farglielo avere fra qualche giorno.»

Charles lesse la dedica. «Così è un regalo di Louis per Mallory. Davvero carino. Pensato perché lei lo ricevesse dopo la sua morte, una specie di addio postumo.»

«Sì, qualcosa del genere.» Falso. Quando aveva scritto quella dedica, Louis Markowitz non pensava alla propria morte. Aveva davanti a sé ancora molti anni, tutto il tempo necessario per allevare Kathy Mallory. Il vecchio doveva essersi dimenticato dell'esistenza di quel libro, e così Riker, finché non se l'era ritrovato di fronte nell'appartamento di Sparrow.

«Il funerale di Louis non è cosa recente.» Charles usò pinze e tamponi per fissare la pagina a una tavola, poi accese una piccola stufa grande quanto una mano. «Non è un po' tardi per darglielo?»

«Sì.» Riker si stava lentamente riprendendo dallo shock. Un morto aveva sostenuto la sua bugia, quindici anni prima che venisse pronunciata.

Un'ora dopo, la stanza era invasa dalle pagine del libro avvolte nella carta assorbente. Solo la pagina con la dedica era in bella vista. Il detective fissò lo scarabocchio di inchiostro blu, le parole di un uomo che aveva amato una piccola vagabonda. Evidentemente Lou aveva scritto quelle parole nella convinzione che la bambina fosse andata, morta. Eppure si capiva che non aveva rinunciato a sperare che Kathy potesse tornare.

Riker lesse la dedica ancora una volta.

«*C'era una volta una bambina. No, cancella. Sei sempre stata molto di più. Bisognerebbe metterti in musica – le note del fottuto inno nazionale – per essere sopravvissuta a tutte quelle notti terribili. Eri il mio mito.*»

Dopo che Charles ebbe augurato la buonanotte a Riker sulla porta dell'ascensore, vide uno spiraglio di luce filtrare dalla porta della Butler & Company. Mallory? Non la vedeva dall'inizio di giugno. Entrò in ufficio, sforzandosi di non correre. Attraversò la reception e percorse lo stretto corridoio fino alla stanza di Mallory, dove c'erano i computer. Si fermò sulla soglia. Vide la schiena della sua socia. Sedeva di fronte a uno dei tre computer. La maggior parte dell'ufficio era avvolto nell'ombra a eccezione dei capelli di Mallory, illuminati da una lampada.

Cosa poteva dirle? Sicuramente non si sarebbe scusata, non avrebbe nemmeno accennato alla cena mancata. Rapita dalle sue macchine, era indifferente a ogni altra cosa. Anni prima, lui aveva scritto un saggio piuttosto poetico sulle doti di Kathy in campo informatico. Nel corso della sua carriera aveva studiato molte persone in grado di utilizzare la tecnologia a proprio vantaggio. Ma lei era diversa. Aveva la sensibilità di un compositore, fondeva competenze tecnologiche, matematiche e musicali per comporre partiture adatte a strumenti elettronici.

In seguito, dopo aver conosciuto i particolari della sua infanzia, quella visione si era alterata e incupita. Il suo passato era la causa di quel talento per ciò che era freddo e alieno. E la sua intimità con le macchine lo spaventava.

Non era sempre stato così categorico a proposito dei

computer. Ma adesso li vedeva come soldati perversi capaci di sequestrare Mallory. Aveva cercato di smorzare la loro influenza, introducendola alla raffinatezza delle cose antiche. Mallory aveva resistito, occupando la cucina dell'ufficio con l'orribile tecnologia che Charles detestava. Aveva addirittura invaso il suo appartamento con un attacco a sorpresa e aveva rifatto l'impianto stereo. La perfezione del suono, il telecomando, l'avevano sedotto, per qualche tempo. Ma adesso era tornato sulle sue posizioni e fantasticava di riuscire un giorno a scollegare tutti i computer, Mallory compresa.

Una bella lotta.

Quando Charles si avvicinò, Kathy non alzò gli occhi dallo schermo. Fissava il monitor, concentrata nella semplice trascrizione di un testo scritto a mano. Tutta quell'angoscia per niente.

Punti interrogativi tra parentesi punteggiavano lo schermo luminoso. Sul tavolo di metallo c'era un consunto blocco per appunti, aperto a una pagina macchiata di caffè e solcata dall'inchiostro blu di una vecchia penna stilografica.

Per la seconda volta in quella notte Butler si trovava a fissare la calligrafia di un vecchio amico. Mallory stava decifrando gli scarabocchi del padre adottivo: le uniche parole leggibili con chiarezza erano *nastro adesivo* e *corda*.

Sollevò il viso verso di lui, e si scambiarono una specie di saluto. La guerra tecnologica non aveva rovinato il loro rapporto. Si salutavano e si sorridevano al di sopra dell'incolmabile distanza che li separava.

3

Mentre Mallory guidava, Riker osservava dal finestrino il movimento sui marciapiedi, meditando su quanto fosse cambiato il mondo: beatnik vestiti da funerale erano stati sostituiti dai variopinti figli dei fiori, hippy con il simbolo dell'amore libero e quella benedizione di ragazze vestite da squaw che andavano a letto con chiunque suonasse una chitarra.

Rock & roll. Giorni felici.

Poi erano comparsi orecchini al naso e capelli con colori al neon, tatuaggi e corpetti di pelle nera e borchie: un'altra ondata di bambini senza paura aveva invaso l'East Village.

Quella mattina Riker vide una ragazza in maglietta polo bianca e jeans. Poi un'altra persona, vestita allo stesso modo. Riker non se n'era accorto, ma tutti i ragazzi andavano a comprarsi i vestiti nello stesso posto.

Guardò Mallory. «Forse dovrei interrogare io Tall Sally.» *Per sicurezza,* avrebbe dovuto aggiungere. Non lo preoccupava la stazza di Sal, un ex galeotto, ma i suoi trascorsi con Sparrow quando Mallory era piccola. «Non sto dicendo che non puoi farcela da sola...»

La macchina si fermò prima che il semaforo diventasse rosso. Nessun avvertimento. Inchiodò mandandolo a sbattere contro il cruscotto. Per fortuna aveva allacciato la cintura, così almeno aveva salvato i denti.

«Ho capito» concluse Riker.

Aspettarono in silenzio che scattasse il verde, l'auto si mosse e Mallory abbassò gli occhiali scuri. Disse: «Pensi che dovrei occuparmi della vecchia?».

Aveva detto abbastanza. Secondo il verbale, l'anziana testimone era molto fragile, e non solo fisicamente. Mallory l'avrebbe portata a fare un giro in macchina. Il suo vecchio cuore non avrebbe retto.

Accostarono di fronte al luogo del delitto. Riker scese dalla macchina e la guardò ripartire. Di giorno, con la luce del sole, il quartiere di Sparrow sembrava tranquillo. C'erano vasi di fiori sui davanzali, segno di invecchiamento generazionale, legge e ordine.

Il detective avuto in prestito dal tenente Loman vagava davanti alle scale del condominio. Indossava un vestito nero e scarpe lucide. Spostava il peso da un piede all'altro, sospettando di essere nei guai, e lo era.

Riker scrutò la facciata annerita dal fumo e il nastro giallo della polizia sul marciapiede. Un agente dall'aria familiare era di guardia all'appartamento nello scantinato. Riker sorrise. «Waller, vai pure a mangiare qualcosa. Starò qui io per un po'.» Indicò l'uomo che riparava la finestra: «Controllerò che non porti via niente».

Waller si allontanò e Riker si voltò per affrontare il giovane poliziotto vestito di nero, un agente appena promosso detective. Sicuramente si trovava lì perché era il genero del vice procuratore. Il suo unico segno distintivo erano i capelli ossigenati. Più che biondi erano gialli, color pulcino. Per questo Riker lo aveva soprannominato fra sé Duck Boy.

Ragioni diplomatiche consigliavano di tenere quel ragazzo in grande considerazione, così Riker lesse il suo rapporto e lo accartocciò dicendo: «Fa schifo». Riker non era il tipo che andava troppo per il sottile. Non era la prima volta che stracciava un rapporto e non c'era mai stato bisogno di aggiungere altro, ma quella mattina aveva voglia di chiacchierare.

Osservò la finestra di un appartamento al primo piano sul lato opposto della strada. Intravide i capelli bianchi di una signora. Amava le vecchie signore, le sentinelle del mondo.

Prese il foglio appallottolato, la deposizione raccolta da Duck Boy. «"Fanatismo, demenza senile", tutto qui? Il tenente Loman penserà che non ti ho insegnato niente.»

L'agente Waller tornò con il sacchetto della colazione e Riker attraversò la strada, con Duck Boy al seguito. Una rampa di scale conduceva all'atrio di un edificio stretto.

«Oggi imparerai qualcosa.» Il detective più vecchio suonò il campanello. «Tieni la bocca chiusa e ascolta.»

Una donna anziana con gli occhiali e un leggero vestito a fiori aprì la porta. Le sue lenti erano spesse e un occhio era velato dalla cataratta, eppure riconobbe Duck Boy immediatamente. Non era un ricordo piacevole. «Oh, siete tornati.»

Riker percepì un vago accento del Sud. «Emelda Winston? Sono il detective Riker. Posso chiamarla *signorina* Emelda?»

«Certo che può.» Gli occhi si accesero e anche le dita, con le unghie smaltate, fremettero nei sandali. Rivolgersi agli anziani in quel modo non si usava da quelle parti. L'aveva conquistata.

«Entrate pure, ragazzi.» La vecchia indietreggiò per farli passare.

«Da questa parte, accomodatevi in salotto.»

I due detective raggiunsero un enorme divano. La signorina Emelda ricomparve con un carrello, tovaglioli di lino, bicchieri di cristallo e un piatto di biscotti a cioccolato.

«Così siete venuti per Sparrow.» Servì la limonata «Sapete, sono stata io a chiamare i pompieri.»

«Lei?» Riker squadrò Duck Boy. «Nessuno me l'aveva detto.» Addentò un biscotto, sicuramente fatto in casa, perché era duro come un sasso. «Signorina Emelda, conosceva bene Sparrow?»

«No, sono davvero spiacente. Povera ragazza, si era trasferita da poche settimane.»

«Dunque non sa come si guadagnasse da vivere?»

«Faceva l'attrice, ma non capisco come riuscisse a sopravvivere. Ieri sono andata alle prove generali nel seminterrato della scuola elementare. Era lì che davano lo spettacolo. L'ingresso costava pochi dollari. Credo l'abbiano cancellato.»

Riker annuì. «Mi chiedevo perché Sparrow portasse quei vestiti. Una maglia a maniche lunghe, la gonna lunga, gli stivali. Era un costume di scena?»

«Sì, era una recita in costume, qualcosa di Čecov, credo.» L'anziana sorrise. «Sparrow era proprio brava. Un'interpretazione molto commovente.» Dopo aver divorato altri due biscotti granitici e aver bevuto la limonata, Riker ed Emelda sembravano vecchi amici.

«Signora,» disse Duck Boy violando l'ordine di tacere «perché non gli racconta dell'angelo?»

«Ah sì, certo, l'altra notte. La folla si è aperta per un attimo e ho visto un angelo che volava davanti alla finestra di Sparrow.» Emelda batté le mani. «È stato incredibile, ma i giornali non ne hanno parlato.»

Riker continuava a sorridere, come se il racconto della donna non facesse una grinza. «Può descrivermi l'angelo?»

«Credo fosse un cherubino.» Pescò nella tasca del vestito e tirò fuori una decorazione natalizia. «L'ho mostrato al giovanotto.» Indicò Duck Boy, e sussurrò a Riker: «Quel ragazzo non mi capisce, crede che io sia pazza».

Riker scosse la testa mostrandosi comprensivo. «I giovani d'oggi.» La donna guardò il suo cherubino, un paio di ali bianche attaccate a una testa di riccioli d'oro. Il detective si voltò verso la finestra che dava sull'appartamento di Sparrow. Quell'angelo, in realtà, era un detective. I jeans scuri di Mallory non erano visibili nell'oscurità. Emelda aveva visto solo i capelli biondi e la giacca bianca, una creatura alata.

«È stato un miracolo» disse, le mani unite in preghiera.

Riker era soddisfatto, anche con la cataratta, la vecchia ci vedeva bene. Riker si sporse in avanti, e chiese, con un tono da cospiratore: «Detto tra noi, secondo lei chi ha impiccato Sparrow?».

«I giornalisti, naturalmente.»

Duck Boy roteò gli occhi, ma si ricompose subito quando Riker gli tirò un calcio. Secco, sulla tibia. Riker sperò di avergli fatto molto male. Poi tornò a rivolgersi alla testimone e sorrise. «Neanch'io mi fido dei giornalisti.»

La vecchia annuì. «Sono dappertutto, anche sugli alberi, e ci spiano. Ne ho visto uno là fuori con la macchina fotografica, prima di sentire odore di fumo. Strano, non crede?»

«Certo» disse Riker. «...l'ha visto in faccia?»

«No, mi dispiace. Era voltato di schiena. Ricordo la macchina fotografica. Indossava una maglietta bianca e dei jeans. Forse aveva un cappello da baseball. Anzi, ne sono sicura.» Accennò un gesto di disgusto. «Ai miei tempi i giornalisti si mettevano in giacca e cravatta.»

Riker guardò dalla finestra cercando di inquadrare la visuale della signorina Emelda. Non poteva vedere con chiarezza quello che succedeva dall'altra parte della strada, altrimenti non avrebbe scambiato Mallory per un angelo. «A che distanza si trovava il tizio?»

«Era arrampicato sull'albero. Non gliel'ho detto? Sì, proprio di fronte a casa mia. Poi è comparso il furgone della televisione e gli altri giornalisti. C'era il nome del programma sulla fiancata, ma non mi ricordo quale, mi spiace. Be', come può immaginare, ero un po' agitata. I pompieri sono arrivati due o tre minuti più tardi, per fortuna non era un grosso incendio, grazie a Dio.»

«Amen» disse Riker. «Così il tizio con la macchina fotografica si è arrampicato sull'albero prima che arrivasse il furgone della TV?»

«Sì, e prima che sentissi odore di fumo.» Emelda si diresse verso la finestra. Indicò una quercia vicino al marciapiede, uno dei rari esemplari che sopravvivono in mezzo al cemento. «Quell'albero.»

«Signora?» Duck Boy estrasse il taccuino per gli appunti. «Di che marca era la macchina fotografica?»

Emelda, confusa, si voltò verso Riker, come se non capisse che lingua parlasse Duck Boy.

«Lo so,» disse Riker «le macchine fotografiche sembrano tutte uguali.»

«Posso mostrarvi la mia.» La donna si precipitò fuori dalla stanza e tornò qualche istante dopo con una vecchia Instamatic. «Era più piccola di questa e forse era di un'altra marca. Poteva essere una Polaroid. Le foto saltavano fuori dal davanti, come la mia. Si sviluppano sotto agli occhi, in un attimo. Vi faccio vedere.»

Duck Boy fu accecato dal flash, immortalato mentre spezzava la matita in due.

Riker uscì dall'appartamento di Emelda Winston e attraversò la strada seguito da Duck Boy. Aveva ricevuto un'altra informazione dalla sua testimone e per fatalità, l'uomo che cercava era lì. L'ex poliziotto Gary Zappata stava scendendo le scale verso l'appartamento di Sparrow quando l'agente Waller lo afferrò per il braccio e lo riportò sul marciapiede.

«Fatti da parte, ho da fare.» Gonfiò il petto per mettere in mostra lo stemma dei pompieri sulla maglietta, come se fosse il suo lasciapassare.

Probabilmente Zappata era stato costretto a consegnare il distintivo e il tesserino in seguito al suo comportamento sulla scena del delitto. Ben presto lo avrebbero accusato di condotta irregolare e sbattuto fuori anche dai pompieri.

L'agente Waller bloccò l'ingresso allo scantinato.

«Fuori dai piedi,» disse Zappata «non farmelo ripetere.»

Per nulla impressionato, il poliziotto rispose scolandosi la lattina di aranciata. Waller stava vincendo. Figlio purosangue della città di New York, addentò il panino e guardò il cielo, ignorando l'ex poliziotto.

Zappata si voltò e vide i due detective avvicinarsi al marciapiede.

Indicò l'uomo più vecchio urlando: «Ehi, sbirro!».

Riker rispondeva raramente quando si rivolgevano a

lui in quel modo, e gli piaceva ancor meno quel tono di comando. Fece un gesto come per allontanare Zappata e disse: «Qualunque cosa tu voglia da me può aspettare».

Idiota.

Riker s'infilò nella volante di Waller e fece cenno a Duck Boy di imitarlo. «Hai preso nota di tutto?»

«Tutto cosa?»

«Il gruppo teatrale di Sparrow. Voglio i nomi di tutte le persone presenti alle prove generali. I giornalisti erano sul posto prima che arrivassero i pompieri. La signorina Emelda non è stata rapidissima a dare l'allarme, ma i pompieri non avrebbero dovuto arrivare dopo i giornalisti. Devi scoprire perché il furgoncino della televisione si trovava in zona. E ascoltami bene: me ne frego se dovrai prostituirti per ottenere l'informazione, ma mettiti il preservativo quando scopi con i giornalisti. Non si sa mai, con quei bastardi.» Riker si allungò per aprirgli la portiera. «Vai, muoviti.»

Il giovane detective uscì e si mise a correre. Duck Boy, pulcino alla carica.

Il detective Riker scese con calma dalla macchina.

Gary Zappata lo stava aspettando.

Che fesso.

Il detective guardò l'orologio. Tanto per chiarire chi, fra i due, non avesse tempo da perdere. Poi fissò il pompiere, come se solo a quel punto si fosse accorto di lui.

«Cosa c'è?»

Zappata indicò Waller. «Non mi lascia entrare.»

«Sono gli ordini.» L'agente Waller indicò il nastro che delimitava la zona. «Solo gli agenti della Sezione Crimini Speciali possono entrare, i pompieri imbecilli, no.»

Riker lanciò un'occhiata di avvertimento a Waller. Non conosceva Zappata, l'ex mina vagante del distretto. Un ex poliziotto fuori di testa troppo pericoloso sia come amico sia come nemico.

«Dove diavolo è la tua collega?» chiese Zappata.

Più o meno in quell'istante, Mallory stava entrando nei magazzini Macy alla ricerca della puttana più alta di New York. «Ha da fare, e anch'io.»

L'idea di mettere quell'uomo sulla lista dei sospetti lo solleticava. Zappata aveva le palle per battere una girl scout in un combattimento leale?

Indeciso, Riker cercò una sigaretta. Poi, lentamente, pescò nelle tasche alla ricerca dei fiammiferi, solo per far innervosire il pompiere. «Hai un minuto del mio tempo.» Come previsto, si imbestialì, le mascelle erano talmente contratte che tremavano. Erano quelli i momenti in cui Riker amava davvero il suo lavoro.

«La tua collega mi ha fatto sospendere» disse Zappata. «Credo di averle pestato i piedi l'altra notte.»

«Sì, ho sentito che hai giocato a fare il detective.»

«Quella stronza ha...»

«Non è stata lei, non è una spia.»

«E allora come è successo?»

«Se ti impegni puoi arrivarci da solo. Piuttosto, cosa mi dici della lampadina sulla porta d'ingresso?»

«Cioè?»

«Zappata, ho una testimone che sostiene che la luce era spenta quando sono arrivati i pompieri. Ora, non credo che voi vi portiate delle lampadine di riserva, quindi immagino che qualche idiota abbia pensato che la lampadina fosse solo svitata, così l'ha riavvitata, capisci... E in effetti la lampadina non era rotta, ma solo svitata.»

Riker sapeva di aver fatto centro. Zappata lo fissava con gli occhi sbarrati. «Ma questo pompiere così stupido non si è preoccupato di comunicarlo ai poliziotti. Credo abbia pensato che non ci interessasse sapere che l'assassino era uno sconosciuto che si nascondeva al buio dietro i sacchi della spazzatura. Sicuramente preferivano pensare che Sparrow avesse aperto la porta a qualcuno che conosceva. Tanto per perdere qualche giorno prezioso indagando a partire dai presupposti sbagliati.»

Riker non odiava nessuno più di Zappata. Se Sparrow fosse stata tirata giù in tempo, probabilmente adesso non sarebbe in coma in un letto d'ospedale.

Ma Riker non aveva ancora finito. «Immagino che quel pompiere idiota si sia tolto i guanti prima di toccare la lampadina.» Fece una pausa. «Waller, chiamami un tecnico della Scientifica.» Indicò il lampadario sulla porta. «Fagli prendere la lampadina e prelevare le impronte.»

Riker voltò la schiena a Zappata e s'incamminò verso l'appuntamento successivo, su Avenue A, dove aveva in mente di uccidere una ragazzina di dieci anni per la seconda volta.

La porta si aprì ed ebbe inizio la carneficina. Due donne furono spinte di lato e un uomo cadde in ginocchio. Fare spese in città non era un giochetto per turisti, ma una lotta senza esclusione di colpi. Dietro agli espositori, uomini e donne eccitati affrontavano i nemici. Avanzava l'orda dei clienti e in mezzo a loro c'era una bionda in occhiali da sole Armani. Mallory era un poliziotto atipico anche nel look. La maglietta di seta leggera, la giacca di lino, i jeans, erano tutti di sartoria.

Mallory non indossava niente che non fosse fatto su misura. Con gli occhiali a nascondere gli occhi verdi, non aveva nulla in comune con la ragazzina rabbiosa che un tempo aveva eletto i grandi magazzini Macy come base per i furti commissionati da un travestito. La venerazione di Tall Sally per qualsiasi vestito provenisse da Macy era totale. E pagava bene. Col tempo, i commessi avevano imparato a riconoscere Kathy Mallory, un'abile ladra di appena dieci anni. A volte si sporgevano dal bancone per salutare quella bambina pestifera. E questo confondeva Kathy, perché andava da Macy soltanto una volta la settimana e non era mai stata beccata. Come facevano a riconoscerla? Era una bambina e non aveva capito che i suoi occhi e la sua bellezza la rendevano unica. Passava accanto a molti specchi, ma non si guardava mai. Scoprire che i commessi potevano riconoscerla era stato uno shock. Un giorno, pensando che fossero i vestiti sporchi a renderla visibile, Kathy si era preparata con cura. Aveva raccolto i capelli luridi sotto un cappello da baseball. Aveva indossato un paio di jeans appena rubati e un paio di occhiali firmati con la montatura dorata, occhiali che nessuno dei clienti di Macy avrebbe potuto permettersi. A quel punto si era sentita davvero invisibile.

Quindici anni dopo, Kathy Mallory indossava occhiali da sole ancora più costosi, ma i commessi non erano più quelli di un tempo. Scrutò le facce sconosciute alla ricerca di una commessa altissima, quasi due metri, con i lunghi capelli biondo platino. Trovò Tall Sally dietro un bancone di cosmetici. Ecco un sogno che era diventato realtà. Finalmente Sal poteva rubare tutti i cosmetici del mondo, senza bisogno di aiuto. Con una voce in falsetto chiese: «Posso aiutarla, signorina?».

Non mi riconosci, Sal?

No. Gli occhi grigi, appesantiti dal mascara, non l'avevano riconosciuta.

Mallory mostrò distintivo e tesserino. «Sono venuta per Sparrow.»

«Mettilo via.» La voce di Tall Sally si fece più profonda, la voce di un uomo. «Perché mi state sempre alle calcagna? Vedo l'agente per la libertà vigilata una volta la settimana.»

Mallory abbassò il tesserino. «Il tuo principale è al corrente dei tuoi precedenti?»

Sal aveva mentito sulla domanda di assunzione, aveva omesso gli arresti per rapina e corruzione di minore.

Mallory posò la cartelletta di cuoio sul bancone tenendo il cartellino bene in vista. Sal lo fissava come se dovesse esplodere da un momento all'altro.

«Sparrow lavorava con te» disse Mallory. «Questo ti rinfresca la memoria?»

«Siamo in un grande magazzino, dolcezza. In che settore lavorava? Non mi pare di ricordare quel nome.»

E di me ti ricordi, Sal? Ti ricordi di avermi abbandonato?

Mallory alzò la voce: «Tu e Sparrow siete state arrestate per prostituzione. Lavoravate sullo stesso marciapiede. Non cercare di fregarmi!».

«Be', una volta conoscevo un sacco di puttane. Credi che me le ricordi tutte?»

«Il direttore del personale sa che sei un uomo?»

Sal sbottonò la camicetta e le mostrò un seno formidabile. «Non ho niente da nascondere, non so se mi spiego.»

«Hai cambiato sesso?»

Tall Sally annuì.

L'agente della libertà vigilata aveva sorvolato su quel particolare. Mallory sapeva che il ladro era stato arrestato quando era ancora un uomo. L'intervento doveva essere una faccenda recente. «Un intervento costoso. Non si mette da parte una cifra simile lavorando nella lavanderia del carcere. Oggi rubi da sola o usi ancora dei ragazzini?»

«Avevo qualche soldo da parte.»

In altre parole, aveva rubato un bel po' di soldi. Mallory ricordava Sal che, tenendo i ferri da scassinatore appena fuori dalla sua portata, la minacciava: «Bambina, se ti prendono dimentica il mio nome o ti concio da buttare via». Kathy Mallory, che all'epoca aveva soltanto dieci anni, con un balzo aveva afferrato i grimaldelli e aveva scassinato un furgone a tempo di record. L'allieva aveva superato il maestro.

Ti ricordi di avermi abbandonata?

Anche quella volta il travestito si era tenuto a distanza di sicurezza, mentre Kathy rubava per lui. Quella volta caricava videoregistratori in un carrello della spesa.

Non appena aveva visto la volante, Tall Sally era montato tranquillamente in auto e, senza nemmeno un'infrazione al codice della strada, se l'era filata.

Due agenti avevano visto Kathy dentro al furgone delle consegne, nessun posto dove nascondersi, nessun posto dove scappare. La piccola ladra aveva sollevato la mano e salutato. Con un sorriso, i poliziotti avevano ricambiato il saluto e se n'erano andati. E dopo tutti quegli anni, Tall Sally non riconosceva quella bambina ormai cresciuta, che ancora lo odiava.

«Allora è una coincidenza» disse Mallory. «Tu ti sei fatto la vagina e Sparrow un naso nuovo.»

«Quella troia drogata si è rifatta il naso?» Tall Sally

parlava di nuovo in falsetto: quelli erano discorsi da
donne.

«E com'è?»

Mallory capì che le due prostitute non si frequenta-
vano da tempo. Tall Sally era sempre stata una pessima bugiarda, ricamava troppo sui dettagli. Ma non
quella volta. Tall Sally non aveva mai visto la faccia
nuova di Sparrow.

Lungo Avenue A, uomini mezzi nudi perforavano
con il martello pneumatico il marciapiede di fronte alla
libreria. Respiravano polvere, come Riker che esaminava i titoli dei libri usati in vetrina. Sarebbe stato il primo
cliente della giornata.

John Warwick camminava verso di lui, magro e
stanco, lento come tutti i vecchi.

Inclinava la testa bianca per non incrociare lo sguardo dei passanti. Si fermò sulla porta del negozio senza
notare il detective.

«John, ti ricordi di me?»

Il libraio si voltò verso la vetrina e si rivolse all'immagine riflessa del detective. «Riker, quanto tempo è passato, quattordici, quindici anni?»

«Credo di sì. Sono venuto per quel libro, il vecchio
western che hai tenuto da parte per Lou Markowitz.»

Il libraio indietreggiò, sulla difensiva.

«Non è in vendita. Appartiene alla ragazzina.»

«È morta,» mentì Riker «e lo sai.»

Warwick scosse la testa. Dopo quindici anni era ancora convinto che la bambina si fosse solo persa. Quasi
la verità.

«Allora, ce l'hai ancora tu?» Impossibile, visto che
Riker aveva trovato il libro a casa di Sparrow.

«Certo che ce l'ho io. Credi che lo darei a qualcun altro?»

«È finita, John. La bambina non tornerà.» Poi gli chiese: «Quand'è l'ultima volta che qualcuno ti ha domandato il libro?».

«Tutti i giorni, nelle ultime due settimane.» Warwick strizzò gli occhi. «Una stangona bionda.»

Evidentemente non stava descrivendo Mallory.

«Sparrow» disse Warwick. «Si chiama così. Lo ha scritto su un pezzo di carta, e anche il numero di telefono. L'ho buttato...»

«Ma prima di questa donna nessuno si è fatto vivo, giusto? Niente per quindici anni?»

«La bambina è viva» disse Warwick. «Tu non l'hai trovata, nessuno avrebbe potuto riuscirci... nessuno.» Le braccia magre si incrociarono sul petto come uno scudo. «Non puoi avere quel libro.»

Riker aveva alcune domande a proposito di Sparrow. Doveva capire cosa fosse successo negli ultimi giorni della sua vita, ma non poteva interrogare quell'uomo in maniera ufficiale. Considerati i precedenti psichiatrici di Warwick, avrebbe creato soltanto guai. «John, possiamo sederci e parlarne con calma? Solo qualche minuto poi me ne vado, prometto...»

Warwick estrasse un fazzoletto di lino grigio. Si tolse gli occhiali e fece finta di pulirli, cercando qualcosa da dire. «Markowitz mi ha fatto passare parecchi guai, non è stato facile trovare quel libro. Mi ha detto di...»

«È morta. Non tornerà per il libro.»

«Non puoi averlo!» urlò Warwick, poi incurvò le spalle guardando furtivamente a destra e sinistra. «Perché potrebbe tornare a riprenderselo.»

John Warwick era un membro del clan di Lou

Markowitz, non avrebbe mai mollato, ma probabilmente non sarebbe mai arrivato a Mallory. Riker era contento che non sapesse il nome della ragazzina. Nel peggiore dei casi, il libraio avrebbe potuto incontrarla per strada e riconoscere i suoi inconfondibili occhi verdi. O stava ancora aspettando una bambina di dieci anni?

Riker indietreggiò per tranquillizzare quella persona fragile, da sempre sull'orlo della pazzia.

L'autorità in qualunque forma terrorizzava John Warwick, eppure stava tenendo testa a un poliziotto. Era un uomo coraggioso.

Il detective si mise a sedere su una panchina di ferro di fronte al negozio. Warwick appariva più rilassato.

«Non posso costringerti a parlare con me,» disse Riker «ma non me ne andrò finché non lo farai.» Non poteva rischiare che un altro poliziotto seguisse quella pista e collegasse Sparrow con la bambina dagli occhi verdi che amava i western. Abbassò lo sguardo e sussurrò: «Per favore».

Scuotendo la testa, Warwick aprì la porta del negozio e sgusciò dentro. Due minuti dopo era di nuovo sulla strada, in lacrime. «L'ha rubato! Ieri il libro era sullo scaffale, e ora è sparito. Quella donna l'ha rubato.»

Atteggiandosi a pubblico ufficiale, Riker tirò fuori il taccuino: un cittadino denunciava un furto. «Hai detto che si chiamava Sparrow? Ieri si trovava nel tuo negozio?»

«Tutti i giorni nelle ultime due settimane. Ieri è stata l'ultima cliente. Appena prima che chiudessi. Sono sicuro che è stata lei a rubarlo! Scrivilo!»

Riker guardò l'orario appeso alla vetrina. Povera Sparrow. Aveva voluto tanto quel libro, ma non era riuscita a leggerlo prima di essere aggredita e impiccata.

4

La stanza era piena di sole. Le pentole di rame tappez-
zavano un'intera parete. Sugli scaffali, un'infilata di
contenitori, una fornitura di spezie impressionante, e
ogni genere di utensile da cucina dal gusto un po' *retrò*.
Charles Butler accese la fiamma sotto la caffettiera. Indossava la camicia e i jeans del giorno prima e aveva gli
occhi gonfi. Aveva lavorato tutta la notte per Mallory,
su quel vecchio western, anche se lei non lo avrebbe
mai saputo. Riker non riusciva a spiegarsi l'infatuazione
non corrisposta di quell'uomo per Mallory. Charles era
un esperto in fatto di psicologia deviata, doveva sapere
chi si trovava di fronte.

Il detective si mise a sedere al tavolo della cucina e
aprì il libro alla pagina dove c'era la dedica. A parte
la firma di Lou Markowitz, andata persa, il libro non
era sciupato, e per un momento pensò davvero di rega-
larlo a Mallory. «Come nuovo, un tocco magico...»

«La carta era piuttosto fragile.» Charles apparecchiò
il tavolo con tazze da caffè e forchette. «Ho dovuto
trattarla con un polimero particolare perché le pagine
non si sbriciolassero. Naturalmente questo fa perdere
valore a un libro raro. Così ho fatto qualche ricerca.»

Non scherzava. Riker osservò la pila di volumi sul tavolo della cucina, la bibliografia di un avido collezionista. Tra i molti titoli intravide *Il ruolo del western nella letteratura americana*. «Il libro non ha valore, vero?»

«Esatto.» Charles posò il vecchio scontrino della libreria di Warwick accanto al libro. «Non capisco perché Louis abbia pagato una somma simile.»

«Te l'ho detto, era difficile trovarli. Gli ci volle un bel po' di tempo per scovare questo.»

«Sicuramente incaricò un professionista. Anch'io lo faccio ogni tanto. Ecco spiegato il prezzo.» Charles indicò la data sulla ricevuta sbiadita: «Non è l'anno in cui Louis ha adottato ufficialmente Mallory?».

Riker si sentì mancare la terra sotto i piedi. Non si pentiva di aver rubato il libro, aveva rischiato il distintivo ma l'avrebbe rifatto. No, il suo grande errore era stato quel momento di debolezza in cui aveva deciso di non distruggerlo. Il secondo errore era stato portare il libro alla persona che amava Mallory. «Apprezzo molto il tempo che...»

«Non che avessi di meglio da fare.» Charles mise due fette di torta sul tavolo, poi spense il fornello sotto la caffettiera. «Non mi interessano le vacanze... A proposito, dimenticavo: ho rintracciato tutte le opere di Jake Swain. Sai che ha scritto altri undici libri?»

«Sì, lo sapevo.» Riker si domandò quanto potesse dirgli senza rischiare di svelare l'intero pasticcio.

Charles versò il caffè nelle tazze e si sedette all'altro capo del tavolo.

«È interessante che Louis abbia assoldato un professionista pur di avere quel libro.» Era soltanto curioso, non aveva sospetti, non ancora, almeno. «Doveva volerlo a tutti i costi.»

Un fatto molto strano. Charles e Louis Markowitz avevano buon gusto in fatto di narrativa, condividevano una lista di autori piuttosto rispettabili, certo più autorevoli di Jake Swain. Forse Butler sospettava che quel brutto romanzo rappresentasse una specie di scherzo tra Mallory e il suo padre adottivo.

«No,» disse Riker «è stato il proprietario della libreria a trovarlo.» Sorseggiò il caffè e sentì in bocca un sapore amaro.

«Dimmi, come hai saputo degli altri libri di Swain? È un autore pressoché sconosciuto. Te ne ha forse parlato Louis?»

«Louis li aveva letti tutti.» Riker sapeva che non gli avrebbe creduto, anche se diceva la verità.

Charles era sbigottito. «Perché avrebbe dovuto leggere libri... di questo genere?»

Riker infilzò un pezzo di torta. «Perché si tratta di alta letteratura?» azzardò.

«No, non direi. Posso?» Charles aprì il western e si concentrò sulle pagine finali. «Nell'ultimo capitolo si parla di uno scontro a fuoco piuttosto curioso.»

Charles non aveva bisogno del libro, che evidentemente aveva letto per rinfrescarsi la memoria: sfogliava le pagine e assimilava tutto. Aveva una memoria notevole. Eppure, si considerava un uomo come tanti. Anzi, cercava sempre di sembrare meno brillante, meno geniale di quanto fosse realmente. Riker si domandò se non fosse anche un po' colpa sua. Forse doveva smettere di chiamare "marziani" i clienti della Butler & Company. Dimenticava che anche quell'uomo proveniva dallo stesso pianeta.

«Ecco qui.» Charles guardò la pagina. «Prima di tutto, la pistola emette una fiamma rossa, come un lanciafiamme. La folla esulta e il sindaco tiene un breve discorso. Poi, dall'altra parte di Main Street, una vecchia ballerina sviene quando *sente* il suono del proiettile che penetra nel corpo dell'avversario.» Fissò il suo ospite. «Considerando tutto quello che succede, ci sono sei minuti fra il momento in cui parte il colpo e quello in cui colpisce il bersaglio.»

Chiuse il libro dicendo: «Altamente inverosimile».

Riker sogghignò. «Parli così perché non hai mai visto Lou al poligono di tiro. Potevi aspettare anche tutto il giorno prima che un suo proiettile colpisse il bersaglio.» Sorseggiò il caffè, cercando delle parole che non suonassero false. «Ci sono due sparatorie in ogni libro.» Ora ricordava il nome del fuorilegge. «Non ho mai letto questo libro in particolare, ma credo che l'ultima sparatoria sia quella tra lo sceriffo Peety e Wichita Kid.» Scosse la testa. «Ecco come finisce.»

«Li hai letti anche *tu*?»

«Sì, più o meno.» Aveva dovuto leggerli. Lou Markowitz voleva la sua opinione: non riusciva a capire per quale motivo una bimba di dieci anni fosse tanto appassionata di quei western di serie B.

Charles era scettico, convinto com'era che il detective avesse gusti più raffinati.

«Nel primo libro,» disse Riker «lo sceriffo Peety guarda questo ragazzino crescere nell'anonima Franktown, nel Kansas. Il bambino e sua madre sono arrivati un giorno sulla diligenza per Wichita.» Cominciava a ricordarsi la storia. «Il bambino segue lo sceriffo come un'ombra. Peety comincia a chiamarlo Wichita Kid. Un nome da fuorilegge. Uno scherzo, capisci? Ma il ragazzino ama quel nome, ne va molto fiero. Dopo qualche tempo, Wichita Kid riceve la sua prima pistola "una vecchia arma arrugginita pagata un dollaro".» Riker aveva finito la torta. «Il giorno del quindicesimo compleanno del ragazzo, lo sceriffo si sveglia nel bel mezzo di una sparatoria. Corre in strada.» Il detective abbassò gli occhi, per mostrare a Charles un corpo sul pavimento. Uno straniero a Franktown, un cowboy disarmato steso sulla schiena in una pozza di sangue.

«I suoi occhi senza espressione fissavano il sole.» Riker constatò con sorpresa che stava citando a memoria. «E indovina chi c'è vicino al corpo?» La sua mano mimò una pistola. Soffiò il fumo dal dito. «Wichita Kid. La sua situazione peggiora quando Wichita ruba un cavallo e sparisce. Nel capitolo successivo, lo sceriffo sella uno stallone nero. Si prepara a seguire il ragazzo.» Riker aveva finito anche il caffè. «Lo sceriffo Peety ci vede a malapena, gli occhi offuscati dalle lacrime. *Vuole bene* al ragazzo. Ma Wichita ha ucciso un uomo e per questo va impiccato. Alla fine del libro Wichita è in trappola sul bordo di un canyon. È un gran salto, centinaia di metri. Eppure nel libro successivo l'inseguimento continua.»

«È una serie a episodi, i personaggi sono sempre gli stessi?»

«Sì, e tutte le storie finiscono allo stesso modo. Credo sia per questo che il lettore si appassiona.»

Charles annuì, poi fece scivolare il libro sul tavolo.

Il detective lo afferrò e se lo mise in tasca, come se fosse un libro sporco, invece che pericoloso.

La regina di ghiaccio entrò.

La recluta Ronald Deluthe osservò una bella donna che entrava in ufficio. Era sicuramente ricca, indossava un paio di scarpe da ginnastica molto costose. Sicuramente spendeva parecchio dal sarto e dal parrucchiere. Si chiese se fosse corrotta.

Che occhi verdi hai. Come sono freddi.

Mallory non lo notò. Il suo sguardo trapassò Deluthe ma lui non se la prese. Per lei era un ragazzo qualunque con i capelli tinti di un giallo volgare. Non era una questione di grado.

La recluta si rimise al lavoro, completando il rapporto sul perché il camioncino della televisione fosse arrivato sulla scena del delitto prima dei pompieri. Questa volta il detective Riker non avrebbe avuto niente da ridire.

Mallory si fermò a leggere il biglietto sul retro del computer di Deluthe. Qualcuno l'aveva appiccicato alla giacca della recluta e lui se n'era accorto solo togliendosela. C'era scritto «*Rianimatore di puttane morte*». Sportivamente aveva appeso il biglietto in bella vista, guadagnandosi i sorrisi di alcuni detective.

Mallory, però, non lo trovava divertente.

Strappò il foglio dal computer, lo appallottolò e lo buttò sulla tastiera.

Deluthe alzò lo sguardo quando Mallory si allontanò. Disse: «Signora?».

Troppo ossequioso?

Lei lo ignorò, come del resto facevano tutti i detective. Lasciò perdere il rapporto e la inseguì lungo il corridoio. La raggiunse in un'ampia stanza senza finestre. I muri erano rivestiti di sughero, tappezzati di fotografie e documenti. Qualche ora prima, un detective gli aveva fatto fare il giro della Sezione, dal bagno degli uomini alla sala da pranzo, ma non gli aveva mostrato quel posto. Alcune sedie pieghevoli erano sistemate in cerchio, ma lui non sarebbe mai stato invitato a quelle riunioni.

Sul tavolo vicino alla porta c'erano un grosso televisore e un videoregistratore. Lì accanto, Mallory parlava con un uomo più vecchio, Janos.

Un *vero* detective.

Deluthe sapeva che non doveva interrompere. Quindi, invece di sbracciarsi come un ragazzino che chiede il permesso di andare in bagno, passeggiò lungo le pareti rivestite di sughero. Osservò le foto e i documenti. Nessuno riguardava la prostituta impiccata. Non era un caso importante, gli avevano assegnato quel rapporto solo per tenerlo occupato. Mallory infilò una cassetta nel videoregistratore. Deluthe si avvicinò allo schermo, attratto dalle immagini della notte precedente. Ora capiva perché il direttore del telegiornale non gli aveva consegnato una copia della registrazione. Quella cassetta era già nelle mani di Mallory.

Il detective Janos fermò l'immagine.

«Quello?» Indicò una figura in piedi in mezzo alla folla, un uomo che indossava jeans e maglietta. «Sì, potrebbe essere l'uomo che la vecchia ha visto sull'albero.»

Deluthe trasalì al ricordo di Emelda Winston e di tutti gli sbagli commessi durante l'interrogatorio. Aveva imparato molte cose dal sergente Riker, era l'unico che si fosse preoccupato di insegnargli qualcosa. Forse anche la corsa a vuoto all'emittente televisiva faceva parte dell'addestramento. Si schiarì la voce prima di parlare con Mallory.

Avrebbe preferito morire piuttosto che balbettare: «Credevo di dover essere io a parlare con i giornalisti. Il sergente Riker mi aveva detto...».

«Sono arrivata prima.» Mallory lo disse senza una particolare inflessione, ma Deluthe ebbe la sensazione di aver sbagliato ancora.

Sicuramente Mallory sapeva tutto ciò che sapeva lui, e anche di più. Un confronto di appunti gli avrebbe soltanto procurato altre umiliazioni. «Ho quasi finito con il mio rapporto.» Un rapporto *inutile*. «Che cosa faccio adesso?»

«Te lo dico io.» Mallory sorrise.

Lo sfotteva? Sì, e Deluthe incrociò le braccia, aspettandosi che gli dicesse di sparire o peggio.

Mallory sfoderò il taccuino. «Non importa se ti ci vuole qualche giorno. Datti da fare.» Scrisse l'indirizzo di un magazzino e ciò che le serviva. Poi aggiunse: «Potrebbe trattarsi di un omicidio di quindici, vent'anni fa».

Quella vaga indicazione avrebbe dovuto aiutarlo a trovare il materiale di un delitto senza nome né numero di protocollo? Avrebbe potuto cercare per anni e non trovare mai lo scatolone giusto. Di fatto, Mallory gli aveva appena detto di sparire. E il suo sguardo pareva domandare che cosa ci facesse ancora lì.

Deluthe uscì in corridoio salutando mentalmente le pareti. Chissà se avrebbe mai rivisto quel posto.

Qualche minuto dopo salì in macchina: era rimasto senza benzina.

Sono un imbecille.

Deluthe era circondato da poliziotti. Chiunque avrebbe potuto dargli un po' di benzina, almeno per raggiungere il primo distributore. Ma piuttosto di ammettere un altro sbaglio, abbandonò la macchina e s'incamminò verso la metropolitana, sperando di arrivare dalle parti del magazzino. Una volta arrivato, sarebbe invecchiato vagando per i corridoi pieni di scaffalature polverose e vecchi scatoloni di prove.

Puoi scommetterci, imbecille!

Quando raggiunse la banchina, l'ultimo vagone del treno stava scomparendo nel tunnel. Si mise a sedere. L'altoparlante gracchiò, poi avvisò Ronald Deluthe che non sarebbe andato da nessuna parte, non quel giorno. C'era un incendio sui binari e non sarebbe più passato nessun treno.

New York non offre seconde possibilità.

Oltre la vetrina sporca, c'era un uomo alla scrivania. Sembrava sedere su un pulpito, il modo migliore per individuare i ladri fra gli scaffali di libri usati. Quel pomeriggio, però, non si vedevano clienti. La targa sul tavolo diceva «John Warwick, proprietario». Annunciato da uno scampanellio, Charles Butler entrò nel negozio. Accanto alla porta c'erano un tavolo, due sedie e un ventilatore in funzione. Da questo dettaglio Charles capì che Warwick non era un commerciante di libri. Solo chi amasse davvero il proprio lavoro avrebbe sacrificato dello spazio prezioso per creare un angolino tanto accogliente per dei lettori, che forse non avrebbero comprato niente. «Signor Warwick? Ho avuto il suo nome da un amico. Forse lo conosce, è il sergente Riker.»

Warwick lo scrutò per un istante, poi abbassò lo sguardo. Charles fece scivolare un biglietto da visita sul tavolo. Il libraio lo prese e lo avvicinò agli occhi miopi.

«Questo non dice che lavoro fa.»

Era vero. Qualifiche accademiche e diversi dottorati seguivano il nome di Charles Butler, ma il biglietto da visita non specificava la sua professione. Era stata un'idea di Mallory, che lo costringeva a spiegarsi a parole. «Lavoro nella selezione del personale. Valuto le persone con qualità particolari e poi trovo loro una collocazione nell'ambito di progetti governativi o...»

«È uno *psichiatra*.» Warwick sputò la parola come se avesse un cattivo sapore.

«No, non lo sono.» Charles guardò il biglietto. «Alcune mie qualifiche riguardano lontanamente la psicologia, ma non ho mai praticato...»

«E ora mi verrà a dire che Riker non ha mentito. Giusto, *dottore*?» Warwick guardava il tavolo quando sussurrò: «E io sono pazzo perché non gli credo. Ho ragione?».

«Non penso che Riker abbia mentito.» Charles abbassò la voce, non voleva che quell'uomo si sentisse minacciato. «Sono sicuro che avrebbe...»

«Altri trucchi.» Warwick raddrizzò la schiena. Gli occhi saettavano da uno scaffale all'altro, poi si incollarono a quelli del visitatore. Fece un respiro profondo, per assorbire energia. La sua voce era più forte. «Dica a Riker...» Gli puntò contro un dito tremolante. «Che è *viva*!».

«Chi?»

«Non è demenza senile, se è questo che pensa. Prima Markowitz, poi...»

«Louis Markowitz?» ripeté Charles.

«Pensa che potrei dimenticare quel nome? Non c'è niente che non va nella mia memoria, lo dica a Riker.»

«Non sono venuto per metterla sotto esame» sorrise Charles, sapendo che quel sorriso da fesso avrebbe messo Warwick a suo agio. Nemmeno un paranoico poteva considerarlo una minaccia.

Infatti, Warwick si rilassò. «È stato tanto tempo fa, ma ricordo tutto. Era davvero speciale. Di solito sono più grandi quando scappano di casa. Quelli della sua età finiscono negli orfanotrofi oppure adottati. Sa com'è riuscita a sopravvivere? È stata più intelligente di loro. Molto più intelligente.»

«Loro chi? La polizia?»

«Markowitz e Riker. Hanno sorvegliato il mio negozio per giorni. Che fessi.» Warwick sistemò gli occhiali sul naso.

«Pensavano di poterla catturare...»

«Chi? Di chi parla...»

«La ragazzina che amava i western.»

Charles richiamò alla mente una vecchia fotografia, quella che Louis Markowitz portava nel portafoglio. «I capelli della bambina erano biondi, lunghi e mossi?»

«Sì, arruffati e sporchi.» Warwick annuì. «Anche il faccino era sporco.» Gli occhi si persero nel vuoto, stava guardando un ricordo. «I suoi jeans erano sempre arrotolati. I vestiti le andavano grandi, a parte le scarpe da ginnastica di un bianco immacolato. Penso che ne rubasse un paio alla settimana. Markowitz diceva che rubava a occhi chiusi. Ma da me non aveva mai rubato. Prendeva un libro dallo scaffale e posava quello che aveva preso in prestito.» Warwick sorrise con espressione di sfida. «Visto? Non ho dimenticato niente.»

«Quanto durarono gli appostamenti?»

«Due mesi, e non sono riusciti a prenderla.»

Charles ricordava una versione completamente diversa: una, sera Louis stava tornando a casa per festeggiare il compleanno della moglie quando si era imbattuto in una bambina che rubava in una macchina. Invece di passare la nottata a riempire verbali, aveva portato Kathy alla festa di compleanno, e sua moglie aveva scambiato la piccola per un regalo. Che bella storia, l'aveva sentita mille volte. Riker non era mai stato nominato e nemmeno i mesi di appostamento.

«Era lei a prestarle i libri?»

«No, no.» Warwick era di nuovo diffidente, temeva le domande trabocchetto. «I libri se li prendeva e basta, come se fosse un suo diritto. Ne prendeva uno, poi lo riportava. Per questo Markowitz era convinto che provenisse da una città di provincia.»

«Che significa?»

«Markowitz diceva sempre che probabilmente dalle sue parti la biblioteca pubblica non era più grande di questo negozio. Mi disse queste esatte parole: "La bambina porta indietro i libri perché sua madre l'ha educata come si deve". Poi quel bastardo le confiscò tutti i western. Tutti tranne l'ultimo.»

«Il libro che ha rintracciato per Markowitz?»

Warwick annuì. «Non è stato facile ma l'ho trovato. Markowitz ha pagato, poi ha posato il libro sullo scaffale, per farlo trovare alla bambina. Ma lei non l'ha mai trovato. Non l'ho mai più vista. L'ultima volta che Markowitz è venuto, mi ha detto che la ragazzina era morta. Ha scarabocchiato qualcosa sul libro e l'ha lasciato qui.»

«Allora lei sa che cosa c'era scritto...»

«Era una lettera d'amore a una figlia morta.» Warwick sospirò, poi si guardò le mani. «Voleva che credessi che era morta, ma era soltanto un trucco. Piangeva, quel giorno. Gli avevo quasi creduto.»

«Interessante» disse Charles. «La bambina dev'essere venuta diverse volte prima che lei la denunciasse.»

«Non l'ho mai fatto. Non l'ho mai tradita.» Il libraio lo disse con molto orgoglio, come se avesse evitato un altro tranello del suo inquisitore.

Sbagliato.

L'orgoglio del libraio derivava dal fatto di aver rispettato una specie di patto non dichiarato con la bambina. Era certo che i due non si fossero mai parlati. «Scommetto che non riuscì mai ad avvicinarla.» Gli vennero in mente le parole che Louis Markowitz aveva usato per descrivere la ragazzina che aveva cresciuto come una figlia. «Sfuggente come un gatto, no?»

Tutto quadrava. Warwick non aveva voluto che la ragazzina fosse catturata e rinchiusa in qualche istituto, com'era successo a lui, probabilmente imbottito di medicinali perché non creasse problemi. Warwick non intravedeva per la piccola Kathy la possibilità di essere adottata o presa in affidamento. No, quell'uomo aveva colto qualcosa di familiare in quella bambina, qualcosa di anormale e oscuro. Una mente malata aveva tentato di...

Charles si avvicinò al libraio. «Aveva capito che era una sbandata, dai vestiti, dai capelli. Ma non l'ha mai denunciata. Perché?»

Riuscì a leggere negli occhi di Warwich. *Se mentissi mi crederesti?*

Charles dovette fare uno sforzo per non gridare la risposta, *Maledizione, sì!*

John Warwick reagì come se fosse stato attaccato. Chinò la testa, sollevò le spalle ossute e il mento sparì nel colletto della camicia. Era una tartaruga spaventata.

Come per scusarsi Charles chiese in tono più mite: «Che libri le piacevano?».

L'uomo rilassò il collo, ma lo sguardo scrutava la stanza in cerca di nemici sconosciuti. «Solo western.» Fece un mezzo sorriso. «E solo un autore.» Non era più nervoso, sembrava stanco quando si appoggiò allo schienale della sedia. «Tutte le opere di Jake Swain non sono più in stampa, da tempo. E c'è una ragione. Uno stile tremendo. Ma rileggeva quei western in continuazione. Sempre gli stessi undici romanzi.»

«Per quale motivo?»

«Non saprei.» Il libraio scosse tristemente la testa. «Era così piccola e magra, vulnerabile, sempre sola. Credo che li leggesse per trovare conforto. Sapeva che cosa sarebbe successo, in quei libri.»

Warwick voltò la faccia verso la strada. «Ma non sapeva cosa sarebbe successo lì fuori.»

5

Il sergente Riker attraversò la sala della Crimini Speciali, quindici scrivanie sistemate alla meglio, contenitori di cibo d'asporto ovunque e uomini armati. All'altro capo della stanza una parete di vetro separava l'ufficio privato del tenente Coffey. Mallory era davanti alla scrivania del capo, gli occhi bassi come una scolaretta in castigo.

Cosa c'era di sbagliato?

Riker li raggiunse e si sistemò al solito posto, sprofondando nella sedia con la sigaretta penzoloni. Dopo un pranzo sostanzioso, non aveva nessuna voglia di sprecare parole; si limitò ad aprire bene gli occhi a significare: "Ci sono". «Mi dicono che hai mandato quel ragazzo...» Il tenente Coffey si fermò a fissare la sigaretta del sergente, con la chiara intenzione di fargliela buttare. «Il ragazzo della squadra di Loman, come si chiama?»

«Duck Boy.»

«L'hai spedito in quel magazzino a scartabellare tra milioni di scatoloni pieni di vecchie prove. Speri che non torni più, vero?»

Riker alzò le spalle. L'idea era quella, ma non era

sua, e Mallory non se ne assunse il merito. Stava leggendo la documentazione del tenente.

«Be', è stato fortunato.» Jack Coffey sollevò uno scatolone dal pavimento e lo posò sul tavolo. «Gli ci sono voluti solo cinque minuti per trovare il vostro caso di impiccagione.»

Sembrava che a Mallory non interessasse. Giocò con il lembo di una cartellina rossa sulla scrivania del capo e l'aprì. Riker intravide le fotografie a colori dell'autopsia, poi si voltò di nuovo verso il tenente, fingendosi interessato alle avventure di Duck Boy. «Allora, come ha fatto?»

«Il mese scorso, c'era una falla nel tetto del magazzino e alcuni scatoloni che contenevano le prove sono stati danneggiati.» Coffey prese dallo scatolone un grosso plico avvolto da una carta marrone. «Un impiegato ricordava di aver reimpacchettato le prove. I documenti di accompagnamento erano sciupati, ma alcune cifre del numero di protocollo erano ancora leggibili così quel tipo... come diavolo si chiama? Duck Boy, diamogli un altro nome, per favore... Insomma quel ragazzo, ha usato quelle cifre per scovare un fascicolo nell'archivio del medico legale.»

Il tenente disfece il plico e ne estrasse un pezzo di corda, appoggiò per terra lo scatolone e si allungò per prendere la cartella rossa dalle mani di Mallory: «Questo è il referto di un'autopsia di vent'anni fa. Non ci sono collegamenti con la vicenda di Sparrow, quindi il caso torna all'East Side. Se la vedrà il tenente Loman». Posò cartellina e corda sul tavolo: «Abbiamo chiuso».

Con un atteggiamento che significava "Non così veloce", Mallory lanciò la corda in grembo a Riker, poi distribuì il contenuto della cartellina sul tavolo. Indicò una fotografia. «Guardate qui.»

Riker e Coffey si sporsero per osservare un cadavere informe coperto di vermi.

«Le ha strappato i capelli.» Le mani curate di Mallory indicarono i capelli biondi arruffati della donna. «Sfilacciati con il rasoio.»

Il tenente sorrideva. *Ottimo tentativo, ma non mi convince.* «Vedo una donna con i capelli corti, niente ciocche infilate in bocca.»

«Era bionda,» disse Riker «come Sparrow.»

«Non è sufficiente.» Coffey frugò fra le carte, poi diede a Riker un plico di pagine pinzate. «Leggiti il rapporto. La donna è stata trovata impiccata, ma non era quella la causa della morte. Il patologo era il dottor Norris. Disse che prima era stata strangolata.»

«I medici non sono infallibili.»

Mallory guardò le altre fotografie. «Markowitz diceva che era *quasi* sempre ubriaco.»

Riker batté la mano sul tavolo. «Quel vecchio bastardo era *sempre* ubriaco.»

Coffey intrecciò le mani dietro la testa. «Così voi pensate che un patologo, sobrio o ubriaco che sia, possa non vedere una ciocca di capelli infilata nella bocca della vittima?»

«Era un patologo quello che ha constatato la morte di Sparrow» disse Mallory.

Il sorriso del tenente si allargò. «Un incapace.»

Il capo era troppo allegro, e questo metteva Riker a disagio. Non credeva alle premonizioni, ma aveva l'impressione che il tenente stesse preparando una trappola per Mallory. E non c'era modo di metterla in guardia.

Mallory prese il vecchio referto dell'autopsia sventolandolo in faccia al tenente: «L'hai letto? Non c'erano testimoni all'autopsia. E questo è strano, perché Markowitz diceva che ci volevano almeno due assistenti per coprire gli errori dell'ubriacone. Norris non lavorava mai da solo».

Jack Coffey non sembrava impressionato. «Qual è il punto?»

«Non voleva testimoni mentre occultava le prove. Così ha omesso qualche dettaglio dal...»

«Ne ho abbastanza.» Coffey strappò il referto dalle mani di Mallory.

La festa è finita.

Il tenente ora non sorrideva più. «Basta con le favole, Mallory. I ragazzi della Casi Irrisolti negano che tu li abbia contattati con la richiesta di rintracciare un fascicolo.» Abbassò gli occhi sul referto per rinfrescarsi la memoria. Poi disse: «Non si sono mai occupati del caso di Natalie Homer».

«Mentono» disse Mallory. «Evidentemente hanno perso il fascicolo.»

Che faccia tosta, era ammirevole.

«Vuoi insinuare che abbiano preferito mentire piuttosto che ammettere di averlo smarrito?»

«Esatto» disse il detective Janos. Tre teste si girarono verso la porta aperta, per guardare quell'uomo grande come un frigorifero e brizzolato. «L'omicidio di Natalie Homer è di competenza della Casi Irrisolti.» La voce mite di Janos era in netto contrasto con la sua corporatura massiccia. «L'hanno assegnato a un esterno...»

«Così si sarebbero persi sia il fascicolo sia la richiesta di Mallory?» Coffey non era ancora convinto. «E poi avrebbero mentito?» Un poliziotto che mente era un concetto nuovo in quella stanza.

«Mettiamola così» sorrise Janos. «La sezione si è trasferita. Sono ancora un po' disorganizzati. Se non hanno fatto una copia dei documenti prima di spostarli, non li troveremo più. Oggi in prima pagina c'è la notizia di una prostituta impiccata e i ragazzi della Casi Irrisolti ricevono una richiesta per dei documenti andati persi. Sì, credo abbiano mentito, capo.»

«Ma *tu* li hai trovati?»

«Molto di più» disse Janos. «Il nome del detective che seguì il caso era nel verbale del medico legale. Così sono andato a dare un'occhiata a casa sua. Viene ad aprirmi un vecchio, con quei documenti in mano e mi chiede perché ci ho messo tanto. Eccoci qua.» Janos indicò la porta sul lato opposto dello stanzone della squadra.

«Vi presento Lars Geldorf.»

Riker si voltò a guardare un ometto con i capelli bianchi. «Avrà almeno settantacinque anni.»

Lars Geldorf si era stancato di aspettare, e si stava incamminando verso l'ufficio del tenente. Nessuno aveva avvisato quel detective in pensione che era invecchiato. Indossava un vestito di seta. Sorrideva con aria spavalda e si capiva che stava pensando: "Io vi salverò".

«Sento odore di guai» disse Coffey.

Riker era d'accordo. Gli venne in mente suo padre, un altro di quei poliziotti che, una volta in pensione, non si era messo in pantofole. Geldorf aveva lo stesso modo di camminare, da padrone del mondo. L'uomo anziano entrò nell'ufficio di Coffey e gli strinse la mano, confidando che il suo nome e la sua fama l'avessero preceduto. Poi si tolse la giacca per non stropicciarla e si sedette.

Proprio come papà.

Altri guai in vista. Geldorf aveva una pistola nella fondina, era di nuovo della partita.

Il sorriso educato del tenente Coffey si affievolì: «Mi hanno detto che ha qualcosa per me».

«È tutto qui.» Il detective in pensione prese una borsa che odorava di cuoio. «Il caso Natalie Homer. Ho letto dell'assassinio sul giornale.» Gli occhi si rimpicciolirono. «Peccato che non siate riusciti a tenere la stampa lontano dal luogo del delitto.» Era convinto che avessero sbagliato tutto: ai suoi tempi era riuscito a tenere segreti i dettagli del caso. Fino a quel momento, nessuno aveva mai sentito parlare dell'impiccagione di Natalie Homer.

Jake Coffey indicò la cartellina con il rapporto del medico legale. «Non è lo stesso *modus operandi*.»

«Sì che lo è» disse Geldorf. «Sono sicuro. Tutti i dettagli combaciano.»

«Il referto dell'autopsia di Natalie Homer non parlava di capelli in bocca.» Coffey aprì la cartellina rossa e osservò la prima pagina del vecchio rapporto. «Il medico legale era...»

«Norris... il dottor Peter Norris» disse Geldorf. «Un ubriacone all'ultimo stadio. Sono contento che sia morto. E ti sbagli figliolo: io stesso le ho tolto i capelli dalla bocca prima che la portassero via.» Si allungò all'indietro e sorrise compiaciuto. «Di solito è il medico legale che rivela i dettagli alla stampa.»

Il tenente Coffey lesse a voce alta il referto dell'autopsia: «Strangolata a mani nude. Secondo il medico legale la vittima è stata strangolata prima di essere impiccata».

«Uno psicopatico» sorrise Geldorf. «O forse voleva far credere che fosse andata così.» Alzò gli occhi verso Mallory. «Qual è la tua teoria?»

«Mi piacciono gli psicopatici» gli rispose lei.

Geldorf si voltò verso Riker. «E tu? Vuoi un suggerimento? È improbabile che la vittima avesse della corda in casa.»

Riker tamburellò le dita sul bracciolo della sedia. Riconosceva quel rituale: *imparare dal più vecchio*. In passato aveva creduto che fosse un'invenzione di suo padre, un giochetto per farlo impazzire. Si sporse in avanti per prendere la borsa di cuoio del detective in pensione. Fu un momento difficile: quella documentazione era il biglietto di Geldorf per collaborare con la Crimini Speciali, non voleva mollare la presa. Mallory incrociò il suo sguardo e lo minacciò in silenzio, *Rassegnati, vecchio mio*. Le sue mani si aprirono lentamente. Riker afferrò la borsa e l'aprì, poi la svuotò. «Che fine hanno fatto i capelli che aveva in bocca?»

«Con le altre prove. Dopo l'archiviazione del caso, le ho impacchettate io stesso.»

Il tenente Coffey scosse la testa: «Niente capelli».

«Sicché li hanno persi?» disse Geldorf sollevando le spalle. «Succede sempre.»

Riker diede al tenente una delle fotografie portate da Geldorf. Natalie Homer aveva la bocca piena di capelli.

Il detective Janos era in piedi dietro alla sedia di Geldorf e si abbassò per sussurrargli all'orecchio: «Digli delle candele».

Ma che diavolo?

Ventiquattro candele e un barattolo di mosche morte erano gli unici dettagli che non erano stati menzionali sul giornale del mattino. Perché Janos avrebbe dovuto raccontare tutto al vecchio? Riker diede un'occhiata alle foto della scena del delitto, ma non vide nessuna candela votiva.

«Quell'estate, l'East Village era soggetto a numerosi black-out» disse Geldorf.

«La corrente mancò per tre ore dopo il tramonto. Natalie aveva tre candele nel suo appartamento.»

Mallory prese un sacchetto di cera rossa dallo scatolone. Le candele si erano fuse insieme.

«Ora capisci?» disse Geldorf. «È così che trattano le prove. Queste candele erano nuove di zecca. Controlla gli stoppini, non sono mai stati accesi. Credo che l'assassino sia arrivato quando era ancora chiaro, corrisponde all'ora del decesso dichiarata da Norris.»

Le candele erano di colore rosso brillante, ma della forma sbagliata.

Riker ne contò solo tre, e non tante come quelle che aveva trovato nell'appartamento di Sparrow.

Geldorf stava aspettando un complimento per la puntuale interpretazione degli stoppini intatti.

«Bel lavoro.» Non c'era sarcasmo nella voce del tenente, nonostante il vecchio avesse incasinato le prove. Jack Coffey era sempre rispettoso dei poliziotti fuori servizio. «Devo parlare con i miei, da solo. Il detective Janos si occuperà di lei.»

Quando la porta dell'ufficio si chiuse su Geldorf e la sua balia, Coffey scosse la testa. «Non c'è alcun collegamento.» Sollevò la fotografia che Riker gli aveva dato. «L'assassino di Natalie Homer oggi deve avere circa quarant'anni, impiccare biondine è un divertimento da ragazzi.» Restituì la foto a Riker. «Non è un serial killer, Sparrow è ancora viva. Questa volta non abbiamo neppure il cadavere.»

Riker si voltò verso la collega. Mallory era stata cresciuta dal migliore giocatore di poker del mondo. Solo lei poteva sperare di tenere il caso alla Crimini Speciali.

«Io dico che ha già scelto la sua prossima vittima.» Mallory prese la borsa di cuoio dalle mani di Riker e la sollevò come se fosse il suo asso nella manica. «Posso collegare i due casi.»

«Ne sei convinta?» Coffey si piegò sullo scatolone e prese un piccolo pezzo di corda contenuto in un sacchetto di plastica, che non era servito a proteggere la prova dall'acqua. Riker sentì odore di muffa quando il tenente lo aprì: ne estrasse un classico cappio da impiccagione.

Coffey prese una fotografia del caso Sparrow. «I nodi sono diversi, non si assomigliano nemmeno. Quello di Sparrow è un nodo doppio.» Sollevò il cappio usato per Natalie Homer. «Mentre con questo la morte è garantita. Se l'assassino sa come si fa un nodo scorsoio, perché non l'ha usato anche stavolta?»

Mallory rimase in silenzio. Fissava il cappio, la prova che Coffey aveva tenuto per ultima. Sembrava una chiara vittoria per il capo, ma Riker sapeva che quel sorriso trionfante era prematuro, Mallory non era ancora fuori gioco.

Jack Coffey continuò: «Sai perché tuo padre non riusciva a togliersi di testa l'assassinio della Homer? Markowitz non sapeva che l'impiccagione era una messa in scena, il referto dell'autopsia fu tenuto nascosto. Non seppe mai che la donna era stata strangolata prima di essere impiccata».

«Lo sapeva!»

«Provalo.»

Mallory tirò fuori dalla tasca un taccuino malandato e lo passò al tenente. «Ti sbagli.»

Anche senza gli occhiali da lettura, che non usava mai, Riker riconobbe la calligrafia di Lou Markowitz mentre Coffey scorreva pagine di appunti illeggibili.

Coffey guardò Mallory. «Non riesco nemmeno a leggere...»

«Io sì» disse. «Il nastro che legava i polsi di Natalie era così stretto da inciderle la pelle. Eppure non c'era alcun segno di circolazione interrotta. E non troverete questo particolare nel referto dell'autopsia, *un'altra* mancanza. Markowitz sapeva interpretare un cadavere meglio di quell'ubriacone di Norris. Sapeva che l'assassino aveva legato le mani di una donna morta. Sapeva che era morta prima dell'impiccagione e nonostante ciò non riusciva a smettere di pensare a quella corda.»

Il tenente Coffey chiuse il taccuino. «Mi stai dando ragione. L'assassino voleva che l'omicidio sembrasse opera di uno psicopatico.»

«No! L'assassino aveva progettato di impiccare Natalie Homer, ma qualcosa andò storto.»

«Ti stai arrampicando sui vetri, Mallory.»

«Se l'assassino non avesse avuto un piano, perché si sarebbe portato la corda?» Afferrò il vecchio taccuino dalle mani del tenente, poi uscì dall'ufficio. Chi non la conosceva avrebbe potuto pensare che fosse arrabbiata... Coffey lo pensò. In realtà Mallory aveva un tempismo perfetto.

Era il momento giusto.

«Ha un senso» disse Riker.

«Natalie Homer è rimasta appesa a quella corda dal venerdì alla domenica notte. L'assassino avrebbe potuto tornare con la sua corda. Mallory vuole trovare a tutti i costi un collegamento fra questi casi.»

«Quadra tutto.» Riker l'avrebbe considerato un miracolo, ma Dio era dalla parte di Mallory? «E c'è da chiedersi cos'altro abbia trovato negli appunti di Lou.» Si complimentò con la sua collega per quell'uscita di scena. «Dacci una settimana. Come la mettiamo se salta fuori un altro cadavere dopo che il caso di Sparrow è tornato alla squadra di Loman?»

«Cazzate, Riker. Non c'è nessun collegamento, e lo sai. Tutto quello che hai in mano sono due donne con i capelli tagliati male e della corda.» Il tenente si coprì il viso con la mano, non voleva che vedessero la sua frustrazione: «Okay, questo è l'accordo. Tieni Geldorf e il suo fascicolo lontani da me. Non voglio che abbia accesso alle prove del caso Sparrow».

«Andata.» Il detective spense la sigaretta con la suola della scarpa, poi si alzò. Questa vittoria lo metteva a disagio. Era andata troppo liscia.

Coffey rimise i fogli e le fotografie nella cartellina rossa. «E tieni Geldorf lontano dai giornalisti. Non voglio leggere titoli cubitali sul collegamento fra questi due casi.» Gettò il rapporto del medico legale a Riker e la corda nello scatolone. «E porta questa roba fuori dal mio ufficio.»

Riker sollevò lo scatolone. «Ho proprio in mente un posto dove sbattere tutta questa roba, compreso il vecchio.»

«Bene. Se non tirate fuori qualcosa di concreto in quarantotto ore, il caso torna a Loman.»

Coffey abbassò il capo, fingendo di interessarsi alle carte sul tavolo. «Ho chiamato l'ospedale. Le condizioni di Sparrow peggiorano.» Alzò gli occhi. «Mi spiace Riker, la conoscevi da molto, vero?»

Il detective annuì. Ora capiva tutto.

La sua collega gli aveva affidato l'ultima parte del gioco, la più umiliante, quella nella quale Jack Coffey faceva la carità a un sergente di mezza età e a una puttana moribonda.

Lars Geldorf aprì la porta e Mallory lo seguì in un appartamento che puzzava di posaceneri strapieni e di resti di cibo avariato. I mobili logori e un piccolo televisore testimoniavano la vita modesta di un poliziotto in pensione. Un grande specchio rifletteva le luci della strada. Nessuna donna aveva mai messo piede in quel posto: polvere, vetri ingialliti da milioni di sigarette. Tutto ciò che era appeso ai muri parlava di Geldorf. Ritagli di giornale incorniciati lo mostravano giovane, in posa con politici e poliziotti. Tutti morti prima che Mallory nascesse. Nella cornice più appariscente era appeso un encomio. Non era la prova di una carriera stellare, ma lui ne andava fiero.

L'ex detective si fermò un attimo e sorrise, per dare il tempo alla sua ospite di ammirare quei ricordi. Poi la condusse nell'altra stanza, dove campeggiava un altro grande specchio. Copriva l'intonaco malandato, ma aveva anche un altro scopo, meno prosaico. Mallory lo capì quando il vecchio ci si mise davanti, un pavone con un vestito di seta fuori moda da decenni. Il suo anello d'oro brillò quando si sistemò la cravatta e sorrise. Geldorf si ammirava, e *amava* quello che vedeva. Poi indicò un altro gruppo di fotografie. «Quella al centro è stata scattata la notte in cui abbiamo trovato Natalie. L'ho scattata io stesso.»

Mallory fissò la fotografia incorniciata della scena del delitto. I capelli erano stati rimossi dalla bocca della vittima. Il cadavere giaceva prono sul pavimento in bella mostra in un sacco nero aperto; vicino alla morta c'erano due detective sorridenti, in posa come cacciatori con il loro trofeo. Ma il vero trofeo era un terzo uomo, un poliziotto valoroso in mezzo ai detective, ben più alto di loro. I due uomini che sorridevano sembravano trattenere Louis Markowitz, soggetto involontario di un macabro souvenir. Il suo viso era leggermente sfuocato perché scuoteva la testa.

Sotto la fotografia c'era un tavolo ingombro di carte e raccoglitori. Il pezzo più moderno di tutta la stanza era un fax di prima generazione. Su modesti scaffali di metallo erano impilati alcuni scatoloni, e due grandi bacheche erano stracolme di appunti personali. L'assenza di un computer non sorprese Mallory. Geldorf viveva ancora nell'era della macchina per scrivere.

«Non capisco perché non possiamo lavorare da qui.» Prese una scatola da uno scaffale. «Come vedi sono perfettamente organizzato.»

«Coffey vuole la massima riservatezza,» mentì «e un posto in centro è meglio.»

«La massima riservatezza» annuì Geldorf. «Buona idea.»

Lo scatolone di Natalie Homer era già mezzo pieno quando cominciò a infilarci altre carte. Ai Casi Irrisolti non archiviano mai scatoloni di quelle dimensioni, una capiente cartella era sufficiente per i rapporti e le dichiarazioni. «Hai lavorato parecchio a questo caso?»

«Certo. Un caso non è chiuso finché non è risolto» disse Geldorf. «Dopo che sono andato in pensione ho continuato a raccogliere prove. Quando ero pronto per altri interrogatori, segnalavo tutto alla sezione competente e ufficializzavo.»

«Quindi lavori soltanto sui tuoi casi?»

«Esatto. Avresti dovuto vedere questa stanza dodici anni fa. C'erano così tanti scatoloni che non ci si muoveva. Per pensare bisognava spostarsi in corridoio.» Aspettò per darle il tempo di ridere alla battuta. Avrebbe aspettato a lungo. Poi, lentamente, si girò a guardare gli scaffali vuoti. «Uno alla volta, ho chiuso i casi irrisolti, ho svuotato gli scaffali e mi sono liberato dei fantasmi. Me ne sono rimasti pochi.» Abbassò la testa e si concentrò sulla scatola da riempire. «Quando ero in servizio avevo pochi giorni per lavorare su un caso, adesso posso impiegarci degli anni interi.» Sorrise imbarazzato e disse: «Non avrei dovuto dirtelo, ora penserai che ero un pessimo detective. Ma mi rifarò. Li risolverò, tutti». Mise altre carte nello scatolone. «Sono tutto tuo, a tempo pieno.»

«Lo apprezzo molto.» Mallory aveva già pensato a come tenerlo fuori dai piedi.

L'incombenza di tenerlo sott'occhio sarebbe toccata a Charles Butler e alla recluta di Loman, Duck Boy.

Si mise gli occhiali da sole, e si voltò verso lo specchio. Vi vide riflessa la figura di Geldorf. Si era sbagliata: quando nessuno lo guardava non era arrogante. Doveva essere difficile mantenere quell'atteggiamento. Il vecchio, riflesso nel grande specchio, sembrava rimpicciolito. Aveva lo sguardo preoccupato, probabilmente vedeva ogni giovane poliziotto come una minaccia alla sua dignità.

Bene.

Tenerlo al suo posto non sarebbe stato un problema.

Geldorf sigillò le alette dello scatolone con il nastro. «Adesso vorrai sicuramente parlare con tutti quelli che sono stati sulla scena del delitto.» La guardò. «Ti starai domandando come il tuo assassino abbia scoperto i capelli nella bocca di Natalie.»

Mallory si voltò e gli sorrise. *Vecchio astuto.* «Sapevi che non si tratta di un serial killer.»

«Non poteva esserlo.» Il ghigno sottile spiegava tutto: voleva ritornare in gioco, riscuotersi dal torpore della sua età. «Il mio sospetto principale è morto diciannove anni fa.»

A Mallory cominciava a piacere quell'uomo. Adesso erano alleati, nessuno dei due avrebbe tradito l'altro.

«Potrebbe trattarsi di un imitatore.» Sollevò il pesante scatolone e Mallory, per rispetto, non gli chiese se voleva aiuto. Geldorf la seguì dicendo: «Quando scoprirò come il tuo assassino ha trovato le informazioni forse chiuderò il caso di Natalie. Ci daremo una mano».

Te lo sogni, vecchio mio.

Non aveva alcuna intenzione di lavorare all'omicidio di Natalie Homer.

La pista era vecchia di vent'anni, una pista fredda. Aprì la porta per Geldorf, poi prese le chiavi e la chiuse.

«Il legame tra i due casi è nei dettagli.» Sistemò il pesante scatolone sulle spalle mentre camminavano verso l'ascensore. «Avevo il controllo completo della mia scena del delitto. Nessuna soffiata alla stampa. Sai come ci sono riuscito? Ho detto a un agente di farsi pagare dai giornalisti. Quel ragazzo ha ricavato venti dollari da ciascuno di quei bastardi, poi ha detto loro che la polizia aveva trovato una donna impiccata.»

«Così hanno pensato si trattasse di suicidio.» Mallory approvò: era sempre una buona cosa dire la verità quando si mentiva. «E Natalie Homer è finita in decima pagina.»

«Su un unico giornale, e soltanto due righe.» Posò la scatola e chiamò l'ascensore. «Così ora dovrete escludere le possibili fughe di notizie. Meno male che ho conservato i miei appunti.»

Certo.

«Penserai tu agli interrogatori» disse Mallory. «Ti

ho fatto assegnare un aiutante, come surrogato del distintivo.»

Così si sarebbe liberata di Geldorf e di Duck Boy.

«E quell'omone. Butler, si chiama così?» Geldorf tirò fuori il biglietto da visita che gli era stato dato un'ora prima alla Butler & Company.

«Il *dottor* Butler,» disse Mallory, malgrado Charles non usasse mai quel titolo «è uno psicologo della polizia.» Fortunatamente non c'era niente in quel biglietto che potesse contraddirla. «Lavorerà a stretto contatto con te.»

Charles Butler indossava giacca e cravatta: era un giorno di lavoro. Grazie all'intervento di Riker, non si sarebbe più annoiato nella calura estiva. Attraversò l'ingresso arredato con mobili di mogano e acquerelli di Watteau, poi percorse un breve corridoio lasciandosi alle spalle secoli di arredi e dipinti antichi per entrare nel regno di Kathy: elettronica, plastica, metallo e cavi. L'ufficio privato di Mallory alla Butler & Company era un posto interessante. Le finestre alte, ad arco, erano nascoste dagli scuri di metallo e tappeti grigi ricoprivano il pavimento di legno. I computer troneggiavano perfettamente allineati al centro della stanza, gli schermi accesi. Simili a grandi occhi blu fissavano l'intruso: Charles sognava di accecare quei bastardi a suon di calci. Tre pareti erano coperte da scaffali metallici ricolmi di manuali, disposti con precisione a cinque centimetri dal bordo. Mallory aveva rifiutato i suoi quadri, preferendo a loro un gigantesco pannello di sughero che copriva la quarta parete, dal pavimento al soffitto. Il sergente Riker stava finendo di appendervi fotografie e documenti. Mallory aveva dato a Charles un nuovo progetto su cui lavorare, un regalo, o meglio due regali: un omicidio vecchio di vent'anni e un settantacinquenne.

«Quando torneranno?»

«Mezz'ora.» Riker frugò in una borsa di cuoio e tirò fuori altre carte. Sul muro, senza un ordine particolare, erano stati sistemati appunti scritti a mano e dichiarazioni dattiloscritte.

«Tutto questo per tenere tranquillo il vecchio Geldorf?»

«Sì» disse Riker. «Credi che lo terrà impegnato per un po'?»

«Certo.» Charles stava pensando a come cambiare discorso senza sembrare scortese. Decise di prenderla alla larga. «Dopo la morte di Louis, Mallory ha tenuto qualcuno di quei vecchi libri western?»

«No.» Riker fece cadere la borsa, poi si piegò a raccoglierla.

«Che peccato.» Charles fissava il muro e studiava una piantina dell'appartamento della vittima. «Volevo leggere tutta la serie, cercare di capire cosa ci avesse visto Louis. Credo di poter rintracciare le altre copie, ma...»

«Non è possibile.» Riker si voltò per appendere una fotografia a colori dell'autopsia della vittima. «Non si trovano nelle biblioteche né nelle librerie, sono tascabili fuori commercio.»

«È ciò che ha detto John Warwick, più o meno le stesse parole.»

Riker si appoggiò alla parete, chinò il capo, preparandosi ad affrontare anni di bugie, le sue e quelle di Louis.

Charles andò a sedersi sul bordo della scrivania d'acciaio. Aspettò con pazienza finché Riker non si voltò, poi sorrise. Quell'espressione bonaria ottenne su Riker lo stesso effetto tranquillizzante che aveva avuto su John Warwick.

«Potresti dirmi cosa succede nel secondo libro?»

«Sì.» Riker si mise a sedere su una sedia pieghevole di metallo, sollevato.

«È passato un po' di tempo. Ti ricordi la trama del libro?»

Charles annuì: «Un ragazzino di quindici anni uccide un uomo per strada».

«Un uomo disarmato. Ma nel libro successivo si scopre che l'uomo era armato e che quindi si è trattato di uno scontro corretto.»

Riker controllò la porta dell'ufficio. Si assicurò che fossero soli e continuò: «Il ragazzino ha preso la pistola dell'avversario, molto più bella della sua. Lo sceriffo Peety ignora l'esistenza della seconda pistola perché al suo arrivo Wichita l'ha già nascosta nei pantaloni. Nel secondo libro hanno un anno di più,» disse Riker «lo sceriffo Peety e il ragazzino. Wichita ha vinto un altro scontro a fuoco e ha ucciso un'altra persona.»

Riker guardò di nuovo la porta, ben sapendo che se Mallory gli fosse arrivata alle spalle, lui non se ne sarebbe accorto: aveva un passo felino. Tornò a Charles e alla sua storia. «Ormai il ragazzino è famoso, un vero pistolero. Alla fine del primo libro lo sceriffo lo ha spinto in un canyon, un salto nel vuoto. Il ragazzino è precipitato nel canyon, con il cavallo e tutto il resto.»

«Ma è sopravvissuto.»

«Sì, e anche il cavallo. Sono caduti nel fiume, che li deposita a riva privi di sensi. Una ragazza indiana trova Wichita e lo porta al suo accampamento. Hanno la stessa età, sedici anni. Nell'ultima pagina lo sceriffo è di nuovo a caccia di Wichita, e la ragazza lo aiuta a scappare, buttandosi sotto gli zoccoli del cavallo dello sceriffo lanciato al galoppo.» Allargò le braccia come a dire: "Capito come funziona?". Gettò la borsa a Charles. «Tu e Geldorf potete finire di riempire la parete. Gioca a fare il detective. Divertiti.»

Charles era perplesso. L'espediente del colpo di scena finale spiegava perché la piccola Kathy Mallory leggesse e rileggesse libri del genere.

La teoria del libraio, quella della bambina che cerca rifugio in un mondo fittizio, non reggeva. Charles osservò gli scaffali pieni di riviste specializzate e manuali. Mallory non leggeva romanzi. Anche da bambina era sempre stata razionale e concreta. E malgrado si fosse precocemente appassionata al genere western, Louis sospettava che la bambina guardasse i vecchi film in televisione solo per godere della sua compagnia. Ma, per quello che Charles sapeva della guerra consumatasi tra padre e figlia adottiva, la piccola Kathy avrebbe preferito morire piuttosto che ammettere di aver bisogno di lui.

Durante tutti gli anni che avevano vissuto insieme, lei aveva tenuto Louis a distanza, si era sempre rivolta a lui chiamandolo "Sbirro" oppure "Markowitz".

Charles si chiese se Mallory se ne fosse pentita. Forse la risposta era sì.

Il tenente Coffey e il detective Janos alzarono lo sguardo quando Duck Boy comparve sulla porta e rimase lì, impalato. Aspettava di essere notato.

Coffey lo fece entrare. «Cosa c'è, ragazzo?»

«Signore, ho finito con le scartoffie» e gli allungò un plico di carte.

«Se questo è il rapporto sul magazzino...»

«No, signore, è qualcosa che ha richiesto il sergente Riker, ma non riesco a trovarlo, lo vuole lei? Qualcuno lo vuole?»

Il tenente prese il rapporto, fissando nella mente il vero nome di Duck Boy stampato sulla prima pagina. Poi lo gettò nella cassetta dei documenti "in uscita" sulla sua scrivania. «Deluthe, hai fatto un buon lavoro oggi. Ma le scartoffie d'ora in poi toccano a Riker e Mallory.» Si voltò verso Janos. «Ti hanno dato un indirizzo?» Dal suo tono si capiva: *Non voglio sapere dove sono.*

Il detective annotò l'indirizzo su un foglietto e disse a Deluthe: «Li puoi trovare qui».

Deluthe fissò il rapporto nella cassetta. «Così preferisce che siano loro a *non* leggerlo?»

Jack Coffey si allungò sulla sedia e sorrise. Il ragazzo ragionava. Si era guadagnato la loro attenzione. «Va bene, siediti.»

Ronald Deluthe si sedette accanto a Janos.

«Puoi fare rapporto a me, ma dimmi solo le cose principali» spiegò Coffey.

«Sissignore, ho parlato con i giornalisti. L'altra notte erano in zona, seguivano una pista. Per questo sono arrivati prima dei pompieri.»

«Che tipo di pista?»

«Qualcuno ha telefonato con una soffiata un'ora prima del delitto. Il programma televisivo ha un numero verde per questo genere di chiamate. Ma quella non era la prima telefonata che hanno registrato...»

Janos si sporse in avanti. «L'emittente televisiva ha registrato le chiamate? Il direttore non ha detto nulla a Mallory. *Bastardi.*» Diede una pacca sulla spalla di Deluthe: «Bel lavoro ragazzo».

«Grazie signore.» Deluthe continuò a elencare i fatti: «Hanno avuto un'altra soffiata, un omicidio a pochi isolati dalla scena del delitto, una settimana prima, ma era una bufala».

«Allora proseguiamo» disse Coffey.

«Sissignore. La stessa persona ha telefonato per avvertirli dell'omicidio di Sparrow. Questa volta non ha indicato un nome né un indirizzo. Ha detto soltanto di seguire il fumo. Non avevano intenzione di mandare l'unità mobile, quel tipo li aveva già presi in giro una volta. Ma siccome in città non succedeva niente di più interessante, alla fine sono andati a vedere.» A quel punto Deluthe si rese conto che l'attenzione stava calando. Si schiarì la voce: «È tutto».

Janos mise la mano carnosa sul braccio di Deluthe. «Torna indietro. E la prima telefonata, il finto omicidio?»

«È stato cinque o sei giorni fa. L'informatore ha fornito un nome e un indirizzo precisi. Ma quando i giornalisti sono arrivati a casa della signorina Harper, i vicini hanno detto che era in vacanza alle Bermuda. Poi i giornalisti sono andati alla polizia e un sergente ha confermato. La signorina Harper era andata...»

«Un momento.» Coffey prese il rapporto dalla cassetta. «Come faceva il poliziotto a sapere dove fosse la donna? La signorina Harper aveva sporto qualche denuncia?»

«Non lo so, signore. Ho parlato solo con i giornalisti.»

Il detective Janos scosse la testa. «L'hai detto a Mallory e a Riker?»

«Era nel rapporto, ma io...»

«Sì, sì, d'accordo.» Janos passò dietro il tavolo e osservò le pagine da sopra la spalla del tenente. «Qui c'è l'indirizzo. Chiederò un mandato di perquisizione per l'appartamento della Harper. Vale la pena dare un'occhiata. Forse Mallory aveva ragione a pensare che sia un serial killer.»

Jack Coffey fece finta di non sentire. Rivolse un sorriso a Deluthe. «Bel lavoro, bravo davvero. Così abbiamo una cassetta con la voce dell'assassino?»

«Nossignore. Ne ho chiesta una copia al direttore, ma ha detto che comprometterebbe l'integrità...»

«Janos!»

«Sì, capo?»

«Portami quella cassetta.»

Charles fissò le vecchie fotografie scattate dopo che il corpo era stato adagiato a terra. Tra le squallide cose di Natalie, l'unico indizio di speranza erano i vasi da fiori; ognuno conteneva un bocciolo rosso, la promessa di una rosa. Charles covava sentimenti protettivi nei confronti di quella donna morta vent'anni prima, per la quale Riker e Mallory mostravano così poco interesse. Per questo Charles aveva sviluppato una sorta di alleanza con Lars Geldorf.

«Non sono sicuro di seguirla.» Il detective in pensione percorse tutta la parete rivestita di sughero con un atteggiamento da ispettore generale.

«È un omaggio a un vecchio amico» disse Charles Butler. «Conosceva il primo comandante della Crimini Speciali?»

«Lou Markowitz?» disse Geldorf. «Sì, l'ho incontrato una volta. Aveva visto la scena del delitto e si era fermato per parlare con il mio collega. Davvero un grande poliziotto. Fu un enorme piacere incontrarlo.» Si voltò verso il muro. «Scusi, diceva?»

«L'ufficio di Louis aveva una parete di sughero come questa. Mi ci è voluto un po' per capire come funzionava.» Charles indicò una serie di carte pinzate insieme. «Gli strati superiori contengono informazioni che derivano da ciò che sta sotto. In questo modo si capisce subito lo sviluppo del caso. Non si perde tempo con piste false e dati insignificanti. Anche la scelta dell'ordine è importante. I dettagli meno rilevanti sono sul bordo esterno.»

«Non male, dottor Butler, davvero niente male.»

«Chiamami Charles.» Effettivamente era un dottore, ma la laurea in psicologia gli serviva solo per inquadrare i clienti. Forse uno psicologo professionista avrebbe predetto la reazione di Mallory.

Non udì i passi alle sue spalle, si girò solo quando udì il commento di Riker dalla porta, un leggero: «Gesù Cristo». Geldorf non sentì: fissava ancora la bacheca. Charles guardò Mallory: da quanto tempo era lì, al centro della stanza? Mallory non dava segno di averlo notato e Charles si sentiva un ladro, perché in quel momento era libero di osservarla senza essere visto.

Aveva lavorato per ore a quel muro; adesso indietreggiò per vederlo dal punto di vista di Mallory. Le foto e la documentazione del delitto formavano una spirale che dal centro si espandeva verso i bordi del pannello. Era come se i ragionamenti su quell'omicidio si fossero cristallizzati, come se una parte del cervello di Markovitz fosse esposta in bella vista sulla parete.

Senza una parola, e senza essere notata da Geldorf, Mallory lasciò la stanza. Riker sollevò la mano, intimando a Charles di non seguirla, poi scomparve nel corridoio. Pochi minuti dopo, la porta dell'ingresso si chiuse sbattendo.

Lars Geldorf si concentrò sulle fotografie della scena del delitto.

«Questi sono gli originali. Dagli ingrandimenti si vede meglio.»

Effettivamente le Polaroid erano molto più piccole delle foto che un tempo erano appese alla bacheca nell'ufficio di Louis. Charles indicò una fotografia del cadavere appeso al lampadario.

«Cos'è quella macchia sul grembiule?»

«Grasso. E le altre macchie sono scarafaggi.» Geldorf si piegò e prese una busta dallo scatolone ai suoi piedi. «Ho fatto fare degli ingrandimenti.» Prese un plico di fotografie. «Sono tutte sgranate, ma si vedono meglio gli scarafaggi.»

«Infatti.» Erano giganteschi.

«Oh, ti piacciono gli scarafaggi? Ho dei meravigliosi scatti di mosche e vermi.»

Geldorf aprì un'altra busta con le inquadrature degli insetti in primo piano. «Queste foto le ha fatte il medico legale. Quel vecchio bastardo aveva un debole per gli insetti. Un ubriacone, un maniaco...»

Charles osservò le foto. «Immagino che fosse un entomologo dilettante.» Non c'erano primi piani di scarafaggi. «Sembra che preferisse mosche e vermi.»

Il fax squillò, e Riker tornò di corsa nell'ufficio di Mallory. Osservò la carta che usciva dalla macchina, poi strappò il foglio e lasciò la stanza.

«Torno subito.» Charles percorse il corridoio. Trovò il detective nell'ingresso, sprofondato in una sedia. Stava parlando in un telefono del 1900. «Nessun problema, ottenere il mandato di perquisizione è stato facile» diceva Riker. «Ma il custode non aveva le chiavi dell'appartamento della Harper.» Stava per mettere una gamba sul tavolo d'antiquariato di fronte a lui, ma si fermò. Mallory gli aveva insegnato che non si mettono i piedi sui mobili, specialmente su quelli antichi. «Chiamo io Heller e Slope, sì, il fabbro ha aperto l'appartamento, va bene. Mallory è già per strada.»

Riker riattaccò, poi vide Deluthe che sbucava dalla cucina dell'ufficio con un panino in mano. «Ragazzo, guida tu. Vai a prendere la macchina e portala qui di fronte. Scendo tra un minuto.»

Riker buttò il fax sul tavolo. Charles lo lesse: «*Ragazzi tornate a casa. Tutto perdonato. Baci, Sezione Crimini Speciali*». «L'ha spedito Jack Coffey?»

«No, troppo sdolcinato. E poi lui fa finta di non sapere che Mallory lavora ancora qui.» Riker guardò il fax. «No, è più lo stile di Janos.»

«C'è stata un'altra impiccagione?»

Il detective lo fissò. «Indovinato, ma tienilo per te. Mallory aveva ragione. Abbiamo un serial killer.» Si fermò con una mano sulla maniglia. Disse, senza voltarsi: «Dimmi una cosa, Charles. Vorresti vivere in un mondo dove tutte le bugie di Mallory diventano realtà?».

6

Erano esiliati adesso, chiusi fuori dalla stanza. Heller li aveva puniti per aver infranto il primo comandamento della medicina legale: non fare danni sulla scena del delitto.

I detective avevano corso avanti e indietro, combattendo disgustosi insetti alati, neri e panciuti, cercando di arrivare alla finestra, dalla quale non erano ancora state rilevate le impronte. Adesso Mallory sedeva sulle scale antincendio e teneva compagnia al collega. Qui l'aria era meno greve che all'interno, ma densa e quasi troppo pesante da respirare. Il sole era caldo, la giornata tranquilla e il fumo della sigaretta avvolgeva Riker in una nuvola.

Gli insetti erano intrappolati nell'appartamento: si sentiva il ronzio incessante anche oltre la finestra chiusa. Il cadavere in putrefazione aveva attirato tutti gli amici volanti del circondario. L'odore era insostenibile.

Mallory guardò oltre la grata metallica. Erano arrivati altri curiosi sul posto. Non c'era granché da vedere, ma New York ha un debole per gli spettacoli e il nastro giallo della polizia indicava dove iniziava la fila. La settimana precedente, probabilmente l'assassino era rimasto in attesa su quello stesso tratto di marciapiede. Dopo aver chiamato i giornalisti li aveva osservati entrare e uscire dall'edificio, per nulla impressionati dal suo lavoro. «Mi chiedo per quanto tempo abbia aspettato l'arrivo dei poliziotti. Ore? Giorni?»

Riker aspirò una boccata di fumo. «Gli agenti stanno perlustrando l'isolato. Forse saremo fortunati.»

No, Mallory dubitava che si sarebbe fatto avanti un testimone, qualcuno che ricordasse un tizio che bighellonava sul marciapiede. Era passato troppo tempo tra l'omicidio e la scoperta del cadavere.

Riker spense la sigaretta sulla ringhiera della scala antincendio. «Mi domando se troveremo altri corpi, magari in condizioni peggiori.»

«Non credo. Janos dice che ci sono state solo due segnalazioni al numero verde della TV.» E malgrado l'assassino avesse confessato per telefono e i giornalisti fossero andati alla stazione di polizia, il corpo di Kennedy Harper era stato lasciato marcire per sei giorni nella calura di agosto. «L'assassino deve aver pensato che la polizia se ne fregava di lui...»

«Beh, in parte ha ragione» disse Riker. «Per questo ha bruciato la tenda della finestra di Sparrow. Era impossibile non vederla dalla strada. Voleva assicurarsi il pubblico per il suo secondo spettacolo.»

All'interno dell'appartamento Heller aprì la finestra. «Bene, tutte le finestre sono aperte e quell'odore terribile è quasi scomparso. I signorini adesso possono entrare.»

Sebbene nessuno l'avesse espressamente richiesto, gli inquilini si tenevano a distanza dal luogo del delitto. Erano riuniti dall'altro capo del corridoio, dove Ronald

Deluthe interrogava un uomo con la tuta da lavoro e un grosso mazzo di chiavi.

«Lei è il custode dell'edificio?»

«Indovinato.»

Deluthe capì che intendeva dire: "Chi altro potrei essere, cretino?". Non era un inizio promettente, ma proseguì. «Allora, c'è un cadavere in putrefazione da almeno una settimana e prima di oggi non ha sentito la puzza?» Si fermò un momento per allontanare una mosca dal viso. «Nessuno si è lamentato?» Un esercito di insetti si arrampicava sul muro, altri passeggiavano sul soffitto.

Una donna con la voce squillante disse: «Certo che ci siamo lamentati. Crede che questo sfaticato abbia perso cinque minuti per controllare?».

La porta si aprì e Mallory entrò nel corridoio, giusto in tempo per vedere il custode esibirsi nel tipico gesto newyorkese di amore e amicizia, il dito medio che si alza dal pugno chiuso.

«Kennedy Harper aveva cambiato la serratura.» L'uomo si avvicinò all'inquilina e le gridò in faccia: «E io non ho le chiavi! Cosa dovevo fare, buttare giù la porta?».

Dall'altra parte del corridoio, Mallory chiamò Ronald Deluthe: «Trova il fabbro che ha cambiato la serratura, scopri quando è stato qui».

«Ve lo dico io.» Il mazzo di chiavi del custode tintinnò mentre sorrideva all'affascinante detective. «È stato qui due settimane fa. Sono rimasto a guardarlo mentre lavorava.» I suoi occhi stavano spogliando Mallory a poco a poco, prima la giacca, poi la maglia, il reggiseno.

Mallory lo ascoltava con attenzione. «Kennedy Harper era in casa quel giorno?»

«Sì.» I suoi occhi fluttuavano lungo il corpo di Mallory. «E allora?»

Le lunghe gambe di Mallory erano strette nei jeans ma per il custode erano nude. L'uomo alzò lo sguardo, improvvisamente spaventato. Mallory si avvicinava con ampie falcate, brandendo una macchina fotografica come se fosse un'arma.

Ronald Deluthe si chiese se fosse solo arrabbiata o se anche stavolta non si fosse perso qualcosa.

Mallory, di fronte all'uomo con la tuta da lavoro, formulò un'accusa precisa: «Lei aveva le chiavi della vecchia serratura».

«Certo, ho le chiavi di tutto l'edificio.»

Era evidente. E ogni chiave era contrassegnata con il numero dell'appartamento. Deluthe si aspettava qualche commento caustico, ma il custode rimase in rispettoso silenzio. Mallory gli si parò di fronte con una mano sul fianco, la fondina e la pistola bene in mostra. Ma lo sguardo era ancora più minaccioso. Non sbatteva mai le palpebre? Fece due passi verso il custode che a questo punto, non potendo indietreggiare oltre, si spiacciò contro il muro.

«Perché allora non ha le nuove chiavi? Era qui quando il fabbro ha cambiato la serratura. Anche la Harper era in casa quel giorno.»

«Gliele ho chieste, ma lei non ha voluto darmele.»

Mallory fissò il mazzo con le targhette, e quando fece per afferrarlo il custode si ritrasse.

«Però ha ancora le vecchie chiavi.» Mallory osservò il cartellino dell'appartamento 4B. «Poteva entrare *prima* che lei cambiasse la serratura.»

«Non è mai stato un problema per lei.» Ora si stava comportando da cittadino modello: era ansioso di aiutare e parlava veloce. «In cinque anni non si è mai lamentata. Poi un giorno, improvvisamente, non si fida più di me, non mi vuol dare le chiavi. Una cosa da non credere.» Si voltò verso Deluthe: «Questo non scriverlo, ragazzo».

Deluthe chiuse il taccuino e lo rimise in tasca, poi estrasse un foglio e cominciò a leggere. «Ha il diritto di rimanere in silenzio...»

«Cosa stai facendo?» Mallory glielo strappò di mano e gli appioppò la macchina fotografica. «Abbiamo finito con questo signore, vai fuori a fare delle fotografie.»

Deluthe annuì. Si stava abituando alle umiliazioni. L'assassino non aveva modo di sapere che il cadavere era stato scoperto, non questa volta, almeno, quindi non poteva essere tra la folla di curiosi. In effetti, Mallory lo aveva invitato ancora una volta a levarsi dai piedi.

Riker si trovava nei pressi della cucina, dove l'odore era più forte. Fissò il barattolo di mosche morte e contò due dozzine di piccoli piatti. Ciascuno conteneva i resti di una candela rossa consumata. Componevano un cerchio perfetto e, nel mezzo, c'erano i resti di Kennedy Harper. Aveva il cappio intorno al collo, il doppio nodo era simile a quello di Sparrow, ma non l'avevano trovata impiccata. Il lampadario non aveva retto e il corpo della donna era caduto molto prima che giungesse la polizia. Una lampadina rotta e la plafoniera si trovavano accanto a un groviglio di cavi venuti giù dal soffitto. Il cadavere era gonfio e la faccia era coperta da pezzi d'intonaco. Soltanto un occhio era visibile, parzialmente spruzzato di polvere bianca, un occhio affossato nella sua orbita.

Oppure i vermi se l'erano mangiato.

Riker si allontanò, chiedendosi se questa donna fosse bella come Sparrow. Si piegò di fronte al lavandino della cucina e raccolse il portafoglio: portava i guanti. Lo aprì e guardò la fotografia della patente. Non si era sbagliato, era una donna attraente, ma a parte i capelli tranciati col rasoio, non c'erano altre somiglianze con Sparrow. Rimise il portafoglio sul pavimento, insieme al contenuto della borsetta. Si fece da parte per permettere a un agente della Scientifica di rilevare le impronte sul barattolo di mosche morte, ma ancor prima che l'agente scuotesse la testa, sapeva che non ne avrebbero trovate.

Vide Heller sulla porta con un agente che firmava la ricevuta per un mucchio di vestiti avvolti in sacchetti di plastica. Dopo aver tolto la plastica, il medico legale sollevò una camicia verde pallido e la diede a Riker. «Forse questo ti interessa.» La girò per mostrare una grossa "X" sbiadita sul retro. C'era un messaggio di scuse della lavanderia.

«Ho già visto un segno del genere,» disse Heller «su una maglietta appallottolata sotto il lavandino di Sparrow. La usava come straccio.»

«Allora l'assassino non sceglie le donne a caso.» Mallory si avvicinò al corpo. «Pedina le sue vittime.»

«Già» disse Riker. La "X" sul retro della maglietta confermava la teoria di Mallory riguardo alla serratura nuova installata una settimana prima dell'omicidio. «L'assassino vede le donne per strada, poi segna le magliette per seguirle facilmente fino a casa, come se marchiasse un animale. A differenza della Harper, però, Sparrow non aveva sporto denuncia, non aveva detto a nessuno di essere pedinata, d'avere paura. Per le prostitute è diverso.»

Sparrow, perché non sei venuta da me?

Il tenente dell'East Side, invece di mandare un sotto-posto, era venuto di persona e Mallory lo interpretò come un'ammissione di colpa per gli errori commessi.

«Ho portato la documentazione.» Il tenente Loman si rivolgeva solo a Riker, come se Mallory non esistesse. «La prima denuncia risale a qualche settimana fa. Qualcuno la seguiva.»

Riker prese la busta e ne estrasse quattro fogli in altrettante buste di plastica. Ogni volta lo stesso messaggio. Loman era teso, quasi sull'attenti. Mallory si chiese se dipendesse dal fatto che Riker era stato capitano.

«Kennedy si era trovata quei biglietti nelle tasche.» Loman si asciugò la fronte con un fazzoletto. «Mi sembrano piuttosto innocui.»

Riker annuì senza commentare, poi lesse i documenti allegati alle buste.

Il tenente fissò la camicia verde che il detective aveva in mano. «L'ha portata alla polizia. Ha detto che è successo in metropolitana. C'è anche una maglietta con lo stesso segno. Ogni volta che si è trovata un messaggio in tasca, Kennedy era stata in mezzo alla gente, in metropolitana, oppure in un negozio. Non ha mai visto il suo pedinatore in faccia.»

Mallory notò che il tenente chiamava la vittima per nome. Era una cosa normale per i poliziotti della omicidi parlare dei morti con tanta familiarità. Gli uomini di Loman però avevano conosciuto Kennedy Harper viva, una cittadina che protestava, come tante altre.

Il tenente evitò lo sguardo di Mallory, aspettando che Riker dicesse qualcosa, una cosa qualsiasi. «Non aveva mai visto quell'uomo in faccia. Cosa potevamo fare?»

«Avete inviato una pattuglia?»

Il tenente fu costretto a rivolgersi a Mallory; Riker aveva finito di leggere e anche lui aspettava una risposta.

«No» rispose Loman. «C'era in giro l'influenza. Avevo troppo poco personale per inviare una pattuglia.»

Mallory scosse la testa. Sarebbe stato un atto di grave insubordinazione gridargli che era un bugiardo. Kennedy Harper era morta prima che l'epidemia di influenza colpisse quella parte della città. I suoi uomini avevano avuto tutto il tempo per andare a trovare la graziosa Kennedy Harper. Tanto che perfino il comandante della squadra la chiamava per nome.

Riker prese un pezzo di carta con del sangue ormai seccato e lo mostrò al tenente.

Loman esitò prima di rispondere. «Questo è l'ultimo messaggio. L'uomo ha usato una spilla. Kennedy era entrata alla stazione di polizia sanguinante, con quel messaggio appeso al collo.»

Mallory sapeva che quella donna si era spinta a tanto nella speranza che finalmente la prendessero sul serio.

Riker lesse il messaggio insanguinato a voce alta: *«Posso toccarti quando voglio».*

«Quello stesso giorno aveva deciso di andarsene» disse Loman. «Abbiamo pensato che fosse un'ottima idea. Uno dei miei uomini le ha portato del caffè, l'ha medicata. Ho prenotato personalmente il biglietto per le Bermuda.»

Ma che pensiero gentile!

«Non avete fatto altro?»

«Sì!» Loman si voltò verso Mallory, adesso era lui ad attaccare. «La ragazza era sotto shock. L'abbiamo scortata all'ospedale, e poi a casa. A quel punto, l'unica cosa che doveva fare era prendere un taxi per andare all'aeroporto.»

L'avete lasciata da sola.

Mallory si avvicinò al tenente. «E non avete fatto delle indagini?»

«No, perché avremmo dovuto? Lei doveva essere alle Bermuda.»

Era arrivato Edward Slope. Si piegò, voltò il cadavere e i fotografi inquadrarono il volto decomposto.

«Questo cambia tutto» disse Heller, e tutti si voltarono a guardare il cadavere. Le mosche uscivano dalla bocca percorrendo le lunghe ciocche di capelli che vi erano state infilate. Il doppio nodo della corda teneva aperta la bocca, allargando le labbra in un ghigno orribile. «Era quasi riuscita a liberarsi.»

Solo Mallory osservava la reazione di Loman. Era pallido, la bocca asciutta. Il veterano, mille casi alle spalle, era sul punto di svenire. Era un uomo vulnerabile, adesso. Mallory si avvicinò e disse: «I giornalisti vi riferiscono una soffiata e voi non indagate?». Subito aggiunse con tono deferente: «*Signore...*».

«I miei uomini non sapevano nulla.» Si rivolse a Riker. «Per quanto ne sapevamo noi, la signora era alle Bermuda.»

Mallory studiava la cartellina. «Abbiamo bisogno di altri uomini.»

«Ne avete già uno, ditemi soltanto...»

«Tre» disse Riker. «Facciamo tre.»

«D'accordo» disse il tenente. «Abbiamo finito?»

Riker annuì, congedandolo nonostante fosse un suo superiore. Loman girò i tacchi e attraversò la stanza. Mallory si chiese se sarebbe riuscito ad arrivare in strada prima di vomitare.

Dopo aver controllato che la rimozione del cadavere si svolgesse secondo la procedura stabilita, il dottor

Slope si trattenne a studiare una piantina dell'appartamento. Heller si avvicinò alla borsetta della vittima e cominciò a disegnare uno schizzo sul blocco, annotando la posizione di ciascun oggetto.

Mallory si inginocchiò e studiò gli oggetti. «Forse c'è stata una colluttazione.»

«Direi di no.» Heller cerchiò gli oggetti. «Ha fatto cadere la borsetta e il contenuto si è rovesciato. Per come la vedo io, si trovava qui, in piedi, quando qualcosa l'ha spaventata.»

Riker osservò la porta d'ingresso. «Ci sono tre serrature e una catena, ma nessun segno di scasso. Eppure la donna era spaventata a morte, non me la vedo aprire la porta di casa a uno sconosciuto.»

«Magari il nostro uomo è un poliziotto» azzardò Mallory.

«Non lo escluderei.» Heller prese un nuovo paio di guanti. «Ma non credo che la porta fosse chiusa a chiave. Kennedy Harper stava partendo per un lungo viaggio, è andata a fare le ultime spese, dopo di che i poliziotti l'hanno accompagnata a casa.» Prese un blocchetto di traveller's check. «È passata dalla banca.» Poi prese una confezione di pillole da un sacchetto della farmacia. «Si è rifornita di medicinali, ed è passata in lavanderia. Ma aveva dimenticato la ricevuta ed è tornata a casa a prenderla.»

Riker fece per accendersi una sigaretta, poi prese tempo. «Tiri a indovinare oppure...»

«È un dato di fatto» disse Heller. «Alla lavanderia hanno detto che ha cercato nella borsa per prendere la ricevuta, ma l'aveva dimenticata. L'ho trovata sul mobile accanto al lavandino. Ricordate, questa donna deve partire, conta di prendere la ricevuta e di tornare

indietro di corsa, quindi non chiude la porta a chiave.»
Heller si alzò in piedi. «Si trova qui, si allunga per prendere la ricevuta, ma quell'uomo la spaventa e le cade la borsetta. Secondo me, è entrato subito dopo di lei.»

Click.
Ronald Deluthe fotografava le persone sul marciapiede. Aveva diviso la folla in varie categorie. I turisti erano vestiti come la Statua della libertà, avevano acquistato la corona di plastica verde da un venditore di souvenir. Si mettevano in posa e, a loro volta, scattavano foto a Deluthe, che era diventato una specie di attrazione, forse per via dei suoi capelli fosforescenti. L'altra categoria comprendeva la gente del posto, quasi annoiata dagli omicidi. Molti portavano la stessa tenuta dell'assassino descritta dalla signorina Emelda: jeans e maglietta. Era una divisa da quelle parti, e ben cinque individui indossavano il cappellino da baseball.
Click, click.
I giornalisti *freelance* si riconoscevano facilmente: erano gli unici che tormentavano gli agenti. I professionisti affermati, invece, scendevano altezzosi dai furgoni delle emittenti televisive, inseguiti dai tecnici che sistemavano luci e telecamere. In quell'istante una ragazza bruna gli si avvicinò con il microfono, ignorando gli altri poliziotti. Aveva occhi solo per Deluthe. Una ragazza carina. Deluthe le scattò una fotografia.
Click.
La giornalista sorrise.
Click, click, click, click.
Le sue parole risuonarono come il canto di una sirena: «È un omicidio, giusto?» domandò a Deluthe.
«No comment» rispose lui. Questa volta la scena del

delitto era sotto stretta sorveglianza. Gli agenti non potevano dare informazioni ai giornalisti, per quanto graziosi.

Deluthe aveva finito il rullino e pregava che Mallory e Riker non arrivassero prima che l'agente Waller tornasse con la nuova pellicola.

Era salvo, Waller stava sgomitando tra la folla. Appena in tempo. *Dio esiste.* Deluthe aprì la macchina fotografica per cambiare il rullino, quando una faccia in mezzo alla folla attirò la sua attenzione, una faccia che guardava in alto. Anche Deluthe alzò lo sguardo verso la finestra dell'appartamento di Kennedy Harper, al quarto piano, ma riuscì a vedere soltanto il cielo riflesso nel vetro. Caricò la macchina fotografica, ma prima che riuscisse a scattare la foto il tizio si era confuso tra la folla. Deluthe aveva intravisto un borsone di tela sulle spalle dell'uomo, assomigliava a quello che teneva in macchina, con il ricambio per la partita di baseball a Central Park. A quel punto si ricordò di scattare la fotografia.

Click.

Merda. L'aveva preso di schiena. Deluthe si chiese se dovesse fermarlo. Ma con quale pretesto? *Mi scusi signore, lei guardava in alto invece che in basso.* Avrebbe potuto finire male, peggio del tentato arresto del custode.

Deluthe intravide un viso familiare nella folla e dimenticò quello strano spettatore. Era il vigile del fuoco intervenuto a casa di Sparrow, Gary Zappata. Stava fissando l'ingresso dell'edificio dove viveva Kennedy Harper. Cosa stava cercando?

Click.

Mallory uscì sul marciapiede, seguita dal collega. Gli

occhi di Zappata guardavano il sergente Riker con odio. Zappata voleva Riker morto. *Click*.

Mallory raggiunse Deluthe. Non gli diede il tempo di spiegare le sue teorie su Zappata, gli ordinò di prendere appunti. Deluthe eseguì, e scrisse a matita sulla pagina bianca. «Fai sviluppare i rullini. Non lasciarti impietosire, devi spiegare a quelli del laboratorio che ci servono *subito*. Torna alla Crimini Speciali e libera una parte del muro nella sala operativa. Appendi queste relazioni.» Gli mise in mano una grossa cartellina. «Sul mio tavolo, troverai delle foto prese da spezzoni di telegiornale. Confrontali con le foto che hai scattato oggi. Torna qui da Riker quando hai finito, ti darà un'altra lista. E adesso vai, corri...»

La partita di baseball serale era saltata.

Il detective Janos era un carro armato, sul piano fisico e psicologico. Niente poteva fermarlo: se il tenente Coffey l'avesse spedito alla ricerca del Santo Graal, lui l'avrebbe trovato. Aveva rintracciato il nastro con le chiamate registrate dalla emittente televisiva. Era esausto. I giornalisti l'avevano chiamato *tesoro*, avevano ripetuto la parola *sinergia* quattro volte in cinque minuti e avevano parlato a vanvera per altri venti, facendogli perdere tempo prezioso.

I giornalisti erano assolutamente convinti che la costituzione degli Stati Uniti li autorizzasse a nascondere alla polizia le prove utili a risolvere un caso di omicidio.

Eppure, Janos non aveva ucciso nessuna di queste persone. Non era il suo stile. Aveva semplicemente teso la mano al direttore dicendo: «Voglio la cassetta».

Un altro membro dello staff, la conduttrice delle

news, pontificava sulla libertà di stampa, dimostrando di non aver mai letto il primo emendamento.

E Janos aveva risposto: «Voglio la cassetta».

Era passata mezz'ora prima che arrivasse l'avvocato dell'emittente sbraitando: «Dategli quella cassetta, *idioti*!».

Altro tempo se n'era andato nel tentativo di convincere un tecnico oberato di lavoro al dipartimento che non poteva semplicemente lasciargli la cassetta e andarsene; aveva bisogno di una copia per il tenente. Anche in questo caso alla fine aveva ottenuto ciò che voleva.

E ora Janos portava il trofeo verso la sala operativa. Aprì la porta e si fermò sulla soglia, prendendosi un momento per ammirare la sagoma di uno spaventapasseri appeso alla parete. In sua assenza, i ragazzi si erano dati da fare.

Guardò il borsone di tela grigia vicino alla bacheca. Un paio di calze di spugna erano abbandonate sul pavimento: evidentemente non funzionavano per simulare i piedi della figura sul muro. Nello spazio sotto il cappello da baseball c'era una fotografia che mostrava la nuca di un uomo: il tipo sospetto di cui aveva parlato Emelda Winston, l'uomo senza volto appostato sull'albero. Sotto la fotografia, appesa al sughero con delle puntine, c'era una maglietta e, immediatamente più giù, a comporre una figura umana, un paio di jeans. Al posto delle mani, un paio di guanti di lattice, da cui pendeva la tracolla di una Polaroid, altro dettaglio che corrispondeva alla descrizione di Emelda.

Interessante.

Il dettaglio più singolare era un contorno di mosche nere intorno al cappello da baseball. Un grosso moscone, infilzato con uno spillo, ronzava e si contorceva, ancora vivo.

Sentì dei passi e si voltò verso Deluthe. Valutandone la corporatura, Janos decise che i vestiti dello spaventapasseri erano suoi. Ma c'era una prova più evidente: Ronald Deluthe era arrossito, forse perché teneva in mano una mosca ancora viva infilzata su una spilla da balia.

«Deluthe, sei troppo giovane per essere così cinico.» Janos gli sorrise. Solo allora Deluthe capì di aver ricevuto un complimento, e ricominciò a respirare.

Avevano scelto quel posto per metterla a disagio, ma Daisy era troppo fatta per rendersi conto di essere in un bar frequentato esclusivamente da poliziotti. Un metro di bancone e cinque uomini con i rispettivi drink separavano Mallory da una prostituta di mezza età. La donna, scheletrica e con i capelli di un rosso elettrico, sedeva appollaiata su uno sgabello, lo sguardo fisso alla porta. Riker era in ritardo di dieci minuti, e lei non avrebbe aspettato a lungo. Quando la prostituta guardò nella sua direzione, Mallory si mise gli occhiali da sole. Ma non l'avrebbe riconosciuta comunque, erano entrambe molto cambiate: la piccola Kathy era diventata una donna e Daisy una specie di cadavere ambulante. In passato, la rossa aveva lunghi capelli biondi e si scambiava le siringhe con Sparrow. Quelle due avevano fatto di tutto insieme, anche vomitare nello stesso water.

Le labbra di Daisy si schiusero in un sorriso ammiccante. Guardava un uomo, che si voltò per richiamare l'attenzione della barista, un'altra testa rossa. Ma i capelli di Peg Baily, a differenza di quelli di Daisy, erano di un colore plausibile. Inoltre, Baily era piuttosto in carne, scoppiava di salute e in passato era stata un'ufficiale di polizia con parecchie decorazioni.

Il cliente sollevò il sopracciglio chiedendosi perché mai una prostituta dall'aspetto malandato fosse autorizzata a starsene lì così a lungo. La consuetudine voleva che Daisy fosse sbattuta fuori a calci nel sedere, letteralmente. Peg Baily sollevò due dita per informarlo che sarebbe uscita entro due minuti.

Guai in vista.

Il bar si era trasferito da poco, e forse era una coincidenza che Baily avesse scelto di lavorare nella zona di Riker, ma Mallory era convinta del contrario. La barista guardò l'orologio sopra il bancone, poi si rivolse a Mallory: «Se il tuo collega non si fa vedere entro cinque minuti, giuro che la sbatto fuori». Una prostituta con l'AIDS non fa bene agli affari.

Mallory guardò fuori dalla finestra, in cerca d'ispirazione. Angie, la ex signora Riker, stava aprendo la porta del negozio di barbiere dall'altra parte della strada. Guidava una processione di quattro ragazzini, frutto del suo secondo matrimonio. Mallory si chiese se Riker avesse fissato l'interrogatorio a quell'ora per controllare l'ex moglie. Si trattava di un caso?

La barista batté sul bancone per attirare l'attenzione di Mallory e disse: «Tempo scaduto, signorina».

«Solo una domanda, Baily. Tu conoscevi Riker quando era sposato, vero?»

«Perché me lo chiedi? Lo sai benissimo.» Improvvisamente lo sguardo di Peg Baily si fece ostile, chiedeva *Dove vuoi arrivare?* «Eravamo colleghi, lo sai perfettamente. Cosa diavolo vuoi insinuare?»

«Perché non gli hai mai detto che la moglie lo tradiva?» Da bambina Mallory aveva scoperto molte cose origliando i discorsi dei genitori adottivi. «Sapevi che Angie era una stronza, ma non l'hai mai detto a Riker, neanche dopo il divorzio. Ancora adesso non sa che gli hai tenuto nascosto...»

«Non mi stai minacciando, vero, Mallory?» Baily si appoggiò al bancone. «Non mi piacerebbe. E se gli dici una sola parola ti riduco male.»

Mallory sorrise, perché era più giovane, più veloce e non aveva paura di niente. E poi era lei ad avere la pistola.

Riker si presentò in quell'istante. Scese dalla macchina e guardò Deluthe che si allontanava in cerca di parcheggio.

Le due donne restarono in silenzio. Il bar aveva le luci basse. Mallory e Baily lo fissavano senza essere viste, Riker era in pieno sole e aveva il riflesso della vetrina negli occhi. Si voltò lentamente, ricambiando il saluto di Angie. Angie lasciò i bambini sul marciapiede e attraversò la strada, evitando il traffico e urlando un gioioso *Ciao!* Mallory guardò l'ex signora Riker avvicinarsi al suo collega, e si rese conto che i capelli di Peg Baily erano stati tinti della sua stessa tonalità.

Riker scrutava la vetrina in silenzio, fingeva di leggere gli orari del suo bar preferito, mentre l'ex moglie si avvicinava alle sue spalle. Angie era ancora una bella donna, aveva un'aria allegra, anzi felice, probabilmente stava chiedendo a Riker come gli andassero le cose. Per Riker era già tanto essere lì, ad ascoltare le sue chiacchiere. Non parlava più con Angie, non avrebbe mai più parlato con lei. Era troppo difficile.

La donna appoggiò la mano sul braccio dell'ex marito.

Peg Baily strinse i pugni.

Riker s'irrigidì, in silenzio. Fissava la vetrina, senza vedere nulla, senza ascoltare nulla, finché lei si mise a gesticolare. Le mani di Angie dicevano *Nessun rancore*. Poi si allontanò e attraversò la strada.

A quel punto, Peg Baily perse la pazienza e se ne andò per preparare una bibita all'ex collega. Mallory lo osservava mentre si fissava le scarpe e pensava ai fatti suoi. Dubitava che Riker avesse avuto una storia con Sparrow. Era ancora innamorato della sua ex. Perché avrebbe dovuto stare con una puttana quando poteva avere Peg Baily? Riker entrò e salutò la barista, che gli offrì la bibita. Lui la fermò e chiese del bourbon.

Altri guai.

Si allentò la cravatta e si sedette accanto a Daisy, che prontamente ordinò un cocktail di champagne.

Riker beveva il suo secondo bourbon ascoltando quella cantilena, del tutto simile a quella di Sparrow. Anni prima erano molto amiche, due ragazzine del Sud contro la città intera. Fino a quel momento, l'interrogatorio si era rivelato inutile. Riker decise di rivangare il passato: «Ti ricordi quella bambina bionda che stava sempre con Sparrow?».

«Non solo con Sparrow. Quella bambina ci conosceva tutte.» Daisy fece segno a Baily di prepararle un altro cocktail.

«Come si chiamava?»

«Tesoro mio, aveva tantissimi nomi. Qualcuno la chiamava Pulce Volante, Sparrow la chiamava Baby.»

«E tu come la chiamavi?»

«La chiamavo "Hei tu!", ecco come la chiamavo. La prima volta che l'ho vista era in una crackhouse.» Si interruppe per bere il drink. «Era venuta a cercare

Sparrow. Aveva il faccino sporco. E quegli occhi, piccoli fuochi, verdi e freddi, così freddi. Non sembrava umana. Ed era maleducata. Tesoro, non hai idea di quanto fosse maleducata. Una volta, però, l'ho vista pulita. Era bella come un angelo, ma non voglio essere blasfema, mia madre mi ha tirato su come si deve, sono una persona per bene, io...»

Ci sarebbe voluto un po' di tempo, prima che Daisy terminasse il suo racconto. Riker non aveva idea di come facesse a guadagnarsi da vivere sui marciapiedi della città, dove il tempo è denaro.

«Come ti dicevo, una volta l'ho incontrata in un posto di tossici, ho sentito un rumore nel buio. Per prima cosa, ho visto quegli occhi freddi, occhi spaventosi. Quella bambina non aveva l'anima. Si è avvicinata a me, mi ha dato un portasigarette d'argento. E pure quel vecchio libro con i cowboy in copertina. Non era il mio genere. Be', ha spazzato via le siringhe e l'immondizia e mi si è messa a sedere accanto. Ha scacciato i topi con i piedi e mi ha detto: "Leggimi una storia". Non mi ha chiesto "Per favore", niente del genere, figurarsi, mi ha detto soltanto "Leggimi una storia", come se fosse un suo diritto...»

«La bambina non sapeva leggere?»

«No, sapeva leggere meglio di me» disse Daisy. «Mi aiutava con le parole difficili. Ma quella notte, quella prima volta, mi ha posato la testa sulle ginocchia mentre aspettava che cominciassi a leggere. Così ho letto finché non si è addormentata e sono rimasta sveglia tutta la notte per tener lontani i topi. Ho dovuto farlo, capisci?»

Riker annuì: «Sei stata la sua mamma per una notte».

«Quando non trovava Sparrow, chiedeva a un'altra.»

Riker alzò lo sguardo. Mallory sedeva all'altro capo del bancone. Se si fosse tolta gli occhiali da sole, Daisy l'avrebbe riconosciuta? Probabilmente no, ma gli occhi verdi erano rimasti gli stessi. Avrebbero spaventato una prostituta che credeva ai fantasmi.

«Sicché voi ragazze vi occupavate della bambina?» domandò Riker.

«Qualche volta» rispose Daisy. «Non poteva contare su Sparrow. Era troppo impegnata a farsi e a risvegliarsi nei posti più strani. Meno male che la bambina sapeva badare a se stessa.»

Già, che bambina fortunata.

A volte Kathy sopravviveva con i rifiuti che trovava nell'immondizia. «Ti ricordi il giorno in cui Sparrow è stata accoltellata?» chiese Riker.

«Tesoro, come potrei dimenticarlo? Sono andata a trovarla in ospedale. C'era anche la bambina. Poveretta, si era addormentata seduta, sul bordo del letto di Sparrow. Troppo stanca per sdraiarsi e perfino per cadere: è stata l'ultima volta che l'ho vista viva.»

«Non ti viene in mente altro? Sparrow non ti ha detto chi l'ha accoltellata?»

La prostituta adesso era sulla difensiva.

«Stai tranquilla» disse Riker. «Non mi serve un testimone, è una storia vecchia, è una faccenda personale, capito?» Una banconota da venti dollari scivolò sul bancone. «Sai chi è stato ad accoltellarla?»

«Tiro a indovinare.» La prostituta afferrò il denaro. «Solo a indovinare, hai capito? Sparrow ti avrà parlato di Frankie D. Te lo ricordi quel bastardo fuori di testa?»

Riker annuì. Frankie Delight era uno spacciatore piuttosto importante, non uno di quelli che vendeva la roba per strada. «Sparrow ci andava a letto in cambio della droga?»

«No, non l'ha mai fatto. Lei trafficava videoregistratori nuovi di zecca, ancora nella scatola, uno degli affari di Tall Sally andò a monte e...»

«Conosco la storia» disse Riker. La piccola Kathy Mallory si occupava dei furti.

Il grande colpo dei videoregistratori.

Ricordava il rapporto relativo a quella rapina. Uno degli uomini di pattuglia aveva visto delle persone sospette e tra queste una bambina bionda con gli occhi verdi.

Lou Markowitz gli aveva fornito i dettagli, poi aveva detto, con un misto di meraviglia e di orgoglio: «Quella bambina ha ripulito un *furgone*».

Daisy scosse il braccio di Riker per riportarlo alla realtà e gli chiese: «Cosa ne è stato di Frankie?».

Riker non lo sapeva fino a quel momento. «Ho sentito che ha lasciato la città.» In effetti, chi muore lascia la città. «Allora Daisy, cosa faceva Sparrow negli ultimi tempi? Vi sentivate?» Dubitava che quella prostituta leggesse i giornali e probabilmente il televisore era stato venduto un secolo fa per comprare la droga.

«No, siamo in rotta.» Fissò il fondo del bicchiere. «Da tantissimo tempo. Ma oggi ho sentito dire dalle ragazze che Sparrow è la puttana che hanno impiccato l'altra notte. Be', non è vero. La mia amica Sparrow aveva smesso con quella vita. Tanti anni fa, tesoro. *Anni* fa.»

Le allungò altri dieci dollari. Lei glieli strappò di mano, poi saltò giù dallo sgabello e andò verso l'uscita fissando Peg Baily. Poi Daisy si voltò e sparì, non volendo rischiare un insulto fermandosi un secondo di più.

Riker si avvicinò a Mallory, attirando gli sguardi di tutti gli uomini della stanza. «Tempo perso. Il nostro uomo non ce l'ha con le puttane. Sparrow aveva smesso da anni.»

Mallory, scettica, scosse la testa. Non riusciva a pensare niente di buono a proposito di Sparrow.

Puttana una volta, puttana per sempre?

«Come è andata con quella compagnia di teatro?»

«Un vicolo cieco» rispose Mallory. «Sparrow ha sostituito qualcuno che all'ultimo momento non è potuto andare in scena. Alle prove non l'avevano mai vista prima del giorno del delitto.»

«Be', qualcuno le avrà trovato quel lavoro. Potremmo trovare un legame tra Sparrow e Kennedy Harper.»

«No, Riker. Non era uno spettacolo di Broadway. Sparrow ha risposto a un annuncio esposto su una bacheca del supermercato. Il regista le ha dato la parte perché si presentò con indosso il costume e sapeva le battute a memoria.»

Riker cercò di immaginare Sparrow che studiava a memoria Čecov. Svuotò il bicchiere e lasciò i soldi sul bancone. «E adesso? È l'ora dell'obitorio?»

«No, Slope sta esaminando un altro cadavere.»

«D'accordo» disse Riker. «L'agente Waller ha guardato la videocassetta. Ha dato a Janos un nome e un indirizzo per il tipo con i jeans e la maglietta. Hai presente quella grande chiesa su Avenue B?»

«Un prete?»

«Indovinato.» Riker fissò il bicchiere vuoto, rigirandoselo fra le mani. «Se vuoi tirarti indietro, posso farcela da solo.»

«No.» Raccolse le chiavi della macchina e lasciò una mancia spropositata sul bancone.

Il parco dell'East Village era un frullato di ritmi latini, rock, rap, soul, provenienti dalle radio. Per quelli che portavano le cuffie, Riker indovinava il genere musicale dai movimenti del corpo. A Tompkins Square era legato il ricordo della notte in cui suo padre lo aveva cacciato di casa, soluzione drastica per far fronte ai gusti musicali di un ragazzino. Quella notte Riker si era messo a suonare in un posto subito reclamato da un altro ragazzo che suonava il clarinetto la cui musica era un autoritratto: fredda, asciutta, scura. Riker aveva risposto con un rock, duro, ostile, e avevano duellato a lungo. Quindi avevano abbandonato gli strumenti. Dopo molte birre avevano finito la serata ubriachi, abbracciati l'uno all'altro per tenersi in piedi. Un'unica creatura musicalmente discordante su quattro gambe traballanti. Che tempi!

I piccioni terrorizzati volarono via al passaggio di una macchina con la radio a tutto volume. Riker accese una sigaretta e tornò verso la chiesa, dove scoprì che il piano di Mallory per torturare il prete era andato storto.

Non era una cattedrale, ma aveva delle finestre elaborate, un crocifisso gigante e parecchie file di candele votive che luccicavano ai piedi delle statue dei santi. Statue di plastica.

Mallory aveva acquistato per venti dollari una macchina fotografica usa e getta, all'unico scopo di innervosirlo, e quando lui si limitò a riderle in faccia, fu una grande delusione. Il prete sembrava compiaciuto all'idea di farsi fotografare in qualità di sospettato di omicidio. «Non sorrida, padre, la prego» disse Mallory. «Quindi Sparrow frequentava la parrocchia?»

«Me lo chiede come se fosse una colpa». Padre Rose

si divertiva a discutere con Mallory, un piacevole diversivo rispetto alla sua normale routine. A quel punto, Mallory nutriva seri dubbi sulla possibilità che padre Rose le fornisse dei nomi. Guardò Riker che aspettava di entrare in scena, nella parte del poliziotto buono, amico di tutti.

Mallory abbassò la macchina fotografica, affinché il prete potesse vedere il suo sorriso impaziente. Aveva un vasto repertorio di sorrisi e questo, in genere, non metteva le persone a loro agio. «Un testimone l'ha vista sulla scena del delitto, l'altra notte.»

«Sì, c'era parecchia gente, anche prima che arrivassero i vigili del fuoco.» Il prete si voltò di lato. «Ne volete una di profilo?» Si fermò in posa, aspettando lo scatto. «Il vostro testimone è una vecchia signora, giusto? Con occhiali molto spessi? Era seduta alla finestra dall'altra parte della strada, a godersi lo spettacolo e...»

«Uno spettacolo? Lei ha visto uno spettacolo, padre?» Scattò un'altra fotografia. «Perché si trovava sul luogo del delitto? Aveva scordato qualcosa?»

«Dunque sono sospettato.» Sembrava quasi lusingato.

«Non aveva la tonaca l'altra notte.»

«Lascio a casa il collare quando lavoro nella clinica del quartiere. Ci vado tre volte la settimana. Bendo ferite, distribuisco aspirine, cose così...»

Mallory lo scrutò da sopra la macchina fotografica perché lui potesse vedere bene i suoi occhi. «Voglio dei nomi. Chi può garantire per lei, diciamo un'ora prima del delitto?»

«L'infermiera che gestisce la clinica, andavamo via insieme quando abbiamo sentito i pompieri arrivare.»

«Quando ha parlato con Sparrow l'ultima volta?»

«Domenica, ma non ho...»

«Le ha detto di sentirsi in pericolo? Che qualcuno la seguiva?»

Il prete scosse la testa.

«Non lo sa o non lo vuole dire? Vuole un avvocato, padre? È un suo diritto.»

«Adesso basta.» Riker entrò in scena a quel punto, recitando la parte del superiore irritato. Recitava bene la parte del capo. «Vai a verificare la sua dichiarazione.»

Mallory scese dall'altare passando accanto al collega che saliva in silenzio. Riker era già fuori parte. Non aveva niente di amabile in volto quando si piazzò di fronte al prete. Mallory rimase a guardare.

«So che ha cercato di accedere alla scena del delitto» disse Riker. «La mia testimone non è una vecchia signora, ma un vigile del fuoco grasso e peloso.»

«Sì, dev'essere stato quello che mi ha detto che Sparrow era morta. Era cattolica, aveva diritto all'estrema unzione.»

«Il pompiere ha detto che lei sapeva il nome della donna prima che i poliziotti la identificassero. Sapeva che quello era il suo appartamento? Quante persone ci sono nella sua parrocchia, duecento?»

Padre Rose fece una smorfia di fastidio. Aveva capito che era un test. Volevano metterlo alla prova. «Ho riconosciuto la sua faccia quando...»

«Allora godeva di un'ottima visuale, giusto? Un posto in prima fila, vicino alla finestra, ha notato niente di strano?»

«I capelli infilati in bocca?» Il prete stava recuperando terreno. «No, troppo ovvio. Quel particolare era sui giornali?» Incrociò le braccia. «Forse vi riferite alle candele. Non mi pare che la stampa ne abbia parlato.» Padre Rose indicò il santo di plastica e le fiammelle che luccicavano. «Come queste. Sì, le ho viste galleggiare.» Fece un largo sorriso. «Solo che quelle di Sparrow erano rosse, le mie sono bianche.»

Padre Rose non aveva notato le mosche morte. Almeno un particolare non era trapelato.

Il prete sorrideva, trionfante.

«Si sta forse divertendo, padre?» Riker si avvicinò, costringendolo a indietreggiare. «Sparrow è una mia amica, e io non mi sto divertendo. Quindi, sia gentile, la smetta di ridere.»

Padre Rose indietreggiò ancora, come se il detective volesse colpirlo. Anche Riker indietreggiò, per ricompensare l'atteggiamento più docile del prete. «Magari c'è un collegamento religioso. Come spiega le candele?»

«Certo non erano lì per creare atmosfera» e si affrettò ad aggiungere: «Tutte le luci erano accese nell'appartamento di Sparrow prima che i pompieri rompessero...».

«Lei accende candele, perché?»

«È il rito... è previsto dal rito.» Il sacerdote non era più tanto sicuro di sé. «Offerte, una luce nell'oscurità, speranza?» Quest'ultima parola svanì in un sussurro mentre guardava il detective allontanarsi dall'altare.

Riker gli dava le spalle quando gli chiese: «Sa che Sparrow era una prostituta?».

Mallory osservò la reazione sbalordita del prete. Aprì e chiuse la bocca come un pesce fuori dall'acqua. Capì che non avrebbe potuto aiutarli, nemmeno se avesse violato tutti i segreti del confessionale. Sparrow non si fidava di lui: non gli aveva raccontato del suo passato.

I due detective percorsero la navata centrale, poi si fermarono. Un rumore di passi di corsa... Il prete li chiamò: «Aspettate!». Si spostava di statua in statua, accendendo tutti gli stoppini. «Ancora un minuto, abbiate pazienza, per favore.» Accese le candele dell'altare. «Mi spiace...» Poi si avvicinò a Riker. «Mi spiace *davvero*. Sparrow è una persona speciale per me.» L'espressione era effettivamente dispiaciuta. «Ha un gran cuore, più di tanti altri. È migliore di quanto lei stessa non creda.»

Riker annuì e accennò un sorriso, rivalutando un uomo che sapeva ammirare una prostituta.

«Ripensandoci forse le candele erano soltanto un modo per creare atmosfera» disse il prete. «Forse la spiegazione è questa. Sembra banale ma non è così. Le candele hanno un effetto molto teatrale, anche quando la luce è accesa. Guardatevi intorno, ecco, guardate...»

Le candele luccicavano sotto il crocifisso. Il Cristo fluttuava in un gioco di luci suggestivo. E lungo la parete, le fiammelle accendevano le statue di un movimento inaspettato, volti espressivi, attori, azione...

«Grazie, padre.» Mallory aveva una faccia pensierosa. E se le candele avessero avuto lo stesso significato del barattolo di mosche morte?

7

Esame autoptico, dal greco *autopsìa*, "vedere con i propri occhi". Da bambina Mallory aveva imparato un po' di greco e di latino da Edward Slope. Frigorifero e lavandini facevano assomigliare la sala dissezione a una cucina. Lunghi tavoli pieni di strumenti. Un vassoio cavo, sopra una piattaforma di metallo, conteneva gli intestini. Un'altra parte del corpo si trovava sul piatto della bilancia. Il dottor Slope scandì il peso ad alta voce, poi spense il registratore. «Salve Kathy.»

«Mallory» lo corresse. Si avvicinò al tavolo d'acciaio e osservò i resti di una donna della sua età. Una profonda cavità rossa si apriva dallo sterno fino al bacino. L'odore di cloro si mescolava alla puzza di carne putrefatta.

Hoc est corpus. Questo è il corpo.

Si era persa quelle parole, la formula con cui si inizia l'autopsia, e ora osservava il procedimento al contrario. Alcuni organi erano stati messi da parte. Quelli che avrebbero seppellito con Kennedy Harper invece venivano rimessi al loro posto. Mallory si sporse per esaminare da vicino dei piccoli fori. «E questi cosa sono?»

«Le vie d'uscita dei vermi.» Puntò la lente d'ingrandimeno sulla clavicola. «Guarda qui, i bordi del foro sono rivolti all'esterno.» La mano avvolta nel guanto insanguinato indicò la pelle martoriata della gola. «C'è però un aspetto più interessante: la corda ha fatto parecchi danni, ma il responsabile non è l'assassino.» Guardò Mallory e attese che l'allievo chiedesse al maestro: "Perché no?".

Se Mallory l'avesse assecondato in quel gioco, ci sarebbe voluta un'infinità di tempo per estorcergli poche informazioni. Slope adorava le lunghe lezioni. Mallory incrociò le braccia, decisa a non dargli soddisfazione.

«Se l'è provocate da sola.» Slope abbassò gli occhi mentre arrotolava l'intestino. «Questa donna ha reagito freddamente.»

Mallory non chiese delucidazioni. Quando ebbe finito di ricucire lo squarcio, il dottor Slope cambiò tattica e disse: «Non assisterai mai più a una autopsia come questa». E la condusse vicino al bancone d'acciaio accanto al frigorifero, dove si tolse il camice insanguinato e lo gettò in un cesto insieme ai guanti. «Ho visto molti morti per impiccagione, suicidi nella maggior parte dei casi, ma mai niente del genere.» Frugò in un plico di fotografie. «Normalmente si trova un segno del nodo dietro il collo.» Prese una fotografia del volto della vittima, con la corda fra i denti. «Ma qui il nodo è davanti. Di solito si tratta di un nodo scorsoio.»

«Lo so.» L'impazienza di Mallory crebbe. Anche lei era presente quando il cappio era stato rimosso. «Un nodo doppio. Heller mi ha già...»

«Che non ha bloccato la carotide. Questo significa che la signorina Harper non ha perso conoscenza.»

«Ipossia cerebrale transitoria» disse Mallory.

«Allora mi ascolti, quando parlo!» Il dottor Slope la

ringraziò con un mezzo sorriso e tirò fuori uno schema della scena del delitto. «Io e Heller abbiamo ricostruito gli ultimi minuti di vita della Harper.» Indicò lo schizzo di un bancone. «Qui la squadra di Heller ha trovato impronte di piedi. Nota la distanza dal lampadario.» Fece scorrere il dito sul disegno. «Questo è il punto dov'era impiccata.» Guardò Mallory. «La Harper era ancora viva quando l'assassino ha lasciato l'appartamento. Fingeva soltanto di essere morta. Prima si è tolta i sandali, li abbiamo trovati sotto il corpo. Sollevando le gambe poteva a malapena raggiungere il bancone con la punta del piede. Si è data una spinta e il corpo ha cominciato a dondolare avanti e indietro.»

Il dottore mostrò le fotografie della superficie di formica ricoperta dalla polvere scura per il rilevamento delle impronte. Un primo piano mostrava l'impronta parziale di un piede. «Qui l'impronta è più grossa» disse Slope. «Dondolando il corpo descrive un arco più ampio a ogni spinta. Alla fine riesce a posare entrambi i piedi sul bancone. Ora il peso è distribuito su due punti, i piedi e il cappio. Vedi qui?» Indicò la fotografia di due impronte complete sul ripiano vicino al lavandino. «Si vede tutto il piede. Ha ruotato il corpo fino a ritrovarsi con il cappio sul davanti. Ha infilato il mento nella corda, che però si è incastrata nei denti. Non posso dire per quanto tempo sia rimasta in quella posizione.»

Aspettava che la cavalleria giungesse in suo aiuto, proprio come Sparrow.

«Non è riuscita a togliersi la corda né i capelli dalla bocca» disse Slope. «Avrebbe potuto urlare, ma non emettere suoni articolati.»

I vicini non sono arrivati, i poliziotti neanche.

Il dottor Slope accantonò le fotografie. «Posso dirti che è morta sei giorni fa, ma non è morta soffocata. Ha ceduto il cuore.» Prese un flacone imbustato ed etichettato come prova. «Ho chiamato il suo cardiologo. La Harper aveva un difetto congenito al cuore, e non potevano operarla. Aveva vissuto tutta la vita con una bomba a orologeria nel petto.»

Mallory annuì. «Questo spiega molte cose, vero? Dondolare appesa a una corda e non farsi assalire dal panico. Ce l'aveva quasi fatta.»

Mallory pensava al giorno in cui quella donna era entrata nella stazione di polizia con un biglietto insanguinato al collo. Ma ora aveva due vittime che avevano finto di essere morte mentre il loro cuore batteva all'impazzata. Una strana coincidenza. Si voltò verso il patologo e sorrise.

Non mi stai nascondendo qualcosa, vero?

Il dottore non le avrebbe mai riferito spontaneamente un'ipotesi sulla quale non potesse giurare in tribunale, supportato da prove inconfutabili, ma se pensava che l'autopsia fosse finita si sbagliava, e di grosso. Mallory lanciò un'occhiata alla donna sezionata dall'altra parte della stanza. «Così abbiamo un assassino che non riesce a distinguere i vivi dai morti. Tutto qui? Non hai nient'altro da raccontarmi?»

Il dottor Slope esitò un momento. Credeva di essere un grande giocatore di poker, di avere un viso imperturbabile, capace di non rivelare mai il gioco che aveva in mano. Eppure Louis Markowitz aveva annusato ogni suo bluff e tutto quello che il poliziotto sapeva sul poker e su Slope l'aveva insegnato alla figlia adottiva. Anche se Mallory non riusciva a interpretare il volto di Slope, sapeva cosa stava pensando. *Ingrata, ora ti dò una lezione.*

Il dottore era seccato, adesso. «Secondo te l'assassino se ne è andato convinto che la vittima fosse morta. Be', io non la penso così. Una volta impiccata, la Harper riceveva ancora ossigeno, anche se non in misura sufficiente a consentirle di rimanere cosciente ancora a lungo. L'assassino se n'è andato immediatamente dopo averla appesa, altrimenti Kennedy non avrebbe avuto il tempo né la forza per compiere quel suo balletto aereo. Insomma, non è rimasto lì a vederla morire.»

Proprio come con Sparrow.

Mallory girò le spalle a Slope e attraversò la stanza, verso il tavolo d'acciaio. Il corpo di Kennedy Harper era percorso da una quantità di brutte cuciture. Mallory, facendo del suo meglio per suonare annoiata, ripeté: «Dimmi qualcosa di utile».

L'autocontrollo del dottore era visibilmente messo a dura prova, e la sua espressione oscillava fra stupore e indignazione. Marciò verso il tavolo e si parò davanti a Mallory. «Credo che il nostro uomo non sia un tipo violento. Può suonare un po' strano, ma...»

«Strano?»

«D'accordo *Kathy*, può sembrare folle. Però non ha infierito su nessuna delle due donne e neppure...»

«Ha tagliato loro i capelli!!»

«Ma non ha inferto nessuna ferita, nessuna frattura. L'altra vittima, Sparrow, non aveva neppure un livido. Non ha cercato di difendersi. Credimi, Kathy, so quello che un uomo può fare al corpo di una donna.» Il dottore guardò il cadavere disteso sul tavolo. «Ma qui non c'è alcun segno di violenza, non ha perso il controllo, non ha infierito.»

Quell'uomo, pensò Mallory, aveva appuntato al collo della vittima ancora viva un messaggio con una spilla da balia. Mallory stava per dirlo quando il dottore alzò la mano per respingere qualsiasi obiezione.

«Questo non è il mio campo» disse. «Ma all'assassino non importava se le donne fossero vive o morte. Lo so che è un paradosso. A questo assassino non interessa uccidere.»

L'omicidio di Kennedy Harper aveva occupato un'intera parete della sala operativa. Mallory appese le foto dell'autopsia vicino agli schizzi di Heller. Anche Sparrow aveva una parete tutta per sé.

I detective prendevano posto sulle sedie pieghevoli. Quattro uomini si avvicinarono alle apparecchiature audio per ascoltare e riascoltare la voce dell'assassino registrata dall'emittente televisiva. Alzavano il volume nello sforzo di interpretare un rumore di fondo ricorrente: *Pssst*.

Un uomo contava i secondi sul suo orologio, mentre Mallory seguiva il ticchettio del suo orologio mentale. Quel rumore di fondo si ripeteva ogni venti secondi.

Pssst. Il rumore dell'appretto. Mallory rivide Helen Markowitz che stirava.

Si diresse verso la parete dell'assassino e osservò la foto della sua nuca. Sovrastata da un cappello da baseball circondato di mosche morte.

Pssst.

Janos domandò: «Che ne pensi del nostro spaventapasseri?».

«È così che lo chiamate, adesso?»

«Già.» Si voltò: «Dov'è finito il tuo collega?».

«Torna subito.» Mallory aveva tenuto il conto dei minuti trascorsi da quando Riker era sgusciato fuori dalla stanza. Dopo l'incontro con l'ex moglie nel bar di

Peg Baily, ogni momento era buono per farsi un goccio. Le rare volte che gli capitava di incontrarla finivano sempre in una sbronza.

Pssst.

Riker avrebbe trangugiato il bourbon in un sorso. Mallory calcolò che sarebbe rientrato fra poco. Un minuto, stimò, poi un altro minuto per uno scambio d'insulti con il sergente all'ingresso, e avrebbe spalancato la porta della sala operativa.

Riker comparve in quel momento.

Pssst.

Aveva un aspetto decente. Riker si vantava di non barcollare mai alla luce del sole. Sul vestito non c'erano macchie recenti. Riker si sedette accanto a lei e scartò una confezione di caramelle. «Mi sono perso qualcosa?»

«Stiamo ancora aspettando il rapporto.»

Pssst.

Ascoltarono ancora una volta il nastro. Il volume al massimo.

Hanno ucciso una donna all'East Village...

Una voce atona, lontana dalla spavalderia di un uomo in cerca di fama.

...si chiama Kennedy Harper...

L'assenza di qualunque inflessione aveva impedito ai tecnici di stabilire da dove provenisse.

Troverete il corpo al...

L'uomo, così esperto nel predisporre omicidi a effetto, recitava i fatti in un tono piatto, privo di qualunque emozione. Un omicidio, un nome, un indirizzo.

Pssst.

Mallory s'immaginò un uomo freddo, meticoloso, organizzato. Aveva un piano preciso? Fissò lo spaventapasseri sul muro. *Cosa diavolo vuoi?*

«Ci siamo!» Janos si chinò sul computer: «Lo spaventapasseri viene dal Midwest. Stanno ancora cercando di capire da quale stato. I tecnici dicono che non ha chiamato da un cellulare o da una cabina. Il rumore di fondo potrebbe essere un vecchio umidificatore o un nebulizzatore per le piante.»

Jack Coffey entrò nella stanza e spense il registratore. «Ascoltate...» Le voci si smorzarono e tutti si voltarono a guardarlo. «Il testimone di Riker, Emelda Winston, ha fatto centro. Il nostro uomo era appollaiato sull'albero con la Polaroid.»

Mostrò due sacchetti di plastica, ciascuno contenente una scatoletta con il marchio Polaroid. «Queste confezioni di rullini sono state trovate sulla scena dei delitti. L'assassino ce le ha lasciate intenzionalmente. La scatola che abbiamo trovato oggi è vecchia di vent'anni.» Gettò i sacchetti sul tavolo. «Kennedy Harper è morta sei giorni fa, ormai è ufficiale. Vent'anni e sei giorni fa un'altra donna è stata trovata impiccata.»

Il tenente si voltò verso Mallory. «Era un anniversario. Adesso abbiamo un collegamento concreto con il caso di Natalie Homer.» Indicò Janos. «Tu prendi il caso Kennedy, e tu, Desotho, il caso Sparrow.»

Mallory osservò il viso di Riker che s'incupiva. *Non può essere*. Come poteva assegnare a un altro detective il caso di Sparrow? Stava alzandosi dalla sedia quando Mallory lo afferrò per la manica e lo rimise a sedere.

«Se non ci restituisci il caso di Sparrow, ci lavoreremo lo stesso.»

La stava ascoltando? Sì, annuiva.

Jack Coffey aveva finito di assegnare gli incarichi, e ora osservava alternativamente Mallory e Riker. «Voi due lavorerete sul caso di Natalie Homer. L'assassino ha riprodotto quel delitto, e voglio sapere dove ha preso le informazioni.» Il tenente fece una pausa, interpretando correttamente l'espressione di Mallory: «Non devi fare la baby sitter di Geldorf. Usalo, ma per favore tienilo alla larga dalla mia sezione».

Lars Geldorf era diventato rauco a forza di spiegare e gridare, il volto esasperato. La sua interlocutrice era una donna piccola, con gli occhi scuri. Una donna sospettosa, che aveva la missione di pulire tutta Manhattan. Prese uno straccio dal carrello di spazzole e disse: «Pulirò l'ufficio di Mallory, adesso». Nulla avrebbe potuto fermare l'intrepida signora Ortega, certamente non quel vecchio, pistola o non pistola.

Il detective in pensione la informò che la stanza non poteva essere pulita finché non avessero risolto il caso. Non si fidava di nessun civile, doveva capirlo. Charles intervenne dicendo alla signora Ortega che si era fatto tardi, poteva anche non pulire quella stanza. Ma la donna rispose: «Ordini di Mallory». La signora Ortega non accettava ordini da nessuno, eccetto che da Mallory.

Geldorf alla fine riuscì a ottenere che Charles rimanesse nella stanza. Poi, molto dignitosamente, lasciò l'ufficio imitato dall'agente di scorta dai capelli gialli.

A quel punto, la signora Ortega accese l'aspirapolvere e disse: «Quel ragazzo ci ha dato dentro con la candeggina».

Charles annuì. «Un colore interessante, magari vuole dirci qualcosa con i suoi capelli.»

«Qualcosa tipo: "Hei, guardatemi, la mia testa è fosforescente".»

«Proprio quello che stavo pensando» disse Charles, poi si voltò verso la parete di sughero. Dove poteva sistemare gli scarafaggi? C'era un unico posto. Sotto ai vermi.

Quando Riker entrò, il tappeto era immacolato. Salutò Charles con un gesto, poi sorrise alla donna delle pulizie. «Salve, come va?» Era contento di vederla, perché aveva modo di esercitarsi con lo spagnolo.

La signora Ortega guardò una macchia sul vestito di Riker, una delle tante, e la pulì con uno straccio imbevuto di solvente. «La prossima volta che si rovescia addosso del bourbon scadente, veda di darsi una sistemata.» La signora Ortega non aveva indovinato grazie all'olfatto: sapeva che Riker aveva un debole per il bourbon scadente.

Ricominciò a spolverare gli scaffali, mormorando: «Ecco in che tasche vanno a finire i soldi che pago in tasse».

«Tra poco arriva Mallory» ridacchiò Riker. «Ha soltanto quindici minuti, signora Ortega.» Riker conosceva i punti deboli della donna, e infatti la signora Ortega raddoppiò la velocità. Non voleva che Mallory trovasse un singolo granello di polvere.

«Non hai finito di raccontarmi la storia» disse Charles. «Cos'è successo a quella bambina indiana dopo che...»

Riker scosse la testa come per dire, *No, non adesso,* poi lanciò un'occhiata alla donna delle pulizie. Quando la signora Ortega ebbe terminato, Riker cominciò: «Wichita Kid riesce a scappare. Il libro successivo comincia con la morte della bambina indiana». Si appoggiò al muro e guardò la porta.

Temeva l'arrivo di Mallory?

Sì, e intanto forniva a Charles la conferma del fatto che quel libro non era un dettaglio trascurabile. Esisteva un legame tra la prostituta impiccata e una bambina che amava i western.

«Il cavallo di Peety ha spaccato la testa alla bambina» continuò. «A quel punto lo sceriffo smette di inseguire Wichita e riporta il corpo al villaggio. Wichita non sa che la ragazza è morta per salvargli la vita. Continua ad amarla fino alla fine del libro.» Il detective stava per proseguire, quando qualcosa catturò la sua attenzione. Un giornale ripiegato sul tavolo. La scarpa di Riker cominciò a tamburellare a ritmo crescente. Strano, non dava mai segni di nervosismo.

Era il giornale di Charles. Aveva finito di leggere il resoconto dettagliato del caso Sparrow e aveva colto le somiglianze con il delitto di Natalie Homer. Il pavimento della scena del delitto era allagato.

Considerata l'ora e il fatto che il libro fosse bagnato, addesso Charles non aveva dubbi sulla provenienza di quel western intitolato *Ritorno a casa*. Forse gli era semplicemente caduto dalla tasca mentre si trovava sulla scena del delitto, ma il nervosismo del detective suggeriva una verità che contrastava con il carattere di Riker più ancora del bourbon bevuto in servizio e delle bugie.

Malgrado Charles sospettasse che il libro fosse stato rubato, tutto ciò che disse all'amico fu: «Vieni al dunque, sentiamo come finisce la storia».

Riker guardava la porta; aveva la voce alterata quando disse: «Lo sceriffo Peety viene a sapere di un altro scontro a fuoco, un altro uomo ucciso da Wichita Kid. Lo segue fino a El Paso, in Texas. Alla fine, lo sceriffo sta per finire in un'imboscata, quaranta contro uno. Sa cosa lo aspetta, sa di non poter vincere, ma continua ad avanzare».

L'appartamento aveva una sala da pranzo, ma Charles preferiva l'intimità della cucina, con un concerto di Bach in sottofondo. Spense la fiamma sotto una salsa di pomodoro, il piatto preferito del sergente Riker. I suoi ospiti non facevano complimenti. Riker e Mallory sedevano al tavolo divorando un'insalata di olive, cipolla e lattuga. Sembrava che non mangiassero da giorni.

Charles prese una bottiglia di Cabernet Sauvignon e la mise sul tavolo. «Non vi deluderà» disse. In effetti, era un'ottima annata. Fece ruotare il bicchiere, dal quale si sprigionava il calore e il profumo della campagna francese. Assaggiò quel vino che aveva il potere di stimolare l'intelletto e sapeva trasformare un idiota balbuziente in una specie di poeta. La prima edizione completa delle opere di Blake costava meno, ma anche quel vino era un capolavoro.

Riker si versò un bicchiere e lo tracannò in un sorso, senza neppure gustarlo.

Dopo un istante, Charles aprì gli occhi. Tornò ai fornelli e disse: «È tutto quello che ho potuto arrangiare in così poco tempo».

«È semplicemente fantastico» disse Riker. Il cibo aveva migliorato il suo umore, e forse anche il vino aveva contribuito.

«Sono contento che vi interessiate a Lars Geldorf.» Charles aprì il forno. Profumo di pane tostato all'aglio. «Cominciava a temere che steste semplicemente cercando di assecondarlo.» Dopo aver posato sul tavolo il cestino del pane, Charles guardò gli ospiti che si servivano avidamente, poi portò spaghetti e polpette. Suggerì a Riker di aggiungere il formaggio grattugiato e gli domandò. «Come si chiama quel detective, quello con i capelli fosforescenti? Era qui un momento fa. Se n'è andato senza salutare.»

«Genero del vice procuratore, ecco come si chiama quel tipo.»

«Ronald Deluthe» grugnì Mallory.

«Lo chiamano Duck Boy.» Riker divorò gli spaghetti, poi sorrise a Charles. «Allora, com'è andata la giornata? Il vecchio ti ha dato dei problemi?»

«Niente affatto.» Si versò un po' di vino e raccolse ciò che rimaneva dell'insalata. «Mi piacciono le sue storie.» Si rivolse a Mallory. «Lo sapevi che tuo padre era stato sulla scena del delitto di Natalie Homer?»

«Sì.» Mallory aprì un taccuino. C'era una pagina con gli scarabocchi di Louis Markowitz. «Guarda qui.»

Charles riconobbe le frasi trascritte da Mallory sul computer. «Louis è rimasto in quella stanza soltanto pochi minuti.»

Riker annuì. «Geldorf aveva già levato i capelli dalla bocca della vittima. Lou non era al corrente di quel particolare.»

Charles lesse le prime righe: «Pensava che l'assassino le avesse ficcato in bocca del nastro adesivo, non dei capelli, ma non dice per quale motivo». Scorse rapidamente le pagine, decifrando senza difficoltà gli appunti di Louis Markowitz. Lou non amava le frasi complesse. Sfrondava i pensieri lunghi, riportando sulla carta solo le conclusioni essenziali. «Rossetto.» Si voltò verso Mallory. «Forse aveva visto tracce di rossetto su un pezzo di nastro adesivo?»

«Che razza di bastardo.» Riker si sporse per prendere una fetta di pane all'aglio e l'intinse nel sugo degli spaghetti. «Lou scriveva in codice di modo che i suoi taccuini non potessero essere ammessi come prove in tribunale. E il materiale di Geldorf? Hai guardato le foto, i rapporti?»

«Non ancora. Lars porterà qui un altro scatolone, domani.»

Mallory rimase con la forchetta sospesa. «Ci teneva nascoste delle prove?»

«Non direi» disse Charles. «Sta ragionando su alcuni spunti che non possono essere definiti prove. Ha detto che non voleva confondervi con particolari inutili. Ha ancora qualche fotografia e degli appunti.»

«Uno scatolone intero» disse Riker.

Charles osservò i due detective. Si rese conto che avrebbe dovuto rispondere semplicemente di sì: Geldorf aveva tenuto loro nascosto qualcosa. «Be', forse ha pensato che non vi avrebbero interessato. Ma quando ha capito che volevate occuparvi del caso...»

«Lascia stare.» Mallory scostò il piatto. «Che cosa hai scoperto finora?»

«Forse un paio di discrepanze e un grosso problema.»

Riker si servì una seconda porzione di spaghetti. «Ne hai parlato con Geldorf?»

«No, ho pensato che potesse offendersi.»

«Bene» disse Riker. «Per qualsiasi cosa rivolgiti a noi, non a lui. Geldorf non è più un poliziotto, è soltanto in visita.»

Mallory posò una mano sul braccio di Charles, e quel gesto ebbe l'effetto di una scossa. Raramente toccava qualcuno. «Qual è il problema?» chiese.

Charles avvertiva una strana sensazione, come se avesse delle farfalle nello stomaco. Si chiese quanto sarebbe durato quel contatto se non avesse mosso il braccio.

Mallory si avvicinò: «Charles, prova a respirare».

«Come?»

Quando capì che il problema non era un boccone andato di traverso, Mallory sollevò la mano dal suo braccio. Charles aveva perso il filo del discorso. Sentiva la faccia scottare. Riker gli rivolse il più gentile dei sorrisi, quello che significava *Poveretto*.

«Il problema» disse Mallory, impaziente. «Qual è il problema a cui hai accennato?»

Ah già, la serratura dell'appartamento di Natalie Homer. «Secondo le dichiarazioni della padrona di casa, l'odore nel corridoio era insopportabile e lei aveva cercato più volte di entrare nell'appartamento. Aveva le chiavi, ma non riusciva ad aprire quella maledetta porta. Capite, la serratura era stata cambiata oppure ne avevano aggiunta un'altra...»

I detective si guardarono.

«Natalie aveva paura.» Charles fece un'altra pausa. «Qualcuno la pedinava. Forse lo sapete già. Non voglio annoiarvi con dettagli risaputi...»

«Prosegui» disse Riker. «Non ci stai annoiando.»

«Be', la padrona di casa fece un ultimo tentativo per aprire la porta prima di chiamare la polizia. Il primo agente arrivato sul luogo del delitto fece un rapporto dettagliato, ma non menzionò la porta, non dovette buttarla giù. Entrò e basta. Da questo si ricava che una terza persona dovesse aver aperto la porta prima...»

«E Geldorf non ci è arrivato?» Riker riempì di nuovo il bicchiere di vino. «Non è possibile, non me lo vedo tralasciare un elemento così importante. Da qualche parte esisterà una ricevuta per la riparazione di una serratura rotta.»

«Eppure,» disse Charles «ho letto ogni parola del

rapporto. Tra la chiamata della padrona di casa e l'intervento della polizia c'è un intervallo di quattro ore. Immagino che non scattino immediatamente i controlli soltanto per via di un cattivo odore. Quindi, in questo lasso di tempo, qualcuno deve aver aperto la porta con la chiave.»

«L'assassino aveva le chiavi dell'appartamento di Natalie» disse Riker. «È stato lui a chiudere dopo l'omicidio. Magari ha dimenticato qualcosa ed è tornato indietro...»

«No» disse Mallory. «Non avrebbe rischiato tanto, non quel giorno, almeno.»

«Sono d'accordo» disse Charles. «Fra il caldo e gli insetti, il corpo era in stato di decomposizione. Il tanfo era insostenibile, lo dice l'agente nel rapporto. Il killer doveva sapere che la polizia sarebbe arrivata da un momento all'altro... E poi era domenica sera. La maggior parte della gente resta a casa domenica sera. Un rischio ulteriore...»

«Va bene» disse Riker. «Poniamo che l'intruso non sia l'assassino.»

«Ma qualcuno in possesso delle chiavi dell'appartamento» disse Charles. «Magari un amante. Vede la scena del delitto, uno spettacolo terribile, che lo turba profondamente, distruggendo il suo equilibrio mentale. Non è l'uomo che ha ucciso Natalie Homer...»

«...ma è il responsabile dei delitti-fotocopia.» Mallory guardò Riker. «Combacia con la teoria dell'anniversario, prima una donna con i capelli biondi come Natalie. Poi Sparrow...»

«Povera Sparrow.» Riker versò le ultime gocce di vino nel bicchiere. «L'assassino l'ha scelta solo perché è una bionda come tante.»

Verso mezzanotte Mallory fece nuovamente il giro dell'isolato. Spense motore e fari, e accostò al marciapiede. Alzò lo sguardo. Una finestra al terzo piano, illuminata dallo schermo del televisore. Era l'appartamento di Riker. Sapeva cosa stava facendo lassù. Fumava una sigaretta dietro l'altra scolandosi del bourbon, la sua medicina per sopportare la mancanza di Angie. Probabilmente non aveva più bicchieri puliti, ma Riker non beveva mai dalla bottiglia, solo gli ubriaconi lo fanno.

Mallory gli tenne compagnia per un po', seduta in macchina, al buio. Il genere di cose che si fanno tra colleghi. Era passato un anno dall'ultima volta che si era ubriacato per via della ex moglie. Mallory l'aveva aiutato a fare le scale, l'aveva sistemato sul letto sfatto, e lui aveva dormito vestito. Lei si era limitata a togliergli le scarpe, la pistola e i proiettili. Riker aveva la sbronza triste, e non sarebbe mai cambiato. Mallory si ripromise di aiutarlo, come aveva sempre fatto. Sempre. La luce al terzo piano si spense.

Notte Riker.

Mise in moto e se ne tornò a casa.

Non si sarebbe ammazzato al buio. È difficile per un ubriaco barcollante e intontito infilare il dito nel grilletto. Non se lo immaginava nemmeno crepare nel bagno, illuminato soltanto dalla luce di un crocefisso di plastica.

8

La luce del mattino inondava l'ufficio. Charles pensò
che la temperatura della stanza fosse scesa di qualche
grado dall'ultima volta in cui vi si era affacciato. Per
il resto, niente era cambiato. Mallory continuava a evitare di posare gli occhi sulla marea di fogli appuntati
alla parete di sughero: era terribilmente ordinata, il genere di persona che raddrizza i quadri in casa d'altri.
Era seduta davanti ai computer, le tre macchine ronzavano mentre sfogliava le pagine del taccuino di Louis
Markowitz. L'unico rumore umano era quello prodotto
dalle scarpe di Lars Geldorf che camminava avanti e indietro per la stanza.

Impaziente di cominciare la giornata, il detective in
pensione si tolse la giacca e allentò la cravatta. Inutilmente. Ogni tanto Mallory alzava gli occhi e lo vedeva
vagare per la stanza, la *sua* stanza, ispezionando gli scaffali metallici coperti di aggeggi elettronici. Geldorf
ostentava un sorriso falso, annuiva con aria competente, anche se non aveva idea dell'utilità di tutte quelle
macchine. Erano nuove, lui era vecchio.

Mallory abbandonò la sedia e raggiunse la parete di
sughero con le istantanee del delitto. Charles percepì la

tensione sul suo volto. Combatteva una piccola guerra interiore, frenava l'istinto di ordinare ogni pezzo di carta in maniera perfetta.

Lars Geldorf le si avvicinò e Charles capì il significato di quel silenzio. Mallory insegnava al vecchio chi comandava. La gerarchia doveva essere ben chiara e Geldorf non avrebbe mai più dovuto chiamarla *tesoro*. Ma evidentemente quell'uomo le piaceva. Stava usando con lui i suoi modi più gentili.

Ingrandimenti e sotto le Polaroid. «È tutto qui?»

«Affermativo» disse Geldorf. «E allora?»

«Dove sono gli originali?»

«Sono tutti orginali, tesoro.»

«Mallory» lo corresse lei.

«E se ti chiamassi Kathy?»

«Te lo sconsiglio. Mallory può bastare.» Era una minaccia. «Non c'era il fotografo della polizia sulla scena del delitto?»

«Sì, un civile, ma è durato poco.» Geldorf sfiorò le fotografie della donna impiccata, morta da due giorni nella calura di agosto, un'incubatrice di vermi. «Il fotografo si è sentito male e ha fatto cadere la macchina. Non siamo più riusciti a farla funzionare, così ne abbiamo presa una in prestito dal vicino.»

Mallory fissava la foto della corda che pendeva dal lampadario. «Cos'è quella macchia scura sul soffitto?»

«Scarafaggi affamati all'ora di pranzo» rispose Geldorf. «Gli scarafaggi hanno un debole per le cose unte, e qui...» Con le dita ossute indicò un'altra fotografia con una grossa macchia scura sul pavimento della cucina. «Scarafaggi all'assalto di una padella.» Strizzò gli occhi. «Vedi quella roba sul pavimento? Sono salsicce. E altri scarafaggi. Il lampadario della cucina era sul punto di cedere. Vedi l'intonaco? Stava crollando. Probabilmente avevano fatto il nido lassù. Ti mostro gli altri ingrandimenti.»

Geldorf le indicò il materiale raccolto dal medico legale. Esaminò una fotografia con un nugolo di mosche.

«Charles, cosa ne hai fatto delle fotografie degli scarafaggi?»

«Sono appese sotto quelle dei vermi. Mi sembrava l'unico posto sensato.»

«Di che diavolo state parlando?» Mallory non comprendeva quel tipo di logica.

Fu Geldorf a rispondere: «Le mosche sono gli unici insetti utili, sul luogo del delitto intendo. Gli scarafaggi non dicono nulla.»

«Giusto» disse Charles. «Per questo li ho appesi sotto...» Non c'era bisogno di aggiungere altro. Mallory aveva smesso di ascoltare. Si guardava le unghie. Forse aveva trovato un lieve difetto, e la manicure aveva la precedenza sull'entomologia. A quel punto alzò gli occhi: «Se avete finito, io metterei gli scarafaggi in primo piano».

Charles spostò la fotografia delle mosche con le larve e Mallory osservò gli ingrandimenti degli scarafaggi che sbucavano dal soffitto e scendevano lungo la corda diretti verso il cadavere. La fotografia che catturò la sua attenzione era quella del grembiule della vittima, dove una macchia rettangolare aveva attratto alcuni insetti.

Geldorf si avvicinò al muro. «Sembra quasi che nella colluttazione, abbia lasciato cadere la padella cospargendo il pavimento di grasso. Quella sera avevano tolto la corrente, così...»

«Non può essere...» Mallory osservò la padella appoggiata al muro accanto alle altre prove, poi indicò la fotografia del grembiule. «Questo non è uno schizzo d'unto.»

Charles sapeva che stava citando a memoria gli appunti del taccuino di Louis Markowitz: *non è uno schizzo*. Louis riteneva questo dato importante, al punto da sottolinearlo, ma non diceva perché. I bordi del rettangolo erano ben definiti: non *poteva* essere il grasso di cottura schizzato sul grembiule.

Mallory si rivolse a Geldorf: «Natalie stava cucinando, forse aspettava qualcuno. Hai interrogato i suoi amici?».

«Non ne aveva» disse Geldorf. «Quando era sposata il marito non le permetteva di lavorare. Non le dava soldi, così lei era quasi sempre a casa. Anche dopo il divorzio probabilmente non ha conosciuto nessuno.» Osservò l'ingrandimento delle salsicce sul pavimento. «Forse stava cucinando per sé.»

Charles notò lo scetticismo di Mallory, poi contò le salsicce. Quell'estate spesso toglievano la corrente e sicuramente il frigorifero ne risentiva: Natalie Homer era una donna sola, non avrebbe mai comprato tanto cibo solo per sé. Chi stava aspettando? Si rivolse a Geldorf. «Natalie non aveva rapporti con la sua famiglia d'origine, vero?»

«Sì» disse Geldorf. «Un anno dopo il matrimonio, la sorella ha smesso di parlarle. Ma questo non c'è nel rapporto, come lo sai?»

«È tipico delle donne maltrattate. Dipendenza, isolamento.» Charles si voltò verso Mallory. «Probabilmente il marito la picchiava.»

«Indovinato» disse Geldorf. «Almeno, così mi ha detto Natalie.»

Il tono di Mallory si fece sospettoso: «Hai parlato con lei?».

«Certo che l'ho fatto. Due, anche tre volte alla settimana.»

«Ieri sera ti ho detto che qualcuno la seguiva.» Charles si portò al centro della parete e indicò dei fogli. «Queste sono le denunce.» Le staccò dalla parete. Erano cinque.

«Tutto cominciò subito dopo il divorzio.» Geldorf si allungò per prendere una spessa busta che giaceva in mezzo alle altre prove. «Qui ci sono le altre.»

«E dopo che è morta?» Mallory fissava la busta. «Tutte queste denunce e non avete trovato l'uomo che la seguiva?»

«Non è mai riuscita a vederlo in faccia» disse Geldorf. «La prima volta abbiamo pensato che fosse paranoica. Voglio dire, certo che gli uomini la seguivano, era piuttosto attraente...»

Nessuna delle immagini appese al muro poteva confermarlo. Natalie, da morta, era soltanto una maschera grottesca.

«Era bellissima.» Geldorf si piegò sullo scatolone che aveva portato quel mattino. Da un sacchetto di carta estrasse un plico di fotografie. «Non mi sembrava che queste c'entrassero con le prove.» Sollevò il ritratto di una donna sorridente con lunghi capelli biondi. Gli occhi di Natalie erano grandi e azzurri.

Mallory appese con estrema precisione le fotografie alla parete, tutte alla stessa distanza. «Queste foto sono state scattate da un professionista.»

Anche Charles era d'accordo. La luce era perfetta, e lei sembrava in posa davanti all'obiettivo.

«La pista del fotografo non ha portato da nessuna parte» disse Geldorf.

Mallory non aprì la busta delle denunce. Si limitò a saggiarne il peso. «Natalie deve aver trascorso parecchio tempo alla centrale. *Molto* tempo. Quando vi siete convinti che non era paranoica? E cosa avete fatto a quel punto?»

«Abbiamo cercato l'ex marito e gli abbiamo detto di stare lontano da lei. Era un tipo ostinato, non ha mai ammesso nulla.»

«E dopo l'omicidio?»

«L'abbiamo interrogato, ma aveva un alibi. Era ad Atlantic City, a sposare la seconda signora Homer. Si chiamava Jane. Non hanno mai lasciato la stanza, a sentire quelli dell'albergo. Ma quanto costa comprarsi un alibi da una cameriera? E la dichiarazione della seconda moglie, Jane, non ha alcun valore. Sposati da due giorni, e il bastardo era già riuscito a intimidirla.»

Mallory non lo ascoltava più, fissava la parete. Poi prese una busta di plastica appesa al muro e cominciò a leggerne il contenuto.

«Sono sette messaggi» spiegò Geldorf. «Tutti uguali. Natalie li trovava sotto la porta di casa quando tornava dal lavoro. Fai attenzione, tesoro...» disse, vedendo che Mallory estraeva i fogli dal sacchetto. «Quella carta è molto fragile e le scritte sono in matita.»

Charles aspettava la reazione di Mallory, ma lei continuò a fissare il foglio, ipnotizzata dalle parole: *Oggi ti ho toccato*.

Le mani in tasca, impettito, Geldorf guardava le fotografie del luogo del delitto. «Il fotografo che ha fatto cadere la macchina non è stato l'unico a sentirsi male, quella notte. Anche l'agente che ha trovato il corpo, un ragazzo, non ricordo se si chiamava Parris o Loman....»

Mallory smise di leggere. Ora Geldorf si era guadagnato la sua attenzione.

Geldorf continuò: «Non siamo più riusciti a farlo entrare nell'appartamento. Un'ora dopo, alla centrale, stava ancora battendo i piedi per terra per liberarsi dagli scarafaggi. Se li sentiva addosso... E quell'odore terribile, non potete immaginare. Ma sapete qual era la cosa peggiore? Il ronzio. Lo si sentiva già sul pianerottolo, ma quando ho aperto la porta, era talmente forte... C'erano migliaia di mosche». Chiuse gli occhi: «Ancora adesso, le sento ronzare. Tutte quelle mosche, migliaia e migliaia...».

Il sergente Riker entrò nell'ufficio con i sacchetti della colazione. «Mi sono perso qualcosa?»

Riker attirò Geldorf in cucina con la promessa di panini e caffè. Dopo aver posato le borse sul tavolo, frugò nei sacchetti alla ricerca di un toast con pancetta e uova. Era talmente unto da provocare un infarto solo a guardarlo. Sistemò i pacchetti su una tovaglia rosa, l'unico vezzo in quella cucina ipertecnologica.

Dopo aver trascritto il numero di telefono del negozio, lo passò a Geldorf. «Perdi questo e morirai di fame.» Mentre lui e Mallory lavoravano segretamente al caso di Sparrow, Geldorf avrebbe dovuto badare a se stesso.

«Perché non è andato Deluthe a prendere da mangiare? A cosa serve un assistente?»

Geldorf sorrise. «Mallory l'ha spedito alla ricerca dei fascicoli personali sul conto dei poliziotti presenti sulla scena del delitto Homer.»

«Questo dovrebbe tenerlo occupato.» Il minimo che poteva capitare a una recluta era passare le ore in coda agli uffici. Diede una tazza di caffè a Geldorf. «So che da sei anni ti dedichi a casi irrisolti. Il lavoro ti manca, vero?»

«Vero, e mi piace tenere...» Geldorf guardava la porta della cucina, poi si irrigidì. Riker intuì che era arrivata Mallory. Ogni volta che lei entrava in una stanza, anche Duck Boy reagiva allo stesso modo.

Mallory posò dei documenti vicino alla tazza di caffè. Riker sfogliò le denunce. Natalie Homer era stata una frequentatrice assidua della centrale di polizia. Proprio come Kennedy Harper.

«È passato del tempo fra queste due denunce» disse Mallory mostrando due moduli all'ex poliziotto.

«Il pervertito le ha dato un po' di respiro, ma due settimane dopo, eccolo di nuovo. Da quel momento ha cominciato a trovare i biglietti sotto la porta e a ricevere telefonate: ma non le parlava, e niente rantoli o roba del genere. Credo che volesse solo ascoltare la sua voce» disse Geldorf.

Riker pescò nelle tasche fiammiferi e sigarette. «L'ex marito era in città in quelle due settimane?»

«Sì, non è mai mancato al lavoro, neanche un giorno, lavorava in un ufficio postale. Ma secondo me era colpevole.»

Riker prese una sigaretta dal pacchetto malconcio. «Quindi non hai seguito altre piste...»

«È stato Erik Homer, non c'è dubbio» insistette Geldorf. «Se solo quel bastardo non avesse tirato le cuoia un anno dopo l'omicidio. Un attacco di cuore.»

Mallory posò sul tavolo un altro documento. «Questa è la dichiarazione dell'ex marito. C'è solo una riga sul figlio di Natalie. Quanti anni aveva il bambino quando è morta?»

«Sei o sette. Il padre aveva la custodia. Dopo il divorzio Natalie non ha più potuto vedere suo figlio.»

Gli occhi di Mallory incrociarono quelli di Riker.

Lui annuì, stavano pensando la stessa cosa: il figlio di Natalie adesso doveva avere ventisei o ventisette anni. L'età più probabile per un serial killer. Il detective accese la sigaretta e guardò la spirale di fumo che si avvicinava al soffitto. «Dov'è adesso il ragazzo?»

Geldorf scosse la testa. «Dopo la morte del padre, la matrigna lo ha affidato alla sorella di Natalie, una donna intrattabile, che detesta i poliziotti. Infatti non ha collaborato.»

«Non mi stupisce che ce l'abbia con la polizia.» Riker cercò sul bancone qualcosa da utilizzare come portacenere. «Tutto questo tempo e neppure un indizio sull'omicidio della sorella. Non posso biasimarla.»

«D'accordo» disse Geldorf. «Ma la sorella di Natalie non ha mai preso il bambino in custodia, credo che l'abbia rifilato a qualche altro parente. Le ho chiesto di dire al ragazzo che non avrei mollato. Poi l'ho lasciata in pace.»

Riker guardava Mallory. Pensava anche lei la stessa cosa? Lars Geldorf aveva creato un serial killer.

Il vecchio Geldorf rivolse un ghigno prima all'uno, poi all'altra. «So cosa avete in mente. Credete che il ragazzo sia cresciuto con idee malsane in testa, che sia lui l'assassino di Sparrow.» Scosse la testa. «E come avrebbe scoperto i dettagli? Solo l'assassino poteva rivelargli di quella ciocca di capelli in bocca. Francamente, non mi vedo Erik Homer che confida una cosa del genere al figlio.»

Mallory avvicinò la sedia al tavolo. «Quindi non hai mai parlato con il ragazzo.»

«No, non ce n'era bisogno.» Geldorf si alzò dalla sedia. «Torno subito.»

Quando la porta del bagno si chiuse, Mallory diede

a Riker la dichiarazione, vecchia di vent'anni, sul caso Natalie Homer. Era controfirmata da una recluta di nome Harvey Loman. «Come si chiama il tenente Loman? Harvey?»

Prima che Riker potesse rispondere *Cristo, sì che si chiama Harvey*, Charles comparve nella stanza: «Ho scoperto perché Natalie si era fatta fare quelle foto. Per il suo book». Diede a Riker la fotocopia di un articolo di giornale. «L'ho trovato in biblioteca, è l'unico pezzo in cui si parla della morte di Natalie Homer.»

I giornalisti non si erano certo sforzati a trovare un titolo originale: *Suicidio*. Riker saltò le prime righe e lesse l'articolo in un fiato. «Natalie Homer lavorava come cameriera in un bar dalle sei fino alla chiusura. Tutti i mercoledì pomeriggio andava agli spettacoli di un teatro di Broadway e imparava a memoria le battute. Era troppo povera per permettersi dei corsi di recitazione, così ha riferito la sua padrona di casa. Per il resto trascorreva le sue giornate tra un'agenzia teatrale e l'altra, ma non le hanno mai assegnato una parte. Ogni giorno, ricordava a se stessa che era ancora viva e ancora decisa a farcela a New York. Secondo la padrona di casa, era una ragazza molto determinata, una che lavorava sodo, sempre stanca. L'hanno trovata alla fine di una giornata come tante, appesa a una corda.»

Mallory aspettava il detective Janos all'indirizzo che le aveva fornito, insieme alla promessa che lo avrebbe trovato interessante. Janos non aveva voluto aggiungere altri dettagli in presenza del tenente Coffey. Accanto all'edificio c'era un cantiere polveroso con una toilette mobile grande più o meno quanto una bara. Una truppa di bambini era in coda davanti alla porta. Una donna dall'aspetto affaticato ringraziò i muratori. I ragazzi facevano una "pausa gabinetto" durante una passeggiata naturalistica nei dintorni dell'East Village, nonostante la flora fosse limitata a pochi alberi spelacchiati, mezzi morti per il caldo, l'inquinamento e gli escrementi. La fauna non offriva molto di più: uno scoiattolo morto e un piccione che zoppicava sul marciapiede. I bambini rimasero impressionati dalla stazza e dall'espressione brutale del detective della Omicidi. Ridacchiavano, puntando le dita come pistole, e per gioco si facevano scudo l'un l'altro.

«Salve, Mallory.» Il detective Janos la raggiunse davanti alla porta di un magazzino convertito in un cinema-teatro d'essai. «Avevi ragione. Tutti vogliono entrare nel mondo dello spettacolo. Kennedy Harper faceva il turno serale, così aveva la giornata libera per le audizioni.»

«Aveva un agente?»

«Non ne aveva bisogno. In città trovi audizioni pubbliche a ogni angolo.» Le diede una pagina strappata da una vecchia copia di «Backstage». «Heller ha trovato un foglio come questo nella spazzatura, un foglio strappato. Forse l'audizione non era andata troppo bene.» Passò a Mallory un giornale arrotolato. «Questo è l'ultimo numero.»

Le pagine centrali riportavano date e indirizzi di audizioni diverse. «Ce ne sono almeno cinque al giorno.»

«No, se togli gli indirizzi fuori città e le chiamate per cantanti e ballerini, ne rimangono al massimo due. Sono appena stato a un'audizione. C'erano quasi cento attori in coda su Spring Street. Credo che l'assassino abbia trovato in questo modo Sparrow e Kennedy. Tra le persone in coda ha scelto le bionde che gli piacevano di più.»

«Tre su tre» commentò Mallory. Natalie Homer, Kennedy Harper e Sparrow: tutte e tre aspiranti attrici.

«Sì, e credo tu abbia ragione a voler lavorare su tutti e tre i casi in contemporanea, ma Coffey non te lo permetterà. Il capo crede sia meglio lavorare sui delitti recenti. Diventerebbe una belva se scoprisse che sono stato qui.» Ciò che Janos intendeva era piuttosto chiaro: non ci sarebbero stati altri incontri clandestini. Si voltò verso la finestra malandata dell'Hole in the Wall Theater. «Un attore nello spettacolo di Sparrow ci ha suggerito di venire qui. Proiettano il video della prova generale a cui ha partecipato anche lei.»

Grazie a un piccolo poster scritto a mano, *Le tre sorelle* di Čecov aveva un nuovo titolo, *La prostituta impiccata*. A fianco del cartellone c'era la pubblicità: le prime pagine dei giornali scandalistici che parlavano del caso Sparrow.

Sei famosa Sparrow, ce l'hai fatta.

A questo punto poteva anche morire.

Janos tornò alla macchina e Mallory pagò i tre dollari d'ingresso, poi oltrepassò una tenda ed entrò in una stanza buia che puzzava di fumo e sudore. C'erano una ventina di sedie, ma soltanto due persone guardavano lo schermo. Un uomo si alzò dalla sedia borbottando: «Che razza di boiate...». Non si aspettava certo che *La prostituta impiccata* fosse un classico. Forse si aspettava qualcosa di forte, nudità, indecenze. Un secondo uomo lo seguì fuori dalla stanza, anche lui aveva un'aria offesa.

Adesso Mallory era sola, e un osservatore attento avrebbe riconosciuto subito la sua espressione: era quella di una bambina ostinata. Sedeva composta, gli occhi incollati allo schermo, concentrata. Aspettava Sparrow. Aveva aspettato per anni.

Una vecchia apparve sul palcoscenico in compagnia di una giovane attrice, molto diversa dalla ragazza in coma all'ospedale. La voce che Mallory udì, suonava familiare.

Sparrow indossava quel costume quando l'avevano trovata appesa al soffitto. L'accento del Sud era scomparso e un bravo chirurgo l'aveva ringiovanita, fin troppo, per la parte di Olga. Erano passati anni dall'ultima volta in cui Mallory l'aveva osservata con attenzione. Ora notò un altro cambiamento, qualcosa che non dipendeva dagli interventi di chirurgia plastica. Sparrow era illuminata dall'interno, un fuoco nuovo. Perfino gli occhi erano tornati quelli di una volta, chiari, brillanti, gli occhi di qualcuno che vede il mondo per la prima volta. Ricominciava, una nuova giovinezza. La notte che l'aveva incontrata per la prima volta, Sparrow era così.

Quanti anni potevo avere, Sparrow? Otto? Nove?

Era inverno, una improvvisa tempesta di neve, e Kathy Mallory, febbricitante, si era rifugiata in una cabina telefonica. In tutta New York, era l'unica cabina che avesse una porta adatta a proteggerla dalla neve. Aveva inserito una moneta nella fessura, niente più che un'abitudine, un rituale al quale si aggrappava.

A mille miglia di distanza, anni prima, una donna morente le aveva scritto un numero di telefono sul palmo della mano. Alla fine di quella giornata terribile solo le ultime quattro cifre erano ancora leggibili. E Kathy aveva obbedito, anche molto dopo che la madre era morta. Ormai aveva dimenticato la ragione di quelle telefonate, ma continuava a inventare numeri per rimpiazzare i tre che mancavano. Ogni volta che rispondeva una voce femminile, la bambina pronunciava le parole di rito: *Sono Kathy, mi sono persa.* Non conosceva le donne che rispondevano al telefono, e anche quella notte una voce femminile all'altro capo del filo aveva gridato: *Dimmi chi sei. Come posso...*

Click. Un altro legame spezzato, un'altra donna in lacrime. Un'altra speranza infranta.

Aveva la febbre alta, le tremavano le mani mentre infilava le ultime monete, un'ultima chiamata: *Sono Kathy, mi sono persa.*

Fra mille donne, solo Sparrow aveva risposto: «Dove sei piccola? Vengo a prenderti». Quella donna aveva il dolce accento del Sud, sembrava la voce di sua madre.

Solo la speranza aveva impedito a Mallory di scivolare nel sonno e morire mentre aspettava che quella donna venisse a prenderla. Le si chiudevano gli occhi quando aveva visto un'ombra avvicinarsi al vetro appannato della cabina. Sparrow correva in suo aiuto sotto la neve. Aveva raccolto la bambina tremante, l'aveva avvolta nella pelliccia sintetica e nel calore del suo corpo profumato. Kathy aveva pensato che la mamma fosse tornata per riportarla a casa, che il suo incubo fosse terminato, per sempre. Quella notte, la tempesta di neve, la testa poggiata sul petto tiepido di una puttana: il momento più bello che Mallory ricordasse.

«La vita non è ancora finita» disse l'attrice sullo schermo.

Si soffocava dal caldo nel piccolo cinema, eppure Mallory rimase al suo posto fino alla fine, nell'oscurità più totale, aspettando di rivedere il video dall'inizio. Per continuare ad alimentare il suo odio nei confronti di Sparrow.

Riker aveva già fatto richiesta perché i due casi confluissero in un'unica inchiesta, ma aveva perso. Avrebbe preferito che se ne occupasse Mallory... Ma non si era ancora presentata. Arrivare in ritardo a un appuntamento non era da lei. Era ossessionata dalla puntualità.

Indossava ancora gli occhiali da sole quando entrò nell'ufficio di Jack Coffey e prese una sedia senza che nessuno la invitasse a sedere. Riker sorrise pensando che l'avesse imparato da lui.

Il tenente Coffey si allungò sulla sedia, guardando l'orologio per sottolineare il suo ritardo. «Riker mi ha detto che lo spaventapasseri ha un debole per le donne bionde, aspiranti attrici.»

«Proprio così. Le vittime sono tutte sosia di Natalie Homer.» Mallory sembrava annoiata. Afferrò un giornale dalla pila ammucchiata in un angolo del tavolo. «Il caso Homer è il punto di partenza per le impiccagioni dello spaventapasseri.»

Il tenente non abboccava, ma il gioco non era ancora finito. Rimase in silenzio, aspettando che Mallory continuasse. Poi cedette e parlò per primo. «Lo spaventapasseri sta copiando il delitto di Natalie Homer, e lo copia male» disse il tenente. «Evidentemente, non è mai stato sulla scena del delitto.»

«Io dico che c'è stato.» Mallory abbassò gli occhiali da sole per osservare un articolo che la interessava.

«Troppe cose non quadrano» disse Coffey. «Tutte quelle candele, il cappio diverso... Sono convinto che lo spaventapasseri non abbia mai visto la scena.»

«Non sono d'accordo» disse una voce con tono amichevole. Coffey ruotò la sedia e si ritrovò a fissare quell'uomo alto la cui testa sfiorava lo stipite della porta. Mal interpretando lo sguardo di sorpresa del tenente, Charles Butler ricambiò lo sguardo e chiese: «Sono in anticipo?».

Il tenente, con tutta probabilità, si chiedeva per quale motivo un civile fosse stato invitato a partecipare alla riunione. Riker si preparò ad assistere a una sfuriata del capo. Mallory l'avrebbe lasciato fare e poi avrebbe sganciato la bomba: la presenza del tenente Loman sul luogo del delitto di Natalie Homer.

Non c'erano sedie libere e Charles Butler, con la sua altezza, faceva sembrare persone e mobili innoque miniature. Si appoggiò alla parete, sperando così di apparire più piccolo. «Le incongruenze sono comprensibili.»

Il tenente sorrideva, con poca convinzione. «Dunque sei d'accordo con Mallory?»

Che sorpresa.

«Del tutto d'accordo» rispose Charles. «Lo spaventapasseri si basa su ricordi di vent'anni fa, probabilmente distorti. Se non altro ha un'idea di quante mosche c'erano sulla prima scena del delitto. Se ho capito bene, le ha portate in un barattolo.»

Coffey squadrò Mallory accusandola di aver violato il segreto d'ufficio, ma prima che potesse aprir bocca, Mallory disse: «È il nostro consulente psicologico. So quanto detesti lo strizzacervelli del dipartimento».

Il tenente annuì. Lo psicologo ufficiale della Crimini Speciali era un vero incompetente, che oltretutto stava antipatico a tutti. Un anno prima aveva offerto quel lavoro a Charles Butler, per poi scoprire che la città di New York non poteva permettersi uno psicologo con più di una laurea. «Peccato che non possiamo permettercelo.»

«Non è un problema.» Mallory tornò ad armeggiare con il mucchio di giornali. «Non può guadagnare altri soldi questo semestre.»

«Giusto» disse Charles. «Per via delle tasse. Sono a vostra totale disposizione, gratis.»

Tanta disponibilità insospettì il tenente.

Mallory piegò l'ultimo giornale della pila. «Qui non c'è niente su Kennedy Harper, e i giornalisti continuano a parlare di gioco sessuale a proposito di Sparrow. Come se si fosse trattato di un incidente. Charles pensa che questo spingerà lo spaventapasseri a commettere altri omicidi. Potrebbe succedere in qualsiasi momento.»

Riker capì che quell'opinione era una novità per il consulente psicologico. «Chiunque legga i giornali penserà che a essere in pericolo siano solo le prostitute» disse. «Dobbiamo organizzare una conferenza stampa.»

«D'accordo» disse Coffey. «Sportivamente, daremo alle *aspiranti attrici* almeno una possibilità di salvare la pelle.» Si voltò per guardare il regalo che gli aveva fatto Kathy Mallory, il consulente Charles Butler. «Diciamo che hai ragione sullo spaventapasseri, diciamo che è incazzato. Perché allora non chiama la stampa e non racconta come stanno veramente le cose?»

«È una mia impressione, ma credo che voglia mettere alla prova la polizia.»

«E sta già puntando la sua prossima vittima» disse Mallory. «Non c'è tempo da perdere.»

Coffey scosse la testa. «Non possiamo gettare nel panico tutte le donne bionde di New York, solo quelle che corrispondono al profilo delle vittime, e non dobbiamo accennare alla stampa del caso di Natalie Homer.» Si voltò verso Charles Butler. «Altre idee sullo spaventapasseri?»

«Io credo che fosse molto legato a Natalie Homer. Ha ripetuto il suo omicidio due volte.»

«Può darsi, ma è solo una teoria.» Coffey si rivolse ai detective: «Io metto Gary Zappata sulla lista dei sospetti».

Il pugno di Mallory si abbatté sul bracciolo della sedia. «Cosa diavolo...»

«Detective Mallory.» Il tenente sollevò la mano per zittirla. «Lo sapevi che suo padre era un detective? Proprio così, e anche Zappata voleva diventarlo.» Coffey si voltò verso Charles. «È quasi riuscito a farsi licenziare. Per questo il sergente Bell gli ha suggerito di entrare nei pompieri, nella squadra del capo. Così avrebbe potuto portare una pistola e giocare al detective.»

Riker annuì. Era tipico di Bell: cercare di farsi amico un poliziotto psicopatico.

«L'altra notte,» disse Coffey «Zappata è comparso sulla scena del delitto e ha preso in mano la situazione.»

Le unghie rosse di Mallory tamburellavano sul bracciolo. «Sicché Zappata impiccherebbe le donne per fare carriera.»

«Lasciami finire, Mallory.» Non era una richiesta. Coffey le stava ordinando di tapparsi la bocca. «Era presente anche sulla scena del delitto Harper. La sua faccia spicca tra la folla nelle fotografie.»

«Avrà intercettato la radio della polizia» disse Riker.

Il tenente lo ignorò. Si rivolse a Butler: «Dopo che ebbe lasciato la polizia fu giudicato capace di tornare armato di fucile per vendicarsi degli ex colleghi. Questo ti aiuta a inquadrare il personaggio». Coffey frugò tra le carte sul tavolo finché non trovò il rapporto che voleva. «Zappata è entrato in servizio nel momento in cui il pronto intervento riceveva la chiamata a proposito di Sparrow. La caserma dei pompieri si trova a due isolati dalla scena del delitto. Sono sorpreso che il loro cane non abbia fiutato l'incendio prima.»

«Stai dicendo che l'avrebbe impiccata e poi si sarebbe fatto due isolati di corsa fino alla caserma per crearsi un alibi?»

«Sì, Mallory.» Coffey fece una pausa, per sottolineare che qualunque forma di sarcasmo poteva essere considerata insubordinazione. «Quel nodo e una morte lenta gli hanno fatto guadagnare del tempo. Ma voleva che morisse.» Si voltò di nuovo verso Charles. «Secondo il rapporto dei colleghi, ha ostacolato gli altri pompieri che volevano tirare giù Sparrow.»

Riker osservò Mallory. «Potrebbe essere.» Ma in realtà intendeva: *Vacci piano, o non riuscirai a far unificare i casi.* Quando avrebbe tirato fuori la faccenda di Loman? La rivelazione le avrebbe fatto guadagnare l'attenzione del capo. Incrociò lo sguardo di Mallory, ma lei scosse la testa, poi si voltò verso Coffey. «Come avrebbe fatto Zappata a scoprire i particolari di un delitto di vent'anni fa?»

«Potrebbe avergliene parlato suo padre» disse Coffey. «Considera tutti i dettagli che non quadrano. Sapeva che c'erano delle candele, ma non sapeva quante. Sapeva che c'era un cappio, ma non sapeva di che tipo. Informazioni di terza mano. Vent'anni fa il padre di Zappata può aver avuto qualche contatto con uno dei poliziotti coinvolti. Stiamo verificando...»

«Non c'è stato nessun incendio nell'appartamento di Kennedy Harper. Se Zappata fosse...»

«Forse stava facendo pratica, Mallory. O forse conosceva quella donna. Supponi che abbia ucciso Sparrow solo per sviarci...»

«No» disse Mallory. «Tu *vuoi* che sia lui. Neanche a me piace quell'idiota, ma c'è un problema con la tua teoria. Sparrow avrebbe potuto metterlo al tappeto con un coltello da cucina.» Pronunciò la frase con una punta di orgoglio verso la sua vecchia nemica. «Anche senza un'arma, quella donna avrebbe potuto fargli molto male. È un osso duro.»

Riker poteva testimoniarlo. Era difficile mettere paura a Sparrow. Era sopravvissuta a un accoltellamento che avrebbe ucciso una donna meno tenace. Quindici anni più tardi dimostrava di essere ancora dura a morire.

A dispetto di quanto dichiarato dal suo medico, era sopravvissuta un'altra notte.

Jack Coffey sorrideva a Mallory: cattivo segno, sempre. «Allora perché Sparrow non ha fatto fuori l'assassino. Non lo sai? Te lo dico io. L'ha aggredita al buio, la lampadina sopra la porta era svitata.»

Riker si guardò le scarpe. Sapeva cosa sarebbe successo. Aveva dimenticato di dirle...

«Ancora una cosa» disse Coffey. «Riker ha richiamato la Scientifica perché rilevasse le impronte sulla lampadina: c'erano quelle di Zappata.»

Riker guardò Mallory. Sorrideva e scuoteva la testa. «E con questo,» disse «non è certo strano trovare le impronte di un pompiere sul luogo di un incendio.»

Bel colpo. Elegante, semplice. Non rimaneva che far incidere il suo nome sulla coppa del vincitore, ma il capo sorrise e disse: «Questa è la mia proposta. Teniamo il movente in sospeso, e anche i sospetti. Ma tu e Riker continuate a occuparvi del caso di Natalie». Allargò le mani come per dire: "Vedete, sono un uomo giusto e leale".

Riker sapeva che Coffey non avrebbe cambiato idea, ma sapeva anche che avrebbe passato la giornata a rimuginare. E se Mallory avesse avuto ragione? Se il killer si stesse preparando a colpire di nuovo?

Mentre sua madre sorseggiava una bibita insieme a un'altra mamma, il bambino si era allontanato, attirato dal ronzare delle mosche intorno al bidone dell'immondizia. Si prese un bello spavento scoprendo quella specie di macchia nera che si muoveva freneticamente sopra qualcosa di piccolo e puzzolente. L'erba di Tompkins Square gli faceva il solletico alle ginocchia. Si chinò per osservare gli insetti ronzanti: cosa stavano mangiando? Forse la loro preda era ancora viva. Il bambino spostò la carne marcia aiutandosi con un bastone. Era un'operazione difficile, la preda era viscida, sicuramente morta. Un po' deluso, continuò a guardare l'ammasso vibrante di zampe, ali, corpi neri e lucidi. Il ronzare degli insetti era infernale, eccitante. Poi il bambino notò un uomo in jeans e cappello da baseball seduto sulla panchina. Non si muoveva. Sembrava morto, come la carne sotto le mosche, ma nessun insetto gli ronzava intorno. Il bambino si avvicinò alla panchina e sentì odore di insetticida. Quel borsone grigio posato per terra conteneva la roba che usava sua madre per ammazzare gli insetti. C'era anche un grosso barattolo di vetro, pieno di mosche. Alcune ronzavano ancora.

Un collezionista.

Bene, adesso il mondo aveva di nuovo un senso. Il bambino collegò l'uomo all'esca di carne putrida nel cestino: in quel modo il collezionista non doveva inseguire le mosche una a una. L'uomo sembrava non averlo notato. Non muoveva gli occhi, restava immobile. Il bambino rimase in attesa di un segno di vita, e dopo un po' decise che era morto stecchito. Per esserne sicuro, gli sfiorò una gamba con il bastone.

Il morto voltò la testa.

Il bambino si mise a gridare. La madre arrivò di corsa, lo strinse a sé e lo portò via. Il bambino, in braccio alla madre, si voltò. Il morto indossava un paio di guanti gialli di gomma, e si era chinato sopra al nugolo ronzante nel cestino spruzzando l'insetticida.

La giovane attrice si era guadagnata un posto a sedere sulla metropolitana infilandosi fra due passeggeri e una valigia. Si preparò al lungo tragitto fino all'East Village. Dopo aver ispezionato la giacca, tolse un lungo capello biondo dal bavero. Il lino azzurro era dello stesso colore di suoi occhi. Era il vestito più costoso che avesse mai avuto. Lo considerava una sorta di portafortuna, anche se non gliene aveva portata granché nelle ultime audizioni. I corpi sudati premevano. Dalla borsa estrasse qualche cartolina e scrisse le solite bugie settimanali alla madre e alla nonna. Prese in prestito una frase scritta su un manifesto pubblicitario appeso ai finestrini, *New York è un festival estivo...*

Qualcuno la urtò con una sacca di tela.

«Stia attento!» sbraitò da brava newyorkese. Poi alzò lo sguardo e vide i jeans sbiaditi di un uomo a pochi centimetri dalla sua faccia. Puzzava d'insetticida. Abbassò lo sguardo sulle cartoline e scrisse: *Amo questa città.*

Voleva tornare nell'Ohio.

L'anno precedente si era aggiudicata il lavoro di tutte le aspiranti attrici: cameriera in un fast food. Era stata un'amara sorpresa per la madre e la nonna, entrambe cameriere sedotte e abbandonate da qualche camionista. La nonna aveva risparmiato per mandarla a New York, dove i ristoranti per camionisti non esistevano. Sua madre, le spediva le mance.

L'aria condizionata non funzionava, e l'attrice odiava gli altri passeggeri che le rubavano ossigeno prezioso.

Una donna la fissava con aria truce. Un'altra masticava un hamburger. La carne sembrava pulsare, cipolle e rivoli di maionese sgusciavano dal pane umido, e l'odore di fritto si mescolava a quello di sudore e insetticida. Stella rimise la cartolina nella borsa e iniziò a inventarsi una nuova bugia, questa volta per il suo agente. Come spiegare che un'idiota senza nessuna esperienza le aveva soffiato la parte?

Mancava una fermata ad Astor Place, era vicina a casa. La donna con l'hamburger si alzò lasciando sul sedile una macchia di unto. Nessuno occupò il posto. In quel pigia-pigia alzarsi, e allontanarsi dall'uomo in piedi di fronte a lei si annunciava difficoltoso. Sentì un prurito al braccio. Fece per grattarsi e toccò qualcosa di vivo.

Oh, merda!

Una grossa mosca nera. Anzi, una cascata di mosche che ora le pioveva sulla testa, una piaga di proporzioni bibliche. Incredibile, erano quasi tutte morte. Le poche ancora vive le si arrampicavano addosso, stordite.

Sulle gambe.

No!

A quel punto scattò in piedi, scuotendo i capelli. Le mosche cadevano a terra a manciate. Stella urlò, poi anche gli altri passeggeri. Gli insetti scricchiolavano sotto le scarpe mentre saltava per scrollarseli dai vestiti. Quella danza isterica diventò collettiva. Tutti battevano i piedi, agitavano le braccia. Un passeggero staccò inavvertitamente il biglietto attaccato alla schiena di Stella. Il treno frenò, le porte finalmente si aprirono. Il pezzetto di carta e il suo messaggio sparirono, trascinati via dal tacco di una donna.

9

Charles Butler, al centro della sala operativa della Crimini Speciali, osservava le fotografie. Ciascuna delle pareti laterali era dedicata a una delle due donne impiccate. La sua attenzione fu attirata dalla parete posteriore. Le mosche morte intorno al cappello da baseball dello spaventapasseri costituivano un tocco di creatività. Si rivolse al detective accanto a lui. «Davvero l'ha fatto Ronald Deluthe?»

«Sì.» Riker armeggiava con un piccolo registratore. «Quel ragazzo finirà per piacermi.»

Pssst.

«Allora perché non smetti di trattarlo come se fosse un ragazzino mezzo scemo?»

«Va bene, gli offrirò una birra. È il massimo onore che posso concedere a una recluta.» Riker alzò il volume del registratore. Poche parole pronunciate in tono piatto. Era la voce dello spaventapasseri, grigia, senza una punta d'emozione, senza la profondità della disperazione.

Pssst. L'unico rumore in sottofondo.

Charles osservò le altre pareti coperte di appunti, rapporti, fax, foto. Disordine, troppe mani e troppi cervelli intenti a occuparsi di un solo caso. «Possiamo portare via questa roba?»

«No» disse Riker. «Non possiamo spostare niente. E non possiamo neppure copiarla. Ordini di Coffey. Quindi devi leggerti tutto.»

Charles comprese che il suo ruolo era quello di macchina fotocopiatrice umana. Doveva leggere tutto il materiale sull'omicidio di Kennedy Harper e immagazzinarlo grazie alla sua memoria eidetica. Gli appunti dell'autopsia erano stati appesi da Mallory, senza dubbio. Una piccola oasi di ordine.

Riker alzò il volume del registratore. «Ascolta attentamente, ancora una volta.»

Pssst.

«Intervalli regolari» disse Riker. «Sappiamo che è un rumore automatico. I tecnici sostengono che potrebbe trattarsi di un nebulizzatore per le piante. Potrebbe essere in un negozio di fiori o in un vivaio.»

«Escluderei che abbia chiamato dal posto di lavoro» disse Charles. «Se fosse nervoso, preoccupato di essere interrotto, lo capiresti dalla voce. Invece è piatta, assolutamente monocorde.» Ascoltò un altro frammento poi, *Pssst.* «Ecco, una pausa per prendere fiato. Il ritmo del discorso segue quel suono come se fosse la punteggiatura. Probabilmente convive con questo rumore da parecchio tempo, potrebbe essere prodotto da qualche macchinario sanitario...» Mentre parlava con Riker, Charles immagazzinava le informazioni dell'esame che Slope aveva condotto su una donna ancora viva. «Questa donna ha un cognome?»

«Sparrow» disse Riker. «Nient'altro.»

Era arrivata Mallory. Charles non sapeva da quanto. Un gatto che camminasse su un cuscino avrebbe fatto più rumore. Si chiese se si divertisse a spaventare le persone sorprendendole a quel modo. Come adesso con Riker, che improvvisamente la vide passeggiare lungo la parete. Mallory mostrò poco interesse per le foto del corpo nudo di Sparrow. Solo l'ingrandimento di una vecchia cicatrice sul fianco attirò la sua attenzione, un grosso nodo di carne cresciuto intorno a un foro. Chiuse gli occhi, un piccolo gesto significativo. Charles capì che lei e Sparrow avevano in comune molto più di un vecchio tascabile sottratto sulla scena del delitto. Mallory alzò lo sguardo e vide Charles che la fissava.

«Cosa vuoi?»

Pssst.

«C'è un dettaglio che mi incuriosisce.»

Charles ritornò alle fotografie scattate in ospedale. Il relativo rapporto, redatto nella rigida grafia di Mallory, portava la firma di Edward Slope. Indicò la fotografia della cicatrice. «Evidentemente Slope l'ha esaminata a fondo, ma nei tuoi appunti, Mallory, non c'è traccia delle sue osservazioni.»

«È una vecchia storia» disse lei. «Non ha niente a che fare con questo caso.»

«Allora sai com'è successo.»

Pssst.

Riker si allontanò da loro in tutta fretta. Era un avvertimento per Charles: stava addentrandosi nel personale campo minato di Mallory.

«È una vecchia ferita da arma da taglio. Molto vecchia. Una perdita di tempo.» Strappò la fotografia dalla parete. «Non dovrebbe nemmeno essere qui.»

«Ma hai detto a Coffey che Sparrow era abile con il coltello.»

«Nessuno era più abile di lei.» Charles intuì il lavorio di un cervello brillante dietro quegli occhi verdi.

A causa del suo handicap, quella faccia che tradiva ogni emozione, le persone comunemente credevano che Charles non fosse in grado di capire quando gli altri mentivano. Era uno sbaglio che Mallory non aveva mai commesso. Charles sapeva che lei si stava chiedendo quale mezza verità convenisse raccontargli.

«Non è stata una rissa» disse lei. «Sparrow non vide il coltello arrivare.»

«Qualche problema di vista?»

«Non esattamente.» Mallory appallottolò la fotografia, poi la rigirò tra le mani. Abbassò la voce. «O meglio, era accecata da uno scherzo.» La palla di carta sparì nel pugno di Mallory. «Quando fu accoltellata, Sparrow stava ridendo.» Mentre Charles era ancora concentrato sulla sparizione della pallina di carta nella mano di Mallory, un'altra mano puntò un indice laccato di rosso contro il suo petto. «Vedi di dimenticare quella cicatrice» ordinò. «Intesi?»

Mallory attraversò la stanza e uscì. Charles sperava che sbattesse la porta, avrebbe significato che era arrabbiata, che lui l'aveva semplicemente infastidita. Ma le cose non stavano così. L'aveva ferita. Non avrebbe mai più menzionato la cicatrice di Sparrow, mai più. Aveva capito che in qualche modo quella cicatrice era anche quella di Mallory. In ogni caso, la fotografia era ben impressa nella sua mente. Non poteva ignorarla. A quel punto cominciò a collegare tutti gli elementi, un vecchio scontrino della libreria di Warwick, la dedica a una bambina sul frontespizio di un romanzo western. Quando Mallory aveva assistito a quell'episodio di violenza?

Adesso che il campo era di nuovo sicuro, Riker gli tornò accanto spegnendo il cellulare: «Charles, ho esaudito il tuo desiderio. Ho dato a Duck Boy un vero incarico. Accompagnerà Geldorf a interrogare il detective che trovò il corpo di Natalie Homer. Contento adesso?»

Contento non era la parola giusta.

Deluthe aveva scritto in cima alla pagina il nome della persona interrogata, il primo a entrare nell'appartamento di Natalie Homer. Aveva descritto l'appartamento di Alan Parris, annotando la tappezzeria logora, i muri scrostati, la polvere e lo sporco. Era la casa di un uomo che aveva toccato il fondo prima di compiere quarantadue anni. Il fascicolo personale di Parris riportava solo i dati della sua breve carriera nella polizia di New York, ma il cestino della spazzatura, stracolmo di lattine di birra, indica un serio problema di alcolismo. Il lavandino della cucina straripava di piatti sporchi. S'intravedeva una tazza da tè incrinata, con un disegno raffinato, forse lasciata dall'ex moglie quando il matrimonio era finito, vent'anni fa, qualche mese prima che Natalie Homer venisse uccisa.

La maglietta di Alan Parris era macchiata, i calzoncini consunti e dai buchi dei calzini uscivano tre unghie luride. Lars Geldorf lo interrogava e lui sembrava sul punto di addormentarsi. In realtà era ubriaco.

«Stai mentendo!» Geldorf alzò la voce per scuoterlo dal torpore. «Sono sicuro che uno di voi bastardi ha spifferato i particolari. Tu o il tuo collega. Vuota il sacco!» Si avvicinò a un millimetro dalla faccia di Parris: «Non farmi incazzare, figliolo, non ti piacerebbe, credimi...».

Parris si limitò a sbuffare in segno di incredulità, dimostrando una notevole pazienza nei confronti del detective in pensione e delle sue patetiche minacce.

Lars Geldorf era davvero furioso, e Deluthe prese appunti, annotando ogni singolo insulto. Alla fine Geldorf abbandonò l'appartamento.

Deluthe disse: «Ancora qualche domanda, signore». Rivolse a Parris un accenno di sorriso e l'uomo alzò gli occhi al cielo.

Deluthe smise di sorridere. «E i vicini? Ricorda di aver visto qualcuno sul pianerottolo, in prossimità della scena del delitto? Magari qualcuno che...»

«È stato tanto tempo fa, figliolo.» Parris si chinò e spostò un giornale, facendo emergere una lattina di birra. Trangugiò un sorso.

«Si prenda pure il tempo che vuole» disse Deluthe. «Ho tutta la giornata a disposizione.» Questo particolare turbò Parris. Evidentemente aveva terminato la sua scorta di birra e doveva uscire al più presto per un rifornimento. «Ho visto le fotografie della scena del delitto. Al suo posto, io non avrei dimenticato niente di quella notte.»

«Giusto, figliolo. Ma la fuga di notizie non fu colpa mia.» Parris osservò la porta d'ingresso socchiusa e alzò la voce, intuendo che Geldorf fosse là fuori, in ascolto. «E puoi dire a quel vecchio bastardo che non ero io di guardia sul pianerottolo, ma il mio collega. È possibile che abbia lasciato entrare qualcuno...» Poi borbottò: «Ma è solo un'ipotesi. Harvey non ha più parlato di quella notte. Abbiamo lavorato insieme per anni e non ne abbiamo mai parlato».

«Mi ascolti bene, Parris: se il suo collega era di guardia alla porta, allora lei è rimasto nell'appartamento tutto il tempo.»

«No, solo qualche minuto. Io ho trovato il corpo. Dio, quell'odore, da svenire. Quando tornai a casa quella notte, me lo sentivo sui vestiti, nei capelli. Lo sento ancora adesso. Mi sembra di vedere gli scarafaggi che si arrampicano sulle mie gambe, e tutte quelle mosche, almeno un milione, Cristo santo.»

«Quindi è uscito, ha chiuso la porta e ha aspettato i detective e la Scientifica?»

«No, figliolo, non è andata così. Non avevo visto che aveva le mani legate. Io e Harvey concordammo che si trattava di suicidio. Come ho detto, sono stato lì solo pochi minuti, e per i suicidi non si scomoda la Scientifica. La centrale si limitò a mandare i detective.»

Deluthe tornò agli appunti del giorno prima. «Non c'era nessun altro sulla scena del delitto?»

«Il fotografo, è arrivato anche lui, ma era soltanto un ragazzo. Era più giovane di me, e io avevo appena ventidue anni. Si è sentito male e ha fatto cadere la macchina fotografica, l'ha rotta. Allora me ne sono fatta prestare una dai vicini, poi mi hanno mandato a comprare dei rullini. Due volte, ci sono andato.»

«Ascolti Parris, il suo collega le riferì della presenza di civili sulla scena mentre lei era via? Il suo collega si chiama Harvey...» Deluthe controllò gli appunti, come se non ricordasse il nome del suo superiore. Riker era stato molto chiaro, nessuno doveva sapere del collegamento tra Loman e quel caso. Indicò una pagina bianca. «Loman, giusto? Harvey Loman. È stato di guardia per tutto il tempo?»

«Sì, anzi no... A pensarci bene, no. Quando sono tornato dal negozio stava all'altra estremità del pianerottolo e discuteva con una signora anziana.» Parris fece una pausa, poi si coprì gli occhi con le mani. «Oh, cazzo!»

Deluthe spostò la matita sul taccuino. «Come dice?»

«C'erano due ragazzini appena fuori dalla porta, un maschio e una femmina. Harvey... Loman non li aveva visti. La porta era aperta per via del tanfo, e quei bambini corsero dentro l'appartamento prima che potessi fermarli. Chissà che incubi avranno avuto. Mi è spiaciuto, ma non avevo...»

«Quindi il suo collega non aveva le cose sotto controllo. Ha sbagliato, e lei non voleva cacciarlo nei guai, giusto? Mi sta ascoltando, Parris?»

La testa di Parris dondolava sul petto, come se non riuscisse più a reggerne il peso. «Geldorf adesso è cattivo, ma allora era anche peggio. Avrebbe inchiodato Harvey al muro se avesse saputo dei bambini. Quel vecchio stronzo si crede Dio. Odio i detective, senza offesa, figliolo...»

«I bambini videro i capelli nella bocca della vittima?»

«Sì, hanno visto tutto. Il corpo non era ancora stato tirato giù, i detective stavano scattando le fotografie.»

La porta si aprì, ma nessuno dei due se ne accorse. Geldorf era in piedi sulla soglia. Sorrideva e Deluthe sapeva perché. Un altro poliziotto aveva sbagliato quella notte, adesso nessuno poteva più dire che era tutta colpa di Geldorf.

Pssst.

Charles Butler studiava i messaggi dell'uomo che seguiva Kennedy Harper. In confronto, quelli lasciati a Natalie Homer erano quasi poetici. Si rivolse a Riker. «Hai detto a Deluthe di chiedere se la porta di Natalie fosse chiusa a chiave quando arrivò la polizia?»

«No, Deluthe non può chiedere una cosa del genere,

e spero che Parris non ne parli affatto.» Riker spense il registratore. «Abbiamo la vecchia dichiarazione della padrona di casa, disse che la porta era chiusa a chiave.»

«Sicuramente lo era quando ha chiamato la polizia, ma quando sono arrivati...»

Il detective mise una mano sulla spalla di Charles. «Se la porta non era chiusa a chiave quando è arrivato il primo poliziotto, allora otto milioni di newyorkesi avrebbero potuto avere accesso alla scena del delitto e restringere i sospetti a un fidanzato con le chiavi diventa impossibile. Il procuratore non lo accetterebbe se il caso finisse in tribunale. Capisci il problema?»

Charles annuì. «L'uomo che ha ucciso Natalie Homer l'amava in maniera ossessiva. Le ha spezzato la trachea a mani nude, un atto di passione. Dubito che in seguito ne abbia fatto un'abitudine. A livello emozionale, lo spaventapasseri è all'opposto.» Indicò il rapporto dell'autopsia di Kennedy Harper. «E la data, l'anniversario, fa pensare che l'omicidio sia stato progettato a lungo. L'assassino della Harper è ossessionato dall'atto in sé. Una donna impiccata, le candele, un barattolo di mosche... Lo spaventapasseri prepara il palcoscenico e se ne va. È un uomo freddo, e molto malato.»

«Poniamo di riuscire a evitare un processo...»

«Saggia decisione.»

«Potremmo cercare di ottenere una confessione.»

«Niente di più facile, dovete solo prenderlo. Vi dirà tutto quello che sa. In realtà lo sta già facendo, ma nessuno lo sta a sentire.» Charles prese il sacchetto di plastica con il messaggio macchiato di sangue. Si irrigidì osservando come quella grafia ricordasse quella di Mallory.

«Sei anche calligrafo?» chiese Riker.

«No, mi dispiace. E non sono neppure un esperto di riti vudù.» Charles mostrò a Riker il sacchetto e i solchi sul retro della carta. «Se avesse calcato di più avrebbe strappato il foglio. Credo che questo significhi rabbia e frustrazione.»

«Ha appeso il biglietto al collo di una donna con una spilla da balia, quando lei era viva. Sì, probabilmente era arrabbiato.»

«Ma non lo era con Kennedy Harper. Non credo che si sia posto il problema di far del male a quella donna. Per lui era solo un oggetto, una sorta di bacheca. Ma ritengo che abbia un conto in sospeso con la polizia. Sapeva che sarebbe andata al dipartimento più vicino. Il messaggio era per voi.» Charles si diresse verso la parete dedicata a Sparrow e osservò le foto della donna in coma. «Un taglio recente, opera di un rasoio, sul braccio. Un salto di qualità per il pedinatore, frustrato perché la polizia non aveva ancora recepito il suo messaggio. A proposito, perché Sparrow non ha denunciato quell'aggressione?»

«Per via dei suoi trascorsi da puttana: era sicura che i poliziotti non avrebbero mosso un dito per proteggerla. E aveva ragione.»

Riker offrì una tazza di caffè a Charles che sedeva impacciato a quel piccolo tavolo, progettato per corporature normali. Ma l'uomo aveva chiesto un posto appartato e non esisteva posto più tranquillo di una cella. «Possiamo proseguire a casa tua, se preferisci.»

«No, va tutto bene, davvero.» Charles sorseggiava il caffè fingendo che fosse buono. «Ancora una domanda.»

«Spara.» Il detective girò la sedia e si mise a cavalcioni abbracciando lo schienale di legno. «Tutto quello che vuoi.»

«Mi pare di capire che l'interesse di Louis nei confronti di Mallory sia cominciato prima della notte in cui la portò a casa.»

La pressione sanguigna di Riker ebbe un'impennata. Brillante deduzione, Charles! Una stazione di polizia era il posto migliore per domande così difficili.

«Resterà tra noi?»

«Certo.»

«Una notte, un'assistente sociale arrivò alla stazione di polizia. Lou le doveva un favore, così lei gli chiese di trovare una bambina, una bambina molto speciale. Credo che Kathy avesse nove o dieci anni. Usava le gallerie della metropolitana per muoversi in città, ma raramente saliva su un treno. Quella sera, aveva giocato a rimpiattino in un tunnel con un addetto alle pulizie. Era rimasta sui binari fino a un attimo prima che il treno la travolgesse e solo allora era balzata via...» La teoria di Riker era che quella notte la bambina avesse deciso di morire.

«A quel poveretto per poco non venne un infarto. Era preoccupato che la piccola finisse sul binario elettrificato, così chiamò la polizia, che bloccò il transito. Sei poliziotti non riuscirono ad acchiapparla. A quel punto arrivò l'assistente sociale. Kathy le andò incontro spontaneamente. La donna era alta, bionda...»

«Come la tua amica Sparrow.»

«Sì. Kathy fu felice di andare via con lei. Continuò a stringerle la mano anche mentre compilavano le carte al riformatorio. La piccola fu lavata, nutrita e preparata per la notte. Cinque minuti dopo, non appena l'assistente se ne fu andata, Kathy scappò. Niente signora bionda, niente Kathy. Le guardie non hanno mai capito come abbia fatto a uscire senza farsi notare. È stata l'unica che è riuscita a scappare da quel posto.»

«Forse aveva imparato da Wichita Kid.»

Riker si bloccò. Da quanto tempo la porta era aperta. Da quanto?

Jack Coffey, in piedi sulla soglia, disse: «Ci sono visite».

E poi, come se Charles Butler sapesse quanto fossero pericolosi quei western, continuò: «Mi spiace, davvero».

Quando Riker tornò alla scrivania, un suo vecchio amico lo stava aspettando. Non c'era nulla nell'espressione di Heller che facesse capire se portasse buone o cattive notizie. Era un genio nel mascherare le emozioni. Gli mostrò un biglietto da visita: «Tu conosci questo tizio, vero?».

Riker afferrò il biglietto e lesse il nome ad alta voce: «Warwick libri usati». Gli si chiuse lo stomaco mentre si sedeva. Aveva la bocca secca. «Sì, l'ho interrogato.»

Heller girò lentamente la sedia, guardando verso la finestra. «John Warwick è arrivato mentre ero qui, e Janos me l'ha rifilato. Tutto eccitato, mi sventola il giornale in faccia e farnetica di un libro. Non chiede se l'abbiamo trovato, *dice* che l'ho trovato io nell'appartamento di Sparrow. Lo rivuole indietro. Pare che la prostituta l'abbia rubato dal suo negozio un'ora prima di essere uccisa.» Si voltò a guardare stancamente la scrivania e il detective. «Warwick dice che puoi garantire per lui perché sei tu che hai raccolto la deposizione.»

«Certo.» Riker si portò l'indice alla tempia, in un gesto che significava che il vecchio era un po' suonato.

«Probabilmente il libro è andato distrutto nell'incendio, ma non l'ho detto a Warwick.»

«Gliel'ho detto io» disse Heller. «E hai ragione, è fuori di testa. È scoppiato a piangere, credo che quel libro fosse importante per lui... e anche per Sparrow.»

«Credo di sì.» Riker ripensò alla propria giacca completamente abbottonata nell'afa della scena del delitto. Heller, un uomo a cui non sfuggiva nulla, sicuramente aveva notato quella stranezza e la macchia umida che si era formata sull'indumento.

Heller diede un'occhiata a un taccuino aperto sul suo tavolo. «Warwick ha detto che il libro s'intitolava *Ritorno a casa*, l'autore è un certo Jack Swain.» Poi alzò lo sguardo: «Ma credo che tu lo sappia già».

Quell'uomo aveva fatto sospendere più di un poliziotto per aver rubato cianfrusaglie dalla scena del delitto. Se Heller lo avesse sospettato di aver sottratto una prova, la loro ventennale amicizia non lo avrebbe trattenuto dal prendere i provvedimenti necessari.

Si fissarono in silenzio, per troppo tempo.

«Dopo che Warwick se n'è andato,» riprese Heller «sono tornato al laboratorio e ho dato un'occhiata alla cenere e ai frammenti. Alcune riviste erano intatte, ma non c'era traccia del libro. È strano... Di solito, rimane qualcosa almeno del dorso. Posso fare dei test, se vuoi.»

Riker scosse la testa, stava confessando la sua colpevolezza.

Heller annuì, poi strappò il foglio dal taccuino e lo buttò nel cestino. «D'accordo, questo è tutto.» Senza salutare, si alzò dalla sedia e si diresse alla porta.

Riker sapeva che non sarebbe stato radiato perché mancavano le prove, ma l'amicizia con Heller era finita. Ed era esattamente quello che era venuto a dirgli.

Il caffè Regio, a McDougal Street, era pieno di gente che parlava ogni tipo di lingua straniera. Charles Butler esaminò la sala da pranzo affollata, quadri e mobili eclettici. Vide una persona che conosceva a un tavolo d'angolo. Anthony Herman era un folletto, alto poco meno di un metro e mezzo, naso carnoso e orecchie a sventola, quasi perpendicolari alla testa. I capelli castani erano pettinati all'indietro e mettevano in mostra una fronte appuntita, segno palese di stregoneria, anche se la sua vera professione sarebbe stata giudicata noiosa dai più. L'omino si aggiustò il nodo della cravatta rossa cercando di nascondersi dietro un menu, nonostante l'ora di cena fosse passata da un pezzo.

Quando Charles lo raggiunse al tavolo, il commerciante di libri antichi gli passò un pacchetto di carta marrone. «È tutta la collana. Non aprirlo qui.»

Un assegno molto generoso attraversò il tavolo e andò a finire nella tasca di Herman. L'omino si guardava intorno come se tutti i presenti fossero lì per osservare quello scambio, prendere appunti e scattare fotografie compromettenti. La punta dei piedi sfiorava nervosamente il pavimento e le mani tamburellavano sul tavolo. «Se dici ad anima viva che mi sono messo a cercare questa...»

«Mi ucciderai» disse Charles. «Non preoccuparti. La tua reputazione è salva.» Appoggiò il pacco di libri. «Come hai fatto a trovarli così in fretta?»

«Un collezionista» borbottò Herman. «Possiede tutti i western che siano mai stati scritti. Sono dovuto andare fino in Colorado, ecco perché il conto è salato. I libri non mi sono costati nulla, li ho vinti a biliardo giocando contro un cowboy convinto che quella roba fosse arte.»

Mentre Charles si sforzava d'immaginarselo con la

stecca da biliardo in mano, Herman continuò: «Quel collezionista ha anche altri libri rari, ma se li vuoi, questa volta vai tu a giocare a biliardo con quello stronzo».

«Immagino che tu non li abbia neppure aperti...» Charles osservò Herman che abbassava lo sguardo. «Oppure mi sbaglio?»

«Solo un'occhiata sull'aereo.» La bocca dell'omino prese una piega disgustata, come per dire *Che razza di domande*! Charles avrebbe dovuto saperlo, Herman non apprezzava il ciarpame.

Aprì il pacchetto, ignorando le proteste di Herman che lo supplicava di non farlo in un luogo pubblico. Dopo aver sfogliato un capitolo del primo volume, Charles sorrise. Herman evidentemente era un altro avido lettore: la lettura rapida è un talento che accomuna i collezionisti. «Roba leggera, vero? Un sacco di spazi bianchi. Quanto è durato il viaggio, tre o quattro ore?»

«E va bene.» Herman abbassò lo sguardo. «Li ho letti tutti e dodici.»

«Eppure, sicuramente ti eri portato qualcos'altro da leggere...»

«È colpa tua, Charles. Dovevo capire perché li volessi a tutti i costi, e poi mi sono lasciato coinvolgere.»

«Non sono un granché.»

«Lo stile è pessimo, la trama debole. Sono brutti libri, davvero molto brutti.»

«Ma li hai letti tutti?»

«Perché insisti?»

«Che mi dici dell'episodio in cui lo sceriffo sfugge all'imboscata?»

«Oh, quella è la parte migliore.» Il sarcasmo di Herman era sorprendentemente soave, e il sorriso arguto.

«No, aspetta! Il meglio comincia con *Una capanna ai confini del mondo*. Nel libro precedente, Wichita Kid viene morso da un lupo rabbioso. L'animale ha la schiuma alla bocca e tutto il resto...»

«Ma non esisteva un vaccino contro la rabbia all'epoca di Wichita.»

«Lo so» disse Herman, che conosceva la storia, quella con la "S" maiuscola. «Allora la rabbia era una condanna a morte.»

«Dunque è stato curato con un rimedio naturale o qualcosa del genere?» chiese Charles.

Herman sorrideva evasivo. «Sbagliato.»

«So che nell'ultimo libro è ancora vivo, quindi la rabbia non può averlo ucciso...» Charles si allungò sulla sedia e sorrise della propria curiosità, un'altra vittima di Jack Swain.

Poi sparse i libri sul tavolo per avere una visione d'insieme, e studiò le copertine colorate, pistole e cavalli lanciati al galoppo, per l'orrore di Anthony Herman. «Conosco qualcuno che adorava questi libri. Li leggeva e rileggeva. Ora che hai avuto la possibilità di conoscerli, riesci a immaginare il perché?»

«Non saprei...» Herman era allibito. «L'unica ragione per leggere questa robaccia è scoprire che cosa succede nel libro successivo. Ma leggerli più di una volta...»

«Eppure dev'esserci una spiegazione.» Charles impilò i libri, poi guardò Herman. «Allora?»

«Allora,» disse Herman, solenne «forse la spiegazione sta nella redenzione finale di Wichita Kid.»

Riker aveva finito il primo drink mentre leggeva la trascrizione dell'interrogatorio. Quel rapporto esprimeva una cura maniacale per i dettagli, compresi i piedi sporchi di Alan Parris. «È tutto quello che vi siete detti, parola per parola?»

«Sono capace di prendere appunti.» Deluthe sorseggiò la birra, poi, con fare casuale, domandò: «Allora, quante possibilità ho di entrare nella Crimini Speciali?».

«In questo momento? Nessuna. Non hai esperienza, ragazzo.» Solo pochi detective erano promossi al primo grado, e solamente dieci venivano ammessi nella Crimini Speciali. «Non prendiamo reclute alle prime armi. E poi tu hai... venticinque, ventisei anni? Qui siamo tutti sulla quarantina. C'è solo una persona della tua età.»

«E guarda caso Kathy Mallory è figlia dell'ex capo...»

«Sei fuori strada, Deluthe. Mallory è cresciuta alla Crimini Speciali. Quando era ancora alle elementari aveva più esperienza di te in questo momento.»

«D'accordo.» La barista era stata presentata a Ronald Deluthe come ex collega di Riker. Peg Baily riuscì a intromettersi nella conversazione mentre serviva al detective un bicchiere di bourbon. «Quella ragazzina era il nostro tecnico informatico. A quei tempi, avevamo computer scassati di seconda mano. Il più delle volte non funzionavano. Mallory li ha riparati quando non aveva ancora tredici anni.» Peg diede una birra a Deluthe: «Se ti stai chiedendo come abbia raggiunto il primo grado, la risposta è che ha catturato l'assassino di suo padre. Non è da tutti».

Peg Baily si allontanò per riempire un altro bicchiere e Riker finì la storia, soppesando le parole. «Nessuno ha mai messo in dubbio il suo diritto di far parte della Crimini Speciali.» Riker si avvicinò a Deluthe e la sua faccia si distese. Addirittura sorrideva. «Ora, visto che sei il genero del vice procuratore, dovrai fare ancora meglio per meritarti la promozione.»

«E se divorziassi?»

«Sarebbe già qualcosa.» Riker prese alcuni fogli dalla tasca della giacca e li sbatté sul bancone. «Questo è il tuo rapporto sui poliziotti coinvolti nel caso di Natalie Homer. Avevamo già queste informazioni. Mallory le ha scaricate dal computer, le ci sono voluti due minuti.»

«Volevate solo tenermi impegnato.»

Riker ignorò la protesta e allargò i fogli sul bancone. «Non servono a niente, perché sono solo la versione ufficiale. Un'occhiata ai documenti originali sarebbe stata molto più utile. Comunque si può imparare parecchio dalle dichiarazioni ufficiali. Adesso t'insegno a leggere fra le righe.» Mise da parte il primo foglio: «C'erano cinque poliziotti sulla scena del delitto, tre detective e due agenti. Quattro di loro hanno lasciato il distretto contemporaneamente. Un fatto strano».

«L'ho notato» disse Deluthe, sulla difensiva. «Ma non ha niente a che vedere con il delitto. È successo sei anni dopo.»

«Quattro poliziotti che se ne vanno nello stesso mese. Questo vuol dire che l'ufficio Affari Interni li teneva sott'occhio.»

«Non ci sono accuse a loro carico, niente che...»

«Deluthe, questa è una favola. Allora, vuoi la tua storia della buona notte o lasciamo perdere?»

«Come non detto.»

«Bevi, e stai zitto.» Riker seguiva con il dito le righe del testo. «Allora, uno degli agenti in uniforme, Alan Parris, è stato licenziato per insubordinazione. Falso. Bisogna sparare a un sergente per essere cacciati con un'accusa del genere.» Riker voltò pagina. «La settimana prima il suo collega, il tuo capo, Harvey Loman, è stato trasferito a un altro distretto. Questo vuol dire che Loman ha fatto un accordo con gli Affari Interni. In buona sostanza, ha venduto il collega.»

Passò alla pagina successiva. «Qui invece abbiamo un detective che ha dato le dimissioni per andare a lavorare come investigatore privato. Vuoi la verità? L'hanno costretto. Non avevano prove per incastrarlo, e quell'uomo è finito a pulire cessi. È morto alcolizzato, anni fa.»

L'ultima pagina. «E qui c'è un altro detective morto, un suicidio. Quattro su cinque hanno lasciato il dipartimento nello stesso periodo. Quello che si è ucciso, probabilmente, sarebbe finito in carcere. Era l'ultimo della lista, con nessuno da tradire. Se non fosse morto, sarebbe stato il capro espiatorio, l'unico a pagare.»

Naturalmente Riker stava solo raccontando una storia che, a suo tempo, aveva fatto il giro del dipartimento. Non erano brillanti deduzioni. «Il tuo interrogatorio ad Alan Parris ha senso solo sulla carta. I due testimoni, i bambini nel corridoio. Parris non ti ha dato nemmeno un'informazione che ti permetta di rintracciarli. Fumo negli occhi. Anche Parris è sospettato.»

«Ma il profilo dei serial killer dell'FBI...»

«Ecco un'altra bella favola.»

I ricordi di quella sera stavano svanendo a poco a poco dalla mente di Stella. Cercava di scacciare l'immagine della metropolitana invasa da insetti morti e passeggeri impazziti.

Aveva passato un'ora al bar. Sullo sgabello vicino sedeva un turista con indosso una maglietta con lo slogan della città: «Amo New York».

New York fa schifo.

Le bruciava la gola per via delle sigarette fumate e dell'insetticida che aveva respirato nel metrò. Il cervello galleggiava nel rum, il mondo vorticava. Non avrebbe dovuto ordinare tutti quei cocktail. Ma voleva risparmiarsi l'umiliazione di scoppiare a piangere in un locale affollato di turisti. Il rum era più piacevole del Valium, l'aveva aiutata a trattenere le lacrime. Un uomo la strattonò mentre raggiungeva il bagno. Stella si voltò per insultarlo, ma il tipo era già sparito in mezzo alla folla.

Stupidi turisti.

Un altro uomo approfittò di un momento di distrazione per palparle il seno e poi sparì. Stella appoggiò la testa al bancone.

Non devo piangere, non devo piangere.

Non pianse. Prese le chiavi di casa e lasciò il bar. Dopo aver percorso mezzo isolato, notò un uomo con una strana andatura. Marciava come un soldato. No, come un soldatino giocattolo. Movimenti meccanici.

Dopo una svolta a sinistra, l'uomo si fermò sotto un lampione. Fu a quel punto che lo riconobbe. Un borsone grigio. Era il porco che le aveva toccato il seno al bar.

L'uomo girò sui tacchi, e di colpo invertì la direzione di marcia. Stella vide il lampeggiante e fece per raggiungere i due poliziotti impegnati nella perquisizione di un ragazzo appoggiato al cofano della volante. Si voltò per cercare il suo uomo. Lo vide scappare, a passo di marcia. Aveva vinto lei. Una piccola vittoria, da assaporare.

Pochi minuti più tardi apriva la porta di casa, la giacca appoggiata sul braccio. Quella giacca doveva essere magica, per essere sopravvissuta incolume fino alla fine di quella giornata. Aprì la porta d'ingresso e le sembrò di entrare in una serra. Rispetto all'esterno, c'erano almeno dieci gradi in più. Quel monolocale era arredato nello stile tipico degli studenti. Mobili scadenti, recuperati dalla strada un attimo prima che passasse il camion dell'immondizia. Le poche piante erano morte. Persino quelle finte, mai spolverate, avevano preso il colore della morte.

Si sfilò la gonna, che appese all'attaccapanni vicino alla giacca portafortuna. Accese il condizionatore e rimase sotto il getto d'aria fredda mentre si toglieva la camicia. Prima di buttarla sul divano letto, notò una macchia nera sul tessuto, una grossa "X" disegnata con un pennarello a punta spessa.

«Cristo, *adoro* questa città.»

Perché non se ne andava da New York? Fissò la foto appesa alla parete: la nonna e la mamma le sorrisero. Le due donne nutrivano grandi speranze per lei.

Afferrò la camicia e intanto scuoteva la testa, come se con quel gesto potesse cancellare la "X". Sprofondò nel divano e scoppiò a piangere. Voleva dimenticare quella giornata. Chi aveva marchiato la sua camicia? Qualcuno all'audizione? Poteva essere chiunque fra le persone ammassate nella sala d'attesa. Aveva indossato la giacca prima di salire sul palco, prima di recitare quegli stupidi versi a un regista che non l'aveva degnata di uno sguardo. No, era successo in metropolitana. Magari era stato lo stesso tizio della pioggia di insetti, oppure uno dei clienti del bar. Sì, quel turista che l'aveva strattonata... «Stronzo.» Un altro sospetto, il pervertito che le aveva toccato il seno. «Stronzo numero due.» Afferrò la camicia e la buttò nella spazzatura. Improvvisamente ispirata, decise di fare un po' di pulizia. Si turò il naso prima di affrontare il frigorifero: l'odore di latte rancido le dava la nausea. Sui ripiani era allineato un bel repertorio di schifezze: formaggi ricoperti di muffa e frutta andata a male. Nel congelatore, un inverno artico aveva imprigionato mezzo pacchetto di piselli in un blocco di ghiaccio, conservandolo per le generazioni future. Buttò tutto in un sacchetto di plastica, il primo passo per ricominciare da capo. Domani ci sarebbe stata un'altra audizione, e il suo vestito portafortuna aveva superato indenne una delle giornate peggiori della sua vita.

La "X" sulla camicia era coperta di immondizia, latte cagliato, tappi di bottiglia, carta di caramelle e contenitori di cibo da asporto. Stella non vide il biglietto piegato nella tasca della camicia, perso nel disordine della sua vita. E così non lesse mai il messaggio: «*Posso toccarti ogni volta che voglio*».

10

Il caldo era già opprimente di prima mattina e gli abitanti dell'East Village mostravano segni di stanchezza. Era l'ora di punta sulla Prima Avenue. La guida turistica, in piedi accanto all'autista del pullman, indicava i newyorkesi più folkloristici. Ma la maggior parte dei turisti finlandesi si concentrò su uno in particolare. Nonostante quell'uomo indossasse jeans e maglietta, si distingueva dal resto della folla. Il corpo e la testa sembravano di legno, le mani ondeggiavano lungo i fianchi, al ritmo di un metronomo.

Tick, tick, tick.

Portava un borsone di tela grigia, ma il suo peso non intralciava il movimento esatto delle braccia. L'uomo non rallentava per evitare le persone sul marciapiede, seguiva una traiettoria nel suo cervello, una linea retta dove ogni passo era della stessa lunghezza, della stessa velocità.

Erano fermi nel traffico da un'ora, e si annoiavano a morte. L'interprete era malata e la guida turistica americana non aveva ancora capito che nessuno di loro parlava l'inglese. Conoscevano solo la parola *turista* e qualche insulto sempre utile. Ora erano ammassati su un lato dell'autobus, a guardare l'uomo che camminava come un soldatino meccanico lungo il marciapiede.

Stava per succedere qualcosa.

Il traffico si stava sbloccando, ma il bus procedeva lentamente. L'uomo meccanico svoltò l'angolo e s'incamminò lungo una strada laterale. La maggior parte dei pedoni si scansò, ma due ragazze minute inavvertitamente gli finirono addosso. Attraversando Avenue B, l'uomo prese a calci un cane, ma non intenzionalmente: si era solo trovato sulla sua traiettoria. La padrona del cane lo insultò, e lui la superò senza curarsene. Tagliò la strada al bus e l'autista inchiodò. I passeggeri scoppiarono a ridere. Finalmente qualcosa d'interessante: avevano quasi ucciso una persona. I finlandesi si spostarono dall'altro lato del bus. L'uomo ora camminava sul marciapiede opposto. Prese il cappello da baseball dalla borsa, lo indossò e abbassò la visiera per nascondere la faccia. Poi prese dalla tasca una grande spilla e se la appuntò alla maglietta. *Io amo New York*. Si fece largo tra i passanti, senza vedere niente, senza sentire nessuno. Tra gli insulti e i gestacci della folla. A quel punto i turisti finlandesi udirono uno scoppio e alcuni si abbassarono per proteggersi. Avevano visto parecchi film in televisione sulle sparatorie di New York.

L'uomo si fermò, e anche l'autobus. Mentre l'autista imprecava contro la gomma bucata, la guida turistica pregò i passeggeri di non allontanarsi. I finlandesi non avevano capito cosa dicesse, ma era chiaro che non avevano alcuna intenzione di muoversi. Dietro gli occhiali da sole, osservavano l'uomo di legno avvicinarsi all'ingresso di un condominio. Una ringhiera delimitava un giardinetto con un'aiuola di margherite. L'uomo si avvicinò alla ringhiera, aprì la borsa e ne estrasse una macchina fotografica. Poi guardò l'orologio.

I finlandesi capirono che anche lui era in attesa. Aspettava che accadesse qualcosa. Aspettarono con lui, senza perderlo di vista in mezzo ai pedoni che si dirigevano verso la metropolitana. Indossavano tutti gli stessi vestiti sportivi, ma l'uomo di legno sembrava non appartenere a quel mondo di persone normali. Guardò l'orologio e i turisti si guardarono l'un l'altro. Non ci sarebbe voluto molto.

L'uomo ruotò tutto il corpo per guardare la porta del condominio, e i turisti si voltarono con lui. La porta si aprì e una donna bionda e slanciata attraversò il giardinetto, muovendosi veloce sui tacchi altissimi. La camicetta era bianca, la gonna azzurra come la giacca ripiegata sul braccio.

La ragazza aprì il cancello e corse sul marciapiede passandosi una mano tra i capelli. Si sbracciò per fermare un taxi.

I finlandesi fissarono quella donna molto attraente, forse una diva della televisione o del cinema. Speravano che fosse un'attrice: era da due giorni che non vedevano una celebrità.

L'uomo si tolse gli occhiali da sole e seguì la bionda. Il sole si riflettè su un oggetto metallico. L'uomo sgusciò tra i pedoni e andò a sbattere contro la ragazza.

Stella urlò: «Fottuti turisti!». I finlandesi restarono interdetti, ma non se la presero. L'uomo puntò la macchina fotografica. Istintivamente Stella si aggiustò i capelli e si mise in posa. A quel punto un taxi si fermò, Stella salì a bordo senza più badare all'uomo di legno.

Lo spettacolo era finito. L'uomo se ne andò. I turisti

finlandesi guardarono da un'altra parte, assumendo un'aria contegnosa. A New York bisogna farsi gli affari propri.

Il taxi era intrappolato nel traffico e il nervosismo di Stella aumentava. Bussò sul vetro antiproiettile che la separava dall'autista. Lui non si voltò. Perché avrebbe dovuto? Non parlava inglese, e Stella lo capì quando si mise a gridare: «Niente mancia, sono in un ritardo schifoso».

Il tassista con il turbante annuì, rassicurandola che presto si sarebbero mossi. Era un uomo molto educato, un'altra prova che non fosse nato a New York.

Stella guardò l'orologio per la terza volta, era davvero in ritardo.

«D'accordo, hai vinto!» Sventolò una banconota in modo che il tassista potesse vederla dallo specchietto retrovisore. Pagò la corsa e scese dal taxi a due isolati dall'hotel. La giacca azzurra era piegata con cura sul braccio, così non correva il rischio che un escremento di piccione la insozzasse. Adesso Stella camminava rapidamente sul marciapiede, fendendo la folla. Due donne rallentarono per osservarla, violando una elementare regola di sopravvivenza a New York. Non si fissano le persone. Stella si chiese se l'avessero riconosciuta, dopo tutto aveva avuto una parte in una soap opera.

Continua pure a sognare.

Anche un vecchio signore si fermò a guardarla. Stella gli sorrise.

Sì, sono proprio io, la famosa attrice che non ha detto una sola battuta.

Adesso erano in molti a fissarla. Una coppia di mezza età si fermò e la indicò: bisbigliavano, l'avevano riconosciuta. Quella soap opera era più seguita di quanto pensasse.

Questa gente non ha un lavoro?

Entrò nella hall dell'hotel. Al bancone della reception un ragazzo annoiato non la degnò di uno sguardo e si limitò a porgerle un foglio. Una donna vicino alla porta della sala conferenze leggeva a voce alta un elenco di cognomi. Era arrivata alla lettera R. Stella Small sospirò. L'ordine alfabetico era dalla sua. Era un giorno fortunato.

Si infilò la giacca e si avvicinò al gruppo di aspiranti attrici. Nessuna le prestò attenzione. Gli occhi delle ragazze erano concentrati sul copione. Stella guardò il suo, una riga, sei parole. Che ci voleva a impararle?

Si appoggiò al muro dietro una pianta di felce, lontano dalla calca per evitare che qualcuno stropicciasse o sporcasse il suo vestito portafortuna. Quando chiamarono il suo nome, entrò nella sala e si fermò davanti a un lungo tavolo ricoperto di bottiglie e bicchieri, carte e vassoi. Oltre la tovaglia di lino il regista e il produttore sedevano in compagnia degli assistenti. Non aveva ancora pronunciato la sua battuta, e già tutti la fissavano attoniti, rapiti. Regalò loro il suo sorriso migliore. L'attrice sentì qualcosa di umido che le gocciolava sulla mano. Una spessa striscia di sangue impregnava la manica della giacca. Gocciolava a terra dalla punta delle dita.

«Ma che diav...» Era la battuta sbagliata. Chiuse gli occhi e svenne. La testa picchiò sul pavimento.

Le tende verdi circondavano il letto del pronto soccorso garantendo un po' di privacy alla giovane coppia. Le gambe di Stella Small penzolavano dal bordo del lettino metallico, e il dottore sembrava intimidito mentre le medicava il braccio. La testa del dottore si spostò di lato, improvvisamente distratto da un'ombra dietro le tende. Sembrava la famosa scena di *Psycho*. La mano che si solleva, poi la tenda spostata di colpo. Il giovane dottore fissava una donna corpulenta con una massa di capelli scuri e un lungo vestito nero che fluttuava come quello di una suora.

Stella aveva sempre sospettato che la sua agente potesse sentire l'odore del sangue anche da lontano. Martha Sutton era una donna formidabile, incline al melodramma e molto più spaventosa di una vera suora.

«Bella entrata.»

«Oh Stella, hai un aspetto magnifico...»

La donna fissò il braccio ferito e le macchie di sangue sui vestiti. Nel linguaggio degli agenti significava pubblicità assicurata.

Il giovane dottore continuò a medicare la ferita. «Non c'è bisogno di punti. È un taglio poco profondo. Non riesco a credere che a provocarlo sia stata una macchina fotografica; anche se ci fosse stato un pezzo di metallo sporgente...»

«Come le ho già spiegato,» lo interruppe Stella «quel turista mi è venuto addosso con la sua stupida macchina fotografica. Ero davanti alla porta di casa, stavo chiamando un taxi...»

«Non lo metto in dubbio.» Il dottore si allontanò dal lettino e disse: «Anche se continuo a pensare che questo taglio sia provocato da un rasoio».

Gli occhi di Martha Sutton s'illuminarono di una luce impercettibile. Sussurrò: «Bella battuta, tesoro, davvero buona».

«Ma è stata una macchina fotografica» protestò Stella.

Martha Sutton indicò un uomo oltre la porta di vetro. «Vedi quel tipo? È un giornalista. Tu vuoi fare carriera, vero?»

«Oh» disse Stella. Due lettere, un mondo di significati. Aveva capito, *aveva visto la luce*. Ad alta voce disse, in tono drammatico: «Sono stata ferita con un rasoio».

«Così ti voglio» disse Martha Sutton. «Assicurati che il giornalista non sbagli a scrivere il tuo nome.» Fece per andarsene, poi si fermò. «Ti ho fissato un appuntamento per un'altra audizione. Qualcosa di diverso, una stazione di polizia. Ho parlato con un poliziotto di SoHo. Cercano delle attrici bionde: per caso hai una camicia con una grossa "X" sulla schiena?»

Stella annuì. «Qualche bastardo me l'ha rovinata con un pennarello.»

«Splendido, tesoro. I poliziotti lo stanno cercando. Speriamo che non sia successo niente di grave, così con un po' di fortuna vedremo la tua faccia in televisione. Che ne dici? E porta con te quella camicia, farà un grande effetto, te lo giuro.»

«Ma non ce l'ho più» disse Stella. «L'ho buttata nell'immondizia.»

«No, tesoro, non dire così. Adesso guardami negli occhi e dimmi che hai conservato quella camicia.»

Stella capì: non sarebbe stato difficile disegnare una "X" su un'altra camicia.

«Scherzavo. Certo che l'ho tenuta.»

«Così mi piaci...»

Due ore dopo Stella era di nuovo a casa. Si fece una doccia, poi aprì una lattina di birra nella speranza che attenuasse il dolore al braccio. A quel punto, vide un paio di scarpe da ginnastica nascoste sotto un mucchio di vestiti. Scartò l'idea. La sua agente l'aveva riempita di Valium e legare i lacci sarebbe stata un'impresa. Afferrò un paio di sandali da sotto la sedia e si lasciò sprofondare nel divano impolverato. Sfogliò una copia di «Backstage». La pagina delle audizioni non segnalava niente per quel giorno. Eppure le pareva di avere un appuntamento nel pomeriggio. Se l'era scordato. Pazienza. Prese il telecomando e smanettò finché non trovò un programma per bambini. Bene. I cartoni animati non erano impegnativi. Lo schermo del televisore si fece nero, nessun pulsante del telecomando riuscì a farlo tornare come prima. Brutto segno, ma Stella non era completamente demoralizzata, non ancora. Chissà quanto ancora sarebbe durato quel momento di sfortuna?

Qualcosa si stava arrampicando sulla sua gamba. Un mezzo urlo, poi si bloccò e sorrise. Era solo un ragno. Lo scacciò dalla gamba e lo guardò zampettare sul pavimento. Sua madre e sua nonna dicevano sempre che un ragno in casa porta fortuna. Ma quello era davvero *troppo* grosso. Arrotolò il giornale e spiaccicò il ragno sul pavimento. Si chinò e sollevò la giacca macchiata di sangue. Frugando nelle tasche, trovò un messaggio scritto nella grafia della sua agente. Ecco l'appuntamento, quell'audizione. Lesse l'indirizzo della stazione di polizia di SoHo e l'ora dell'appuntamento. Quel posto era vicino, poteva andarci a piedi, aveva ancora un'ora di tempo.

Il telefono squillò, e Stella ebbe un sussulto. Lasciò che rispondesse la segreteria. La ragazza dell'Ohio era troppo fragile in quel momento per avere a che fare con dei newyorkesi. Fissava la segreteria quando le parole *Dipartimento di polizia* catturarono la sua attenzione. Sollevò il ricevitore. «Salve, chiama a proposito dell'audizione a SoHo?... No? A Midtown? Pensavo che... Va bene. Mi dispiace, non lo sapevo... Certo che ci sarò.»

Adesso ricordava tutto: Martha l'aveva trascinata fuori dal pronto soccorso, anche se le avevano detto di aspettare l'arrivo della polizia. Se n'era andata in compagnia di un giornalista, la stampa veniva prima della legge. In quale guaio era andata a cacciarsi?

Aveva poco tempo, ma con un po' di fortuna e la collaborazione della metropolitana, sarebbe riuscita a essere puntuale a entrambi gli appuntamenti. Chissà se i colloqui a SoHo seguivano l'ordine alfabetico? Il messaggio di Martha Sutton le ricordava di portare con sé la camicia macchiata. Frugò nell'armadio e nei cassetti. I vestiti erano sparsi ovunque nel piccolo monolocale, e tutti gli sforzi della notte precedente, quando ubriaca aveva dato una ripulita alla stanza, non erano serviti a nulla. Era scoraggiante guardare quel disordine. Si voltò verso la fotografia della mamma e della nonna. Poteva mentire a loro, ma non a se stessa. Stava perdendo il controllo della sua vita.

Nella pila di vestiti trovò una vecchia camicia che faceva al caso suo. Raggiunse la cucina e frugò nei cassetti pieni di cianfrusaglie. Alla fine trovò un pennarello e disegnò quella dannata "X".

Il piano terra della stazione di polizia di SoHo era gremito di attricette di ogni taglia e colore, nonostante fosse stato specificato che la convocazione era riservata alle bionde. Jack Coffey si trovava nell'ingresso e osservava i furgoni dei telegiornali parcheggiati in doppia fila. I reporter affollavano il marciapiede.

Si rivolse al detective Wang: «Cos'hai detto alle agenzie?».

«Quello che mi ha suggerito lei. Che stavamo indagando su episodi di vandalismo in metropolitana.»

Il detective Desotho spense il cellulare, poi si rivolse al tenente: «Una delle agenti ha parlato con i giornalisti. Ha detto che stiamo cercando un maniaco sessuale che ha un debole per le bionde». Guardò i giornalisti che fremevano sulla strada. «Ma nessuno di questi bastardi ha collegato la storia alla Crimini Speciali.»

Il tenente Coffey ringraziò mentalmente l'amministrazione comunale che per risparmiare non aveva fatto mettere un'insegna con il nome della Sezione. «D'accordo, portate le ragazze in ufficio, dieci alla volta, mi raccomando. E nemmeno un accenno alla Crimini Speciali, ci siamo capiti? Non voglio vedere nessuno distribuire biglietti da visita a queste ragazze, non importa quanto sono carine. Prima, però, mandiamo a casa le brune.»

Coffey osservò le attrici che salivano le scale. Desotho non lasciava passare le ragazze con i capelli scuri. Il primo gruppo di bionde seguì il detective Wang al piano superiore. Erano tutte così giovani, così impreparate a ciò che le aspettava.

Pochi minuti dopo, quando il tenente Coffey entrò nell'ufficio, le attrici erano schierate in una fila ordinata, quasi sull'attenti. Il detective Janos recitava la parte del sergente di ferro. Passeggiando avanti e indietro passava in rassegna la truppa. «Se siete qui soltanto per avere il nome sul giornale, sarete accusate di ostacolare un'indagine. E per questo reato è previsto l'arresto.»

Janos aveva un'espressione brutale e la massa corporea di un piccolo pianeta. Le teste bionde scattavano da destra a sinistra seguendo i suoi spostamenti.

«Le nostre celle non sono molto pulite. Ci sono le pulci, milioni di pulci.»

Due ragazze abbandonarono la fila, mentre le altre avevano un'aria indecisa.

«E abbiamo un problema con i pidocchi.» Janos sospirò. «Quindi sarete spogliate e disinfettate con un'apposita doccia...»

Altre bionde abbandonarono la sala finché non ne rimase una sola. Janos la fissò a lungo. Infine lei scoppiò a piangere e corse verso la porta, altre dieci aspettavano il loro turno. Janos urlò: «Le prossime!».

11

Charles si allontanò dal gruppo che discuteva nell'ufficio di Mallory, alla Butler & Company. Edward Slope stava alzando la voce: «Non se ne parla, Riker, non torno in quell'ospedale per i prossimi dieci anni». Esaurita la questione della paziente in coma, tornò a concentrarsi sulle fotografie dell'autopsia di Natalie Homer, molto ingrandite rispetto agli originali. Grazie a Mallory, adesso erano perfettamente nitide e il computer aveva evidenziato alcuni dettagli, anche se Charles sospettava che la ragazza ci avesse messo del suo, interpretando i pixel per creare una versione non proprio obbiettiva della realtà.

«Va bene» ringhiò Riker. «Almeno puoi darmi un secondo parere su queste?» Passò al patologo le radiografie della testa di Natalie.

Slope prese i negativi e li appoggiò al vetro della finestra. «Hai ragione. Sembra che il mio predecessore abbia sbagliato tutto, tranne la causa della morte. Il cranio è fratturato. Non posso dire se abbia perso conoscenza, ma di sicuro l'ha stordita. La frattura è provocata da un oggetto contundente. Potrei giurarlo.»

Poi Riker gli porse l'ingrandimento della mano destra di Natalie. «Questa è la fotografia della brucia-tura.»

Il dottor Slope scosse la testa. «Non posso aiutarti. Non c'è modo di sapere se la carne fosse bruciata prima che gli insetti la aggredissero.»

Riker consultò la trascrizione degli appunti di Louis Markowitz. «Guarda qui. Lou dice di sì.»

«È per via degli scarafaggi» disse Charles, imponen-dosi come moderatore. «Erano ammassati sulla mano del cadavere. Questo indica la presenza di unto, magari una goccia schizzata dalla padella...»

«Ipotesi» disse il patologo. «A me interessano solo i fatti.» Guardò l'orologio. «A meno che non ci sia del-l'altro...»

«Per quanto riguarda Sparrow,» disse Riker «forse potresti parlare con il suo dottore...»

«Scordatelo» disse il dottor Slope.

«Sparrow sta morendo» disse Riker. «Ho bisogno di un parere medico.»

«In caso di coma, Charles è l'uomo giusto per te.» Edward Slope si avviò verso la porta dicendo: «Te lo assicuro, nessuno in quell'ospedale ne sa più di lui sul cervello umano».

La porta si chiuse dietro Slope e Riker si lasciò cadere sulla sedia. «Il medico che ha in cura Sparrow odia i po-liziotti. Non mi rivolge la parola. Puoi darmi una mano?»

«Edward esagera» disse Charles. «Ho solo pubblica-to una ricerca sul coma cerebrale. Comunque, cercherò di ottenere un colloquio con il medico dell'ospedale.»

«Grazie. Mallory non deve saperne niente.»

Riker chiuse gli occhi e mise i piedi sul tavolo. Non aspettava Mallory, c'era tempo per un pisolino. Charles si chiese perché Mallory non dovesse sapere della visita all'ospedale. Avrebbe dovuto nutrire lo stesso interesse di Riker nei confronti della vittima.

Sobbalzarono in sincrono udendo un forte rumore provenire dalla cucina.

«Non puoi lasciarlo solo un attimo» disse Riker.

In cucina trovarono Ronald Deluthe con indosso una replica del grembiule di Natalie Homer. Reggeva una padella. C'erano schizzi dappertutto e pozze d'acqua sul pavimento. Gli ingrandimenti delle foto della scena del delitto erano sparsi sul tavolo bagnato.

«È colpa mia» disse Riker. «Gli ho detto di lavorare a una ricostruzione della scena del delitto.»

Charles guardò uno schizzo d'acqua vicino al fornello. «Quindi questo dovrebbe essere il grasso delle salsicce di Natalie...»

«Sissignore. Guardate.» Deluthe riempì la padella d'acqua, poi mimò una colluttazione: quasi tutto il liquido finì alle sue spalle e il resto su un aggressore immaginario. La mano destra era bagnata, ma tutto il resto era rimasto asciutto. «Non finisce sul grembiule. Non ha usato la padella per difendersi, forse ce l'aveva l'assassino.»

«Potrebbe essere» disse Riker. «Slope ha confermato la frattura del cranio. Forse l'assassino l'ha colpita in testa con la padella. Bel lavoro, ragazzo.»

«Ora pulisci questo casino.» Mallory si era materializzata sulla porta. Squadrò il pavimento bagnato e i rivoli che colavano lungo la parete. Deluthe prese una spugna dal lavandino, si chinò e cominciò a pulire.

«Ti sbagli a proposito della padella» disse Charles. «L'assassino non l'ha mai toccata.» Indicò la padella usata da Deluthe: «Questo è alluminio, e il manico non si scalda».

«E allora?» Deluthe si alzò.

Charles si scusò per un attimo, lasciò la cucina e ritornò con la padella trovata sulla scena del delitto. «Questa è di ferro, e il manico doveva essere rovente. Serviva una presina.» Indicò una delle fotografie sul tavolo. «Vedete i ganci sul muro? Qui, accanto al fornello, le presine sono tutte al loro posto. Ma le salsicce non erano ancora cotte. Vedete qui? Il fuoco è ancora acceso. Qualcuno l'ha interrotta.»

«Giusto» disse Deluthe. «È stata uccisa.»

«Prima, però, è accaduto qualcosa di meno definitivo» disse Charles. «Qualcuno che bussa alla porta. Natalie ha avuto il tempo di appendere la presina al gancio prima di andare ad aprire la porta al suo assassino. Non avrebbe corso il rischio di lasciar bruciare le salsicce, quindi possiamo dedurre che la lotta sia cominciata subito.» Prese la spugna che Deluthe aveva in mano e asciugò una fotografia. «Considerando il numero di salsicce, secondo me hai usato troppa acqua per il tuo esperimento.» Charles guardò la foto del grembiule di Natalie. L'alone scuro era ben definito. Louis Markowitz aveva ragione: non era uno schizzo d'unto, né uno spruzzo. Era una macchia.

Charles indicò gli scarafaggi sulla mano destra di Natalie. «Supponiamo che si sia bruciata la mano. Poi è caduta sbattendo la testa, e ha perso conoscenza. Natalie non ha avuto occasione di usare la padella come arma di difesa, anche se aveva intenzione di farlo. E l'assassino non l'ha mai toccata.»

Deluthe incrociò le braccia. «Come fa a sapere se...»

«Perché il tuo grembiule è asciutto, ma il resto della cucina no.» Charles mise la padella sotto l'acqua e poi la appoggiò sul fornello. «Natalie è di fronte all'assassino. Non fa in tempo a prendere la presina, afferra la padella...» La prese per il manico, la sollevò, e l'acqua schizzò sulla sua mano, sul braccio e sul pavimento. «Si è bruciata la mano con il ferro caldo e con l'unto. Natalie ha lasciato cadere la padella prima di potersi difendere.»

«L'assassino si fa avanti, lei indietreggia» continuò Charles, allontanandosi dall'uomo invisibile. «Natalie scivola su uno schizzo d'unto e cade a faccia in giù.»

Deluthe era scettico. «Come fa a sapere che è caduta, e a faccia in giù, poi!»

«Logico» disse Charles. «Se i dettagli quadrano non può che essere successo così. Posso?» Prese il grembiule, poi lo appoggiò sul pavimento. «Natalie è a terra, non si muove. Probabilmente ha battuto la testa contro il bordo della cucina a gas. La frattura del cranio non può essere stata provocata da una padella, che avrebbe causato un'infossatura sulla superficie del cranio.» Si rivolse a Deluthe. «Hai notato che la mia pozza di unto è più piccola della tua. È coperta dalla pettorina del grembiule.» Indicò la foto. «I bordi della macchia non sarebbero così netti se Natalie avesse lottato, quindi era senza conoscenza quando l'assassino l'ha trascinata sul pavimento.» Charles si abbassò e trascinò il grembiule verso di sé. Quando lo raccolse, la chiazza bagnata aveva la forma e la grandezza della macchia sul grembiule di Natalie Homer.

«E questo è tutto.» Charles si rivolse a Deluthe in tono di scusa. «Sono sicuro che ci saresti arrivato anche tu, ma probabilmente non hai mai cucinato, vero?»

Il pavimento era stato lavato da poco e aveva lo stesso odore dell'obitorio. Riker poteva sentire Charles Butler che parlava con il giovane medico nel corridoio

206

dell'ospedale. Il movimento degli occhi di Sparrow era involontario. Riker lo sapeva, ma forse quell'espressione era una finestra sulla sua mente, su quel poco che ne rimaneva. La tentazione di abbassarle le palpebre era forte, ma si trattenne. Sparrow non era ancora morta. Il detective sedeva accanto al letto, facendo a pezzetti il modulo con cui l'ospedale richiedeva ulteriori dettagli sull'identità della paziente. Conosceva il suo nome completo, ma non l'avrebbe mai rivelato. Pioveva la notte in cui Sparrow glielo aveva detto. Riker le aveva offerto riparo e una tazza di caffè in macchina. Era stata malata, dimagriva a vista d'occhio. Temeva di essere sul punto di morire, e ancora non gli aveva spiegato cosa voleva che scrivessero sulla sua tomba. Avevano riso di quella macabra conversazione.

Sparrow, era tutto ciò che voleva sulla lapide, niente date, nessuna frase.

Solo quel nome scritto a caratteri cubitali, come un manifesto di Las Vegas. Era tipico di Sparrow, immaginare che tutti i visitatori del cimitero avrebbero saputo chi era, chi era stata...

Charles Butler entrò nella stanza e chiuse la porta senza rumore, come se Sparrow potesse in qualche modo essere disturbata. «Avevi ragione su quel dottore. Odia i poliziotti, ma la sta curando al meglio. Fa di tutto per tenerla in vita.» Indicò il supporto accanto al letto. Reggeva un sacchetto di plastica con un liquido che scendeva nelle vene di Sparrow. «È un antibiotico per combattere l'infezione. È intubata perché un polmone ha subito gravi danni. Sembra che questa donna abbia avuto una vita molto difficile. Il dottore pensa che avesse problemi respiratori cronici.»

Riker annuì. «D'inverno era sempre malata.»

«E poi ci sono i danni causati dalla droga e dalla malnutrizione. Considerando che faceva la prostituta, il dottore pensa che una malattia venerea sia la causa dei danni al fegato. Non si tratta soltanto del coma, c'è un insieme di complicazioni.» Appoggiò una mano sulla spalla del detective. «Mi dispiace, davvero.»

Riker fissava Sparrow, la sua amica stava morendo. «Può sentirci? Forse il suo cervello non ha smesso di funzionare.»

«È possibile.» Charles osservò i macchinari vicino al letto e i diagrammi sullo schermo. «In questo momento è come se stesse sognando. Con ogni probabilità, starà sognando quando la morte sopraggiungerà. Niente dolore, niente paura. Ti solleva saperlo?»

«Sì, un po'...» Riker ascoltò il respiro meccanico e osservò i tubi che bucavano il corpo di Sparrow.

«Dobbiamo andare» disse Charles. «Ho promesso a Mallory che ti avrei portato a Brooklyn in tempo.»

«D'accordo, arrivo subito.» La scatola di fazzoletti di carta sul comodino era vuota. Riker mise il libro sul letto, poi cercò un fazzoletto nelle tasche.

«Forse posso tirarti su il morale» disse Charles. «Ho scoperto qualcosa su William Heart, il fotografo che ha fatto cadere la macchina fotografica sulla scena del delitto Homer. Ho chiamato una galleria che...» Si fermò. Prese il libro e lo sfogliò. «Hai finito di leggerlo?»

«Non ho neppure cominciato.» Riker tamponò la saliva che colava dalle labbra di Sparrow.

«Non posso biasimarti, è scritto da cani.» Charles osservò la donna nel letto. «Immagino che Mallory fosse una bambina quando incontrò Sparrow. Doveva avere, quanto, dieci anni? Meno?»

Riker si irrigidì. Aveva bisogno di bere. Non voleva

mentire, ma non poteva ammettere la verità, e quel lungo silenzio era già abbastanza eloquente.

Charles guardò il libro che aveva in mano: «Ho trovato la collana completa di questi western. Li ho letti tutti, ieri notte».

Il fazzoletto cadde a terra. Riker chiuse gli occhi e sperò che la sua voce non lo tradisse: «Ti ci saranno voluti cinque minuti».

«Di più, li ho letti due volte. Continuo a non capire perché Kathy li leggesse in continuazione.»

Charles non stava parlando della Mallory che conosceva, ma della piccola Kathy, una bambina che non aveva mai incontrato. Era già cresciuta quando Lou Markowitz gliela presentò, una poliziotta. Il giorno che si incontrarono, Mallory arrivò nel bar per la consueta colazione con il padre adottivo. Charles si era alzato bruscamente dalla sedia, ansioso di dimostrarsi un gentiluomo. L'aveva guardata per tutta la durata della colazione, aveva fissato i suoi meravigliosi occhi verdi e aveva sorriso, pieno d'imbarazzo ogni volta che lei si ricordava di guardarlo. Ogni singolo gesto di Charles, il cibo che si era rovesciato addosso, il bicchiere che aveva fatto cadere, dicevano una sola cosa: *Ti amo da morire, Mallory*.

«I suoi gusti in fatto di libri mi lasciano a dir poco perplesso» disse Charles. «Anche all'età di dieci anni doveva essere decisamente più intelligente della media.»

Solo il libraio poteva aver rivelato a Charles la passione della bambina per i western. Ma Riker non poteva credere che John Warwick, l'uomo più paranoico del mondo, si fosse confidato con uno sconosciuto. Ma allora come aveva fatto Charles a scoprire che Kathy conosceva Sparrow?

Charles sfogliò ancora le pagine del libro. «Hai deciso cosa fare? Lo darai a Mallory o lo distruggerai?»

Il detective sorrise, rassegnato, e non scherzava del tutto quando disse: «Charles, tu sei un uomo pericoloso».

«Oh, no, credimi, ho già bruciato le mie copie. Non ti preoccupare. Le ho buttate nel camino, ieri notte. Credo che Louis abbia fatto lo stesso quando Kathy era piccola. Non voleva prove che collegassero sua figlia con una ladruncola ossessionata dai western. Credo che l'infanzia di Mallory sia stata davvero *diversa*, più avventurosa di quanto pensassi. Così Louis distrusse tutti i suoi libri? Eccetto l'ultimo?»

Riker annuì. Meno informazioni passava a Charles, meno probabilità lui avrebbe avuto di riuscire a collegare gli elementi. «Non posso dirti altro sui libri western.»

«Soprattutto sull'ultimo» disse Charles. «Ti stai appellando al diritto di non rispondere, o qualcosa del genere?»

Riker impiegò qualche minuto a digerire la frase. Esisteva ancora qualcuno che non sapesse che lui aveva rubato il libro dalla scena del delitto? Ecco il problema con i crimini commessi d'impulso. Nessuna pianificazione, nessuna idea di come coprire le tracce. E aveva ancora in mano il corpo del reato. Qualsiasi mezza tacca avrebbe fatto di meglio.

«Credo che non saprò mai cosa Mallory trovasse in quelle storie...»

Charles osservò il disegno. In copertina c'era lo sceriffo Peety in sella a un cavallo, due pistole pronte a sparare e il riflesso del sole sul distintivo dorato. «Kathy credeva agli eroi?» domandò.

Riker alzò le spalle. Una volta Lou Markowitz aveva detto che Kathy si identificava con i ladri di bestiame e i banditi che assaltavano le diligenze.

Un'infermiera entrò nella stanza per lavare Sparrow. I due uomini se ne andarono. Mentre percorrevano il corridoio diretti al parcheggio, Charles raccontò a Riker *Una capanna ai confini del mondo*, un libro della serie che il detective non aveva letto. All'inizio del libro, Wichita Kid era stato morso da un lupo rabbioso, un secolo prima che inventassero il vaccino. Alla fine, il fuorilegge giaceva privo di sensi in una baracca in fiamme, circondata da una folla di contadini con torce e forconi. Un predicatore sosteneva che la donna intrappolata con lui nell'incendio fosse una strega, causa della siccità che stava decimando i raccolti.

«Lascia che indovini» disse Riker salendo in macchina. «Il predicatore riesce a far piovere. L'acqua spegne le fiamme e la siccità è soltanto un brutto ricordo. I contadini sono contenti, decidono di non uccidere la donna, e il predicatore compie un altro miracolo e guarisce Wichita.»

«Niente del genere» disse Charles. «Nel libro successivo, Wichita Kid è ancora avvolto dalle fiamme. Non ha via di scampo.»

Riker sapeva come uscire da una situazione del genere, ma non lo avrebbe confessato a nessuno adesso che Sparrow stava morendo. Gli era mancata tanto negli ultimi due anni, e adesso pregava per lei, anche se non era ancora morta, non del tutto.

La Mercedes stava imboccando il ponte di Brooklyn quando Charles chiese: «Come ha fatto Louis a beccare Kathy nel negozio di Warwick?».

Riker guardava fuori dal finestrino. *Sparami, adesso spara.* «Un colpo di fortuna.»

Ripensò alla sera in cui avevano inseguito la bambina sul marciapiede: li aveva seminati. E Riker aveva riso nel vedere Lou Markowitz, decisamente sovrappeso, che ansimava abbracciato a un lampione, convinto che il cuore lo stesse tradendo.

«Poi la vedemmo nella vetrina di Warwick.» Una manina che si allungava sullo scaffale per rubare il libro. Aveva appena seminato due poliziotti, aveva corso come un fulmine, eppure non era stanca. Solo gli occhi avevano un'aria affaticata, gli occhi assonnati di un bambino alla fine di una giornata faticosa.

«A quel punto, io e Lou ci precipitammo nel negozio. Lou disse al proprietario di non far entrare altri clienti. Ma Kathy era sparita. Tu ci sei stato, no? Non c'è modo di uscire dal negozio senza essere visti.» Poi avevano notato lo sguardo terrorizzato del libraio. Lou aveva sorriso.

Il mistero della fuga di Kathy non era stato risolto quella notte e neppure la notte successiva. «Per una settimana, quando non era in servizio, Lou continuò a sorvegliare il negozio e a leggere i western di Kathy.» Aveva instaurato un rapporto di fiducia con il libraio. «Alla fine Warwick gli confessò come Kathy avesse fatto a scappare quella sera. Un sistema ingegnoso. Mentre parlavamo con il libraio, Kathy si era arrampicata sullo scaffale, agile come una scimmia, silenziosa come una nuvola di fumo. Si era arrampicata fino in cima, nascondendosi fra lo scaffale e il soffitto, ti rendi conto?»

«Il libraio la vide?»

«Sì, ma non la tradì. Aveva paura dei poliziotti, ma non lo fece. Per tutto il tempo in cui Lou aveva parlato con il libraio, Kathy era rimasta ad ascoltare in cima allo scaffale.» Il detective alzò le spalle. «Fregati da una ragazzina di dieci anni.»

A quel punto Lou Markowitz si era reso conto con chi avesse a che fare, non una bambina come le altre, ma una persona fatta e finita. La soprannominò L'Artista della Fuga. Kathy aveva conquistato il rispetto di Lou, e anche il suo cuore.

Anche se gli avrebbe fatto bene, Riker non poteva raccontare la storia della più grande fuga di Kathy. Allora la sua mente volò oltre il ponte di Brooklyn, fino a Sparrow, per dirle che non stava morendo da sola.

Sparrow, i segreti mi stanno avvelenando.

Mallory osservò la Mercedes di Charles scomparire all'orizzonte mentre il suo collega scivolava sul sedile anteriore della berlina. «È questo.» Indicò un edificio dal lato opposto della strada. La sorella di Natalie Homer viveva in una zona di Brooklyn affacciata su Prospect Park. Sembrava che Susan Qualen se la passasse piuttosto bene. «Meglio se la blocchiamo per strada» suggerì Mallory. In questo modo non avrebbe potuto sbattere loro la porta in faccia. «I vicini dicono che va a correre nel parco, tutti i giorni alla stessa ora.»

«Dev'essere una fanatica.» Riker si asciugò il sudore dalla fronte. «Si ucciderà con questo caldo.»

La porta d'ingresso dell'edificio si aprì e una donna in pantaloncini e maglietta comparve sulla rampa di scale. La sorella di Natalie era alta, bionda, e aveva un viso familiare. Prima che potesse raggiungere il marciapiede, i due detective erano scesi dall'auto e avanzavano mostrando il distintivo.

«Signorina Qualen? Sono il detective Mallory e questo...»

Il viso della donna s'incupì. «Andatevene.»

Riker disse. «Signorina, ci dispiace crearle...»

«Ho letto della vostra ultima impiccagione dai giornali» tagliò corto Susan Qualen. «Questa volta vi è andata male, non siete riusciti a coprire tutto...»

«Mi ascolti,» disse Riker «a volte non possiamo rivelare i dettagli...»

«Questa l'ho già sentita. Vent'anni fa la polizia ha raccontato ai giornalisti che mia sorella si era suicidata.»

«I poliziotti non le hanno detto molto, vero?» Lentamente Mallory si avvicinò alla donna. «Le hanno detto soltanto che si trattava di omicidio, ma lei sapeva della corda.» Nessun poliziotto poteva aver rivelato a Susan il particolare della ciocca di capelli infilati nella bocca di Natalie.

Mallory si fece ancora più vicina. *Nervosa, Susan?* «Allora, come ha fatto a collegare la morte di sua sorella con quella di una prostituta impiccata?»

«Leggo i giornali.»

Mallory scosse la testa. «No, sta mentendo. Tutti i particolari riportati dalla stampa, come ha fatto a collegarli...»

«Non ho niente da dire». Susan Qualen fece per scendere le scale.

«Ferma.» Mallory le bloccava la strada con un braccio.

«Il mio avvocato mi ha proibito di parlare con voi.»

«No» disse Mallory. «È quello che dicono le persone che *non* hanno parlato con un avvocato. L'omicidio di sua sorella è un caso ancora aperto, e lei *deve* parlarci.»

Riker si avvicinò alla donna. Il suo tono era amichevole. «Abbiamo riscontrato alcune discrepanze nell'omicidio di Natalie. Crediamo che il figlio possa aiutarci a risolverle. Dov'è?»

«E come faccio a saperlo?» disse Susan Qualen.

«Ho letto una dichiarazione della matrigna. Sostiene che lei l'ha preso con sé dopo la morte del padre. Un anno dopo l'omicidio di Natalie.» Il tono di Riker diceva *Tranquilla, siamo qui per aiutarti*.

«Ma c'è un problema...» cominciò Mallory minacciosa.

«Vede,» interruppe Riker «il bambino non tornò mai a scuola dopo la morte della madre. Alla fine delle vacanze...»

«La famiglia si sarà trasferita.»

«No, signorina Qualen» disse Mallory. «La matrigna vive sempre allo stesso indirizzo. Ha detto a un poliziotto, Lars Geldorf, che lei aveva preso il bambino. Perché avrebbe dovuto mentire?»

Susan Qualen era confusa. Era una bugiarda dilettante, e non ricordava i particolari di una bugia tanto lontana nel tempo.

Riker sorrise alla donna, come se fossero due vecchi amici. «Ci sarebbe di grande aiuto se ci dicesse cosa è successo al figlio di Natalie.»

«Che fine ha fatto?» Mallory aveva compiuto il breve passo dall'accusa all'attacco. «Avanti! Cosa ha fatto al bambino?»

Susan Qualen abbandonò la sua gelida compostezza e cercò di scappare giù dalle scale. Riker l'afferrò per un braccio, ma Susan si divincolò e cominciò a correre. Riker non si mosse: «Adesso interroghiamo la madre adottiva, così potremo inchiodarla e sbatterla in cella per un po'. Non sarà divertente, ma è legale».

Mallory osservò la donna che scappava sul marciapiede, facendosi largo fra i passanti. Avrebbe potuto raggiungerla senza problemi, ma Riker le suggerì di non muoversi. «Fidati» disse. «Sarà più divertente a modo mio.»

Quando sentì quel rumore, William Heart si accucciò. Non gli piaceva avere a che fare con gli esseri umani e faceva di tutto per evitarlo. Il peggio era quando qualcuno bussava alla porta, il suono di una trappola che si chiude. Stava lì, in silenzio, quasi non respirava, ma il visitatore non se ne sarebbe andato. Poi sentì la voce del padrone di casa che diceva: «È lì dentro. Se si aspetta che venga ad aprire, può star lì una giornata intera. Bussi più forte.»

Lo sconosciuto era più educato, non bussava forte, ringraziava il padrone di casa. Adesso il visitatore parlava alla porta chiusa: «Buongiorno signor Heart. Alla galleria mi hanno dato il suo indirizzo».

La voce composta lo rassicurò, per un attimo pensò a un potenziale cliente. William aprì la porta e si trovò di fronte una specie di personaggio delle fiabe. Quell'uomo aveva la corporatura, i vestiti e il portamento di un principe, ma gli occhi di una rana e il naso di Capitan Uncino. Le spalle erano minacciose, e parevano espandersi ogni secondo di più. Quando William indietreggiò, Charles interpretò questo movimento come un invito a entrare. Si fermò accanto al divano, e fece per sedersi. Dopo una rapida occhiata, aveva deciso che le sedie erano troppo fragili. «Posso?»

William annuì, e il principe ranocchio si accomodò.

«Mi chiamo Charles Butler.» William sorrise controvoglia mentre Butler gli porgeva il biglietto da visita.

«Il suo agente mi ha detto che lei si occupa di fotografie di delitti.»

«No, lo facevo tempo fa, ora non più.»

Butler fissava la radio sul tavolino. William si chiese se fosse in grado di riconoscere una radio della polizia. Si schiarì la gola. «Cioè, non lavoro più per la polizia. Mi occupo d'incidenti d'auto, roba simile...»

«Sì, conosco i suoi lavori, forti contrasti, luce accecante, ombre scure. E crudeltà di ogni genere.»

Il fotografo era indeciso se fuggire o svenire. L'aveva sottovalutato: Charles Butler era un collezionista d'arte e non uno sprovveduto, ma le qualifiche sul biglietto da visita avevano a che fare con la psicologia. E a William non piacevano gli strizzacervelli.

«Mi piacerebbe vedere i suoi primi lavori» disse Butler. «Le foto dei delitti: in particolare mi interessa quello di Natalie Homer. Forse il nome non le dice niente. È successo vent'anni fa. I giornali lo definirono un suicidio mediante impiccagione.»

«Non ho quelle foto. Capisce, non ho potuto fare quel lavoro. La macchina fotografica si era rotta.»

Butler non gli credeva. William si sentì soppesato, ma intravide un po' di compassione nello sguardo di Butler.

Disse: «È una foto che la maggior parte delle persone preferirebbe dimenticare». Era vero. Solo una ristretta cerchia di demoni amava il genere, e Butler non sembrava tra quelli.

«Quindi ha scattato almeno una fotografia.»

William si sfregò le mani sudate, poi vide comparire sul tavolino accanto al divano un libretto di assegni e un'elegante stilografica. Si rilassò, era solo una questione di soldi, un affare come un altro.

«Quella fotografia mi interessa in modo particolare» disse Charles e aprì il libretto degli assegni. «Ci tengo molto.» Guardò William e il sorriso si aprì, allentando la tensione. Poi sganciò la bomba: «Conosceva Natalie, vero?».

William non avrebbe potuto parlare, nemmeno se avesse voluto.

Butler continuò. «Signor Heart, lei vive qui da una vita, vero? Me l'ha detto il suo padrone di casa. Mi ha detto anche che lei ha ereditato quest'appartamento da sua madre. E questo edificio si trova a un isolato di distanza da quello dove morì Natalie. Dev'essere stato difficile fotografare il cadavere di una donna che conosceva.»

«Io non... conoscevo quella donna.» William aveva paura. Quell'uomo non gli credeva. Con un tono da confessionale disse: «Viveva qui da poco tempo: non le ho mai rivolto la parola».

Butler capì che aveva perso il controllo.

«Mi capitava di vederla per strada. Era talmente bella, era fuori posto qui, Dio, era così bella.» Il suo sorriso gli ricordava le madonne dipinte e le statuette che affollavano l'appartamento quando sua madre era ancora viva. La bella Natalie nei suoi lunghi vestiti estivi.

William studiò la faccia di Butler, cercando di capire se aveva parlato troppo. «Non ero l'unico. Tutti si voltavano a guardarla. Tutti quegli uomini, potevano *solo* guardarla.»

«E quando morì, fu chiamato a fare le fotografie» disse quel visitatore che leggeva i pensieri. «La nausea non arriva all'istante. Quindi c'era tutto il tempo di scattare almeno una fotografia prima di vomitare. Lei è un bravo fotografo, credo sia stato un gesto istintivo...»

Sapeva anche che si era sentito male.

«D'accordo, ora gliela dò.» William era sollevato. Butler era uno di quei clienti che gli permettevano di pagare l'affitto, uno di quei pazzi che collezionavano souvenir macabri, un maniaco che non avrebbe mai voluto incontrare fuori da una galleria d'arte.

Entrò in camera da letto e chiuse la porta a chiave. Quando ricomparve, aveva la fotografia in mano.

Quando Charles se ne andò, William notò che la cifra dell'assegno era molto più alta di quanto avessero pattuito. Osservò il suo appartamento, la miseria che lo circondava. Si spaventò al pensiero che Butler potesse non essere un pazzo, ma un uomo caritatevole. Chiuse la porta e tornò in camera. Si sdraiò sul letto e fissò la parete. Tutte le notti, prima di spegnere la luce, vedeva un muro di fotografie tutte uguali, la stessa faccia, la corda, gli insetti. Quella fotografia era il miglior lavoro che avesse mai fatto. Le mosche gli ronzavano ancora nel cervello. Una nuvola nera circondava la Madonna degli Scarafaggi.

12

La seconda moglie di Erik Homer, ormai vedova, viveva in un grande appartamento sulla Novantunesima Est. «Affitti bloccati» spiegò la donna. «Duecentottanta dollari al mese per un posto così grande. Ci crede? E pensare che un tempo era una delle zone peggiori della città...»

Il detective Riker pensò che le opinioni di quella donna erano limitate a quanto poteva vedere dalla finestra. Era chiaro che non usciva di casa da un pezzo. Riker strinse la tazza di caffè, desiderava una sigaretta, il fumo avrebbe coperto l'odore di chiuso. Jane Homer era una montagna di carne flaccida, e non usciva più di casa perché non passava dalla porta. I capelli erano grigi, arruffati, con le punte biondo platino. In lei ogni vanità era scomparsa da anni. Sulla scrivania c'erano diverse foto di Jane più giovane con il marito. A quel tempo, era magra come la prima signora Homer.

Nessuna fotografia del figliastro.

Un'infermiera si aggirava nella stanza accanto. Parlava con Mallory. Il fatto che la signora Homer fosse costretta in casa era un punto a favore di Riker. Come la maggior parte delle persone nelle sue condizioni, aveva molta voglia **di** chiacchierare: «Ho visto il servizio in televisione, l'altra sera. Il caso di Natalie non è mai finito in tivù...»

«Già, i due omicidi si somigliano...» disse Riker, evasivo.

La donna annuì. Si udì la porta che si chiudeva. L'infermiera era uscita.

«Suo marito le ha mai parlato dell'omicidio?» domandò Riker.

«Oh, sì. Erik e la sorella di Natalie, come si chiama quella donna? Susan qualcosa... Non importa. Ne hanno parlato al telefono, per ore. Erik ha organizzato il funerale, e l'ha pure pagato. Non spettava a lui, non crede?»

Impossessarsi del cadavere della ex moglie rientrava nel tipico comportamento di un marito possessivo. Anche da morta, Natalie non era riuscita a scappare da Erik Homer. Riker chiese: «E il ragazzo? Andava d'accordo con lui? Voglio dire, dopo la morte della madre?».

La donna sembrava stupita, o forse si sentiva in colpa. «Non era certo un problema.»

«Non era un problema?» Mallory era appena entrata nella stanza. Aveva una cornice in mano. Guardò Jane sdraiata sul letto e le domandò: «Allora perché lo ha rifilato a un parente dopo la morte del marito?».

«Sì» disse Riker. «È scritto nella sua deposizione.»

«L'assicurazione di Erik non era una fortuna.» Gli occhi di Jane Homer erano fissi sulla cornice d'argento. «Quell'anno ho avuto problemi di salute, la tiroide, sa... Il bambino amava i nonni.» Fissò Riker, poi Mallory; probabilmente si rendeva conto degli errori commessi. Riempì il silenzio con le parole. «Non potevo prendermi cura di lui, lo capite?»

Mallory si avvicinò al letto. «Disse alla polizia che il bambino era con la sorella di Natalie, a Brooklyn.»

«Esatto» disse la signora Homer, cercando di ammansire Mallory con un sorriso. «Ora ricordo. Mio suocero aveva il morbo di Alzheimer. Sua moglie non ce la faceva con lui e il ragazzino. Così Junior andò a vivere con la sorella di Natalie.»

Mallory passò a Riker la cornice d'argento. Era un ritratto di famiglia. Sullo sfondo c'era lo zoo del Bronx. La foto era stropicciata e le pieghe sembravano dividere l'uomo dalla donna. Forse Jane Homer aveva recuperato quella foto dalla spazzatura. La ragazza della fotografia non portava la fede nuziale. Aveva un'espressione felice. Una terza persona era stata tagliata via. Tutto quello che restava erano le dita di un bambino, intrecciate a quelle molto più grandi di un sorridente papà.

«Il ragazzo aveva dei problemi?» chiese Riker.

Mallory si avvicinò alla donna: «Come reagì alla morte della madre?».

«Natalie morì ad agosto,» disse Riker «e sappiamo che suo marito non mandò il figlio a scuola a settembre.»

«Mi dica cosa ne ha fatto» l'aggredì Mallory.

Gli occhi di Jane Homer si spalancarono. Finalmente l'aveva capito: non era una conversazione qualunque, era un interrogatorio. «I nonni...»

«Non ci siamo» Riker si avvicinò al letto. «No Jane, non credo che ci stia dicendo tutta la verità.»

Mallory le sussurrò all'orecchio: «Sappiamo come Erik Homer trattava la prima moglie. Non le dava mai soldi, non le permetteva di uscire di casa».

«Io non avevo bisogno di uscire, Erik faceva la spesa. Io non...»

«Quando la polizia la interrogò la prima volta, si era sposata da poco, vero?» disse Riker. «I poliziotti hanno pensato che avesse paura... Paura di suo marito.»

«Quando ha cominciato a picchiarla?» la incalzò Mallory. «Durante il viaggio di nozze? È stata quella la prima volta?»

«Lei ha davvero molte fotografie.» Riker indicò le cornici sul tavolo. «Qui è con suo marito, ma il bambino non c'è, non ha mai vissuto con lei, vero?» Colse la paura negli occhi della donna. «Che cosa ha fatto al figlio di Natalie? È ancora vivo?»

«No.» Jane Homer scuoteva il capo.

«Che cosa significa?» chiese Mallory. «Vuol dire che è morto?»

La donna cominciò a tremare. Singhiozzava. Non riusciva a parlare. L'unica frase comprensibile era: «*Non so*».

Mallory si avvicinò. «Come può non sapere?»

Anche Riker si fece più vicino. «Ha creduto che suo marito potesse fare del male al bambino, che potesse uccidere suo figlio?»

Jane muoveva la testa da Mallory a Riker, fra una parola e l'altra. Cercava il loro consenso.

«La notte in cui trovarono Natalie... Erik tornò molto tardi. Gli domandai del bambino. Erik mi picchiò... forte.» Si portò una mano alla bocca. «Mi ruppe un dente... Poi buttò via tutte le cose del bambino, vestiti, giocattoli. E strappò tutte le fotografie.» Fissò la fotografia. Jane sorrideva accanto al marito: giorni felici. Afferrò la cornice d'argento e se la strinse al petto. Proteggeva i suoi ricordi. Grosse lacrime solcavano il suo volto.

Non potevano fare più niente con lei, né per lei.

Fuori dalla stazione di polizia di SoHo le giovani attrici accalcate sul marciapiede posavano per la stampa e i turisti. Gli agenti stavano al gioco, compiaciuti di quel colpo di fortuna: il paradiso del poliziotto. Lavoravano in mezzo a una folla di belle ragazze, mandavano a casa le brune e compilavano schede per le bionde, nome e numero di telefono.

L'auto di Mallory accostò. Lasciò il motore acceso. Riker aprì la portiera: «Tu non vieni?».

«Ho da fare» disse Mallory. «Vado a casa di Natalie. Vuoi venire?» La proposta era senza entusiasmo.

«No, conosco il posto. Ci sono passato in macchina. L'hanno ristrutturato e a giudicare dall'esterno il nuovo proprietario ha rifatto tutto il condominio» spiegò Riker, con una gamba in macchina e una fuori, osservando senza interesse il marciapiede pieno di belle ragazze. «Ho mandato due agenti da Susan Qualen. Ti perderai tutto il divertimento quando andranno a prenderla.» Riker capì che Mallory non era interessata all'argomento. Così scese dall'auto, salutò e sparì in un mare di capelli biondi.

Mallory attraversò l'East Village diretta verso la casa dove Natalie era stata uccisa, vent'anni prima. Jack Coffey aveva commesso un altro errore fatale: invece di lavorare alle indagini, i suoi uomini stavano interrogando delle aspiranti attrici. Come se a quel modo potesse sperare di trovare la vittima designata.

Mallory svoltò nella Prima Avenue e scivolò lungo una via laterale. Tempo prima, il quartiere era abitato dai più poveri fra i poveri, che ora non avrebbero potuto permettersi nemmeno di guardarlo. Parcheggiò di fronte all'edificio dove viveva Natalie Homer, lo stesso dov'era morta. Solo la struttura era rimasta invariata.

La facciata rimessa nuovo, e così le finestre e le ringhiere in ferro battuto. Secondo gli appunti di Geldorf, il proprietario precedente era morto e i vecchi inquilini se n'erano andati prima che l'edificio fosse ristrutturato.

Riker aveva ragione. Era una perdita di tempo. E un'altra donna sarebbe morta.

Mallory sbatté la portiera e raggiunse l'edificio. Salì le scale di corsa e suonò all'appartamento del padrone di casa. Una donna paffuta aprì la porta, sorridendo alla sconosciuta. Non era di New York, pensò Mallory, doveva venire da qualche tranquilla cittadina di provincia. «Signora White?» Le mostrò il tesserino.

La donna smise di sorridere. «È per Natalie Homer? Mi chiedevo quanto ci avreste messo a venire.»

Eve Forelli, l'ausiliaria civile che lavorava al distretto di Midtown era una donna magra con i capelli scuri, e odiava le bionde con tutto il cuore. Prese il suo tabloid preferito e lesse i titoli: «Attrice accoltellata in pieno giorno». Guardò la bella ragazza che le sedeva di fronte. «Sei meglio di persona.»

Era una battuta, naturalmente, perché la fotografia mostrava soltanto la nuca dell'attrice, il viso premuto contro il petto di un uomo. L'attore teneva in braccio la vittima svenuta e sanguinante e intanto sorrideva, in posa per lo scatto.

La ragazza spalancò i grandi occhi blu. «Come fa a essere già sul giornale? È successo soltanto stamattina.»

Eve Forelli indicò la scritta sotto la testata: «È l'edizione della sera».

La ragazza non capiva.

«La seconda edizione, la distribuiscono gratis, una trovata promozionale per un giornale sull'orlo del fallimento. Ho bisogno di sapere la grafia esatta del tuo nome una o due "l"? All'ospedale l'hanno scritto con una sola.» Allungò il giornale alla ragazza. «E sul giornale il tuo nome non c'è.»

La ragazza smise di guardare l'orologio sulla parete e lesse l'articolo. «Merda, ha ragione.»

«Allora, come fai esattamente di cognome?»

«Small, due "l". Però mi chiami pure Stella.» Sorrise. «Ci vorrà tanto? È un'ora che aspetto, e sono già in ritardo, ho un appuntamento a SoHo.»

Eve Forelli squadrò quella bionda senza cervello. Aveva lasciato l'ospedale prima di rilasciare una dichiarazione alla polizia. E un principe della Crimini Speciali aveva chiamato per chiedere la documentazione. Il supervisore di turno l'aveva incaricata di risolvere la faccenda, sicché lei, semplice ausiliaria, si era trovata a litigare con il personale dell'ospedale. Alla fine l'attrice era stata identificata. Eve Forelli doveva confermare la veridicità del rapporto medico. «Sei stata accoltellata da...»

«Oh Dio!» esclamò l'attrice. «Non voglio guai con la polizia. Ascolti, agente, mi rincresce ma io...»

«Non sono un'agente.» Eve Forelli indicò il nome appuntato sulla camicia, la targhetta diceva chiaramente il suo ruolo: ausiliaria. «Mi occupo soltanto delle scartoffie.»

«Mi scusi.» Stella Small si toccò il braccio fasciato. «È stata una macchina fotografica. Niente di grave.»

«Un uomo ti ha accoltellata... con la macchina fotografica? Davvero curioso...» Questa ragazza comprovava la sua teoria: le radici dei capelli biondi danneggiano le cellule cerebrali.

«No.» L'attrice indicò il giornale. «I giornalisti sbagliano. Non sono stata accoltellata, ma *ferita*.»

«Con una macchina fotografica» sottolineò Eve Forelli.

«Ci siamo soltanto scontrati, voglio dire, uno scontro accidentale...» La bionda sprofondò nella sedia, roteò gli occhi, poi, con un sospiro di sconfitta, disse: «Va bene, ora le spiego com'è successo. La mia agente dice che una ferita da rasoio è più interessante per la stampa, ma io... cioè quel tipo, mi è venuto addosso sul marciapiede...».

«Roba da matti...»

«Non immaginavo che il dottore avrebbe steso un rapporto per la polizia.»

«Mai fidarsi dei dottori» sospirò Eve Forelli. «Denunciano tutto. Vai a capire perché. »

«Non finirò nei guai, vero?»

«No, tranquilla.» Eve Forelli aveva troppo da fare, era stanca e aveva la testa che scoppiava. Sulla denuncia scrisse: *Miss Barbie finisce contro macchina fotografica. Al diavolo le bionde.* Il suo supervisore non avrebbe mai accettato un rapporto del genere, se l'avesse letto. Ma le probabilità erano scarse. Aveva sprecato migliaia di frasi interessanti per quel pigro bastardo illetterato. E adesso avrebbe dovuto telefonare a un detective della Crimini Speciali altrettanto ignorante e riferirgli di quell'incontro.

«Dai retta a me: basta con le false denunce, rischi di finire in prigione.» Eve Forelli non era tanto sicura che fosse vero, ma quell'avvertimento servì a spaventare la bionda.

Non appena Stella abbandonò la stanza, l'ausiliaria aprì la finestra per fumarsi una sigaretta in santa pace. Vide Stella Small comparire sul marciapiede. Aveva un'aria indecisa, guardava a destra e a sinistra, non sapeva che direzione prendere. Eve Forelli non aveva niente di meglio da fare e continuò a osservarla. La bionda estrasse una camicia dalla borsa e la gettò nella pattumiera. Poi si presentò una vecchia, che ripescò la camicia dalla spazzatura e la studiò attentamente. Eve Forelli non aveva ancora finito la sua sigaretta. Vide la vecchia spogliarsi. Rimase così, nuda, davanti alla stazione di polizia, poi si buttò la camicia sulle spalle e se ne andò. Sul retro della camicia era disegnata una grossa "X".

Mallory ascoltava educatamente la signora White che spiegava tutti i particolari dei lavori di ristrutturazione. «Questo edificio sembrava una tana per conigli, gli appartamenti erano minuscoli. Si faticava perfino a respirare. Adesso ne sono rimasti solo alcuni all'ultimo piano. Per il resto gli spazi sono più grandi, adatti a una famiglia moderna.»

«Dove è successo?» la interruppe Mallory.

«Se ricordo bene la vecchia piantina...» Alice White spalancò la porta scorrevole di legno e la condusse in sala da pranzo. «Probabilmente qui.»

Mallory lanciò un'occhiata alla cucina. *Andare sempre in cucina*. Era una delle lezioni di Louis Markowitz. Le persone, interrogate in cucina, diventano più loquaci. Del resto, è un ambiente che invita alla confidenza, poco formale, che di solito ospita amici e parenti.

La voce della signora White tradiva un certo nervosismo. La presenza della polizia tende a innervosire la gente. Mallory, però, sospettava ci fosse dell'altro. Alice White doveva conoscere Natalie anche se all'epoca dell'omicidio era poco più che bambina. Tutte le volte che si toccava l'argomento "omicidio Homer", Alice chiamava la vittima per nome, Natalie.

Stai pensando di nascondermi qualcosa, Alice White?

La donna si fermò vicino a un grosso tavolo di legno, circondato da otto sedie. «Sì, ne sono sicura. L'appartamento di Natalie era esattamente qui, e non era più grande di questa stanza.»

Mallory era stanca di convenevoli. Sollevò la testa e osservò il lampadario. Il punto nel quale Natalie Homer era rimasta appesa per due giorni nella calura di agosto.

«Sembra quasi di vederla, no?»

La signora White alzò lo sguardo al soffitto, e vide un corpo in stato di decomposizione che dondolava appeso alla corda. Da quel momento, ogni volta che fosse passata nella sala da pranzo, non avrebbe potuto scacciare quell'immagine.

Mallory la fissava. *Non senti ronzare le mosche, Alice?*

La donna portò le mani alla bocca, come se Mallory avesse pronunciato quel pensiero a voce alta. «Signora White, posso chiederle un caffè?» *La caffeina è il miglior siero della verità*, pensò Mallory.

«Ma sicuro, cara, lo faccio subito.» Alice White non vedeva l'ora di allontanarsi dalla stanza e da quel fantasma appeso al cappio. Una volta uscita, sarebbe stata al sicuro. Mallory la seguì in cucina, si sedette al tavolo e cominciò a consultare delle carte. «So che ha comprato questo edificio cinque anni fa.»

«Non esattamente, cara... Non l'ho comprato.» La signora White rovistò nelle credenze. Cercava il servizio buono, poi si accontentò di due grosse tazze appese al muro.

«Mi piace bere il caffè nelle tazze grandi» disse Mallory.

«Oh, anche a me.» La donna sorrise.

«Forse l'impiegato ha commesso un errore.» Mallory prese una fotocopia del passaggio di proprietà. «Qui c'è scritto che ha acquistato la casa da Anna Sorenson.»

La signora White, prese il foglio e lo esaminò con cura. «No, è proprio un errore.» Servì il caffè poi si mise a sedere di fronte a Mallory. «Non ho comprato la casa. Anna Sorenson era mia nonna, l'ho ereditata.»

«E lei veniva a fare visita alla nonna... quand'era piccola?» Passarono almeno dieci secondi.

«Sì.» Alice White lo disse con un'espressione colpevole. «Ero qui, quell'estate.»

Le mani di Alice White si strinsero attorno alla zuccheriera. «Il caffè è troppo forte, vero? I norvegesi lo fanno così.» Prese una confezione di panna. «Vuole aggiungere un po' di...»

«No, va bene così.»

E ora cominciamo, Alice.

«Dunque, l'ultima volta che lei ha visto Natalie Homer...»

«Avevo dodici anni.» La signora White versò un po' di panna nel caffè, guadagnava tempo, cercava le parole giuste. «Era così bella, sembrava una stella del cinema. Almeno questo mi diceva la nonna. Natalie mi regalava i suoi vecchi rossetti, una volta mi diede un paio di scarpe coi tacchi.»

«Dunque ha passato del tempo con lei. Parlava mai di sé?»

«No, non è mai accaduto.» Alice White mescolava rumorosamente il caffè. «La sua famiglia veniva dall'Europa, ma Natalie era nata in America. Mia nonna diceva che parlava male il norvegese.» Un sorriso forzato. «Io non parlo norvegese, neppure una parola. I miei genitori lo usavano solo quando non volevano farsi capire. E quelle volte che Natalie parlava norvegese con la nonna sapevo che stavo perdendomi qualcosa di interessante.»

Mallory allungò ad Alice un altro foglio. «È una copia del certificato di matrimonio di Natalie. Il suo nome da ragazza è strano, Qualen. È norvegese?»

«Non l'ho mai sentito.» Alice White fissò il certificato. «Forse è stato modificato. Molti nomi stranieri furono storpiati a Ellis Island. Probabilmente si pronunciava *Kv* invece di *Qu*. In ogni caso, il nome non è comune...»

«Bene. Sarà più facile rintracciare la famiglia» disse Mallory. «Saprebbe dirmi da quale stato venissero? L'unica parente che abbiamo rintracciato è la sorella che vive a Brooklyn. Purtroppo, detesta i poliziotti.»

«Anche mia nonna. Diceva che erano tutti ladri. Stavano sempre a ronzare qui intorno inventando storie di false violazioni. Poi la nonna gli dava dei soldi e...» A quel punto realizzò che anche Mallory era un poliziotto. «Ma è stato tanto tempo fa. Non ho mai avuto problemi con...»

«Ricorda qualcosa che potrebbe condurci a dei parenti di Natalie residenti fuori dallo Stato di New York?»

«Credo fosse originaria di Racine, nel Wisconsin. I miei genitori vivono lì, e la nonna chiese a Natalie se li conoscesse.»

Mallory prese il giornale piegato sul bordo del tavolo. Era un vecchio giornale. In prima pagina c'era Sparrow. La stavano caricando sull'ambulanza.

Alice White la implorò con gli occhi. *No, la prego, non parliamo di questo.*

«Sapeva che la polizia sarebbe venuta.» Mallory

spinse il giornale dall'altra parte del tavolo. «Il delitto di Sparrow ricorda quello di Natalie, i capelli strappati e infilati in bocca. Quando ha letto il giornale ha riconosciuto i dettagli, vero, signora White? Per questo mi aspettava. So che ha visto il corpo di Natalie, abbiamo la dichiarazione di un agente che la sorprese nel corridoio insieme a un bambino. Quanti anni aveva il suo amichetto?»

«Sei o sette» Alice White non sapeva che quelle di Mallory erano soltanto congetture. Prendeva le deduzioni di Mallory per certezze assolute. Non era sorpresa, solo rassegnata, credeva nell'onniscienza della polizia.

«Quindi avete visto tutto,» disse Mallory «prima che l'agente Parris vi cacciasse. Vero, signora White?»

La donna annuì. «Agente "Dita Appiccicose", così lo chiamava la nonna. O forse era quell'altro.» Alzò lo sguardo: «Mi scusi, i poliziotti in uniforme...».

«Sembrano tutti uguali, lo so. Lei ha visto tutto, i capelli e il resto...»

«Ce l'ho ancora davanti agli occhi.»

«Chi era il bambino?»

«Non so come si chiamasse. La nonna lo trovò che vagava nell'ingresso del palazzo. Lo fece entrare e frugò nella valigia che aveva con sé. Mi ricordo che trovò un numero di telefono, ma quando chiamò non c'era nessuno.»

«Perché non lo consegnò ai poliziotti?»

«Lei non...» La signora White alzò le spalle. «Alla nonna non piacevano i poliziotti. Non si fidava di loro, non voleva abbandonare quel bambino. Vede, c'era qualcosa di strano in lui. Non poteva o non voleva parlare. La nonna pensava che stesse andando a fare visita a qualcuno, per via della valigia. Quando l'aprì era tutto in ordine, ben piegato. Il bambino se l'era fatta addosso, così la nonna gli fece il bagno e lo cambiò. Poi andò di porta in porta, per tutto il condominio, per tutto il vicinato...»

«Così era sola con quel bambino quando arrivò la polizia?»

«Sì, era stata la nonna a chiamare la polizia, c'era un odore terribile, ma i poliziotti non arrivavano. La nonna aveva le chiavi dell'appartamento di Natalie, ma non funzionavano. Poi arrivarono i poliziotti, uno di loro gridò: "Mio Dio, no!"»

«E voi eravate curiosi di sapere cos'era successo...»

«Ci può scommettere. Arrivarono altri agenti. Uno fu messo di guardia all'appartamento, doveva tenere a bada la gente. Ho aspettato finché non è andato a parlare con la vicina. Poi mi sono avvicinata alla porta di Natalie. Era spalancata.»

«E il bambino era con lei?»

«Lo tenevo per mano. La nonna mi aveva detto di non lasciarlo solo. Ho visto il cadavere appeso... ma non sembrava Natalie. I suoi occhi e i capelli...» Alice White respirò profondamente. «E gli scarafaggi che scendevano lungo la corda... Intanto gli agenti facevano le loro fotografie.»

«Che ne è stato del bambino?»

«Un uomo venne a prenderlo.»

«Un uomo, signora White? Chi era quell'uomo? L'ha conosciuto?»

«No, ero a letto. Ho sentito delle voci nell'altra stanza. Credo che la nonna lo conoscesse. O forse provò di nuovo a chiamare il numero, quello che aveva trovato nella valigia. Sì, dev'essere andata così, deve avergli parlato al telefono. L'uomo non disse chi era quando bussò alla porta...»

«Ha mai detto a sua nonna cosa avevate visto?»

«Dio mio, no. Si sarebbe infuriata, mi aveva raccomandato di badare al bambino, non di procurargli degli incubi per il resto della vita.»

Charles Butler conosceva Brooklyn, ci andava spesso per giocare a poker con gli amici. Come tutti i newyorkesi, conosceva solo le strade che percorreva abitualmente. Prima che Riker si facesse ritirare la patente, una strada su due era un mistero per lui. Anche questa strada che dava su Prospect Park. Charles restò in macchina mentre Riker attraversava la strada per raggiungere due agenti. Erano troppo lontani perché Charles sentisse cosa si dicevano. Allora cercò di interpretare il linguaggio dei corpi.

Un agente alzò le spalle per dire, *Scusa*. Riker allargò le braccia esasperato. Probabilmente l'aveva insultato, perché adesso l'agente aveva le mani sui fianchi, *Non è colpa nostra,* diceva. Riker, dietro gli occhiali scuri, fissava gli agenti a turno, senza che questi potessero intuire i suoi pensieri. A un certo punto i due agenti ricominciarono a scusarsi, probabilmente chiamandolo *Signore*.

Riker si limitò a fare dei gesti con la mano, *Al diavolo*. Poi si voltò e li congedò. Quando scivolò sul sedile anteriore della Mercedes di Charles era davvero infelice.

«Cattive notizie, suppongo.» Charles accese il motore.

«La sorella di Natalie è partita.» Riker indicò gli agenti. «E quei due idioti sono rimasti a guardare mentre faceva la valigia. Continuano a cambiare le regole, Charles. Adesso pare che se dici tre volte la parola avvocato, la polizia deve lasciarti andare. Ho sbagliato io. Ho detto *in stato di fermo* invece di *arresto*.»

«Mi spiace, Riker, non è colpa tua... »

«E pensare che non vedevo l'ora di spaventare a morte quella donna.» Riker cadde in un silenzio cupo, mentre davanti a loro si stagliavano le arcate del ponte di Brooklyn.

Charles intuì che non era solo la fuga della Qualen a mettere Riker di cattivo umore. Ma qual era il vero motivo della sua tristezza? Quando la macchina si fermò a causa del traffico, Charles si voltò e chiese: «Posso fare qualcosa per aiutarti?».

«Qualcosa ci sarebbe.» Il detective si ricompose. «Pensavo a Wichita Kid morso da quel lupo.»

Charles capì che Riker non gli avrebbe mai raccontato i suoi problemi. «Vuoi sapere come...»

«No, ecco la mia teoria. C'era una possibilità su un milione che Wichita Kid si salvasse senza il vaccino.»

«Ma non credo che l'autore del libro, quel Jake Swain, ne fosse consapevole.» Mentre attraversavano il ponte, Charles gli raccontò dello sceriffo Peety a caccia di un fuorilegge con la rabbia. «In ogni città interroga i dottori, finché non ne trova uno che ha sentito parlare di un lupo rabbioso...»

«Aspetta» disse Riker. «Non dirmelo. Lo sceriffo scopre che il lupo non aveva la rabbia...»

«Esatto. Scopre che un altro è stato morso dal lupo ed è sopravvissuto. E sai perché? L'animale aveva il cimurro, che è come la rabbia, per via della schiuma alla bocca e tutto il resto, però non si trasmette agli uomini. La ferita non era stata disinfettata, sicché Wichita ha contratto una grave infezione, febbre alta, allucinazioni, ma nessun segno di idrofobia...»

Riker alzò un sopracciglio, si capiva che il racconto non lo interessava più. Dopo un istante di silenzio, Charles disse: «Hai ricevuto notizie dall'ospedale, la tua amica...».

Riker si voltò verso il finestrino e guardò il cielo riflesso nell'acqua. «L'unico rene funzionante sta cedendo.»

Neppure Jake Swain avrebbe potuto inventarsi un lieto fine per Sparrow. Charles comprendeva il dolore di Riker e tentò di distrarlo. Disse: «C'è un testimone oculare dell'omicidio di Natalie Homer». La macchina era ferma nel traffico, a metà del ponte.

Era riuscito a distrarre Riker.

«La mia teoria spiega la storia di quella porta chiusa a chiave...»

Il detective tornò a guardare dal finestrino. Un modo per dire: *Oh, ancora questa storia.*

«Ascoltami. All'inizio pensavo che qualcuno avesse aperto la porta di Natalie prima che la polizia arrivasse. In realtà il mio testimone non aveva bisogno di una chiave, ha aperto la porta dall'interno.»

«Mi stai dicendo che il testimone è rimasto due giorni nell'appartamento a guardare il corpo che marciva?» chiese Riker.

«Facciamo un passo indietro. Quella sera Natalie stava cucinando per due persone. Non aveva amici, era in cattivi rapporti con la sorella. Dunque cenava con il figlio.»

«Interessante» disse Riker, un modo molto educato per dire che non era affatto interessato. «Secondo te, prima di partire per il viaggio di nozze Erik Homer lascia il bambino alla ex moglie? No, Charles, quell'uomo era un tipo autoritario, dopo il divorzio non ha mai permesso a Natalie di vedere suo figlio, nemmeno una volta.»

«Perché no? Erik Homer aveva una nuova moglie, un'altra donna da pestare. Lasciandolo alla madre avrebbe risparmiato i soldi della baby sitter. Questo fa quadrare le cose. Nessuno ha mai interrogato il bambino. Non sappiamo dove sia stato in quei due giorni di agosto, e nemmeno dopo.» Charles capiva che Riker non era convinto. «Solo un bambino piccolo avrebbe potuto resistere in quella stanza con il cadavere. Non avrebbe mai lasciato la madre. Viva o morta, era tutto il suo mondo.»

«Vediamo se ho capito. Era un monolocale, giusto? E non c'era posto per nascondersi. Ma Junior è riuscito a...»

«Riker, in tutto il mondo le madri dicono ai figli di lavarsi le mani prima di cena. Il bambino era in bagno mentre uccidevano sua madre.»

«Era agosto» disse il detective. «Niente aria condizionata, frequenti black-out, un fornello acceso e un caldo terribile e nonostante ciò...»

«Dopo due giorni l'istinto di sopravvivenza ha avuto la meglio sul trauma e il bambino ha lasciato l'appartamento. Questo spiega le contraddizioni circa gli spostamenti del piccolo... Mi segui? Il padre l'ha mandato via, Erik Homer non voleva che l'assassino scoprisse che quel bimbo aveva visto tutto.»

Quando entrarono nell'ufficio della Butler & Company, Charles e Riker stavano ancora ragionando sul caso Homer. Mallory non li notò neppure. Conversava con i suoi computer, e loro rispondevano con schermate di dati e fogli sputati dalla stampante. Kathy era concentrata sullo schermo, la luce del computer si rifletteva nei suoi occhi. Charles guardò il cavo che alimentava le macchine e per un istante pensò di staccare la corrente. Come avrebbe reagito Mallory?

Riker batté un colpetto sul monitor. Mallory non reagì. Allora disse: «Secondo Charles c'è un testimone oculare del delitto di Natalie Homer».

«Sì, è il figlio di Natalie» rispose Mallory senza alzare gli occhi dallo schermo. «È lui che ha aperto la porta. Ma non sappiamo come si faccia chiamare oggi, quindi concentriamoci sullo spaventapasseri.» Sorrise al computer come se le avesse appena detto qualcosa di divertente. «Adesso abbiamo un piano.»

13

Charles salutò in silenzio Louis Markowitz. La personalità del suo vecchio amico era stata coperta da strati di fotografie.

Mallory camminava lungo la parete di sughero strappando i rapporti, facendo schizzare via le puntine. Ingrandimenti di mosche e scarafaggi cadevano a terra mescolandosi ai ritratti di Natalie Homer. Sapendo quanto Mallory fosse una creatura patologicamente ordinata, Charles fu autorizzato a pensare che stesse perdendo il controllo. «Così la sorella di Natalie se n'è andata.»

«Infatti» disse Riker. «La stanno cercando. Speriamo che cerchi di filarsela in aereo o in autobus invece che in auto. Avremmo più speranze di beccarla. Forse Susan ha più paura di suo nipote che di noi.»

«E avrebbe ragione» disse Charles. «Se il figlio di Natalie è lo spaventapasseri...»

«È così.» Mallory strappò altre carte dalla parete, poi appese la fotografia acquistata da William Heart. «Tutto quadra.» Indicò la porta del bagno aperta. «Charles ha ragione. Il bambino probabilmente era in bagno mentre la madre veniva uccisa. Due giorni dopo l'hanno trovato che vagava per il palazzo, in stato di shock. Tutto questo prima che arrivassero i poliziotti.»

«Okay» disse Riker. «Diciamo che lo spaventapasseri è il figlio di Natalie. È cresciuto, ha un debole per gli omicidi a sangue freddo. Se sapesse chi ha ucciso sua madre, non esiterebbe a farlo fuori.»

«No» disse Mallory. «Forse il bambino era nascosto, spiava dal buco della serratura o dalla porta socchiusa. Magari non ha visto l'assassino in faccia.»

«E forse neppure l'omicidio» disse Charles. «Lo spaventapasseri non ha strangolato la vittima, come avevano fatto con sua madre, però ha imitato l'impiccagione.» Solo a questo punto Charles si accorse della calma che regnava nell'ufficio della Butler & Company. «Dov'è finito Lars Geldorf?»

«L'ho fatto portare a casa da Deluthe. Il vecchio è fuori dal gioco. Stiamo collegando ufficialmente i delitti. D'ora in poi non potrà più mettere piede qui.» Mallory si rivolse a Charles. «Qualche problema?»

«In effetti, Geldorf si è impegnato tanto in questo caso.» Mallory assunse un'espressione inequivocabile, e Charles capì che avrebbe dovuto rispondere *No, figurati*. Però, il vecchio Lars gli piaceva: «Geldorf potrebbe ancora contribuire...».

«Sbagliato.»

Mallory gli voltò le spalle. «Tutto quello che Geldorf aveva in mano era la faccenda dei pedinamenti e la pista dell'ex marito, il sospetto numero uno, da che mondo è mondo. Passava il tempo a cercare di smontare l'alibi di Erik Homer.» Sulla parete di sughero stava delineandosi un assassino piuttosto convincente. Mallory finì di riorganizzare le foto e i rapporti. Indicò la dichiarazione di Susan Qualen. «La sorella di Natalie pensava che il cognato fosse un uomo spregevole, ma quella sera parlò al telefono con lui per ore, e non stavano discutendo i particolari del funerale.»

Charles annuì: «Credi che fossero d'accordo per nascondere il bambino?».

«Sì» disse Mallory. «Non volevano che l'assassino scoprisse l'esistenza di un testimone oculare. Per questo nessuno ha mai trovato Junior. È stato mandato da qualche parente residente in un altro stato.»

Il computer richiamò l'attenzione di Mallory. Un testo che scorreva sullo schermo. «Un'ora fa ho controllato la fedina penale di Rolf e Lisa Qualen, una coppia del Wisconsin. Sono stati arrestati per aver rapito un bambino, ma l'età non corrisponde a quella del figlio di Natalie.» Mallory fece scorrere il testo. «Qui c'è un sacco di roba. E il tempo stringe.»

Charles si ritirò nel suo ufficio privato. Si sistemò in poltrona e affrontò tutto ciò che Mallory aveva stampato. Lesse tutti i rapporti degli assistenti sociali e della polizia, poi alzò lo sguardo. I detective avevano scelto un comodo divano per ascoltare la sua sintesi, e aspettavano. «La signora e il signor Qualen avevano un figlio di nome John, che morì annegato poco prima di compiere otto anni. Un anno prima dell'omicidio di Natalie. Due giorni dopo il ritrovamento del cadavere, i Qualen abbandonarono la loro casa di Racine, nel Wisconsin, e si trasferirono in una piccola città a un centinaio di chilometri. Qui iscrissero il loro bambino morto, John, alla scuola elementare.»

«Dilettanti» disse Riker.

Mallory finì il suo panino. «Tra il bambino morto e Junior c'erano due anni di differenza.»

«Anche il direttore della scuola notò che il certificato di nascita non corrispondeva all'età di Junior. Ovviamente apparteneva al bambino morto» disse Charles. «I Qualen gli dissero che i documenti erano andati persi in un incendio. Il direttore fece qualche ricerca e li trovò a Racine, insieme al certificato di morte del vero John Qualen.»

«A questo punto entra in scena la polizia?»

«Sì» disse Charles. «La polizia sospettava un rapimento, ma i Qualen non collaborarono mai alle indagini, e neppure il bambino.»

«Era spaventato» disse Mallory.

«Questo è ciò che ha pensato la polizia» disse Charles. «Non sapevano da dove venisse, non corrispondeva alla descrizione di nessun bambino scomparso. Lo diedero in affidamento, e i Qualen finirono sotto processo. L'accusa di rapimento non fu mai provata, ma furono riconosciuti colpevoli di falsificazione di atti d'ufficio. Si beccarono una multa salata, i documenti relativi all'affidamento vennero secretati e il bambino sparì nella burocrazia.»

Riker estrasse taccuino e matita. «Qual è il numero di protocollo per questo caso?»

«Per il bambino? Non c'è niente sui documenti del tribunale, mi dispiace.» Sollevò un foglio. «Questa è una lettera dell'avvocato dei Qualen. Cercarono di adottare il bambino, ma non ottennero neppure il permesso di fargli visita...»

«Ecco perché non riesco a trovarlo» disse Mallory. «I servizi sociali pensavano che i Qualen fossero una minaccia. Assegnarono al piccolo un nuovo nome e un nuovo numero di protocollo. Non sappiamo nemmeno quale età abbiano preso per buona.»

«Con quello che abbiamo in mano,» disse Riker «non otterremo mai l'autorizzazione ad accedere ai documenti relativi al bambino. E intanto lui impiccherà un'altra donna.»

«Lo sapremo presto» disse Mallory. «Ha già alzato il tiro con Sparrow. Con la prossima lo show sarà ancora più grandioso.»

La cucina di Riker era in disordine, cassetti aperti, un pezzo di pizza incollato al pavimento. Non aveva ancora trovato quella videocassetta. L'aveva vista milioni di volte, finché per paura che il troppo uso la rompesse, l'aveva sistemata in un armadio. Non ricordava quale.

Osservò il suo salotto. Charles Butler si accomodò sul divano sollevando una nuvola di polvere. Sul pavimento erano impilati cartocci di cibo e vecchi giornali. I portacenere traboccavano di mozziconi. Tuttavia, Charles era troppo ben educato per far trapelare il suo disagio di fronte a tanto squallore. Finalmente, il detective trovò la cassetta e la inserì nel videoregistratore. Offrì al suo ospite bourbon e soda nell'unico bicchiere pulito. Per sé preparò qualcosa di più robusto e si accomodò nella sua poltrona preferita.

«Un mio amico l'ha confiscata a un pedofilo che pattugliava Central Park in cerca di vittime.» Si voltò verso Charles e notò che si era irrigidito. «Rilassati, non si è avvicinato alla bambina, l'ha soltanto filmata...» Riker armeggiò con il telecomando e mise in moto il videoregistratore. «Fu questo a catturare l'attenzione di Lou. Il filmato aveva qualche anno quando l'abbiamo visto per la prima volta...»

Lo schermo si riempì dei colori di una luminosa giornata d'estate. In primo piano c'era una bambina bionda, la maglietta sporca le andava troppo grande. Riker fermò la cassetta. «Kathy aveva circa otto anni, ma è evidente che aveva passato troppo tempo per strada.»

Videro la bambina avvicinarsi a un'area giochi, indecisa. C'erano altri bambini.

Charles Butler si spostò verso lo schermo, attratto da quella Mallory in miniatura. Si sentivano le voci dei bambini che giocavano e correvano felici.

Kathy esitò, poi si avvicinò, cauta, alle altalene. Si mise a sedere guardando con sospetto a destra e a sinistra, poi cominciò a dondolarsi. Kathy si spingeva con forza. L'altalena sembrava sfiorare le inferriate del cancello del parco giochi, ma Kathy, si spingeva sempre più in alto. Rideva forte e si dondolava sulle teste delle mamme e delle tate che continuavano a gridare, *Scendi di lì!*

Riker guardò Charles che bisbigliava una preghiera silenziosa, *Non cadere!*

I piedi puntati verso il sole, Kathy rideva. La sua gioia si spense quando i suoi occhi incontrarono la telecamera. Lo sguardo si fece improvvisamente freddo, quello di un'adulta. Lasciò l'altalena e volò via dall'obiettivo. Lo schermo tornò nero.

Riker conosceva a memoria quella cassetta, ma strinse ugualmente il bicchiere di bourbon fra le mani. Per lui, la bambina stava ancora volando, e l'avrebbe fatto per sempre, come una moneta lanciata in aria e destinata a non atterrare mai.

Charles dormiva profondamente sul divano dell'ufficio, vestito con gli abiti del giorno prima. Mallory era sveglia, e guardava l'alba. Era tornata in ufficio con i giornali del mattino, e ora li sfogliava in cerca di un comunicato stampa della polizia. Non era sulle prime pagine. I delitti dello spaventapasseri, per la stampa, erano storie già vecchie.

Si parlava di scippi e di un altro accoltellamento in pieno giorno, ma la notizia bomba era un uomo decapitato da un tombino volante: era saltata una conduttura.

E poi c'era Riker.

Il giorno prima si era tagliato facedosi la barba. Dopo una sbronza gli tremavano le mani. Il bourbon lo stava lentamente uccidendo, ma Riker, malgrado tutto, restava padrone di sé. Non aveva perso l'integrità. Perché aveva rischiato il posto rubando qualcosa dalla scena del delitto di Sparrow?

Poliziotti e pompieri rubano dalle tasche dei morti, ma Mallory era convinta che mai Riker avrebbe fatto qualcosa di simile. Il suo sospetto era che Riker le stesse nascondendo delle prove. Che stesse conducendo un'indagine per conto suo.

Mallory voltò pagina, cercava il comunicato della polizia, un avvertimento a tutte le attrici bionde di New York.

In un articolo a pagina tre, il tenente Coffey metteva in guardia le possibili future vittime.

La giovane attrice era cresciuta con i vestiti smessi di sua madre e sua nonna. Solo il Vestito Magico non era stato acquistato in un negozio di roba usata, e adesso era rovinato e insanguinato. Stella aveva perso la sua armatura. Quel mattino Stella Small stava prelevando dei soldi. Non teneva mai i conti, si sarebbe spaventata a morte e privata di quei rari momenti di gioia. Aveva un'idea approssimativa di quanto denaro avesse in banca, ma di sicuro poteva permettersi un paio di calze, forse qualcosina di più. In mano aveva un volantino pubblicitario: saldi in un negozio di capi firmati. Mancava un'ora all'audizione e il posto era vicino.

Le cose sarebbero cambiate, presto.

In realtà i soldi le servivano per l'affitto, ma Stella decise che un vestito nuovo era indispensabile.

Corse fino alla fine dell'isolato e si mescolò alla folla fuori dal negozio, aspettando che aprisse. Stella era pronta per la battaglia. Le porte si aprirono e la caccia ebbe inizio. Oltrepassò donne anziane col bastone e scese rapidamente le scale puntando decisa i vestiti più interessanti. Se fosse piaciuta al regista, la sua vita sarebbe cambiata.

Il suo futuro era appeso a una gruccia.

Una donnona con degli orribili capelli tinti afferrò l'unico vestito azzurro taglia 44. Stella la osservò mentre tentava di chiudere la giacca, con l'unico risultato di far saltare il bottone. E aveva pure macchiato la manica con il rossetto.

La signora abbandonò l'idea di entrare nella giacca e se ne andò borbottando fra sé. Stella recuperò il bottone e il cartellino del prezzo. Controllò l'etichetta: uno stilista famoso scontato del cinquanta per cento: una specie di segno del destino.

Guardò l'orologio, era in ritardo per l'audizione, ma se si fosse sbrigata, non ci fosse stata coda alla cassa e la metropolitana fosse state puntuale, avrebbe potuto farcela. Il vestito era perfetto.

La macchia di rossetto era praticamente invisibile e c'era tutto il tempo per ricucire il bottone durante il tragitto in metrò. Da un anno portava nella borsa un piccolo set di cucito, in attesa di quel preciso momento in cui la sua vita sarebbe stata appesa a un filo.

Qualcuno la spinse contro lo specchio. Stella trattenne il fiato, e si aggrappò per non cadere. Alle sue spalle c'era un uomo. Nessun altro lo notò, erano tutte troppo prese ad armeggiare con i vestiti. L'uomo invece era perfettamente immobile, e aveva occhi solo per lei.

14

Stella sorrise. L'uomo che la fissava era sicuramente un telespettatore della soap opera del mattino.

Sì, sono io.

L'uomo non rispose al sorriso, la fissava come fosse un oggetto. Stella osservò il tizio e decise di imitarlo. Lo sguardo gelido, la piega sottile della bocca, la postura. Ma era in ritardo.

L'audizione!

Guardò l'orologio e quando rialzò lo sguardo, intravide il cappello da baseball dell'uomo sopra quel mare di teste femminili: stava indietreggiando, mescolandosi alla folla. Stella non si mosse finché l'uomo non si fu allontanato. Guardò di nuovo l'orologio, adesso era molto tardi. Alla cassa si stava formando una fila. Si affrettò per superare una signora anziana. Quando venne il suo turno, Stella imitò anche l'espressione della commessa, una cassiera diligente. «Ho una fretta terribile, il vestito lo tengo indosso.» Stella mise la vecchia gonna sul bancone. «Questa la metta in un sacchetto.»

Stella sollevò il braccio, mostrando il cartellino che pendeva dalla manica. «Faccia attenzione con quelle forbici.»

La voce della cassiera tradì un certo fastidio. «La merce non può essere cambiata.» Stella aspettava con il braccio sollevato a mezz'aria. Con tutta calma, la cassiera piegò la vecchia gonna stropicciata e la infilò in un sacchetto, quindi tagliò il cartellino. Fissò lo specchio dietro la fila di persone e disse: «Lo sa, vero, che questa giacca è macchiata?».

Già, la macchia di rossetto.

«Non c'è problema, la laverò.»

La cassiera osservò quella ragazza bionda che correva verso l'uscita con una grossa "X" nera disegnata sulla giacca nuova. Poi lanciò un'occhiata distratta alla cliente successiva, una donna anziana che arrancava verso il bancone. «Forza, signora, non ho tutto il giorno...»

Il tenente Coffey guardò l'ultima attrice che usciva scortata dagli agenti. Deluthe stava dirigendosi verso l'ufficio. Mentre Coffey controllava la lista delle bionde interrogate quel giorno, il genero del vice procuratore aspettò con discrezione di essere notato. Coffey apprezzava quell'atteggiamento, ma era convinto che Deluthe non avrebbe mai fatto carriera.

«Credevo che sorvegliassi Lars Geldorf.»

«Oggi sta a casa. Cerco il sergente Riker.»

«Sarà qui tra mezz'ora.» Coffey gli mostrò un giornale con il titolo: «Attrice accoltellata in pieno giorno». «Coraggio, ragazzo, renditi utile...» Indicò un biglietto scritto a mano con un numero di telefono. «Il distretto di Midtown non ci ha comunicato il nome della donna. Scopri chi è, poi controlla la lista. Se non ho ancora parlato con lei, trovala e falla venire qui.»

«Sissignore.» Deluthe prese il biglietto, si sedette alla prima scrivania libera e si attaccò al telefono.

Pochi minuti dopo bussò alla porta dell'ufficio del capo, che gli fece segno di entrare. «Adesso che c'è?»

«La ragazza si chiama Stella Small. L'ausiliaria con cui ho parlato dice che è una montatura pubblicitaria.»

Il tenente indicò il giornale che Deluthe teneva in mano. «Ma hai letto quell'articolo?»

«Nossignore, pensavo volesse...»

«Leggilo. Leggi bene il primo paragrafo. Una pozza di sangue nella hall di un hotel.» Si sporse in avanti e gli strappò di mano il giornale, poi indicò la fotografia della donna svenuta. Sbatté il giornale sulla scrivania, ma non alzò la voce. «Quante attrici conosci disposte a ferirsi per finire sui giornali?» Si interruppe, non era compito suo addestrare la recluta del tenente Loman. «Almeno sappiamo come si chiama, è già qualcosa.» Il nome di Stella Small era sulla lista. «La sua agente le aveva fissato un appuntamento, ma non si è presentata. Trovala.»

«L'ausiliaria Eve Forelli ha raccolto la sua dichiarazione» disse Deluthe. «La ragazza ha detto di essersi scontrata con un turista. L'uomo l'ha urtata con la macchina fotografica e hanno dovuto medicarla. La sua agente ha pensato di rendere la notizia più interessante per la stampa, così si è inventata la storia dell'accoltellamento.»

«Un'ausiliaria ha fatto l'interrogatorio? Una civile? Cristo santo, è fantastico...» Gettò il giornale verso la recluta. «Fatti dare una copia della dichiarazione e porta qui quell'attrice.»

«Ma sono soltanto...»

«Datti una mossa, ragazzo.» Si chiese per l'ennesima volta perché Deluthe si fosse tinto i capelli, e perché proprio giallo fosforescente.

Nello stanzone della Crimini Speciali il detective Janos si rivolgeva al resto degli uomini. «Abbiamo un comunicato di trenta secondi al telegiornale del mattino e uno di un minuto alla radio. Con un po' di fortuna qualcuno chiamerà con qualche dritta.» Sollevò il giornale con l'elenco delle audizioni della giornata. «Oggi ce ne sono due. Abbiamo venti minuti per andare sulla...»

«Un momento, ascoltate qui...» Il detective Desotho, incaricato di rispondere alle telefonate di segnalazione, gridò: «Una donna con una "X" sulla schiena ha appena superato l'angolo fra la Sessantesima e Lex. Il ragazzo chiama da una cabina. Dice che sta dirigendosi verso la metropolitana, è bionda e indossa un completo azzurro.»

«Un completo» disse Riker. «Scommetto che sta andando all'audizione in centro.»

«È nella West Side.» Janos sbraitava ordini. «Mandate una volante. Prenderà il treno che va da est a ovest all'altezza della Quarantaduesima Strada.»

«Forse no.» Arthur Wang prese la pistola dal cassetto. «Se si accorge di quella "X" sulla schiena, magari molla il colpo. Mia moglie farebbe...»

«La metropolitana!» urlò Janos.

Correvano tutti, tranne Deluthe. Il sergente Riker gli urlò: «Spicciati ragazzo!».

Deluthe dimenticò il lavoro affidatogli dal tenente Coffey e lo seguì.

Imboccarono la Houston con i lampeggianti accesi, diretti verso la West Side Highway.

Le macchine della polizia costringevano i taxi ad accostare, cinque sirene spiegate e clacson, *Toglietevi di mezzo! Muoversi! Muoversi!* I semafori erano dalla loro, tutti verdi.

Di fronte alla fermata della Quarantaduesima lasciarono le macchine e si precipitarono giù per le scale della metropolitana, volando nel tunnel; il cuoio delle scarpe rimbombava sul cemento della banchina.

Al binario dello Shuttle per la zona ovest della città si fermarono.

Qualcosa non va.

C'erano troppe persone in attesa per quell'ora del mattino. Tre detective salirono su una panchina e scrutarono la marea di teste, ma non videro nessuna ragazza bionda con una "X" sulla schiena. Altri sei uomini si diressero nella direzione opposta.

Niente. Lo Shuttle non si vedeva.

La folla aumentava, e così il brusio di proteste, più di un passeggero diede in escandescenze e si mise a gridare. Quel posto si sarebbe presto trasformato in un inferno. Una banda di musicisti stava accendendo gli amplificatori.

Janos chiuse il telefono. «Le uscite sono bloccate dagli agenti, la ragazza non si è vista.»

Il detective Desotho li raggiunse. «Ecco la buona notizia. Un suicidio. Qualcuno si è buttato sui binari, questa gente aspetta da un pezzo.»

«E la cattiva?» chiese Riker.

«Hanno appena ripristinato il traffico, lo Shuttle sta arrivando, tra cinque minuti tutti saliranno a bordo...»

Deluthe comprese che le cose si mettevano male. Nessuna delle persone sulla banchina avrebbe accettato di perdere il treno per parlare con un poliziotto. «Non possiamo fermare la metropolitana?»

Desotho lo guardò, *Ma da dove vieni?* «Forse ti è sfuggito, ma l'ultimo uomo che ha cercato di fermare la metropolitana è morto.»

«Abbiamo cinque minuti» disse Riker. «Deluthe, tu occupati dei passeggeri vicino al binario. Chiedi soltanto alle donne. Gli uomini non fanno caso alle schiene, di solito guardano qualcos'altro. Il resto di voi viene con me.»

I detective s'incamminarono verso il gruppo di musicisti, mentre Deluthe raccoglieva dichiarazioni del tipo «Non ho visto nessuno», e «Non so niente», Riker afferrò la chitarra di uno dei musicisti e cominciò a suonare.

Rock & roll.

I musicisti seguivano incantati i virtuosismi di Riker. Il batterista accelerò, battendo sui piatti e sui tamburi. Janos invitò una donna e cominciò a ballare, e gli altri detective lo imitarono.

La folla si raccolse a cerchio intorno a Riker, tutti battevano le mani e fischiavano.

Riker attaccò un altro pezzo, e la folla applaudì. Una pioggia di monetine andò a posarsi nella custodia e la band continuò a suonare ritmi forsennati, sempre più veloci. Quando arrivò il treno, le persone erano ancora ipnotizzate dalla musica. I detective interrogavano la folla incredula a ritmo di musica. Janos alzò le mani in segno di vittoria. Riker lanciò un'occhiata alla band e la musica si fermò di colpo. Il mondo intero si era fermato. Riker si asciugò il sudore dalla fronte e fece un inchino al pubblico che applaudiva. Si voltò verso Janos: «Cosa succede?».

«Una donna ha visto la "X". La bionda non era diretta alla West Side. Andava a sud, sul treno che corre sotto la Lexington. Stava piangendo.»

«Sta andando a casa!» urlò Desotho. «Proprio ieri un'altra donna ha visto una bionda con una "X" sulla camicia e qui viene il bello. Stava lottando contro una pioggia di mosche morte, è scesa alla fermata di Astor Place.» Deluthe cercò di farsi largo tra la folla di passeggeri, mentre la squadra di detective correva fuori. Quando Deluthe raggiunse la strada, i suoi colleghi stavano salendo in macchina. Partenza a sirene spiegate. Deluthe rimase solo sul marciapiede, senza fiato, come se anche lui avesse ballato al ritmo del sergente Riker.

15

La segreteria telefonica lampeggiava. Il cuore di Stella batteva forte. Poteva essere la polizia. Sicuramente volevano sapere perché fosse mancata all'appuntamento alla stazione di SoHo. Quel mattino aveva perso anche un'altra audizione. La sua agente le aveva dato un'ultima possibilità, un'audizione serale molto ristretta. Questa volta ci sarebbero state solo quattro concorrenti. E non aveva niente da mettersi.

Il contenuto degli armadi era sparpagliato dappertutto, inutilizzabile: quei vestiti non le rendevano giustizia. Avrebbe fallito di nuovo. Prima della fine della giornata si sarebbe trovata senza prospettive, senza un agente, senza uno scopo. Si sedette sul bordo del divano, fissando il soffitto.

La giacca nuova era lì, a suoi piedi. Aveva scoperto la "X" in metropolitana, quando si era tolta la giacca per cucire il bottone. Aveva pianto, gli occhi le bruciavano ancora. I soldi dell'affitto se n'erano andati, e non avrebbe potuto chiederne altri. Sua madre e la nonna non avrebbero mai capito l'importanza di un vestito azzurro chiaro.

Non poteva tornare a casa, ma ne sentiva la mancanza. L'indomani avrebbe spedito un'altra cartolina piena di bugie: *Il successo è a portata di mano*. Poi si sarebbe trovata un altro posto come cameriera.

Pensò all'uomo che la seguiva. Non poteva rivolgersi alla polizia, non dopo che aveva mentito soltanto per fare uscire il suo nome sui giornali. Quella donna, Eve Forelli, sicuramente li aveva già informati. Stella immaginò il dipartimento di polizia come una colonia di ragni telepatici, impegnati a tramare contro di lei. Non si era nemmeno presentata all'appuntamento a SoHo, dove venivano interrogate le bionde perseguitate. Anche se avesse mostrato loro la giacca marchiata, la sua posizione non sarebbe migliorata. I poliziotti non le avrebbero creduto, a causa della "X" che lei stessa aveva disegnato sulla camicetta.

Stella si alzò e si stirò. In fondo era un'attrice, li avrebbe convinti. Bastava soltanto azzeccare il personaggio giusto, ma quale era? Si guardò allo specchio e si chiese: «Chi sono io, oggi?».

Nessuno, disse lo specchio, *una ragazza dell'Ohio*.

Stella annuì, poi prese la giacca e sfiorò la "X". New York aveva il potere di sciupare tutte le cose belle...

Udì un rumore di passi nel corridoio. Si fermarono proprio davanti alla sua porta.

La polizia?

Trattenne il fiato e si immobilizzò, una busta bianca era scivolata sotto la porta. Forse un mandato di comparizione. Era davvero nei guai. Sentì i passi allontanarsi. Attese qualche minuto e aprì la busta.

Incredibile.

Era l'equivalente di un sacco di soldi, un buono acquisto per un negozio sulla Quinta Strada, dove non poteva permettersi neppure di respirare. Avrebbe potuto comprare un vestito nuovo, firmato, e anche un paio di scarpe.

La Quinta Strada la chiamava: *Vieni, Stella, ti sto aspettando...*

Uscì, domandandosi chi dovesse ringraziare per quel meraviglioso regalo. Escluse l'angelo custode di cui le avevano parlato a catechismo. Nemmeno Dio sarebbe sopravvissuto in quella città. Il suo salvatore era l'uomo che la pedinava, un suo ammiratore un po' disturbato che si era spinto troppo in là e adesso, pentito, cercava un modo per farsi perdonare.

Mentre scendeva le scale, si bloccò di colpo. Non c'era l'aria condizionata nei corridoi del condominio, eppure sentì un'ondata di gelo scenderle nello stomaco. Quell'uomo sapeva dove viveva.

Il sergente Bell sedeva dietro la scrivania, all'ingresso della stazione, aspettando che il tenente Coffey gli ordinasse di far entrate il sospetto. Nel frattempo, teneva sotto controllo il pompiere. Gary Zappata stava lavorandosi gli agenti, pacche sulle spalle e chiacchiere amichevoli, benché non avesse un solo amico in quel dipartimento.

I tre detective entrarono dalla porta principale. C'era anche Deluthe. Riker gli disse qualcosa e quello si precipitò al piano di sopra. Riker e Mallory attraversarono la stanza, ignorando gli sforzi del pompiere per attirare la loro attenzione.

Zappata gridò: «Sei uno stronzo, Riker, una spia del cazzo...».

Il sergente Bell pregò in silenzio: *Per favore Riker, non fare idiozie.* Se l'avesse colpito sarebbe finito sotto processo. E forse era proprio quello che Zappata voleva. Era stato licenziato anche dai pompieri e non poteva tornare in polizia.

L'ex pompiere Zappata si avvicinò ai due detective. «Hai fatto la spia.» Squadrò Riker, poi lo spintonò: «Alcolizzato del cazzo...». Poi si rivolse a Mallory: «E tu farai bene a starmi alla larga, puttana...». Guardò gli agenti in divisa come se aspettasse un applauso.

Mallory non batté ciglio, ma Riker strinse i pugni. Il sergente pensò che sarebbe stato meglio chiamare Coffey prima che... Poi alzò lo sguardo e lo vide in cima alle scale, con le mani in tasca. Si godeva lo spettacolo.

Zappata tentò di bloccare la strada a Riker.

Un altro errore.

«Non potevi affrontarmi da vero uomo» ringhiò Zappata. «Dovevi colpirmi alle spalle.» I detective si avvicinavano a lui. Poteva succedere in qualsiasi momento. L'unico rumore proveniva da un impiegato che batteva a macchina.

Tap, tap, tap, tap.

Zappata si era messo in posa davanti al pubblico di poliziotti. Non sospettava che di lì a poco Riker l'avrebbe messo al tappeto.

Zappata non vide partire il colpo. Il pugno di Mallory fu rapido, preciso. Il naso dell'ex pompiere sanguinava.

Mallory attendeva la reazione di Zappata, guardò Riker e gli intimò di non avvicinarsi. Il sergente sorrise, e tutti nella stanza approvarono. La figlia di Markowitz non aveva permesso che qualcun altro finisse Zappata. L'ex pompiere non aveva perso coscienza, ma non poteva o non voleva muoversi.

L'impiegato smise di battere a macchina. Gli agenti osservavano Mallory, una bomba umana al centro della stanza.

Squillò il telefono, le conversazioni ripresero, anche l'impiegato ricominciò a battere sui tasti. I poliziotti entravano e uscivano, qualcuno scavalcò il corpo di Zappata guadagnando la porta. La vita continuava.

Quando la porta si chiuse e Jack Coffey e Mallory si ritrovarono l'uno di fronte all'altra, lei non colse l'occasione per dirgli: "Te l'avevo detto". Semplicemente gli voltò le spalle e si diresse verso la sala operativa.

Il sergente Bell aprì la porta e chiese: «Tenente, vuole ancora interrogare Zappata?».

«No, sbattilo fuori.» Coffey confermò la tesi degli agenti: Zappata era *scivolato*.

Un muro di poliziotti si era stretto attorno a Mallory. Non che Coffey fosse preoccupato delle conseguenze, Zappata non avrebbe mai denunciato una *donna* per aggressione. Mallory l'avrebbe passata liscia. Il tenente la guardò sparire attraverso la porta in fondo al corridoio.

«Forse l'hai notato.» Riker si mise a sedere. «Il tuo sospetto numero uno ha la mandibola fragile.» Accese una sigaretta. «Sparrow era una ragazza alta, abituata alle risse, abile, perfino più di Mallory. Quell'idiota non sarebbe mai riuscito a metterla al tappeto.»

«Nemmeno con un rasoio in mano?»

«Credi che Zappata saprebbe cosa farsene? Il nostro uomo è molto più pericoloso di lui.»

Riker appese la fotografia di Natalie Homer accanto alla sagoma dello spaventapasseri.

Madre e figlio finalmente insieme.

Il detective Janos attaccò un biglietto vicino all'articolo che riferiva dell'attrice accoltellata. «Ho parlato con l'agente di Stella Small e con il dottore che le ha medicato la ferita. Entrambi hanno confermato che è successo in una strada piena di gente. Questo combacia con ciò che ci ha detto il tenente Loman. Le aggressioni avvengono sempre in luoghi affollati...»

«Questo non vale per Sparrow.» Riker staccò un rapporto dalla parete e lo allungò a Janos. «È la dichiarazione del regista dello spettacolo. Sparrow gli disse che era momentaneamente disoccupata e che aveva impiegato quattro giorni per imparare la parte. La sua serietà lo colpì, per questo le affidò quel ruolo. Non c'erano audizioni pubbliche la settimana prima che venisse aggredita, dunque Sparrow non prese la metropolitana nelle ore di punta.»

«D'accordo,» disse Janos «ma questa città è sempre affollata.»

Rimasto solo, Riker si voltò verso la parete e ricominciò a ordinare la documentazione di tutti i casi. Janos aveva ragione. New York City brulicava...

«Un gruppo di puttane» disse Mallory.

Riker sobbalzò. Mallory era in piedi di fronte a lui.

«Pensaci: se vedi una puttana, intorno ce ne sono sicuramente delle altre...»

Riker scosse il capo. «No, Daisy ha confermato che Sparrow aveva smesso con quella vita. Forse lo spaventapasseri l'ha vista mentre...»

«Sparrow si prostituiva ancora.»

«E come lo sai? Ti eri messa di nuovo a pedinarla?» Soltanto chi la conosceva bene quanto lui avrebbe potuto cogliere un segno di sofferenza sul volto di Mallory.

Una volta, Sparrow gli aveva raccontato che Mallory la spiava. L'ultima volta che Riker l'aveva incontrata, Sparrow gli aveva detto: «So perché Kathy mi segue. Crede che io stia per morire, e vuole vederlo con i suoi occhi». Erano passati due anni da allora, e di recente

Mallory non poteva averla pedinata. Altrimenti avrebbe subito riconosciuto il suo indirizzo e il volto alterato dall'intervento estetico.

Mallory disse: «Ho parlato con il chirurgo plastico. Fa un sacco di lavoretti alle donne maltrattate. Sparrow lo pagava a rate. I suoi soldi finivano tutti lì. Si prostituiva per pagarsi l'operazione. Daisy ti ha mentito, che sorpresa, vero?».

«Ma tu non puoi sapere...»

«Sì che lo so. Le rate erano alte, e Sparrow sapeva fare soltanto quel mestiere. Certo, recitava a tempo perso... In ogni caso, non ha mai avuto un protettore, quindi ha sempre lavorato con altre puttane. In tante ci si può difendere.»

«D'accordo» disse Riker. «Troverò le colleghe con cui lavorava. Rintraccerò Tall Sally e parlerò di nuovo con Daisy.» Se uno dei due gli avesse indicato il posto dove si prostituiva avrebbe fatto una retata. La maggior parte delle puttane erano tossiche e avrebbero venduto la madre pur di non passare diciotto ore in cella.

Deluthe stava fotocopiando gli ultimi rapporti per Charles Butler. Mallory lo ignorò finché non si trovò di fronte l'articolo di giornale con la storia dell'attrice ferita. Vi era allegato un biglietto scritto a mano con il nome della ragazza accoltellata, il suo indirizzo e le parole *montatura pubblicitaria*. La firma era di Deluthe. «Dov'è il resoconto dell'interrogatorio di Stella Small?» gli domandò Mallory.

Deluthe balbettò. «Non ho mai parlato con lei, ho lasciato un messaggio sulla sua segreteria telefonica.»

Mallory cercò altri documenti sulla parete. «Dov'è la dichiarazione del distretto di Midtown?»

«Un'ausiliaria avrebbe dovuto mandarmi un fax...»

«Nell'articolo si parla dell'ambulanza. Dov'è il rapporto del dottore che l'ha medicata?» Si voltò. Deluthe non sapeva cosa rispondere. Era convinto che Mallory lo avrebbe strangolato, ma si sbagliava. Mallory difficilmente perdeva il controllo. Non era arrabbiata quando aveva steso Zappata. Quel pugno era premeditato, era l'unico modo per evitare una sospensione a Riker. Fra i due detective, era lui ad avere un carattere irascibile.

Deluthe osservava la foto dell'attrice bionda, pensando a una scusa. «Stavo per richiamare quell'attrice, ma ho dovuto rimandare, il sergente Riker...»

«È stato un errore» disse Mallory. Poi aggiunse: «Non devi chiamarla, devi andare da lei. Fatti rilasciare una dichiarazione».

Non si era ancora mosso.

«Adesso Deluthe, prima che la ammazzino.»

Mallory telefonò alla stazione di polizia del quartiere dove l'attrice era stata aggredita.

Dopo dieci minuti riuscì a parlare con un sergente. «Mi dispiace, detective, ho trovato la dichiarazione, ma non dice granché. Quell'ausiliaria, Eve Forelli, è stata un po' troppo creativa...»

«Me la legga.»

«*Miss Barbie finisce contro macchina fotografica. Al diavolo le bionde.* Capisce qual è il problema?»

Il viso di Mallory era impassibile mentre si studiava la mano destra. Piegò le dita dalle unghie accuratamente laccate e all'improvviso batté il pugno sul tavolo. Poi, perché la lucidità durasse più a lungo, batté un'altra volta il pugno, un dolore lancinante.

16

Una ringhiera di ferro proteggeva il giardinetto del condominio dove abitava Stella Small. Mallory suonò il citofono. Non rispose nessuno, così frugò nella tasca dei jeans ed estrasse un sacchetto di velluto che conteneva un piccolo kit da scassinatore. L'aveva rubato molti anni prima al suo maestro, Tall Sally. L'aveva perso per qualche tempo, insieme al resto della sua fanciullezza, e poi ritrovato tra le cose di Louis Markowitz. Lou era un sentimentale, non era riuscito a buttar via i suoi giochi. In quel preciso momento, prima che potesse armeggiare con la serratura del cancello, Ronald Deluthe usciva dall'edificio. «Non c'è nessuno in casa. Ho lasciato il mio biglietto da visita sotto la porta.»

«Come sai che non c'è nessuno?»

«È così» rispose Deluthe. «Ho controllato.»

Mallory rimise in tasca il kit. «Come?»

«Ho bussato alla porta e nessuno ha risposto. Non ho sentito nessun rumore, non sembrava che...»

«Che rumore fa una donna impiccata, Deluthe?»

«Ricevuto.»

«Come hai avuto la chiave?»

«Dall'amministratore, in fondo alla strada.» Deluthe

tenne aperto il portone per far passare Mallory. «Per avere le chiavi dell'appartamento serve un mandato.» Salirono al secondo piano, e si fermarono davanti al 2B. «Ecco, detective... È sicura che entrare sia legale?»

«Sì, Deluthe, noi crediamo che quella donna sia in pericolo.» Mallory non intendeva ripetere una lezione che Deluthe avrebbe dovuto imparare all'accademia di polizia. Probabilmente non era stato un allievo modello. Fino a quel momento, il genero del vice procuratore si era dimostrato piuttosto mediocre.

«Me ne occupo io» disse Deluthe.

Mallory si fece da parte, con le braccia conserte.

Tirò un calcio alla porta ma senza successo. Neanche un'ammaccatura. Mallory aspettò che tentasse di nuovo di rompersi il piede, poi perse la pazienza. «Hai finito?»

Mallory sfoderò il suo kit e si avvicinò alla porta. Prima si occupò della serratura superiore, una di quelle ritenute "a prova di ladro". Deluthe voleva imparare. «E adesso cosa succede?»

«Succede che questa forcina ci farà entrare» disse Mallory. «Ne porto sempre una con me, per le emergenze.»

Come molti newyorkesi, Stella Small non si era preoccupata di chiudere entrambe le serrature, e Mallory impiegò pochi minuti per risolvere la questione. La porta si aprì su una stanza squallida, i vestiti sparpagliati, il letto sfatto, un lavandino pieno di piatti sporchi.

Sul pavimento, mezza coperta dal cuscino del divano c'era una copia di «Backstage».

«Sembra che siano passati i ladri» disse Deluthe.

Mallory scosse la testa. Quel posto assomigliava all'appartamento di Riker. Anche lui avrebbe frugato nell'armadio alla ricerca di un vestito non troppo macchiato. «Stella stava solo cercando qualcosa da mettersi.»

«Nessun cadavere appeso al soffitto.» Deluthe osservò il lampadario e sorrise. «Avevo ragione io, detective.» C'era un indumento azzurro abbandonato sul pavimento, ma Deluthe non ci fece caso.

«La donna che state cercando,» chiese Mallory «che cosa indossava?»

«Un completo azzurro chiaro» rispose Deluthe. Si era accorto della giacca. La raccolse e mostrò a Mallory la "X".

«Stella Small è la prossima vittima.» Mallory afferrò la giacca e sull'etichetta lesse il nome di un noto stilista. Il taglio era buono, come il tessuto. Camminò tra i vestiti abbandonati sul pavimento, qualità scadente, di seconda mano. Qualche pezzo isolato, però, rivelava buon gusto. La giacca sciupata era il pezzo migliore, decise Mallory, che aveva un debole per le giacche ben fatte. Poi trovò lo scontrino in una tasca ed ebbe la conferma: l'aveva acquistata in saldo.

Sul tavolo c'era un mucchio di buste ancora chiuse, tutte bollette non pagate. Mallory aprì il cassetto e cercò il libretto degli assegni. Quella ragazza non aveva un soldo, e probabilmente non era uscita per fare compere. Del resto, tutto costava troppo a New York. Probabilmente la ragazza sarebbe rientrata di lì a poco a mani vuote. «Deluthe, tu stai qui e aspetta. Non mi importa quanto dovrai restarci. Mi sono spiegata?»

Potendo scegliere dove interrogare i testimoni, Riker aveva scelto una cella, la stanza più piccola di tutta la Crimini Speciali. I muri erano sporchi: una patina marroncina prodotta da anni di fumo e di vomito. Metà della stanza era occupata da una branda. La porta era aperta, un invito e una minaccia per il transessuale più alto e platinato di tutta New York. Seduto sulla sedia di metallo, teneva le gambe accavallate sotto il tavolo. «Dove ti eri cacciato, detective? Ho un appuntamento, stasera...»

Riker chiuse la porta alle sue spalle, lentamente, poi guardò l'orologio. «Non ci vorrà molto, Sal. Ma se hai tanta fretta, possiamo vederci domani. Ti mando a prendere con la volante davanti al negozio. Magari all'ora di pranzo.»

«No, grazie.» Tall Sally fissava l'orologio al muro e armeggiava con il reggiseno. «Ho già parlato con l'altro poliziotto, la bionda con gli occhiali di Armani.»

Tall Sally, ex travestito, ex maschio, ex ladro, dimenticò il suo lato femminile. «*Armani*. Qualcosa mi dice che è corrotta.»

«So cos'hai raccontato alla mia collega.» Riker buttò una cartellina sul tavolo. «E so che hai mentito.» Si mise a sedere con i piedi sul tavolo, tanto per far capire che lui non aveva fretta. «Parliamo di Sparrow, oppure, se preferisci, dei vecchi tempi.» Riker girò la cartellina così che Sal potesse vedere il nome scritto a caratteri maiuscoli: FRANKIE DELIGHT. «È stato quindici anni fa, ma quell'omicidio è ancora un caso aperto, e io so che tu eri lì.»

Centro.

Sal indietreggiò trascinando la sedia sul pavimento. «Non c'entro niente con quella storia. Frankie era pazzo. Probabilmente c'erano almeno un centinaio di puttane che volevano morto quel bastardo.»

«Probabilmente ti stai chiedendo come so che eri con lui la notte in cui è morto.» Ora che Tall Sally non era più un maschio, ma una signora, Riker era l'unico uomo vivente a sapere che quel corpo carbonizzato era Frankie Delight. «Forse non lo sai, ma il reato di omicidio non cade in prescrizione.»

«Se Sparrow ti ha detto che l'ho accoltellato io, ha mentito.»

Secondo il patologo, John Doe *alias* Frankie Delight era stato ucciso con un coltello. Sal confermava la teoria secondo la quale i criminali sono davvero stupidi.

«C'è un altro problema» disse Riker. «Sparrow è stata accoltellata la stessa notte.» Aprì la cartellina e consultò i quattro moduli necessari a fare richiesta per un temperino elettrico. «Qui c'è la dichiarazione dell'autista dell'ambulanza. Stava recandosi sul posto quando ha visto una donna alta e bionda sbracciarsi in mezzo alla strada.» Era vero. Ma quindici anni prima Riker era stato l'unico ad ascoltare quella dichiarazione e si era ben guardato dal metterla nero su bianco. «Dunque Sal...»

«Se non fosse stato per me, quella puttana strafatta sarebbe morta dissanguata.» Sal gesticolava, un'ostentazione di femminilità. «Se la sarebbero mangiata i topi. Le ho salvato quella merdosa vita.» Quella versione non combaciava con quanto Riker sapeva sul conto del transessuale.

«So che ti sei servita di una bambina di dieci anni per rubare videoregistratori da un camion.» Aprì di nuovo la cartellina, e finse interesse per un altro foglio senza importanza. «Ho due poliziotti pronti a testimoniare che c'eri anche tu. Quando è spuntata la volante, hai mollato lì la bambina e te ne sei andata.»

«Cosa ti fa pensare che io...»

«Rispondi alle domande, Sal. È così che funziona.

Qui comando io. So che la bambina ha dato i videoregistratori a Sparrow, che li vendeva per pagarsi l'eroina. E tu l'hai beccata, l'hai accoltellata e hai ucciso lo spacciatore. C'è il movente, l'occasione... Ho tutto quello che mi serve per chiudere il caso.»

«Frankie era morto quando sono arrivata. Conosci i miei precedenti. Nessun coltello, niente armi!» Tall Sally era fuori di sé. «Frankie ha accoltellato Sparrow, e io ho portato quella puttana sanguinante sulle spalle per tre isolati.»

«Hai spostato il suo corpo dalla scena del delitto, così hai potuto tornare indietro e riprenderti la roba senza imbatterti in una decina di poliziotti...»

«No, è stata un'idea della bambina. Mi ha trascinato fino a un edificio vuoto su Avenue B. Era una crackhouse, prima che i poliziotti lo ripulissero. Ho trovato la puttana sdraiata sul marciapiede. Così me la sono caricata sulle spalle, mentre la bambina andava a cercare un telefono funzionante. Le ho dato io i soldi per chiamare l'ambulanza, poi ho lasciato Sparrow...»

«E sei tornata a riprenderti i videoregistratori. A quel punto hai visto il corpo di Frankie. È andata così, Sal?»

«Quella bambina non me l'aveva detto... Un morto vicino ai miei videoregistratori. C'era tanto sangue, giuro, Riker, tutto il sangue che aveva in corpo era colato sul pavimento. Aveva ancora il coltello piantato nella gamba.» Sal fece una smorfia di disgusto. «Era il coltello di Sparrow, c'era una grossa "S" sull'impugnatura.»

«Peccato che l'arma del delitto non sia mai saltata fuori.» Era una bugia, Riker stesso aveva fatto sparire quel coltello tanto tempo prima. «Magari la bambina confermerà la storia. Come si chiama?»

«Non lo so, per strada la chiamavano Pulce Volante.

Correva velocissima, ma adesso è morta, Sparrow ha detto che era andata arrosto in un incendio.»

Adesso Riker era sicuro che Tall Sally non avrebbe mai collegato la Pulce Volante a una poliziotta di nome Mallory. «Le prove sono contro di te, Sal. Puoi trovarti un avvocato, o possiamo dimenticare questa storia. Ti capita di vedere Sparrow ogni tanto, vero? Se menti, ti faccio revocare la libertà vigilata.»

Finalmente Tall Sally si sporse in avanti e disse: «L'altro poliziotto, la bionda, ha detto che Sparrow si è fatta rifare il naso. Se l'ho vista, è stato prima dell'intervento».

«Puoi fare di meglio Sal. Devo sapere cosa ha fatto Sparrow la settimana prima dell'aggressione.»

«Come faccio a dirti quello che non so? Io so solo che tre mesi fa ero bloccata nel traffico al Lincoln Tunnel, ed eccoti Sparrow, che si lavorava le auto dei pendolari con le altre puttane. La regina dei pompini.»

«Stai mentendo. Da quasi un anno non ci segnalano prostitute in quella zona.»

«Tu non guidi spesso, vero Riker?»

Perché Sal avrebbe dovuto raccontare una bugia così facile da smascherare? Il detective udì delle voci dall'altro lato della porta, una apparteneva a Ronald Deluthe.

«Va bene, puoi andare.» Riker percepì una brezza sottile quando Tall Sally abbandonò la stanza. Deluthe si scansò al passaggio di quella donna gigantesca. E il detective non poté fare a meno di notare che il colore dei capelli di Sal sembrava più naturale di quello di Deluthe.

«Allora, hai qualcosa per me?»

«Le fotocopie per Butler.» Deluthe mise un plico di fogli sul tavolo. Dava le spalle alla porta quando Mallory apparve sulla soglia.

Istintivamente Riker toccò il libro nella sua tasca. Voleva consegnarlo a Mallory in un momento tranquillo, ma avrebbe dovuto aspettare. Mallory indossava gli occhiali scuri, il suo modo di nascondersi. Tall Sally non sarebbe tornata, ma ci sarebbero stati altri interrogatori, altre prostitute avrebbero potuto riconoscere i suoi occhi. Gli occhi verdi di Kathy. Si sentiva in trappola? No, aveva altro per la testa. La sua attenzione era concentrata sulla giovane recluta. Senza il minimo rumore, entrò nella stanza e si fermò dietro di lui. «Ti avevo detto di rimanere nell'appartamento di Stella Small.»

Deluthe balbettò. «Ho lasciato un agente di guardia alla porta.»

Mallory si mise a sedere. «Tu non puoi dare ordini agli agenti, non ne hai l'autorità.»

«Vuoi fare incazzare i sergenti?» aggiunse Riker.

Mallory abbassò gli occhiali da sole perché Deluthe potesse vedere che mancava davvero poco perché esplodesse. «Quell'agente si è allontanato per intervenire in un battibecco tra marito e moglie scoppiato in un condominio vicino. Nessuno si è preoccupato di informarlo che attendere il rientro di Stella Small era una questione di vita o di morte.»

«Ci vado subito» disse Deluthe e si alzò.

«No» disse Mallory.

Deluthe rimase bloccato a mezz'aria, aspettando il permesso di farsela addosso.

Mallory non alzò la voce. «Ho sistemato io le cose con il sergente. Mi ha dato un agente da mettere di guardia alla porta e un altro per interrogare gli inquilini. Anche quello era compito tuo.»

«Non sapevo che...»

«Devo spiegarti tutto? Siediti.»

Deluthe si accasciò sulla sedia.

«Se ne occuperanno gli agenti, tu stanne fuori.»

Riker rimase in silenzio finché Mallory non lasciò la stanza, poi si dedicò a consolare Deluthe. «Da quanto tempo sei nella squadra di Loman? Quattro mesi?»

Deluthe annuì.

«Non ti hanno insegnato niente?»

«Sissignore» disse Deluthe, e non era affatto sarcastico quando aggiunse: «So chi vuole il caffè con il latte e lo zucchero, e chi invece lo prende amaro. So chi vuole la maionese nel panino e chi preferisce il burro. Io non sbaglio mai».

«Esatto» disse Janos. «Il tunnel pullula di puttane.»

Le puttane si erano riappropriate della zona, mentre il sindaco era tutto preso da un nuovo tipo di psicosi: aveva deciso di sterminare tutti gli insetti, potenziali diffusori del virus dell'East Village. Quell'estate, gli insetticidi avevano provocato la morte di due anziani che soffrivano di enfisema, mentre gli insetti, che non avevano ucciso nessuno, venivano sterminati senza pietà. Le prostitute, invece, erano scampate allo sterminio, almeno così sosteneva Janos.

Mentre camminava sul marciapiede accanto a Riker agitava le mani, quasi raccogliesse le parole in aria. «Devi vederlo con i tuoi occhi. Tutte quelle donne all'imbocco del tunnel, davvero uno spettacolo.»

Riker stava aspettando che Deluthe li raggiungesse. Poi disse: «Ragazzo, vuoi venire con me al Lincoln Tunnel per una bella retata di puttane?».

«Sissignore.»

«Non puoi metterti i guanti, le insospettirebbe. Quindi pensaci bene, figliolo. Stiamo parlando di pidocchi, piattole, herpes, AIDS, tutte le malattie del mondo.»

Janos sorrise. «La sala d'aspetto di Dio per le puttane moribonde.»

«Sarà divertente» disse Riker. «Sei sicuro di voler venire?»

«Sissignore.»

Il tenente Coffey guardava la televisione nella sala operativa. Trasmettevano un servizio di quindici minuti e l'argomento era Stella Small. «In *prime-time*, troppo bello per essere vero.»

«Erano entusiasti» disse il detective Wang. «Questo farà salire alle stelle il prezzo della pubblicità. Il serial killer che impicca le vittime ha un alto indice di gradimento.»

Il reporter sullo schermo intervistava un barista nel quartiere di Stella Small. I clienti del bar salutavano i telespettatori a casa. La telecamera inquadrò la vetrina, la porta e poi di nuovo la strada. Il giornalista chiedeva: «Dove è adesso Stella? L'ha vista di recente?». Sembrava il conduttore di quiz che invita il pubblico a giocare da casa.

In sovraimpressione comparve il numero della polizia, mentre in dissolvenza compariva un asilo, con tanti bambini in maschera. Coffey si chiese come l'emittente fosse riuscita a scovare il video di una recita scolastica dell'Ohio. Stella Small bambina camminava sul palco in bilico sui sandali dai tacchi altissimi. Cadde all'indietro, colpendo i cuori di due poliziotti della Omicidi e di otto milioni di newyorkesi. Piangeva e chiamava la mamma.

«Oh, no.» Coffey aveva capito da dove era sbucato quel video. «La sua agente ha parlato con i giornalisti.»

Ronald Deluthe parcheggiò la macchina a una certa distanza dal tunnel dove una schiera di donne puntava gli automobilisti bloccati nel traffico. Dondolando lentamente sui tacchi, le prostitute luccicavano di sudore. Le macchine facevano lo slalom fra quel supermercato di top attillati, bigiotteria e rossetti fiammeggianti. Alcune si tuffavano nelle macchine, sparivano dalla vista e riemergevano con il denaro.

«Le battone non sporgono mai denuncia» disse Riker. «E non identificano mai i sospetti. E sai perché, Deluthe? Quando i colpevoli escono in libertà vigilata, le pestano a sangue, oppure le ammazzano. Testimone morto, caso chiuso. La giustizia funziona così. Dobbiamo convincere queste signore che non andranno mai in tribunale. Quindi lascia fare a me, ragazzo. Ho più esperienza di te nel mentire alle donne.»

Allentò la cravatta e abbottonò la giacca per nascondere la pistola. «Dammi quindici minuti. Scoverò quelle più probabili. Poi ce ne porteremo via due o tre.»

Riker scese dall'auto e aprì il cofano della macchina, come se qualcosa non funzionasse. Poi raggiunse le prostitute, barcollando. Fingeva d'essere un innocuo ubriaco, niente che potesse mettere in allarme il radar di una puttana.

Venti minuti dopo, aveva inquadrato tre tossiche che avevano più o meno l'età di Sparrow. Un'ora in cella e si sarebbero arrampicate sui muri: una prostituta in crisi d'astinenza parla sempre più che volentieri. Una di loro aveva un'aria familiare, ma se anche l'aveva arrestata in passato non si sarebbe ricordata di lui. Non fece domande dirette, ma sospettava che conoscessero Sparrow.

Riker guardò l'orologio. Dov'era finito Deluthe? Era

già passato troppo tempo, e una delle prostitute su cui aveva messo gli occhi se n'era andata.

Una berlina rossa accostò e una donna con un paio di sandali s'infilò nel finestrino dicendo: «Salve, tesoro».

Riker si voltò e vide Deluthe scendere dalla macchina. Che cosa aveva in mano?

Riker strizzò gli occhi, poi frugò nella tasca della giacca. Vuota. Il libro doveva essergli caduto nella macchina.

Intanto, il giovane agente non riusciva a mascherare l'imbarazzo di fronte a tutta quella pelle nuda, e questo attirò subito l'attenzione delle prostitute. Adesso lo scrutavano con sospetto, pronte a scappare. Riker non era più così sicuro di riuscire a fermarne almeno una.

Poteva andare peggio di così? Certo.

In tutto il mese di agosto non c'era stato un alito di vento, a parte quella sera. La giacca di Deluthe si aprì. Tre prostitute videro la pistola nella fondina e scapparono.

Il supermercato era chiuso.

Tutte le brune andarono da una parte, tranne una bionda che invertì il senso di marcia e si buttò verso Deluthe.

Gradualmente, le prostitute dimenticarono la paura e circondarono Deluthe. Gli accarezzavano i capelli, il petto, le gambe. Sorridevano, mostrando alla recluta bocche rosse e denti d'oro scintillanti: «Dove scappi, bellezza?», «Vieni qui, tesoro».

Una prostituta indicò il libro che teneva in mano, dicendo: «Sai come va a finire la storia?».

Riker restò a bocca aperta vedendo Deluthe aprire il western e iniziare a leggere a voce alta. Il suo pubblico era mezzo nudo, è vero, ma molto attento.

17

Il tenente Coffey chiuse la porta dell'ufficio. Per quella telefonata in Ohio serviva un po' di tranquillità. Parlò con la nonna di Stella Small.

La madre non era in grado di parlare, ma la nonna rimase in linea finché i singhiozzi non resero la conversazione impossibile.

Coffey riagganciò il telefono e si voltò verso il televisore. La diretta dall'Ohio era ricominciata: le due donne sedevano in salotto con un reporter. All'esterno della loro roulotte il circo mediatico aveva piantato le tende. Il giornalista stava intervistandole a proposito del colloquio telefonico avuto con la Sezione Crimini Speciali di New York. «La polizia è convinta di poter rintracciare Stella prima che venga uccisa?»

Nessuna pietà.

Il tenente guardò dalla vetrata dell'ufficio e contò dieci prostitute al seguito di Ronald Deluthe. Riker chiudeva il corteo. Gli altri poliziotti presenti sorridevano. Coffey conosceva i loro pensieri. *Altre bionde, Dio è grande.*

Il tenente si affacciò sulla soglia e chiamò Riker: «Charles Butler è qui, dice che l'hai cercato».

Charles sedeva in una stanza stretta immersa nella penombra. Ricordava la platea di un piccolo teatro, con file di sedie allineate davanti a un vetro a specchio. Dietro lo specchio c'era il palcoscenico, dove Ronald Deluthe intratteneva un gruppo di bionde. Sedevano intorno a un tavolo. Charles le vedeva parlare ma non poteva sentire cosa si dicessero.

Riker raggiunse Charles e si buttò su una sedia, il viso stanco illuminato dalla luce proveniente dalla finestra.

«Giornata difficile?»

«Surreale. Ho accompagnato il ragazzino a recuperare un po' di prostitute e quelle pazze gli si sono buttate addosso. Penserai che sia stato per via del suo giovane corpo.»

«No» disse Charles. «Troppo facile.»

Riker sospirò. «Volevano discutere di letteratura con lui.» Afferrò il vecchio western. «Quello che vedi seduto lì è il Club delle Amiche del Libro di Kathy Mallory. Quelle donne conoscono tutti i libri della serie. Erano loro a leggerli a Kathy quand'era bambina, un'ora a testa. Qualcuna conosce l'inizio della storia, altre la fine.»

«Ma nessuna ha mai letto un libro per intero.»

«Giusto. Ecco cosa facevano quando non lavoravano. Al club si sono aggiunte altre prostitute grazie al passaparola. Stasera hanno visto Deluthe arrivare con il loro autore preferito sottobraccio, e per di più, con un libro che non avevano mai letto.»

«L'ultimo della serie» disse Charles. «E adesso vogliono sapere come va a finire.»

«Deluthe ha detto loro di averne lette solo poche pagine. Così ha aperto il libro e ha cominciato a leggere davanti a una folla di battone. Il traffico si è quasi bloccato, non si è mai vista una scena del genere a New York. Ha smesso di leggere e ha detto di conoscere qualcuno che sapeva tutta la storia. Le prostitute hanno pensato che fosse una grande idea venire in una stazione di polizia. Ma c'è di più: hanno invitato delle colleghe da altre zone. Ho dovuto mandare delle volanti a prenderle...»

«E io come posso aiutarti?»

«Ho letto più o meno la metà dei libri della serie, ma quindici anni fa. Tu sei l'unico che l'ha letta tutta. Scambieremo le storie con le informazioni che ci servono. Almeno la metà di queste donne conosceva Sparrow di vista, e io ho bisogno di capire cos'ha fatto la settimana prima di essere aggredita.»

«Speri che qualcuna di loro abbia visto lo spaventapasseri?» Charles si voltò verso la vetrata e osservò Deluthe che stava sistemando la stanza ricavandone due stanzini e l'illusione di un certo grado di privacy.

Charles si alzò. Riker gli mise una mano sul braccio e disse: «Ancora una cosa, Charles. Ascolta bene. Nessuna di queste donne conosce il nome di Mallory, solo Sparrow la chiamava Kathy. Ma sentirai parlare parecchio di una bambina bionda con gli occhi verdi. Quella bambina è ufficialmente morta. Se saltasse fuori che così non è, la bambina finirebbe in galera per omicidio e incendio doloso».

Charles Butler seguì Riker fuori dalla stanza. Riker chiuse la porta a chiave, poi, per maggiore sicurezza, inserì uno stuzzicadenti nella serratura e lo spezzò. «Non vogliamo ficcanaso, vero Charles?»

Il detective entrò nella stanza degli interrogatori dove le prostitute stavano aspettando e disse: «Signore, siete nel posto giusto». Batté una mano sulla spalla di

Charles: «Noi sappiamo come vanno a finire tutte le storie della serie».

Si guadagnarono un applauso.

Se Riker voleva proteggerla dal club delle amiche di Sparrow, avrebbe dovuto mettere una guardia alla porta. Le porte chiuse l'avevano sempre attirata, anche se questa non era granché come sfida. Mallory eliminò lo stuzzicadenti con l'unghia, entrò nella stanza e si tolse gli occhiali da sole. Si sedette di fronte alla vetrata, aspettando che oltre lo specchio cominciasse lo spettacolo.

Qualcosa non andava.

Mallory si avvicinò alla vetrata. Riconobbe parecchie prostitute insieme alle quali aveva trascorso molta parte della sua infanzia. Volti noti, rovinati dalle cicatrici e dai denti rotti. Sebbene si trattasse solo di una frazione del numero originale, si stupì di quante fossero sopravvissute. Il denominatore comune di tutte quelle donne, però, non era Sparrow. Era lei.

Qual era il gioco di Riker?

Deluthe sedeva a capotavola e scriveva a raffica sul taccuino: probabilmente stava raccogliendo le ordinazioni per i panini. Riker non lo voleva tra i piedi durante l'interrogatorio.

Mallory accese gli amplificatori. Sentire la voce di Charles Butler fu un altro shock. Si alzò in piedi e lei lo vide in fondo alla stanza. Riker gli stava presentando una puttana, Greta. Le mancava mezzo orecchio, perso tanto tempo prima.

Deluthe si allontanò per andare a comprare i panini, e l'interrogatorio cominciò. Mallory alzò il volume. Il sistema era concepito per ascoltare una conversazione per volta, non tutte insieme.

Chiuse gli occhi, cercando la voce di Charles

Come faceva a sapere la trama dei suoi western? Rimase in ascolto. Charles aveva appena raccontato a Greta la fine di *Binari lontani* e ora le stava facendo delle domande sui movimenti di Sparrow.

Mallory guardò Riker. Parlava con un'altra prostituta. Dopo pochi minuti di quel colloquio, Mallory capì che stava cercando di risolvere l'omicidio sbagliato.

«Markowitz non sapeva che Sparrow era legata alla bambina, voleva solo che gli riferisse i suoi movimenti» disse Belle. «Sai, tenerla d'occhio...»

«Una bambina bionda» disse Riker, cercando di tagliar corto poiché conosceva già quella parte della storia. Era stato lui ad avvicinare Sparrow per avere informazioni, e Lou Markowitz ci aveva messo i soldi.

«Quei poliziotti volevano trovarla a tutti i costi. Offrirono dei soldi a Sparrow, e mica pochi. Poi le diedero un buono per un'uscita di galera gratuita firmato da Markowitz in persona.»

Riker rinunciò all'idea di far fretta a quella donna: qualunque droga usasse, non era anfetamina.

«Dunque,» continuò Belle «Sparrow cominciava la giornata battendo i marciapiedi, nel pomeriggio era un'informatrice della polizia e di sera diventava la magazziniera della merce rubata dalla bambina. È evidente che la sua carriera non andava granché bene.»

«Magazziniera? Ma stiamo parlando di una ladruncola!» Riker si finse stupito, sperava che Belle alludesse all'episodio dei videoregistratori.

«Ehi, chi è che racconta la storia? Sta' a sentire, io stavo battendo con Sparrow. Lei aveva già deciso di fregare Markowitz, ma a un certo punto si presenta la

bambina con un carrello del supermercato pieno di videoregistratori. Nuovi di zecca, ancora imballati. Le
chiedo se vuole che le legga una storia, ma mi risponde
di no. Be', quella sì era una novità! Insomma, guarda
Sparrow e le dice che le serve un posto per nascondere
quella roba.»

Ancora la grande rapina al furgone: in questa versione Kathy era la protagonista assoluta.

«La bambina voleva vendere i videoregistratori. Tall
Sally era l'unico ricettatore che Sparrow conoscesse, ma
la piccola non voleva trattare con Sal. Non disse mai il
perché. Così trovarono un altro compratore.»

«Frankie Delight?»

Belle alzò le spalle. «E chi lo sa? Io no di certo.
Adesso mi dici come finisce *Terra di tenebre*?»

Riker conosceva benissimo la fine di quel libro. Era il
suo preferito, anche se la soluzione della sparatoria nella notte senza luna era piuttosto ridicola. «Finisce con
un'imboscata» disse Riker. «Quaranta fuorilegge appo-
stati sulle rocce, armati. Aspettano che lo sceriffo Peety
compaia nel canyon. Lui però ha un presentimento, come se sapesse che qualcosa sta per accadere, ma non ha
scelta. Deve seguire Wichita Kid.»

«Perché è il suo lavoro» disse Belle. «La legge è la
sua vita.»

«Esatto. Ha soltanto due pistole, e niente proiettili di
riserva. Non ci sono stelle, neanche una. È convinto che
non vedrà mai più la luce delle stelle. Si sente perso
senza di loro, il cielo non lo aiuterà a ritrovare la strada.
Quindi ferma il cavallo e riflette. Si chiede che senso
abbia la sua vita, ha perso la fede, non sa dove andare.
Non riesce nemmeno a distinguere il distintivo puntato
al petto: è talmente buio. Il libro finisce con lo sceriffo

che si lancia al galoppo nel canyon sapendo che è una trappola, sapendo che non può vincere. I banditi aprono il fuoco. Alza lo sguardo e vede i bagliori dei colpi, come stelle.»

«È bellissimo» disse Belle, alzandosi dalla sedia.

Riker indicò un'altra donna. «È il tuo turno.»

La seconda prostituta si chiamava Karina, e fece subito un paio di domande. «Ho sentito bene? Frankie Delight? Che fine ha fatto quel bastardo? Non che m'interessi saperlo, sono solo curiosa.»

«L'ultima volta che l'ho visto,» disse Riker «era morto arrostito sul tavolo dell'obitorio.»

Mallory spalancò gli occhi. Come faceva Riker a sapere dell'omicidio di Frankie Delight? Il corpo dello spacciatore era carbonizzato. Nessuno avrebbe potuto riconoscere il cadavere.

Frankie il pazzo.

Chiuse gli occhi e richiamò alla mente le immagini dello spacciatore in un edificio deserto su Avenue B, un ragazzo bianco, magro, con i jeans strappati e molte catene d'oro al collo. Forse Riker aveva identificato il cadavere in base a quelle catene?

Mallory rivide l'edificio fatiscente, i muri fetidi, i topi, una sola via d'uscita. Riuscì a inquadrare il momento in cui Sparrow capì che Frankie la voleva fregare, e prendersi i videoregistratori senza pagarli. Nessuno aveva estratto i coltelli, non ancora, ma la prostituta e lo spacciatore si stavano studiando.

Istintivamente, il detective Mallory puntò l'indice della mano e sollevò il cane di una pistola immaginaria. Allo stesso modo, la piccola Kathy aveva estratto la sua pistola di plastica e l'aveva puntata contro lo spacciatore. Frankie Delight era di fronte a lei, quando all'improvviso era caduto in ginocchio tenendosi lo stomaco, stava male dal ridere. Indicando la pistola aveva detto: «Mi farai un buco grosso così con quella». E poi rivolto a Sparrow: «Ehi puttana, la tua siringa fa dei buchi più grossi, vero?». Si era rialzato senza smettere di ridere. «Con quell'affare puoi fare davvero male a uno scarafaggio. Se gli spari nelle gambe, quello ha smesso di camminare.»

Anche Sparrow era scoppiata a ridere. Nello stesso istante Frankie le aveva infilato il coltello nel fianco e lo aveva rigirato nella ferita.

Lo sguardo stupito di Sparrow...

Frankie rideva, rideva mentre Sparrow si accasciava sul pavimento, macchiando il muro di sangue. Le risate coprivano le urla della bambina.

Riker accese la sigaretta di Karina. «Allora sei stata tu a organizzare l'incontro?»

«Sì, Sparrow voleva vendere dei videoregistratori, li aveva rubati una bambina. Una storia da non credere. Conoscevo quello spacciatore, l'unico che vendeva droga in cambio di merce. Tutti gli altri volevano soltanto i soldi.»

«Sparrow voleva scambiare i videoregistratori con la droga?»

«Sì, ma in realtà voleva il denaro. Doveva pagare l'affitto, quindi aveva pensato di scambiare i videoregistratori con la droga e poi rivenderla.» Karina soffiò una nuvola di fumo. Con l'autorità di un avvocato dichiarò: «Ricettazione di merce rubata».

Riker sorrise, un'operazione di riciclaggio di denaro sporco dalle modalità decisamente insolite.

May sorrise a Charles, mettendo in bella mostra due denti: uno rotto e l'altro d'oro. «Cos'è successo dopo l'imboscata in *Terra di tenebre*?»

«Ora te lo dico» sorrise Charles. «Il pistolero è già fuori dal canyon quando i banditi cominciano a sparare sull'uomo che lo inseguiva.»

«Lo sceriffo Peety.»

«Esatto. Sembra che sia finita per lo sceriffo, ma Wichita Kid gira il cavallo e torna indietro a salvarlo.»

«Sapevo che l'avrebbe fatto» disse May. «Ma c'erano quaranta banditi. Come ha fatto ad ammazzarli tutti?»

«Non li ha ammazzati, ha sparato allo sceriffo.»

May sgranò gli occhi, si sporse in avanti e strillò: «Wichita non avrebbe mai fatto una cosa del genere».

«Ti giuro che è andata così.» Charles era colpito da tanta ostilità. In fondo, era solo una storia. «Spara allo sceriffo, lo colpisce a una spalla. Basta per disarcionarlo. Una mossa astuta, i banditi credono che sia morto e smettono di spargli addosso. I banditi si complimentano con Wichita Kid per la sua mira: ha sparato da un cavallo al galoppo.»

«Adoro quel ragazzo» esultò la prostituta battendo le mani.

«Adesso tocca a me» disse Charles. «Quando è stata l'ultima volta che hai visto Sparrow?»

«Quattro mesi fa, forse di più.»

Charles guardò la donna che sedeva dietro May. «Signora, è il suo turno.»

Mallory non riusciva a concentrarsi sui dialoghi nell'altra stanza. Un flusso di ricordi si affacciava alla mente, inarrestabile come un fiume in piena. Con gli occhi di sé bambina, vedeva Sparrow contorcersi sul pavimento, perdere un fiume di sangue dalla ferita al fianco. «Gesù!» gridava, «Gesù!»

Anche Kathy conosceva Gesù, era il Re del Dolore, crocefisso con i chiodi e una corona di spine. Anche lei qualche volta lo aveva invocato, ma senza aspettarsi il suo aiuto. Era solo un altro rito, come le storie che Mallory si faceva leggere dalle prostitute.

Riker riconobbe la donna, non dalla faccia e nemmeno dal nome. La sciarpa cadde sul pavimento e rivelò una cicatrice familiare. L'omaggio di un uomo che, come pagamento dei suoi servizi, aveva cercato di tagliarle la gola. Doveva andarci cauto. Era la prostituta che aveva messo in relazione Sparrow con la bambina creduta morta nell'incendio, e tutto per tre secondi di notorietà in un servizio al telegiornale.

La donna non si ricordava di lui. Poliziotti e clienti dovevano sembrarle tutti uguali. Il rossetto di Marilyn era sbavato, in contrasto con la voce seducente.

«Certo che ricordo» disse Marilyn. «Sarà stato quattordici o quindici anni fa. Le ho portato la roba in ospedale, il giorno dopo che fu accoltellata.»

«La roba? Eroina?»

«Solo un po', giusto un tiro. Non abbastanza per farla partire. Ci tenevo alla sua salute, mi doveva dei soldi. Dio, era messa proprio male e quello che le ho dato non l'aiutò molto.»

Riker si avvicinò per accenderle la sigaretta. «La bambina andava a trovarla in ospedale?»

«Sì. Quando entrai era seduta sul letto. Sparrow le dava da mangiare dal vassoio dell'ospedale. Stava addentando la mela, e un attimo dopo dormiva come un sasso. Chiuse gli occhi e la mela le rotolò via dalle mani. Non è strano, le cose che ti rimangono in testa a distanza di tanto tempo?»

«Cos'altro successe quel giorno?»

«Sparrow la svegliò e le ricordò che aveva qualcosa da fare, subito. Non ho mai scoperto cosa. La bambina scese dal letto, era così stanca, poverina. La salutò e si diresse verso la porta. Fu l'ultima volta che la vidi viva.»

Mallory ascoltava i dettagli della sua visita all'ospedale. Quel giorno Sparrow l'aveva rispedita nell'edificio deserto... Il giorno dell'incendio. Non voleva ricordare quei momenti, ma le immagini si formavano nella sua testa contro la sua volontà... I topi che rosicchiavano il cadavere dell'uomo. Il rumore del coltello di Sparrow quando lo aveva estratto dal cadavere.

«No, tesoro» disse Crystal. «Era da un po' che Sparrow non lavorava al tunnel. L'ultima volta che l'ho vista, stava pensando di rifarsi il naso. Dopo ho sentito che lavorava negli hotel, quindi quel naso doveva essere davvero ben fatto. Io non sarei durata cinque secondi in uno di quegli alberghi, mi avrebbero sbattuta fuori a calci. Allora, raccontami il resto della storia.»

«Prima dimmi una cosa» disse Charles. «Perché t'interessano questi libri?»

Crystal ci pensò un attimo, poi sorrise. «Ho aspettato quindici anni, voglio sapere come va a finire.»

«Ti ricordi il primo cowboy ammazzato da Wichita?»

«Certo che me lo ricordo, tutte conosciamo quella parte, l'unica per cui siamo state pagate.»

«Cioè?»

«La bambina ci pagava per la prima ora. Ci dava qualcosa che aveva rubato, qualcosa di bello. Devo ammetterlo, aveva buon gusto. Poi, dopo la prima volta, le storie erano gratis. Tutto quello che doveva fare era dire, "Leggimi una storia", e qualcuno la riaccompagnava a casa.»

«E leggevate per lei... perché volevate sapere come andava a finire?»

«Proprio così, ma non era mai lo stesso libro. Per un'ora t'immergevi in una storia, ma non sapevi come andava a finire. O magari ti beccavi la fine, ma non conoscevi l'inizio.»

«In *Ritorno a casa* si scopre che il primo cowboy morto era un assassino. Faceva parte di una banda che aveva ucciso il padre di Wichita e rubato il suo bestiame.»

«Per questo la madre era finita a fare la ballerina in un saloon. Era una donna tutta casa e chiesa.»

«In effetti» disse Charles. «Fu costretta a scegliere: accettare il lavoro al saloon o morire di fame, e lei aveva un figlio a carico. Bene, in questo libro Wichita ha quasi concluso la sua missione. È riuscito a scovare l'ultimo membro della banda degli assassini del padre, un uomo che si nascondeva a Franktown, e lo uccide.»

«Lo sceriffo arresta Wichita Kid?»

«No.»

«Wichita lascia la città, giusto? Scappa di nuovo?»

«No, non in questo libro.» A quel punto Charles si rese conto che la donna non sapeva che quello era l'ultimo libro della collana.

«Non dirmi che Wichita si costituisce?» Lesse nel volto di Charles un destino ben peggiore per Wichita Kid. «No» disse. «Non dirmi che muore, non osare dirmi una cosa del genere!» Urlò: «Come è possibile che Wichita muoia?».

La conversazione si interruppe bruscamente. Dieci prostitute entrarono, in lutto per la morte di Wichita Kid.

Mallory sedeva al buio, gli occhi chiusi, la testa che dondolava lentamente. Non ricordava il libro intitolato *Ritorno a casa*.

C'era un'altra questione irrisolta.

«Raccontami cosa succede al cavallo» disse Minnie. «Il vecchio Blaze rotola da un dirupo alla fine di un libro. Dimmi che almeno il cavallo non è morto.»

«Dunque,» disse Riker «sembra che il cavallo non possa salvarsi, ma poi ricompare nel libro successivo. La ragazza indiana...»

«Uccello Grigio? Quella che amava Wichita Kid? Ne parla in quasi tutti i libri.»

«Sì, proprio lei. Cura il cavallo con la magia e delle erbe. La ragazza muore, ma il cavallo è sano come un pesce.»

«Non è romantico?»

«Già.»

Mallory era diretta all'ufficio della Butler & Company. Quella sera ritiravano l'immondizia e la strada era piena di sacchi maleodoranti. Qualcosa sgusciò nell'oscurità, vicino ai bidoni. Mallory chiuse gli occhi e premendosi le mani sulle orecchie cercò di scacciare il rumore dei topi sul legno marcio, mille zampe che correvano intorno al corpo sanguinante. Non riusciva a dimenticare l'odore di cherosene, fumo e carne bruciata.

Si fermò a un telefono pubblico, compose tre numeri

a caso, poi i quattro che conosceva a memoria. Da quando era bambina non aveva più usato quel rito. Il telefono squillava, e Mallory era eccitata esattamente come allora. Ma perché? Si aspettava si trovare conforto dall'altra parte del filo?

Una donna rispose: «Pronto?».

Mallory non aveva dimenticato la formula: *"Sono Kathy, mi sono persa"*, ma non riuscì a pronunciarla.

«Pronto?» La voce della sconosciuta si fece allarmata.

Signora, non sente il rumore dei topi?

Charles abbandonò la sua teoria. La bambina non aveva mai creduto agli eroi, né credeva che i personaggi del libro fossero reali. Era riuscita a legare un gruppo di prostitute a una storia. Una tecnica antica. Aveva puntato sul bisogno delle persone di sapere come andrà a finire. La bambina era intelligente.

Era la volta di Gloria e Maxine. Non erano sorelle, ma si assomigliavano e si vestivano allo stesso modo, pantaloncini e top rosso. Erano più giovani delle altre. Il trucco era più sobrio e il tempo non era stato crudele con loro. Avevano insistito per essere interrogate insieme.

«Facciamo tutto insieme» aveva detto Gloria. «Proprio tutto, tesoro.»

Charles si accinse a raccontare la fine di un altro libro, *Una capanna ai confini del mondo*.

«E non venirci a raccontare che il predicatore ha fatto piovere» disse Gloria.

«No, niente di simile. Quando a Wichita passa la febbre, la capanna è ancora in fiamme. Se vi ricordate quello che succede nel libro precedente...»

«Certo» disse Gloria. «I contadini credevano che la donna fosse una strega e che avesse provocato la siccità. Avanzavano con le fiaccole accese verso la casa. Tutto bruciava e Wichita stava morendo. Almeno è quello che pensò la donna. Allora si inginocchiò e chiese pietà a Dio.»

«Giusto» disse Charles, ripetendo la frase finale: «"Un urlo che straziò le stelle nel cielo". Nel libro dopo, Wichita si sveglia e bagna la donna con un secchio d'acqua. Se la carica sulle spalle ed esce dalla porta principale, camminando tra le fiamme». Poi stupì le prostitute con un'altra citazione: «"A torso nudo, i lunghi capelli biondi che volavano nel vento tra le scintille, la pelle bollente per il fuoco e per la febbre." A quella vista, il finto predicatore si pente e si converte: cade in ginocchio dichiarando che Wichita è un angelo. I contadini rimangono interdetti. Poi Wichita estrae la pistola e loro si ricredono, non vogliono più bruciare la strega».

Le prostitute erano attente: «Wichita cammina attraverso le fiamme».

«Sì,» disse Charles «ma poi, verso la fine del libro, spara a un uomo.»

«Oh, fa sempre così» disse Gloria. Il fatto che fosse una specie di serial killer non le disturbava affatto. «Dunque cammina attraverso le fiamme.»

«Veniamo a noi» disse Charles. «Avete detto di aver incontrato Sparrow di recente.»

«La settimana scorsa» disse Gloria. «Io e Maxine eravamo a caccia di clienti a Columbus Circle, c'era un congresso. C'era anche Sparrow, vero Maxine?»

«Sì.» Maxine continuò a masticare il suo chewing gum.

«Stava lavorando, esattamente come noi» disse

Gloria. «Ma non sembrava una puttana. Era davvero in forma, vero Maxine?»

«Sì, davvero.»

«Scusatemi» disse Charles. «Avete notato niente di strano quel giorno? Qualcosa di diverso...»

«Ti riferisci al naso rifatto? O al tipo che le ha ferito il braccio col rasoio?»

Deluthe sedeva accanto a Maxine concentrata sul monitor del computer. Stavano creando il loro mostro assemblando nasi, occhi, orecchie con un programma fotografico dell'FBI. Poche scrivanie più in là, un disegnatore lavorava con Gloria: «Potrebbe descriverlo meglio?».

«Un tipo freddo» rispose Gloria.

«Ma cosa....» L'esasperato disegnatore d'identikit colse il segnale di Riker – *Chiudi la bocca* – e lasciò la protesta a metà. «Il colore dei capelli» intervenne Riker. «Chiari o scuri?»

«Biondi» disse Gloria, alzando la voce perché tutti la sentissero. «Aveva i capelli biondi, vero Maxine?»

«No» rispose l'amica. «Erano scuri, castano scuro.»

«Maxine, sei scema. Era biondo, te lo dico io. Biondo naturale.» La prostituta guardò la testa di Ronald Deluthe: «Non erano decolorati».

Sperando di arrivare a un compromesso, Riker disse: «Forse era quel biondo che si scurisce quando si diventa adulti».

«Sì, giusto» approvò Maxine osservando le radici dei capelli di Gloria. Si voltò verso Deluthe: «Facciamoli castani».

«No, non va» sentenziò Gloria osservando il disegno. «Ricominciamo, disegnalo di profilo... come le foto segnaletiche, l'ho visto solo così. Maxine l'ha guardato in faccia.» Consultò l'amica: «Vero, Maxine?».

«Sì» confermò l'altra.

Gloria continuò a raccontare. «Stavo salutandola quando si è avvicinato uno strano tipo. Era rigido, camminava come un robot. Sono rimasta dov'ero, zitta. Sparrow non l'aveva notato. Poi quel tipo ha tirato fuori un taglierino dalla borsa da ginnastica.»

Gloria studiò Charles e pensò che quell'uomo elegante non s'intendeva di taglierini. «Un affare di metallo con una lama.» Si rivolse di nuovo a Riker. «Le ha sfregiato il braccio. Non potevo crederci, con tutta quella gente intorno. Freddo come il ghiaccio. Poi si è allontanato, tranquillo, come se lo facesse tutti i giorni. Ha rimesso il taglierino nella borsa. A quel punto ho fatto notare a Sparrow che sanguinava, non se n'era neanche accorta... Non è vero Maxine?»

«Più o meno.» Maxine non ascoltava più l'amica, fissava il monitor di Deluthe. Deluthe armeggiò col computer e aggiunse al ritratto due occhi gelidi, privi di espressione.

«Meglio» disse Maxine. «Ma bisogna ancora lavorarci...»

Charles attraversò la stanza. Diede a Maxine una fotografia di Erik Homer, il padre dello spaventapasseri.

«Gli occhi non sono uguali.» Si voltò verso Deluthe. «La bocca invece sì, ma il nostro tizio non sorrideva.»

Riker diede a Gloria il suo panino. «Ti ricordi qualche particolare della borsa?»

«Niente di speciale, vero Maxine? Una borsa normalissima.»

Maxine scosse la testa. «Sembrava la mia borsa della palestra. L'ho comprata in saldo al supermercato.»

Riker si avvicinò alla sedia di Maxine. «Com'era fatta?»

«Grigia con una striscia.»

Deluthe smise di lavorare: «Una striscia rossa?»

«Sì, come la mia.»

Deluthe fissò l'immagine sullo schermo, poi attraversò la stanza per osservare il ritratto fatto dal disegnatore. «Ho visto questo tipo, era tra la folla sulla scena dell'ultimo delitto. Ricordo la borsa. Ne ho una uguale, tranne per il fatto che la sua ha la striscia rossa.»

«Comprata da Kmart?» chiese Maxine. «È di nylon, giusto?»

Deluthe si voltò verso Riker. «No, da L.L. Bean, è di tela.»

Riker si girò verso Charles. «Fai compagnia alle signore.» Prese Deluthe per un braccio e lo trascinò nella sala operativa dove stavano appese le foto della scena del delitto, accanto a quelle dell'autopsia di Kennedy Harper.

«Fammelo vedere» Riker puntò il dito sulla folla radunata fuori dalla casa di Kennedy Harper. «Qual è?»

Deluthe indicò la foto di un uomo voltato di spalle. «È lui... Mi dispiace.»

Nelle prime ore del mattino, la brezza sollevava cartacce e pacchetti di sigarette in un vicolo di SoHo. L'allarme di un'automobile scattò con un suono acuto e fastidioso. Un inquilino aprì la finestra e le lanciò contro un missile scuro. La scarpa sfiorò la macchina e mancò di poco i due uomini che camminavano.

Riker alzò lo sguardo: «Pessima mira» gridò. Poi disse a Butler: «Poteva andare peggio. Non hai idea di quanti pazzi abbiano una pistola».

Un altro uomo sbucò dal condominio. Impugnava una mazza da baseball. Vide avvicinarsi Riker e Charles, e la mazza sparì dietro la schiena.

«Questo qui fa sul serio» disse Riker.

Svoltarono l'angolo accompagnati da un rumore di vetri infranti. L'allarme cessò.

Erano diretti verso la Butler & Company. Mallory di sicuro era già al lavoro. Charles doveva parlarne subito a Riker, finché erano soli. «Quando hai detto che la bambina era morta... Non intendevi letteralmente, quindi...»

«Ho visto il certificato di morte. Due pompieri lo hanno confermato sotto giuramento, e nessuno dei due doveva un favore a me o a Lou.»

«Non vuoi dirmi cosa è successo, vero? Non mi darai neanche un indizio?»

«No.»

«E sulla storia dell'omicidio e dell'incendio...»

«Neanche.»

18

Mallory, nella cucina dell'ufficio, si versava un'altra tazza di caffè. Le si chiudevano gli occhi. Da quanto tempo non dormiva?

Vecchie immagini irrompevano nei suoi pensieri, non riusciva a concentrarsi. I topi si avvicinavano al corpo di Sparrow. Il sangue e la carne di Frankie Delight non li avevano saziati. Volevano anche lei.

Si lavò la faccia con l'acqua fredda e tornò al tavolo. Il caffè era freddo. Chiuse gli occhi, e nel dormiveglia aveva di nuovo dieci anni. Sparrow sanguinava e diceva: «Non piangere, piccola».

Ma Kathy non riusciva a smettere. Disperata, scuoteva Sparrow perché non morisse: «Ci serve aiuto!» gridava.

«Non lasciarmi» disse Sparrow, indicando un angolo buio dove i topi si contendevano il cadavere di Frankie Delight. «Tienili lontani, ti prego, finché non me ne sarò andata...»

«Non *puoi* morire.»

Sparrow sfiorò il viso di Kathy. «Piccola, ti avrò letto un milione di storie. Adesso raccontami tu qualcosa, ma non una storia lunga, non c'è molto tempo...» Socchiuse gli occhi, per sorridere alla propria battuta.

«Hai bisogno di un dottore.» Kathy scrollò Sparrow finché gli occhi si riaprirono. Teneva le mani premute sulla ferita, per cercare di fermare il sangue.

«Non lasciarmi in pasto ai topi» disse Sparrow. «Dimmi, come finisce quel libro? Raccontami *La strada infinita*. Wichita Kid decide di tornare a casa. Perché?»

Kathy svuotò la borsa di Sparrow sul pavimento. «Wichita ferma il cavallo di fronte al cartello di Franktown.» La stanza si faceva sempre più buia, il sole tramontava e Sparrow stava morendo. Kathy trovò un fazzoletto. Bastò avvicinarlo alla ferita, perché subito si inzuppasse di sangue. «Alla fine Wichita dice...» Anche se la bimba sapeva il libro a memoria, il panico aveva preso il sopravvento. Sparrow non poteva morire.

«Cosa dice, piccola?»

Kathy si morsicò le labbra fino a farle sanguinare. Aveva bisogno di quel dolore per concentrarsi: «Era più di un ritorno a casa, cavalcava verso la sua redenzione».

«Sai cosa significa?»

«No.» Ma non importava. Kathy premette il fazzoletto contro la ferita. «Vado a cercare aiuto, torno subito.»

«No, piccola, rimani con me» era poco più che un sussurro: «Redenzione». Poi disse: «Come faccio a spiegartelo?».

I topi stavano arrivando. Kathy batté i piedi e urlò: «State lontani, non è ancora morta...».

«Giusto, piccola, fatti valere, diglielo.» La voce di Sparrow stava svanendo. «Redenzione... è quando saldi il conto del tuo *karma* negativo e vai in paradiso.»

Che cos'è il karma?

Sparrow chiuse di nuovo gli occhi, ma questa volta

Kathy non riuscì più a svegliarla. La bambina si voltò a guardare la zona buia da dove proveniva lo zampettare dei topi. Gridò, ma non avevano paura di lei. Erano attirati dal sangue. Ne vide uno sulla porta, gli urlò di andarsene. Sparò al topo con la pistola giocattolo, mancando il bersaglio. Piangeva. «Non è morta, non ancora!»

Frugò tra il contenuto della borsa, alla ricerca di qualcosa da lanciare addosso ai topi. Trovò un accendino d'argento che aveva rubato per Sparrow. Lo tenne stretto, poi afferrò una sigaretta rotolata sul pavimento, vicino a una confezione di lacca per capelli. Una volta Sparrow si era quasi incendiata i capelli: fumava spruzzandosi di lacca.

Kathy accese la sigaretta. Rimase a fissare la brace, inghiottendo la paura, finché il topo si avvicinò ai suoi piedi. Kathy gli puntò contro la bomboletta, spruzzò la lacca e lo beccò in pieno. Poi gli lanciò addosso la sigaretta e indietreggiò, mentre il topo, con la pelliccia in fiamme squittiva per il dolore. Un altro sbucò dal buio, attratto dall'odore di carne bruciata. Kathy strisciò verso il topo. Teneva l'accendino acceso a pochi centimetri dal pavimento. Spruzzò la lacca contro il ratto. Quando lo spray raggiunse l'accendino si trasformò in un lanciafiamme. Il ratto bruciava, squittendo e girando su se stesso. Ratti cannibali lasciarono il cadavere di Frankie Delight.

Lentamente, con fatica Kathy trascinò il corpo di Sparrow fuori dall'edificio, verso la luce...

Nella cucina della Butler & Company, Mallory si sentì mancare. Quando rinvenne, era distesa sul pavimento. Provò a rialzarsi, aggrappandosi alle gambe del tavolo. Raggiunse il lavandino e si sciacquò il viso. Doveva restare sveglia, o Stella Small sarebbe morta.

«Non funzionerà mai.» Riker si voltò. «Ci saranno dieci milioni di persone nel Wisconsin.»

«Facciamo quattro e mezzo» lo corresse Charles. «E poi stiamo controllando solo la piccola contea dove il bambino fu dato in affidamento.»

Riker scosse la testa. «Non abbiamo tempo. In questo momento, Stella Small potrebbe essere già appesa al soffitto, ancora viva.»

Mallory sollevò gli occhi dal monitor. «Cosa vuoi che faccia, Riker? Che vada di casa in casa con questa roba?» Indicò i ritratti ottenuti grazie alle indicazioni delle prostitute.

Anche Charles pensava che quei disegni valessero poco. Servivano più che altro a capire come *non* era fatto quell'uomo. Né magro né grasso, né africano né asiatico, i suoi capelli non erano né lunghi né corti.

Mallory tornò al computer. «Sto controllando gli archivi dei giornali. Se salta fuori qualcosa...»

«Ci vorrà un'eternità» disse Riker.

«Sì» rispose Mallory. «Grazie per il sostegno.»

Anche Charles adesso fissava lo schermo. «Esistono due possibilità: un fatto recente ha provocato le impiccagioni, oppure lo spaventapasseri ha manifestato inclinazioni criminali fin da ragazzo.»

«Gli archivi del tribunale dei minori non sono consultabili» disse Riker.

«Ma quelli dei giornali sì. La contea è composta in gran parte da piccole cittadine. Lì tutto quello che succede, qualsiasi episodio fuori dall'ordinario, finisce sui giornali.»

Riker non era convinto. Guardò l'orologio, un modo per dire che a Stella Small non rimaneva molto tempo, poi uscì facendo sbattere la porta. Mallory passò il cellulare a Charles. «C'è una detective del Wisconsin in linea. Lavora alla sezione minorile, puoi darle il profilo dello spaventapasseri?»

Il telefono sparì nelle enormi mani di Charles. Non si perse in giri di parole. Descrisse un bambino torturato, che aveva perso tutto, i genitori, la casa. Era stato mandato a vivere con degli estranei, ma aveva perso anche quelli. La custodia della polizia, l'affidamento, tanti cambiamenti e tanti sconosciuti. «Troppi traumi, uno in fila all'altro. Sto cercando qualcuno che abbia alle spalle piccoli reati e qualche episodio di violenza. Il comportamento sociopatico potrebbe essersi manifestato già intorno ai nove o dieci anni. O forse...» Charles vide Mallory che chiudeva gli occhi. Aveva allontanato le mani dal computer, lasciandole sospese a mezz'aria. Charles desiderò di essere morto. Non aveva descritto solo l'assassino, quello era anche il ritratto di Mallory. Rapidamente aggiunse un particolare, mai menzionato nei racconti dell'infanzia di Mallory. «Potreste trovare dei riferimenti alla tortura o all'uccisione di piccoli animali.»

Stella Small ascoltò il messaggio trasmesso dagli altoparlanti. Era scoppiato un piccolo incendio ai piani superiori e i clienti erano invitati a evacuare l'edificio con ordine. Indossava il vestito nuovo e l'aveva pagato, ma non era riuscita a cambiarsi le calze e una commessa le sbarrava la strada verso i camerini. Stella scrollò le spalle: aveva tempo di tornare a casa prima dell'audizione serale a Tribeca. Si unì al flusso di clienti diretti verso le scale mobili, ignorando le proteste dei commessi che cercavano invano di indirizzarli verso le uscite di sicurezza e le scale antincendio.

Solo una persona era immobile in mezzo alla folla, un uomo in attesa. Nonostante portasse gli occhiali da sole, Stella lo riconobbe subito. Era il suo ammiratore, quello che non si perdeva una puntata della sua soap opera. Portava lo stesso cappello da baseball e stava in piedi rigido come quella volta al negozio di vestiti firmati. Era lui che la seguiva, che le aveva regalato il buono acquisto. Anche il borsone da ginnastica le ricordava qualcosa, dove aveva già vista quella borsa grigia?

L'uomo non sembrava curarsi di nessuno, si fece strada con decisione in mezzo alla calca, finché fu di fronte a Stella. Senza mai guardarla negli occhi, le attaccò un biglietto al risvolto della giacca. Stella lesse il biglietto: «*Posso toccarti quando voglio*».

Charles sprofondò nel divano di pelle, l'unico oggetto d'arredamento in grado di accogliere le sue gambe fuori misura. Aveva quasi finito di leggere tutti i documenti trasmessi via fax. Di tanto in tanto s'interrompeva per guardare il televisore. Mallory voleva che guardasse tutte le edizioni del telegiornale. Improvvisamente, un volto familiare comparve sullo schermo. «Mallory» gridò. «C'è Riker in televisione.»

Nessuna risposta. Probabilmente era troppo impegnata con i suoi computer nell'ufficio dall'altra parte del corridoio.

Povero Riker. Sembrava così pallido accanto alla faccia coperta di fondotinta del giornalista. Mostrò la foto di un testimone in fuga, la sorella di Natalie Homer.

Stella lottò con la marea di persone che scendeva dalle scale mobili. Vide un'uscita di sicurezza e corse in quella direzione, voltandosi per controllare gli spostamenti del cappello da baseball. Tutti i clienti erano stati allontanati dalle scale mobili e gli ascensori non erano in funzione. Un fiume di folla riempiva le scale antincendio. Prima Stella percepì l'odore dell'insetticida, poi la mano che le sfiorava il viso. Si voltò, l'uomo si stava dirigendo verso un'uscita di sicurezza. Stella non rimase a guardarlo.

I suoi occhi esplorarono tutti i muri, cercando invano un'altra uscita d'emergenza. La scala mobile era bloccata da tre energumeni che indirizzavano le persone verso l'unico accesso alla scala antincendio urlando: «Quella è l'uscita di sicurezza».

Raccontò loro d'essere inseguita da un pazzo, ma non riuscì a impressionarli. Provò a convincerli, li pregò di farla passare, ma di nuovo venne indirizzata verso le scale, l'unica uscita *autorizzata*, dove lui la stava aspettando. Stella aveva rispettato tutte le regole di New York. Non aveva mai cercato di consolare gli squilibrati che vagano sui marciapiedi della città, non aveva mai risposto a un loro sguardo. E proprio lei si trovava in quella situazione! Individuò un'altra via di fuga e corse in quella direzione. Chiuse a chiave la porta del bagno. Quel pazzo non avrebbe osato violare il bagno delle signore. Era deserto, tutte le porte delle toilette erano aperte. Stella non aveva mai considerato la possibilità di morire bruciata in un edificio in fiamme. Viveva a New York da troppo per prendere sul serio gli allarmi antincendio. Comunque non era quello il problema, adesso. Valutò l'idea di rimanere chiusa nel bagno finché l'allarme non fosse finito e clienti e commessi fossero tornati a popolare l'edificio, doveva solo trovare il modo di ammazzare il tempo. Si tolse i collant smagliati e indossò quelli nuovi. Mancava qualche ora all'audizione. Si guardò allo specchio, quel completo le donava. Il rossetto andava ritoccato, nessun problema, aveva tutto il tempo. Prese dalla borsa la bustina con i trucchi. Prima però doveva usare la toilette. Prese la borsa dal ripiano di marmo ed entrò in uno dei bagni. Nessuna newyorkese avrebbe lasciato la propria borsa incustodita, nemmeno in un bagno vuoto. Forza dell'abitudine. Era seduta sul gabinetto quando sentì la porta che si apriva. Passi pesanti, scarpe da uomo. La porta si richiuse all'istante. Un impiegato del magazzino, pensò Stella, chi altri poteva avere la chiave dei bagni? Rimase immobile, trattenendo il respiro, poi guardò sotto la porta e controllò, nessuno era entrato. Uscì dal gabinetto, il bagno era deserto, eppure si sentiva osservata. E cos'era quel rumore? Mosche?

«La polizia cerca questa donna.» Il giornalista mostrò la fotografia di Susan Qualen. Charles notò la somiglianza. Accanto alla foto della sorella di Natalie comparve quella di Stella Small. «Se avete visto una di queste due donne, chiamate il numero in sovraimpressione. E adesso la parola al sergente Riker.»

Il detective si avvicinò al microfono. «La signorina Qualen può darci delle informazioni sull'attrice scomparsa. Dobbiamo trovare Stella entro stasera. Questa ragazza è nei guai, ha bisogno del nostro aiuto.»

«In questo momento,» proseguì il giornalista «il nostro programma va in onda anche in Wisconsin.» Si rivolse a Riker: «Dunque avete ragione di credere che Susan Qualen si trovi nei pressi di Racine?».

«Potrebbe essere diretta là» rispose Riker.

«Se Susan Qualen ha delle informazioni importanti, perché sta scappando, detective Riker?»

«Perché non le importa nulla se Stella Small vive o muore.»

Bel colpo, Riker.

Nessuno avrebbe potuto riassumere la questione in maniera più chiara.

Sapeva come accelerare il battito cardiaco, e sapeva come rallentarlo o arrestarlo. Non gli piaceva questo lavoro, ma nemmeno gli dispiaceva.

Quasi pronto.

L'uomo salì sul water, così che non si vedessero le scarpe da sotto la porta, e si accovacciò. Aprì lentamente la borsa di tela e prese la macchina fotografica, ignorando il barattolo con le mosche perché non gli interessava il terrore su scala ridotta. Alcune erano vive, altre stavano morendo. Tramortite dall'insetticida si arrampicavano una sull'altra cercando di guadagnare l'orlo del barattolo.

Chiuse la borsa, gli insetti ronzavano nel buio. Puntò l'obiettivo sulla porta socchiusa. Guardò la bionda accanto al lavandino, tremava, non riusciva a mettersi il rossetto. Prese un fazzoletto e si tamponò le labbra. Inspirò l'odore di insetticida proveniente dai vestiti di lui. Una lucina dentro la macchina fotografica passò da gialla a verde.

Come se Stella avesse percepito quel cambiamento, fece cadere il rossetto e sussultò quando rotolò ai suoi piedi. Raccolse le scarpe, la borsa e i sacchetti. Si precipitò fuori dal bagno, scalza.

Charles si alzò dal divano, si stiracchiò e raggiunse l'ufficio di Mallory. Deluthe non c'era. Mallory lavorava al computer, le dita correvano lievi sulla tastiera.

«Mallory?» Charles si piegò a raccogliere dalla stampante un altro pacco di fogli. Aveva già studiato centinaia di pagine di giornale, senza approdare a nulla. «Non ho trovato niente.» Quando lo spaventapasseri viveva a Green County, i ragazzi si comportavano bene, almeno stando ai quotidiani. «Forse è una perdita di tempo.»

Mallory continuò a battere sulla tastiera. Se si era accorta di lui, non voleva darlo a vedere. Charles si avvicinò con cautela.

Santo cielo, cosa le succede?

Gli occhi di Mallory erano chiusi come se stesse dormendo, ma continuava a digitare sui tasti, e quel movimento ripetitivo produceva soltanto composizioni di lettere senza senso. L'afferrò per le braccia, provò a scuoterla, studiò con grande preoccupazione il viso addormentato. Mallory non rispondeva. La portò nel suo ufficio, dove i computer non potevano arrivare, e la adagiò sul divano. Poi strinse le mani di Mallory e cercò di interrompere il movimento meccanico delle dita.

Il magazzino era deserto e inquietante. Nessuna traccia di clienti o commessi. Nessun incendio, niente sirene, né fumo. Stella attraversò i reparti vuoti. I manichini la fissavano e adesso, riflessa negli specchi, sembrava uno di loro. Immobile, paralizzata, vedeva solo quella borsa di tela grigia appoggiata al pavimento.

Lui dov'era? La stava osservando? Scrutò quello spazio enorme, dov'era così facile nascondersi. Corse verso gli ascensori ma trovò il cartello «Fuori servizio» attaccato alla porta. Provò con le scale di servizio, ma la maniglia era bloccata. Un altro cartello indicava il montacarichi. Era aperto, come se aspettasse proprio lei.

Entrò e schiacciò il bottone del piano terra. Stava calzando le scarpe nuove quando vide un uomo che teneva aperte le porte. Senza guardarla entrò nel montacarichi. Appoggiò il borsone sul pavimento. Stella poteva ancora fuggire, ma doveva fare in fretta, le porte si stavano chiudendo. Pregò le sue gambe di portarla fuori da lì. Troppo tardi, il montacarichi si era mosso. Stella guardò i numeri luminosi. Stavano scendendo. La borsa di tela sul pavimento era aperta, e all'interno scintillava la lama di un taglierino. Scesero in silenzio. L'unico rumore era il ronzio sordo proveniente dalla borsa. Lanciò un urlo. Ma solo nella sua immaginazione.

Mallory aprì gli occhi. Aveva la testa appoggiata sul grembo di Charles Butler.

Che ora era? Non ne aveva idea. Il suo orologio interno si era fermato.

Il frusciare della carta. La pila di fogli sul tappeto. Doveva alzarsi. Non c'era tempo.

Charles non si era accorto del suo risveglio e le accarezzava i capelli mentre leggeva. Ogni contatto umano, da quando aveva perso i Markowitz, aveva su di lei un effetto inebriante. Prima Helen, poi Louis. Dopo che era rimasto vedovo, Lou aveva insistito per baciarla sulle guance ogni volta che la vedeva, un goffo tentativo di colmare l'assenza di una madre. Non perdeva occasione per stringerla in un abbraccio avvolgente. Poi era morto.

La gente non faceva che abbandonarla.

Mallory chiuse gli occhi e ascoltò i passi nel corridoio. Sentì la voce di Riker. «Ehi, sono io. Come va?»

«Forse ho trovato qualcosa, anche se non è quello che mi sarei aspettato» disse Charles. «Dai un'occhiata a questo articolo.»

«Adozione con frode» lesse Riker. «Il titolo è promettente.»

«Il bambino fuggì dalla famiglia adottiva quando aveva dodici anni, ma la polizia non fu mai avvertita.»

«E quella gente continuò a incassare il sussidio?»

«Esatto» disse Charles. «Il ragazzo in questione fu loro affidato l'anno in cui il figlio di Natalie fu tolto ai Qualen.»

Riker posò una mano sulla spalla di Mallory poi le scostò una ciocca di capelli dal viso. «Non l'ho mai vista dormire» disse. «Pensavo che Mallory non dormisse mai. Ho sempre pensato che si appendesse al soffitto, come un pipistrello. Non voglio svegliarla.»

«E allora non farlo» suggerì Charles.

«Ma ho un regalo per lei... Susan Qualen. Si è presentata spontaneamente. Janos la sta portando qui... in manette.»

«Perché qui?» chiese Charles.

«È più tranquillo.»

Stella si schiacciò contro la parete del montacarichi e guardò l'uomo che apriva il pannello metallico con un mazzo di chiavi. Un guardiano? Perché non ci aveva pensato prima? I guardiani sono gli ultimi ad andarsene.

«Lavora qui?»

Nessuna risposta. Ma certo, quell'uomo lavorava lì. Per questo le aveva regalato un buono acquisto, probabilmente i dipendenti avevano degli sconti. E ora la stava semplicemente scortando in un posto sicuro. Stella decise di recitare la parte di quella che si fidava. Ma non avrebbe retto a lungo.

L'uomo chiuse il pannello mentre l'ascensore continuava a scendere verso lo scantinato. Il cuore di Stella batteva forte. Non appena le porte si aprirono, le gambe scattarono nel corridoio buio. Correva senza pensare, vedeva solo un'infilata di scatole contro le pareti. Nessuno la inseguiva. Perché avrebbe dovuto inseguirla, visto che il rumore dei tacchi segnalava perfettamente la sua posizione?

Che idiota.

Si tolse le scarpe e ricominciò a correre.

Tutte le emittenti televisive trasmettevano notizie e aggiornamenti sul caso di Stella Small. Erano riusciti a scovare le fotografie di Stella bambina e perfino le lettere spedite a casa. Le sue parole erano piene di sogni e speranze. Il successo era solo una questione di tempo.

«Cos'è stato?» Riker abbassò il volume, e avvertì più chiaramente qualcuno che bussava alla porta. «Dev'essere lei.»

Salutò il detective Janos con un sorriso. La sorella di Natalie Homer non aveva bisogno di presentazioni.

«Benvenuta, signorina Qualen.»

Stella si nascose come un topolino dietro a uno scatolone. Tremava. I passi si avvicinavano. Chiuse gli occhi e pensò a sua madre e a sua nonna: avevano affrontato di tutto, avrebbero superato anche la sua morte.

In fondo, erano più giovani di lei quando avevano cominciato a morire.

Calma, pensò Stella Small. Quella era New York, e le regole del gioco erano diverse: i vigliacchi non erano ammessi.

Lei non si sarebbe arresa a una morte ridicola, assassinata con un taglierino. Sollevò il mento e si preparò a interpretare un'altra parte. Quella di chi aveva ancora molta vita davanti. Il cuore batteva sempre più forte.

Lo senti, figlio di puttana?

L'uomo scostò lo scatolone. Una mano cercò di afferrarla, ma Stella balzò in piedi e cominciò a graffiarlo. Gli piantò le unghie nel petto e sulla sua T-shirt comparvero cinque righe rosse. L'uomo restò immobile, come se le sue batterie si fossero d'un tratto scaricate. Non capiva come fosse possibile che un oggetto si rivoltasse contro di lui. Gli graffiò la faccia, e lui non si mosse. Stella corse verso la luce in fondo al corridoio.

Io voglio vivere, bastardo!

Janos si appoggiò alla porta dell'ufficio, mentre Mallory e Riker si avvicinavano a Susan Qualen. La donna indietreggiò e andò a sbattere contro il computer. «Perché mi avete arrestata?» ringhiò. «Io non ho fatto niente.»

«Ora le spiego» disse Riker. «Vede, signorina Qualen, lei non ha voluto aiutarci, è scappata.»

Pronunciò le parole con calma, ma la signorina Qualen reagì come se Riker le avesse urlato in faccia. Chinò la testa e fissò il pavimento.

Come ricompensa per quell'atteggiamento contrito, Janos le tolse le manette.

Mallory con un calcio avvicinò una sedia a Susan. La sedia cadde a terra.

«La raccolga.»

Susan Qualen ubbidì.

«Adesso si sieda» disse Janos.

«Quando siete venuti...» disse la donna con la voce rotta «quel giorno non ho potuto aiutarvi. Io non...»

«Deve firmare questo» la interruppe Riker, indicandò un foglio che elencava i suoi diritti. «Le troveremo un avvocato, se ne vorrà uno. Conosce i suoi diritti, signorina Qualen?»

«Non mi serve un dannato avvocato.»

«Allora firmi.» Riker non stava recitando la parte del poliziotto cattivo, era davvero arrabbiato quando le diede le carte da sottoscrivere e una penna.

Susan firmò senza nemmeno leggere.

Mallory strappò i fogli dalle mani della donna e li gettò sul tavolo.

«E adesso...» disse Riker «ci dica che quel mostro psicopatico non è passato a salutare zia Susan quando è arrivato in città.»

«È colpa vostra» lo interruppe la Qualen. «Siete dei bugiardi, non fate altro che mentire...»

«Tutti quei dettagli sul giornale» disse Mallory. «Signorina Qualen, lei sapeva che c'era un collegamento tra l'ultima impiccagione e...»

«E mia sorella? La polizia mi disse solo che Natalie era stata uccisa. Ho scoperto il resto dai giornali, l'impiccagione, il finto suicidio, i tentativi di insabbiare tutto...» La voce di Susan era isterica. «Nessuno era interessato a scoprire l'assassino di Natalie.»

«Il piccolo Junior le raccontò tutto» insistette Mallory. «Per questo conosceva i particolari. Quando ha visto la storia sui giornali, è stato come se avessero ammazzato Natalie una seconda volta.»

«No, Junior non mi disse niente.» Adesso piangeva. «Quel bambino riusciva a malapena a parlare. Era catatonico.»

«Così lo mandò via, fece in modo di nascondere l'unico testimone che avrebbe potuto aiutare la polizia a scoprire l'assassino di sua sorella.»

Susan Qualen non era più spaventata e aveva smesso di piangere. Adesso era furiosa.

«Chi chiamereste voi se un poliziotto ammazzasse vostra sorella? Un altro poliziotto?» Lo stupore sulle loro facce le strappò un sorriso sinistro.

Mentre correva verso la luce in fondo al corridoio, Stella Small notò un piccolo ufficio con le pareti di vetro. La porta era socchiusa. Stava quasi per sbatterla con forza alle sue spalle, ma si fermò in tempo e la accostò con cautela. Girò la maniglia per chiuderla. Si nascose sotto la scrivania portandosi dietro il telefono. Compose il numero del pronto intervento. Ma un messaggio registrato le chiese di digitare la cifra che abilitava alle chiamate esterne.

Lui stava arrivando. Sentiva i suoi passi meccanici. Stella trattenne il respiro mentre l'uomo armeggiava con la maniglia.

Sentì una chiave entrare nella serratura. Che stupida. Era un maledetto guardiano. Aveva tutte le chiavi. Chiuse gli occhi e si tappò le orecchie, come se questo potesse fermarlo. La porta si aprì, e l'odore di insetticida invase la stanza.

Aprì gli occhi. Era lì davanti, a pochi metri. La guardava in silenzio, senza vederla. A quel punto Stella Small vide il pulsante dell'allarme alle spalle dell'uomo. Se fosse riuscita a rompere il vetro, sarebbe scattata la sirena, sarebbe arrivato qualcuno.

Susan Qualen parlava a fatica. «Se avessi consegnato il bambino, quanto tempo sarebbe passato prima che l'assassino lo eliminasse? L'unico testimone che ha visto un poliziotto ammazzare sua mamma. Ho vissuto in quel quartiere per anni. Gli spacciatori compravano la polizia con un dollaro. Vi coprite l'uno con l'altro, sempre.» Alzò la mano, non voleva essere interrotta. «Non ci provate, ho fatto la cosa giusta, lo sapete...»

«Scappò dai genitori adottivi» disse Mallory.

«Andò dai miei cugini, che lo portarono nel Nebraska. Una volta cresciuto cominciò a fare domande sulla madre. Gli raccontarono tutto ciò che sapevano. Poi tornò...»

«A casa?» chiese Mallory. «Da lei?»

«Si è fermato poco, un paio d'ore, tanto tempo fa.»

«Lei non aveva nessuna voglia di rivederlo.» Riker incrociò le braccia. «Le faceva paura, vero?»

«No, Junior non era pazzo, era normale quanto me.» Janos tirò fuori il taccuino. «Dov'è ora suo nipote?»

«Non lo so.»

«Come si fa chiamare?»

«Junior, si è sempre fatto chiamare Junior.»

«Voglio la verità, signorina Qualen.» Janos si avvicinò. «Ha sentito la domanda? Come si chiama?»

«Non lo so, giuro...»

Mallory stava perdendo la pazienza: «Va bene, non sa niente di utile. Lo terremo a mente. Allora perché è scappata?».

Susan Qualen sprofondò nella sedia. Tremava per le troppe emozioni, rabbia soprattutto.

Riker vide l'odio stampato sulla faccia della donna. Disse: «Okay. Questa è una domanda facile. Perché è tornata?».

Stella si stupì della sua stessa forza mentre sollevava la scrivania e la scagliava contro la parete di vetro. Una pioggia di schegge. L'uomo si voltò verso un pannello accanto alla porta e disinserì l'allarme prima che scattasse. Un pezzo di vetro pendeva dal telaio, poi cadde e si frantumò sul pavimento. I vetri scricchiolavano sotto le scarpe mentre l'uomo si avvicinava. «No» disse Stella. «No!»

Solo a quel punto Stella capì d'essere invisibile. L'uomo non guardava lei, ma lo scaffale alle sue spalle. La scavalcò, prese un cartellino da un raccoglitore e lo infilò nell'obliteratrice. Quel gesto, assolutamente normale per qualsiasi impiegato che inizia il turno terrorizzò Stella. Il guardiano notturno non sarebbe accorso a salvarla, semplicemente perché quell'uomo *era* il guardiano notturno.

«Sono tornata per chiedervi di non uccidere il figlio di Natalie.» Susan Qualen si piegò su se stessa come se l'avessero presa a calci nello stomaco. Era esausta, sostenuta solo dalla rabbia. «Sapete soltanto uccidere, avete reso Junior quello che è. Un poliziotto ha ammazzato sua madre, quindi credo che abbiate il dovere di risparmiargli la vita Non potete semplicemente abbatterlo come un animale malato.»

Janos cominciava a impietosirsi. La sua voce era morbida quando disse: «Ci dica dove vive suo nipote, magari possiamo intervenire...».

«Non lo so» Susan scuoteva la testa. «È la verità, lo giuro, l'ho visto solo per qualche ora, tre anni fa.»

Mallory afferrò la donna per un braccio. «Cosa ha saputo dai suoi parenti? Cosa faceva Junior per vivere mentre...»

«Era un poliziotto.» Il viso di Susan Qualen era rigato di lacrime. «Ci credete? Un poliziotto come voi... quindi... non uccidetelo.»

Stella indietreggiò, ferendosi i piedi nudi sui vetri. La bocca asciutta, gli occhi fissi sul taglierino. L'uomo si muoveva a scatti, non aveva il controllo del suo corpo. Stella si appiattì contro il muro, senza staccare lo sguardo dalla lama. «Per favore, non farlo. Per favore...» sussurrò.

Jack Coffey osservò le due donne. Tutti i newyorkesi ormai conoscevano la mamma e la nonna di Stella. Stavano di fronte alla sua scrivania, nei loro vestiti migliori, calzando scarpe robuste made in Ohio. Due donne coraggiose. Lo sguardo era spaventato, eppure sorridevano. «Avete trovato la nostra Stella?» domandarono piene di speranza. Quelle due gli spezzavano il cuore.

Deluthe aveva procurato qualcosa da mangiare in rosticceria e ora lavorava al computer, verificando le segnalazioni. Stella Small era stata avvistata in almeno quattro stati diversi. Charles Butler era seduto accanto a lui, sul divano di pelle. «Fermati. Evidenzia questa.»

«Fatemi vedere» disse Mallory.

«Qui» disse Charles. «Diversi avvistamenti, in vari negozi attorno alla Quinta Avenue. Sembra che si sia dedicata allo shopping fino a tardi...»

Deluthe scosse la testa. «Non può essere, non può permettersi di fare spese sulla Quinta Avenue, neppure in periodo di saldi.»

«Da Bergdorf c'era una svendita, e anche da Lord and Taylor» disse Mallory.

Si sporse in avanti per leggere una segnalazione precedente. «Qui ha comprato il completo, stamattina, e quel bastardo gliel'ha rovinato.»

«Ma di sicuro non è andata a ricomprarselo sulla

Quinta Avenue» disse Deluthe. «Ho visto dove vive, tutte quelle bollette da pagare. Le ultime segnalazioni sono bufale.»

Mallory lo guardò di sfuggita, non doveva sfidarla sulle questioni di lavoro e neppure in fatto di shopping. «Stella ha buon gusto.»

Charles fissava il monitor. «Hanno parlato di questo negozio al telegiornale, c'è stato un piccolo incendio all'ultimo piano. È stato evacuato. Forse...» Alzò lo sguardo e vide Mallory che lasciava la stanza. «Andiamo.»

«È una perdita di tempo» disse Deluthe. «Lo spaventapasseri impicca sempre le sue vittime in casa.»

«Due volte non vuol dire sempre.» Charles prese un panino. «E non dimenticare che gli piacciono gli incendi.» A quel punto anche Deluthe si mise a correre verso l'uscita.

La signora Harmon Heath Ellis non aveva mai notato quanto fosse difficile trovare un taxi dopo la chiusura dei negozi. Attraversò il parco, sperando di trovarne uno sulla Quinta Avenue. C'era un gruppetto di sei persone davanti al suo negozio preferito, qualcuno avrebbe potuto riconoscerla. Il suo timore non era quello d'essere accomunata ai pezzenti che passano l'agosto in città, il suo *status* la metteva al riparo da quel rischio. Non voleva essere scoperta vicino all'hotel del cognato.

L'unico taxi disponibile era fermo al semaforo. Guardò di nuovo le persone davanti al negozio, americani medi, giudicò la signora Harmon Heath Ellis. Fissavano una vetrina in particolare. La curiosità prevalse, e s'incamminò verso il negozio. Non intendeva mischiarsi a quella gente, soltanto guardare la vetrina illuminata. Con tutto il denaro che aveva speso per vestirsi, chi, più di lei, era in grado di giudicare un abito?

La signora Harmon Heath Ellis era sbalordita. Che trovata incredibile. Una novità assoluta. Quando si dice *l'ultima* moda.

«Non è un manichino» disse l'uomo che aveva accanto.

Certo che no. Era una modella che recitava la parte del manichino. A pensarci bene, l'idea non era così originale, ma qui la modella era appesa a una corda, e dondolava, un modo efficace per consentire al pubblico di studiare il vestito blu e quelle scarpe meravigliose da tutti i punti di vista.

«Davvero brava» disse la signora Harmon Heath Ellis. «Sembra davvero inanimata, non sbatte nemmeno le palpebre.» Poi scoprì il trucco. Chiudeva le palpebre quando la corda girava e lei si trovava con le spalle alla vetrina. La ragazza era piuttosto carina, giudicò la signora Harmon Heath Ellis. La pettinatura, però, con quei ciuffetti corti e arruffati era fuori moda. E cosa significavano quelle ciocche che spuntavano dalla bocca?

I mobili e gli utensili da cucina creavano il giusto contrasto con l'alta moda. Del resto, stabilì la signora Harmon Heath Ellis, si trattava di uno stilista rispettabile. Ma la scena, nel complesso, era decisamente discutibile: violenza senza sangue, senza dramma, banale.

A quel punto una grassona si staccò dal gruppo e cominciò a gridare: «Oh Dio, è morta!». Un uomo disse: «Qualcuno chiami la polizia».

La signora Harmon Heath Ellis sorrise benignamente all'idea di illuminare quella massa di turisti ignoranti. Finché un uomo indicò un punto preciso. La signora

Harmon Heath Ellis si avvicinò alla vetrina e il sorriso si congelò. Per qualche minuto non sentì neppure le sirene della polizia. Sotto la donna impiccata c'era un barattolo di mosche morte, circondato da candele rosse, accese. Alzò lo sguardo, e non riuscì più a distoglierlo. La signora Harmon Heath Ellis maledì la sua miopia: non era un neo, ma una mosca quella macchia sul volto della ragazza.

La signora Harmon Heath Ellis cominciò a gridare, più forte delle sirene in lontananza. Sussultò quando le volanti inchiodarono, i lampeggianti accesi. Le macchine della polizia vomitavano agenti in uniforme e in borghese. Con loro c'era una ragazza bionda con la giacca di lino. La signora Harmon Heath Ellis non poté fare a meno di notare il taglio della giacca, poi vide la pistola.

Mallory cominciò a picchiare con violenza il revolver contro la vetrina.

La signora Harmon Heath Ellis stava per farle notare che quel vetro era infrangibile, conosceva bene il suo negozio preferito, quando sbucò un altro detective.

«La porta è aperta» disse Riker. «Lascia perdere quel vetro.»

Mallory sembrava impazzita, sbatteva la pistola contro la vetrina, gli occhi pieni di rabbia. Un'ultima botta e il vetro andò in frantumi.

La donna poliziotto era piuttosto esile, notò la signora Harmon Heath Ellis, e tuttavia riuscì a liberare il corpo dalla corda. Prese il corpo della ragazza fra le braccia e lo depose a terra. La sua faccia era concentrata sul viso pallido della ragazza, forse sperava ancora di salvarla. C'era una porta sul fondale della vetrina, un pannello mobile. Un uomo corpulento, anziché spostarlo, lo sradicò. "La brutalità in persona" si disse la signora Harmon Heath Ellis.

«Bel lavoro, Janos» disse un uomo meno imponente, che oltretutto indossava un vestito orribile.

Il poliziotto massiccio, quello che chiamavano Janos, si chinò sulla donna per toglierle i capelli dalla bocca poi le praticò la respirazione bocca a bocca. Il corpo della ragazza si rianimò, scosso dalle convulsioni. Colpiva l'aria con i pugni chiusi, si difendeva da chissà quali incubi, gridava terrorizzata. Il poliziotto grosso la sollevò con delicatezza. «Calmati Stella, è tutto finito» sussurrava.

La piccola folla di curiosi esultava e lanciava lunghi fischi d'incoraggiamento. La signora Harmon Heath Ellis si lasciò abbracciare dalla grassona, appoggiò la testa sul petto generoso della sconosciuta e scoppiò a piangere.

19

Mallory piegò con cura la giacca, e l'appoggiò sul braccio ferito, a nascondere le bende. La fondina era in mostra per il pubblico appostato davanti alla vetrina. Uno spettatore raccolse un frammento di vetro e lo mise in tasca. Un souvenir macchiato di sangue.

«Controlla, sei sicuro che non sia ancora qui?» disse a Ronald Deluthe.

La recluta scosse la testa. «Non lo vedo.»

Indicò tre agenti in divisa. «E loro?»

«Non crederai che sia un poliziotto?»

«Quando dico tutti, intendo tutti, compresi i poliziotti.»

«No, qui non c'è.» Deluthe capì che non c'era più bisogno di lui. Abbandonò la vetrina per fare spazio agli uomini della scientifica.

Heller tirò giù la corda che pendeva da un tubo nel soffitto appositamente spaccato. «Un bel disastro per un killer tanto ordinato.»

«Rischia sempre di più» disse Mallory. «Hai detto che Stella si è difesa, vero?»

«Ha fatto di meglio. Il dottor Slope ha trovato tracce di sangue e pelle sotto le unghie.»

Bel colpo, Stella Small.

«E l'impianto di sorveglianza del magazzino?»

«Hanno di tutto» rispose Heller. «Telecamere, allarmi, perfino cani da guardia. Peccato che nessuno di questi aggeggi funzionasse, e i cani erano chiusi chissà dove...»

Mallory abbassò gli occhiali da sole. «E il guardiano notturno?»

«Oh, quello...» disse Riker «è un vecchio poliziotto in pensione, magari ha dormito tutto il tempo.»

Mallory si voltò verso la folla assiepata sul marciapiede. Avvoltoi. «Oppure è morto.»

Riker si inginocchiò accanto a Heller. «L'ufficio del guardiano notturno è nello scantinato, ridotto a un disastro. Vetri rotti dappertutto, sangue sul pavimento. Stella non mi è parsa ferita, quindi, potrebbe essere solo il sangue del guardiano.»

Senza dire una parola, Heller chiuse la borsa con il kit per i rilevamenti e abbandonò la vetrina. Nelle ultime ore, quei due non si erano ancora insultati, e Mallory si chiese il motivo di quel cambiamento di copione.

«Il nostro uomo porta i segni dei graffi di Stella» disse Mallory.

«Ben fatto.» Riker fissava i capelli sul pavimento. «Questa volta, non ha perso tempo a rimettere in ordine.»

Mallory annuì. Lo spaventapasseri stava perdendo colpi.

Davanti all'ufficio del guardiano notturno c'era un nastro che impediva l'accesso alle persone non autorizzate. Neppure John Winetrob, il direttore del personale, poteva avvicinarsi. E del resto, quell'esplosione di violenza andava al di là della sua capacità di comprensione. Un poliziotto passò con un frammento di vetro insanguinato in un sacchetto di plastica.

Il detective Arthur Wang maneggiava una grossa scatola di cartone delle dimensioni di una sedia. «Signor Winetrob, perché non si siede?»

Prima di cadere.

Il detective capiva perfettamente il turbamento del signor Winetrob. Il sangue non c'entrava. Era sconcertato dalla presenza della polizia. Il direttore del personale aveva la barba lunga, indossava la giacca ma non la cravatta, e i calzini erano spaiati. Era stato difficile vestirsi decentemente a quell'ora del mattino, con un poliziotto enorme e armato che aspettava fuori dalla porta.

Negli ultimi dieci minuti il signor Winetrob aveva parlato ininterrottamente di cose senza importanza.

«Non risponde nessuno.» Arthur Wang mise il telefono in tasca. «Il guardiano non è in casa. E non risulta che si sia fatto medicare in nessun ospedale.»

«Grazie ugualmente» disse Winetrob. «Non crede che sia morto, vero?»

Era esattamente il pensiero del detective Wang. «Lo stiamo ancora cercando, signore. Ci sono venti uomini che setacciano il magazzino piano per piano. Se è qui, se è ferito...»

«E se non fosse venuto al lavoro questa notte? Magari quel sangue non è suo. È un uomo anziano, potrebbe essere morto nel sonno, magari gli è venuto un infarto. Non potete mandare qualcuno a controllare? Dovete verificare tutte le possibilità.» Si passò una mano nei capelli. «Tutte le possibilità.»

«Naturalmente» disse Wang. «Manderò presto qualcuno.» La cosa più importante era controllare la documentazione che lo riguardava. Esisteva una fotografia per ogni impiegato, e al momento, questa era l'unica informazione utile che Winetrob gli avesse fornito. Almeno, così credeva.

Il detective Wang aiutò Winetrob a rimettersi in piedi, poi lo accompagnò all'ascensore.

Più tardi, Arthur Wang si sarebbe pentito dell'ordine delle sue priorità. Aveva sottovalutato il signor Winetrob, senza prestare attenzione alle sue speranze, ai suoi timori.

Terminato il lavoro assegnatogli da Janos all'ufficio paghe, Deluthe era stato "prestato" al detective Wang. Sedeva fuori dall'ufficio del direttore del personale, alla scrivania di una segretaria.

Aveva esaminato le foto di cinquanta impiegati, e lo spaventapasseri non era fra loro. Guardò in direzione della porta aperta. Arthur Wang era nell'ufficio, beveva caffè e prendeva appunti, e intanto parlava con il signor Winetrob.

Wang lo notò e chiese: «Trovato qualcosa?».

«Non ancora, signore.» Deluthe chiuse un altro fascicolo.

Arthur Wang uscì dall'ufficio e gettò una cartellina sulla scrivania. «Aggiungi anche questa, e rispetta l'ordine alfabetico. Riker ti aspetta quando hai finito.»

Deluthe aprì l'incartamento del guardiano notturno e osservò la fotografia. Cercò nome e indirizzo. Abitava nell'East Village. Senza preoccuparsi dell'ordine alfabetico, il giovane detective abbandonò l'incartamento. Aveva cose più importanti da fare.

Nell'ufficio alla Butler & Company, Mallory minacciava al telefono una impiegata del dipartimento di polizia di Odeon, nel Nebraska. «Il computer non funziona? E allora? Senta, mi serve quella fotografia. Sì, gliel'ho detto un'ora fa. Cerchi gli originali e mi mandi un fax. Adesso!»

Fortunatamente, il computer della Motorizzazione funzionava perfettamente. Charles fissava sul monitor l'unica foto dello spaventapasseri in loro possesso. Non era granché, come la maggior parte delle foto tessera.

Dopo essersi trasferiti nel Nebraska, i cugini di Susan Qualen avevano cambiato nome, e il ragazzino che avevano accolto era diventato John Ryan. Senza dubbio i cugini lo chiamavano JR, Junior, l'unico nome a cui era abituato.

Mallory disse: «Gli ci vorrà almeno un'ora per capire come funziona uno schedario».

«Sfortuna» disse Charles. «Come avrà fatto gente qualunque come i Qualen a cambiare identità? Non è facile...»

«Gli idioti se la cavano sempre.» Fissava il monitor. «Lo spaventapasseri deve aver cambiato nome di nuovo quando è tornato sull'East Coast. John Ryan non figura in nessun archivio. Sai cosa significa?»

«Che progettava gli omicidi da almeno tre anni?»

«No, credo che ne avesse pianificato uno solo.»

«L'uomo che uccise sua madre?»

Mallory annuì. «In Nebraska, Junior era un poliziotto di paese. Probabilmente non ha mai indagato su casi importanti, così si è trasferito in città. Pensava di trovare l'assassino di sua madre in un batter d'occhio, e senza il nostro aiuto.»

Charles era d'accordo. Il piano, però era fallito e l'unica possibilità rimastagli consisteva nel costringere la polizia di New York a fare il lavoro al posto suo.

«Lo spaventapasseri odia i poliziotti» disse lei. «È chiaro. Allora spiegami una cosa: perché arruolarsi in polizia?»

«Forse è una di quelle persone a cui piace avere tutto sotto controllo.» Charles sospettava che la stessa cosa valesse per lei, ma cercò di scacciare dalla mente le somiglienze fra Mallory e lo spaventapasseri. «Interessante, vero? Finché lavorava nella polizia, ha saputo nascondere i suoi disturbi, probabilmente la situazione è peggiorata quando è venuto a New York.»

Alzò lo sguardo e vide Lars Geldorf sulla porta. Qualche altro inquilino doveva averlo fatto entrare nell'edificio. Charles non era preparato per un simile cambiamento: quell'uomo pareva invecchiato di dieci anni in un giorno.

Mallory ignorò il visitatore e si concentrò sulla tastiera. Il detective in pensione entrò nella stanza barcollando. Sembrava dovesse inciampare da un momento all'altro. Charles gli avvicinò la sedia, ma lui restò in piedi, con gli occhi fissi su Mallory. «Ho sentito di quella povera donna, Stella Small. Credi che questi delitti fotocopia siano colpa mia, vero? Se avessi fatto il mio lavoro come si deve vent'anni fa...» A quel punto guardò Charles. «Credo che accetterò la sedia.» Si sedette e aspettò che Mallory dicesse qualcosa.

Mallory teneva gli occhi fissi sulla tastiera, poi disse: «Non posso discutere di indagini in corso, e lo sai.»

«Sì» rispose lui. «Lo so.»

Mallory avrebbe potuto stendere quell'uomo con due parole, ma non lo fece. Charles capì che voleva essere gentile con Geldorf. Era cresciuta alla Crimini Speciali, aveva conosciuto molti uomini come lui, vecchi fantasmi erranti da una stazione di polizia all'altra incapaci di chiudere con il passato. Dopo qualche minuto, Mallory si spazientì: «Vuoi che ti dica dove hai sbagliato? È questo che vuoi?».

Sì, era venuto per quello. Doveva sapere.

Mallory andò alla parete di sughero, a quello che rimaneva di un vecchio caso. Staccò un foglio di carta. «È il tuo rapporto sulla corda e sul nastro. È estremamente sintetico. "Oggetti comuni. Provenienza impossibile da determinare." È qui che hai sbagliato. La corda apparteneva al custode del condominio. Ho avuto l'informazione dalla nipote della padrona di casa.»

«Il custode era fuori città quando...»

«Emergenza di famiglia. Lo so. Per questo aveva lasciato la cassetta degli attrezzi sul pianerottolo. La padrona promise che l'avrebbe messa a posto lei. Ma l'assassino l'ha trovata prima, e ha rubato corda e nastro. Se tu avessi parlato con il custode, avresti potuto trovare qualche impronta sulla cassetta degli attrezzi.»

Geldorf non le staccava gli occhi di dosso.

Mallory levò altri due fogli dalla parete. «E poi c'è la porta chiusa a chiave. Chiusa quando la padrona di casa chiamò la polizia, aperta quando il primo poliziotto arrivò sul posto.»

«L'avevo notato» disse Geldorf, sulla difensiva. «Il fatto è che la porta non era mai stata chiusa a chiave, era solo bloccata. La padrona era vecchia, aveva quasi ottant'anni. Una donna minuta, senza forza. Era agosto, una notte calda, umidità pazzesca. Il legno si era gonfiato, bloccando la porta. Non era chiusa a chiave, la padrona lo ha ammesso quando...»

«Ammesso cosa? Di essere vecchia? Che l'avevi confusa? Non ha mai ritrattato. E il figlio di Natalie? Non hai mai parlato con lui.»

«E per quale motivo avrei dovuto farlo? Non c'era ragione di torturare un bambino che aveva appena perso la madre. Quando si ha un po' d'esperienza...»

«Natalie era venuta a cercare aiuto, e voi non le avete dato retta, tu e i tuoi compagni. Dopo la sua morte, avete costruito il caso intorno al sospetto più facile, un uomo innocente.»

«Avevo ragione a proposito dell'ex marito!»

«No, hai sbagliato ancora. E dopo vent'anni, tocca a noi rimettere a posto il casino.»

Geldorf sprofondò nella sedia. Guardava a terra. Aveva perso, era finito.

Mallory lo fissava.

Se fosse stata un gatto, Charles avrebbe interpretato quella posizione come il preludio a un attacco, ma sperava in qualcosa di meglio. Per un momento pensò che Mallory avrebbe allentato la presa per confortare quel povero vecchio.

Che stupidaggine.

«Ascoltami.» Mallory afferrò Geldorf per il braccio. Le unghie laccate sembravano artigli, e il sorriso significava *Sono stufa di giocare*. «Ma la parte migliore è che l'assassino potrebbe essere un poliziotto. Quindi vai a casa e chiuditi dentro. Se arriva la polizia, non aprire la porta. I tuoi errori potrebbero costarti cari. È brutta la paura, vero Geldorf?»

Arthur Wang aveva finito di raccontare agli uomini della Scientifica la sua conversazione con Winetrob.

«Mi spiace, Arty. Winetrob aveva ragione.» Heller

indicò le macchie rosse sul pavimento. «Non è il sangue del guardiano. Ho chiamato l'ospedale per sapere di Stella. Quando le hanno tolto le scarpe, hanno trovato dei tagli ai piedi e frammenti di vetro nelle ferite. C'è una piccola impronta su una delle schegge, l'impronta di una donna. Il sangue è di Stella.»

Uno degli uomini di Heller annuì: «Winetrob aveva ragione anche sul fatto che il guardiano non è venuto al lavoro. La telecamera registra tutte le persone che usano l'ingresso dei dipendenti, ma lui non c'è».

«E non è nemmeno in ferie» disse Wang. «Ho controllato.»

«Allora forse Winetrob aveva ragione anche sull'attacco di cuore.»

Il detective Wang mostrò un cartoncino sigillato nel sacchetto delle prove. «Allora chi ha usato la sua carta? Qualcuno l'ha timbrata la notte scorsa.»

Heller si voltò. «Forse il guardiano è ancora qui. Fai portare i cani. Setacceremo questo posto.»

Mallory concluse la telefonata con il detective del Wisconsin, poi si voltò verso Charles. «Lo spaventapasseri progettava l'omicidio quando ha lasciato il Nebraska. I loro computer funzionano benissimo, quella stupida impiegata non voleva dirmi che non riusciva a trovare i documenti. Il file è stato cancellato, impronte, foto, tutto.»

«La polizia ha parlato con i parenti?»

Mallory annuì, poi tornò a fissare il computer. «Hanno dovuto aspettare il mandato, poi sono andati a perquisire la casa dei cugini. L'unico indirizzo di New York che hanno trovato è quello di Susan Qualen. I cugini non sentivano Junior da tre anni. Hanno litigato.

Finalmente gli hanno detto che l'assassino della madre l'aveva fatta franca. Un po' tardi. Quando è venuto a New York, la zia Susan ha aggiunto altri particolari.» Le dita di Mallory battevano veloci sulla tastiera.

Dove ti nascondi?

«Magari non vive a New York, da qui al New Jersey ci sono solo cinque minuti di metropolitana...»

Mallory scosse il capo. «Vive in città, Deluthe l'ha visto sulla scena del delitto di Kennedy Harper cinque minuti dopo che abbiamo trovato il corpo. Lavora nella polizia, oppure ascoltava le chiamate sulla frequenza della polizia. È qui.»

«Può darsi» disse Charles. «La zia ha detto che è tornato a casa, e questo vuol dire nell'East Village.»

«No» disse Mallory. «Erik Homer aveva la custodia del figlio. Natalie non vide più il bambino dopo il divorzio... fino al giorno in cui fu uccisa. La casa dello spaventapasseri è sempre stata quella di suo padre.»

«Ma suo padre era un violento,» disse Charles «e adesso è morto. Il ragazzo non ha mai vissuto con la matrigna, non avrebbe mai pensato a quel posto come casa sua. Adorava la madre, ne è ancora ossessionato.»

Mallory smise di battere.

Il detective Janos disse: «Qualcun altro stava lavorando al posto del guardiano scomparso».

L'assistente di Heller lanciò un'occhiata alla guardia del turno diurno. «Usciamo un momento.» Janos lo seguì fuori dall'ufficio del manager del negozio.

Al suo ritorno Riker, stava guardando la videocassetta per la decima volta. «Una vera schifezza.» Le immagini erano confuse, si vedevano solo delle ombre che timbravano il cartellino. «Non c'è una faccia riconoscibile.» Il detective guardò il guardiano diurno, e disse: «Lo so, non è colpa sua. È sicuro che questa sia l'unica cassetta dove si vede il nuovo guardiano?».

«Sissignore. Il nastro dura tre giorni, poi si riavvolge automaticamente e ricomincia da capo... Sempre lo stesso nastro.»

«D'accordo» disse Riker. Questo spiegava le immagini sgranate.

«È arrivato molto prima che cominciasse il turno. E perché non ha timbrato?»

«Ha un'obliteratrice solo per sé nello scantinato» disse la guardia. «Avrà timbrato lì. Ma non ho idea del perché sia arrivato così presto.»

«È tutto, può andare» disse Riker; poi, rivolto a Janos: «Che succede?».

«Il vero guardiano non aveva annunciato l'intenzione di prendersi una vacanza, e non ha smesso di prelevare i soldi dello stipendio.»

Riker tornò a fissare il video. «Forse il guardiano ha pagato qualcuno di tasca sua perché lo sostituisse.»

«Potrebbe essere. Nessuno sa come si chiama il sostituto.»

Janos lesse gli appunti degli interrogatori. «Abbiamo parlato con uno del magazzino, uno che fa molti straordinari. Dice che un tipo si è presentato una sera al posto del vecchio e nessuno gli ha chiesto niente. Aveva le chiavi appese alla cintura e la carta magnetica per accedere all'ufficio e disinserire l'allarme.» Controllò gli appunti. «Ma il vetro dell'ufficio era rotto, quindi il nostro uomo non ha le chiavi.» Si voltò verso l'ombra sullo schermo. «Non è lui.»

«Insomma,» disse Riker «cosa sappiamo del vecchio guardiano notturno?»

«Ci sto lavorando.» Arthur Wang entrò nella stanza. «Non risponde al telefono, ho mandato un agente a casa sua. Non c'è puzza di cadavere in decomposizione, ha riferito l'agente, ma non è entrato. Ha interrogato il padrone di casa, l'appartamento è stato subaffittato.»

«Combacia con l'ipotesi della vacanza» disse Janos. «Ma vale la pena dare un'occhiata all'interno. Il vecchio può aver lasciato qualche traccia. Chiediamo un mandato per perquisire la casa.»

«Già fatto» disse Wang. «Ma dobbiamo aspettare altri quaranta minuti. Quello stronzo del procuratore non vuole svegliare il giudice per un mandato di perquisizione.»

«Nessun giudice firmerà quel mandato,» disse Riker «a meno che l'agente non si dimentichi di aver parlato con il padrone di casa. La storia del subaffitto è una complicazione.»

«E se non accennassimo al subaffitto?» propose Wang. «Supponiamo che il poliziotto si sia dimenticato di quel particolare riferitomi.»

«Sì» disse Riker. «Supponiamo.»

«Comunque ci vorranno quaranta minuti prima di ottenere il mandato.»

«Non credo che lo spaventapasseri colpirà per oggi. Vado all'ufficio di Charles.» Riker guardò l'orologio. «Dov'è il mio autista? Qualcuno ha visto Deluthe?»

Pssst.
Ogni venti secondi, il vecchio umidificatore emetteva una nuvola leggera e l'insetticida inondava la stanza di vapori velenosi. Nessuno scarafaggio si sarebbe avventurato in quel posto. Eppure c'erano trappole sul pavimento, strisce di carta adesiva, tutti gli accorgimen-

ti che un uomo ossessionato dagli insetti poveva escogitare.

Ronald Deluthe diede un'occhiata alle Polaroid di Stella Small che cercava disperatamente di togliersi le mosche dai capelli. In un'altra foto, Stella aveva una giacca azzurra appoggiata al braccio sanguinante, e sorrideva. Nella foto accanto, Stella saliva sul taxi senza accorgersi del sangue che colava dalla manica. Nella Polaroid successiva, sfuocata, c'era Kennedy Harper appesa alla corda. Fra tutte le vittime, la più bella era Sparrow.

Deluthe guardò il giornale vicino al telefono, una copia di «Backstage» aperta alla pagina delle audizioni. Due erano cerchiate in rosso. Due appuntamenti per domani. La missione era ancora in corso.

Pssst.

20

Il tenente Loman allontanò la cornetta e gridò: «Ehi, bastardi!».

Si voltarono in cinque.

«Avete visto Deluthe stamattina?»

«Il biondo? No» disse un detective. «Me ne ricorderei.»

Il tenente dell'East Side chiuse la porta dell'ufficio e tornò al telefono. «No, Riker, non è qui. Come ti stavo dicendo, non è un genio, ma ti sbagli sul suo conto. Non è un raccomandato. Il vice procuratore lo odia.»

«Il suocero? E per quale motivo?»

«Il matrimonio è andato a rotoli quattro mesi fa e il padre della ragazza è fuori di testa. Non è andato per il sottile. È venuto qui e mi ha detto di licenziarlo, ma non voglio avere niente a che fare con questa storia.»

«Per questo l'hai scaricato a me?»

«Vuoi la verità, Riker? Mi ero dimenticato di lui, occupava soltanto dello spazio. Nessuno lo notava. Poi la notte che hanno impiccato quella prostituta si è presentato con quei capelli ossigenati...»

«E finalmente ha attirato la vostra attenzione.»
«Come se la cava, Riker?»
«Bene, se la cava bene.»

Pssst.
Ronald Deluthe ascoltava la radio, la frequenza della polizia: le chiamate riguardavano liti domestiche e piccoli furti. Quell'indirizzo non era fra le chiamate, e pochi minuti non avrebbero fatto la differenza.

I vapori dell'insetticida avevano inondato l'appartamento, compreso il ripostiglio e i vestiti. Non si distingueva nessun altro odore, anche se il corpo nel sacchetto di plastica era abbondantemente decomposto.

Pssst.

«Grandioso.» Riker passeggiava nervosamente nell'ufficio della Butler & Company. «Quindi i detective scomparsi sono due.» Si avvicinò al fax per leggere l'ultimo rapporto della polizia del Wisconsin. «Dunque Mallory era al telefono con quelli. Poi cosa è successo?»

«Abbiamo parlato dello spaventapasseri» disse Charles. «Stava lavorando al computer quando all'improvviso ha preso e se ne è andata...»

Riker guardò l'orologio. «Aspettiamo qualche minuto, magari chiama.» Sedette alla scrivania di Mallory e prese il telefono. Mentre attendeva che il dottore di Sparrow rispondesse, Charles disse: «D'accordo. Vado a preparare il caffè».

La cucina era appena più accogliente del regno informatico di Mallory, ma Charles detestava quella macchina per il caffè tutta cromata, piena di plastica e di componenti elettronici. Charles sapeva far funzionare gli elettrodomestici, ma li odiava cordialmente. Quindi si spostò nel suo appartamento, a pochi passi dall'ufficio della Butler & Company e mise sui fornelli una vecchia caffettiera. Quando Riker lo trovò, il caffè era pronto. Charles gli passò un portacenere. «Allora, come sta Sparrow?»

«Sempre lo stesso. È in fin di vita, ma tiene duro. Un'ora fa, il dottore ha pensato che stesse per uscire dal coma. Un'infermiera ha scambiato uno spasmo muscolare per un movimento volontario.»

«Chiami spesso l'ospedale?»

Riker annuì.

«Per te non è solo la vittima e la testimone di un crimine. Quella donna ti piace.»

«Ne abbiamo passate tante insieme. Era un tipo intelligente, e mi ha facilitato il lavoro. Le sue informazioni erano preziose. Se fosse entrata in polizia, a quest'ora sarebbe tenente.» Poi aggiunse: «Ed è stata buona con Kathy».

Charles si chiese come Riker potesse dire una cosa del genere. A sentire le prostitute, Kathy doveva cavarsela da sola, e soltanto il Club delle Amiche del Libro le dava una mano. «Sparrow si drogava, altro che istinto materno... Se ci teneva tanto, perché non ha consegnato Kathy agli assistenti sociali?»

«Perché Kathy non aveva bisogno solo di un pasto caldo e vestiti. Aveva bisogno d'amore, e Sparrow le voleva bene. A modo suo, ma le voleva bene.»

Charles posò le tazze sul tavolo e si mise a sedere. «Mallory la odia, vero?»

Riker non rispose. La risposta poteva essere soltanto una: sì. Charles aprì una confezione di biscotti, quelli che il detective preferiva.

«Fammi indovinare,» disse Riker «stai cercando di corrompermi?»

«Una domanda sola, a proposito dei western... e delle prostitute.»

Riker sorrise. «Che bambina sveglia, eh? L'altra sera ne abbiamo interrogate solo dieci, le altre sono probabilmente morte o hanno lasciato la città. Kathy, comunque, le cercava per tutta la città.»

«E credi che i libri servissero solamente a questo? Quelle storie le servivano per costruirsi una sorta di rete di sostegno?»

«Chissà» Riker alzò le spalle. «Lou e io ci siamo chiesti spesso le ragioni di questa attrazione. Non sapevamo del Club delle Amiche del Libro.»

«Non credi che le interessassero davvero quelle storie?»

«Indiani e cowboy le sono sempre piaciuti. Il sabato mattina guardava vecchi western in televisione, con Lou. Per un periodo è stata l'unica cosa che avevano in comune. Ha subito voluto bene a Helen, ma ci ha messo un po' a fidarsi di Lou.»

«Sai,» disse Charles «non ho mai smesso di chiedermi perché l'abbia sempre chiamato Markowitz.»

Il detective guardò l'orologio. «Non ho letto l'ultimo libro. Alla fine Wichita Kid viene ucciso?»

«Sì.»

«Sapevo che sarebbe finita così.»

«Se hai letto solo i primi libri, come hai...»

«Sapevo che lo sceriffo avrebbe fatto il suo lavoro.»

«Ma lo sceriffo voleva bene a Wichita Kid.»

«Per questo ha dovuto ucciderlo, Charles. Ecco perché lo sceriffo Peety è un eroe. Il mio lavoro invece è una faccenda più sporca. Ogni giorno diamo ai cattivi una possibilità. Quelli tradiscono gli amici, noi facciamo un accordo e li guardiamo tornare in libertà.»

«Ma non gli assassini.»

«No, quelli no.»

«Eccetto Kathy Mallory. Ieri sera dicevi che potrebbe essere processata per omicidio e incendio.»

«Il caso è chiuso.»

«Ma Kathy non è morta.»

«E non ha ucciso nessuno.» Riker provò compassione per il povero Charles, lasciato in sospeso un'altra volta. Chiunque sarebbe impazzito, ma lui era un uomo paziente.

«Un'altra domanda, Riker. Non ti disturbano le somiglianze tra la vicenda di Mallory e il caso dello spaventapasseri?»

Riker fissò la tazza vuota, soppesando attentamente le parole. «È una vecchia tesi, secondo la quale poliziotti e assassini sono sostanzialmente uguali. Ciò che ci distingue è... il dopo, quello che succede dopo aver ammazzato qualcuno. Credi che il nostro spaventapasseri provi rimorso?»

Charles scosse la testa. «No, non quest'uomo.»

«Quando un poliziotto è coinvolto in una sparatoria dall'esito fatale, gli viene tolta la pistola, perché il rimorso non lo spinga a uccidersi.»

«Dunque non credi che Mallory si identifichi con lo spaventapasseri?»

«No» disse Riker. «Credo che adesso sappia come si sentiva Louis Markowitz.»

«In caccia del figlio perduto?»

«Il figlio di Natalie, un cucciolo malato.» Riker continuava a fissare l'orologio. «Perché non chiama?» Prelevò un fax accartocciato dalla tasca e lesse: «Allora, Odeon, nel Nebraska è l'ultimo posto che lo spaventapasseri ha considerato casa».

«Stavamo cercando una definizione di "casa", quando Mallory si è alzata e se n'è andata.»

Riker batté i pugni sul tavolo, facendo sobbalzare le tazze. «L'ha trovato! Mallory sa dove vive lo spaventapasseri. Dimmi tutto quello che vi siete detti.» Era un ordine. «Ogni dannata parola.»

Mallory era in piedi davanti all'ingresso di un palazzo dell'East Village, l'ultimo indirizzo di Natalie Homer. Suonò il campanello dell'appartamento dei padroni di casa. Nessuno rispose, e non sentì alcun rumore all'interno.

Un uomo sul marciapiede stava avvicinandosi e la guardava incuriosito. Salì la breve rampa di scale e si avvicinò a Mallory. «Io vivo qui, posso esserle utile?»

«Lei è il signor White? Il marito di Alice?»

«Sì.»

Mallory mostrò il distintivo e non ci fu bisogno di aggiungere altro. Quando l'uomo aprì la porta, il diritto di Mallory a entrare non era in discussione. Mallory si chiese come queste gentili persone del Midwest potessero sopravvivere a New York. «Sua moglie è in casa?»

Il signor White lesse un biglietto sul tavolo nell'ingresso. «È uscita a fare la spesa. Prego, si accomodi, non tarderà.»

Quando entrambi furono seduti, il signor White le disse: «Alice mi ha riferito che le ha fatto fare il giro della casa. Le piace come l'abbiamo sistemata?».

«Un bel lavoro» disse Mallory.

Il signor White sollevò le sopracciglia, probabilmente si aspettava un commento più generoso. «Posso fare qualcosa per lei?»

«Mi auguro di sì.» Mallory estrasse i due identikit dello spaventapasseri e li posò sul tavolino. Accanto a quelli mise una stampata con la riproduzione della patente.

«Viene dal Nebraska» disse il signor White dopo aver letto l'indirizzo sulla patente. «Mia sorella vive lì.» Corrugò la fronte. «Una fotografia orribile.»

Pssst.

Deluthe si stava lentamente abituando a quel veleno insetticida. Sapeva che non poteva toccare nulla, tantomeno il pulsante che spegneva la macchina. Il cadavere posato sul pavimento del ripostiglio era ricoperto da una muffa verde e nera, come l'interno del sacco trasparente che conteneva il corpo. L'età del cadavere si intuiva dai capelli bianchi. Era un uomo, si capiva dalle mani, mani grandi e squadrate. Nessun segno di ferite di alcun tipo, nessuna causa apparente di morte.

Accanto al ripostiglio, nel portaombrelli, c'era una mazza da baseball, l'arma di difesa preferita dai newyorkesi.

Il giovane detective si alzò e si guardò intorno. Tutto era esattamente come doveva essere.

Pssst.

«Be'» disse il signor White «potrebbe essere chiunque.» Alzò lo sguardo dall'identikit dello spaventapasseri, che si era rivelato inutile quanto la patente. «Mi rincresce, sono fuori tutto il giorno, è mia moglie che tiene d'occhio i vicini.»

«Forse ha notato uno sconosciuto aggirarsi qui intorno. Indossa un cappello da baseball e ha una borsa...» Mallory udì lo scampanellio della porta d'ingresso. Alice era a casa.

Deluthe si avvicinò alla porta chiusa del bagno. Non riusciva a ricordare se avesse lasciato la porta aperta. Tranne il soffio dello spray, la stanza era immersa nel silenzio. Era quasi sicuro di essere il solo essere vivente nell'appartamento. *Quasi*. Impugnò la pistola. Il sudore cominciava a colargli sul viso. Si figurò Mallory che lo sfotteva anche da morto, perché non aveva chiamato rinforzi.

Qualcosa lo colpì in piena faccia. Perdeva sangue dal naso. Le ginocchia erano deboli e sarebbe caduto a terra da un momento all'altro.

L'uomo aveva qualcosa in mano. Un'arma? Deluthe sollevò la sua pistola.

No, era una bomboletta spray.

Pssst.

Gli occhi di Deluthe erano in fiamme. L'insetticida l'aveva praticamente accecato. Distingueva solo una sagoma bianca e sfuocata, una faccia che galleggiava, poi cadde in ginocchio. Il dolore aumentò.

La signora White entrò nell'appartamento: «John, hai visto il biglietto?». Appoggiò le borse della spesa, e notò che il marito aveva ospiti. «Oh salve, è il terzo poliziotto che vedo oggi.»

«Cosa?» disse il signor White.

«Stamattina presto c'era un agente in uniforme. È arrivato appena sei uscito. Credo che fosse un amico di George. Poi ne è venuto un altro...» si voltò verso Mallory. «George è il custode, anni fa lavorava nella polizia.»

Mallory le mostrò l'identikit dello spaventapasseri. «Assomiglia a quest'uomo?»

«Oh no» disse ridendo. «George ha sessantacinque anni. È un uomo corpulento e ha pochi capelli.»

Deluthe indietreggiò. Le lacrime avevano calmato il bruciore dell'insetticida e adesso distingueva la figura di un uomo di fronte a lui. Fece per sparare, ma l'uomo gli aveva sottratto la pistola. Allungò un pugno in direzione del suo avversario. Un calcio nei testicoli lo fece piegare in due, poi un pugno alla bocca dello stomaco gli levò il fiato. Cadde sul pavimento, dove restò a contorcersi mentre l'uomo apriva e chiudeva dei cassetti, poi sentì il rumore di uno strappo. Cercò di concentrarsi. Dov'era il portaombrelli con la mazza da baseball?

Vicino al ripostiglio.

Vedeva a malapena delle ombre confuse, ma riuscì a distinguere la sagoma scura accanto al ripostiglio. Strisciò fino a lì, finché riuscì a toccare il portaombrelli. Mentre cercava di afferrare la mazza, sentì che l'uomo correva nella sua direzione. Si rimise in piedi e colpì alla cieca.

Aveva beccato qualcosa. Carne e ossa. L'uomo ombra era andato al tappeto.

La signora White osservò gli identikit e la fotografia.

«Ci pensi bene, signora» disse Mallory. «L'ha mai visto prima?»

«Potrebbe essere chiunque, anche quel giovane poliziotto. Gli ho detto che George non era in casa, ma l'uomo a cui subaffitta l'appartamento...»

«...lavora di notte,» disse John White «come il vecchio George.»

«Così ho pensato che stesse dormendo,» disse la moglie «e l'ho detto al poliziotto.»

«Il primo?» chiese John White «oppure hai...»

«L'ho detto a tutti e due» disse la moglie. «Il secondo era un detective, mi ha chiesto se poteva lasciare un messaggio sotto la porta di George.»

Deluthe fu afferrato alle gambe. Sbatté la nuca sul pavimento, la mazza da baseball ancora in mano.

Il peso dell'uomo lo schiacciava, rotolarono sul tappeto andando a sbattere contro il muro. Deluthe riuscì ad assestare un pugno su una faccia che riusciva a malapena a vedere.

L'assalitore, adesso, era sotto di lui, e Deluthe seguitò a colpirlo, una raffica di pugni. L'uomo sembrava non reagire ai colpi, poi una mano strizzò i testicoli di Deluthe. Dov'era la mazza?

Mallory era sconcertata. «Quest'uomo vive nel vostro condominio e non sapete come si chiama?»

«Vede,» disse il signor White, parlando per conto della moglie «non è proprio uno sconosciuto, per anni è venuto a trovare il vecchio George.»

Ancora una volta Mallory indicò le immagini sul tavolo. «Questo potrebbe essere l'uomo che ha subaffittato l'appartamento?»

«Forse, ma non ne sono certa, potrebbe essere uno di quei poliziotti. Il detective... quello che voleva lasciare il biglietto. È passato poco fa, l'ho mandato al piano di sopra. Io dovevo uscire...»

Pssst.

Deluthe giaceva sul fianco. Poteva sentire il sapore del sangue mentre si strappava il nastro adesivo. Con l'altra mano cercava la mazza da baseball. Non fece in tempo ad afferrarla che l'uomo gliela strappò, poi gli immobilizzò il braccio destro dietro la schiena. Deluthe sentiva i muscoli e le ossa che si torcevano, il dolore era insopportabile. Il suo urlo fu coperto da un pezzo di nastro adesivo.

«L'affittuario di George è un giovane tranquillo» disse Alice. «Non sentiamo un solo rumore provenire dal suo appartamento.»

«Non lo sentiremmo comunque» sorrise il signor White. «L'appartamento è all'ultimo piano. Un giorno l'ho incrociato per le scale. Aveva le chiavi di George. Mi disse che il vecchio era partito, motivi di famiglia.» Sorrise per rassicurare Mallory. «Aveva le chiavi di George, mi sembrava una persona per bene, non c'era ragione per...»

«Le faceva paura.» Mallory non attese risposta, ce l'aveva scritto in faccia. «Guardi di nuovo.» Sollevò uno degli identikit dello spaventapasseri. «Cerchi di immaginarlo con un cappello da baseball e una borsa di tela grigia con una striscia rossa.»

«Ah, la borsa» disse la signora White. «Non esce mai senza.»

Mallory alzò gli occhi al soffitto, come se riuscisse a vedere attraverso i pavimenti del condominio. «C'è un'uscita sul retro?»

«La porta che dà in giardino.»

«Non ci sono uscite antincendio?»

«No.»

«Quindi se vuole uscire deve...»

«Deve passare dall'atrio» disse John White.

«Mi dia le chiavi.» Mallory tese la mano. «Svelto!»

Quando Deluthe riprese coscienza, aveva le mani legate. Cercò di sollevare la testa. Aveva una corda stretta intorno al collo e il resto del suo corpo era bloccato dal peso dell'uomo.

Senza fiato, gli occhi in fiamme, il cuore come un martello.

Scalciò in preda al panico, le gambe ricaddero a terra. Smise di lottare, improvvisamente si sentiva leggero. I muscoli si distesero, la paura svanì.

Chiuse gli occhi. Il peso che lo opprimeva era scomparso, la forza di gravità non lo tratteneva più sul pavimento. Cominciò a fluttuare nell'oscurità.

Non sentiva più nulla.

La porta si chiuse. La stanza era mortalmente silenziosa.

Riker urlò: «Vai più veloce, coraggio! Sei con un dannato poliziotto!».

Charles obbedì, evitando per miracolo un taxi e il camion sbucato da una via laterale.

Furono costretti a una lunga deviazione per evitare un ingorgo. Guidavano da un'eternità per raggiungere un posto a dieci minuti di distanza, se solo avessero potuto volare!

21

Il padrone di casa aveva fatto di testa sua. Non era rimasto con la moglie. Aveva seguito Mallory fino all'appartamento all'ultimo piano e adesso era troppo tardi per minacciare quell'uomo, era già abbastanza spaventato. John White tornò velocemente sui suoi passi, non appena Mallory sfoderò la sua Smith & Wesson 357, un cannone in miniatura.

Pssst.

La porta era accostata. Mallory la spalancò con un calcio, facendola sbattere violentemente contro il muro. C'era sangue sul tappeto e su una mazza da baseball. Mallory guardò il corpo disteso a terra. Ronald Deluthe aveva una corda intorno al collo. Mallory puntò la pistola in ogni direzione, contro ogni possibile nascondiglio dello spaventapasseri. Il bagno era vuoto. Aprì un'altra porta, nessuno.

Tornò nella stanza principale e trovò John White accucciato sul pavimento. Controllava il polso di Deluthe, che aveva il braccio destro piegato in una posizione innaturale. Il naso era spaccato e sanguinava, segno che era ancora vivo.

«Il polso c'è,» disse White «ma è debole.»

Mallory si chinò accanto a Deluthe, poi infilò un dito fra la corda e il collo. Deluthe respirava a fatica, ma le labbra non avevano un colore preoccupante. Lo spaventapasseri doveva essersene andato da poco.

John White armeggiava con il cappio. Disse: «Ero un infermiere volontario nel Wisconsin».

Mallory non ascoltava. Fissò per un momento il ripostiglio aperto, poi si avvicinò di nuovo a Deluthe e gli aprì la giacca: la fondina era vuota.

Lo spaventapasseri era armato.

Corse alla porta, scansando Alice White. «Chiami la polizia»

«L'ho fatto...»

«Chiami di nuovo, dica che c'è un agente ferito.»

Mallory corse su per la scala che portava al tetto. Era arrivata in cima quando udì un grido provenire dall'appartamento di sotto. Alice White aveva scoperto il cadavere putrefatto nel ripostiglio.

Riker parlava al cellulare: «Come dici? Un agente ferito?».

Charles stava accostando per lasciar passare un'ambulanza e Riker urlò: «Seguila!».

Sul tetto, Mallory avanzava con la pistola in pugno. Un rumore di passi. Gli occhi non si erano ancora abituati alla luce del sole, così mirò nella direzione dalla quale proveniva il rumore. Nel mirino c'era un'innocua ragazzina. Per una frazione di secondo fissò Mallory a bocca aperta, poi si infilò di corsa nella porta dalla quale era sbucata. Mallory superò un piccolo deposito per gli attrezzi e inquadrò un uomo, i jeans e la maglietta macchiati di sangue. Usava la pistola di Deluthe per ripararsi dal sole. Aveva la faccia graffiata, opera di Stella Small. Il braccio destro pendeva inerte lungo il fianco, e Mallory intuì che Deluthe doveva aver lottato prima di essere messo fuori combattimento.

Poco più in là, un omino con i capelli rossi si nascondeva sotto un mucchio di panni bagnati, illudendosi che il bucato potesse proteggerlo dai proiettili. Sul lato opposto di un muretto che separava il tetto da quello dell'edificio di fianco, una donna anziana dava da mangiare a dei piccioni viaggiatori.

Mallory udì una risata nervosa, si voltò e vide tre bambini schierati in ordine d'altezza. Troppi film d'azione li avevano anestetizzati dalla paura per le armi.

Lo spaventapasseri era di fronte a lei, perdeva sangue da una ferita sul sopracciglio.

Mallory sentì i bambini avvicinarsi. Si voltò, per gridare: «Andate via!». La pistola non produsse alcun effetto, ma il suo sguardo fu molto convincente. I bambini filarono dietro una paratia di legno, non abbastanza spessa da proteggerli dai proiettili. Il bambino più piccolo era restato indietro e adesso si trovava nella linea di tiro delle due pistole.

Non permetterai che le pecore del gregge vengano uccise.

Era stato il primo insegnamento di Louis Markowitz, la lezione più difficile per Mallory. Quando aveva deciso di arruolarsi in polizia aveva accettato la possibilità di dover morire per salvare un innocente. Un concetto difficile per una ex bambina di strada, con un innato istinto di sopravvivenza. Ma i patti erano patti.

Lo spaventapasseri distese il braccio con la pistola.

Le dita di Mallory sfiorarono il grilletto. Poteva colpirlo quando voleva. Ma per quanto fosse stata veloce, lui avrebbe potuto fare lo stesso del male a qualcuno. Dai suoi movimenti capì che non era mancino.

I bambini erano un bersaglio facile. I due dietro la parete di legno e quello rimasto allo scoperto. Avrebbe potuto colpire anche la donna che dava da mangiare ai piccioni, oppure l'uomo nascosto sotto la biancheria. Mallory abbassò la pistola, non voleva che lo spaventapasseri si sentisse minacciato, non voleva che sparasse.

La pistola dell'uomo si spostò lentamente in direzione dei bambini nascosti, ma non protetti. A quel punto, Mallory vide svolazzare un vestito a fiori. Una donna terrorizzata avanzava carponi verso il bambino nella linea di tiro. Madre coraggio. La donna abbracciò il piccolo, ma lo spaventapasseri non prestò alcuna attenzione alla donna che indietreggiava gridando con il bambino fra le braccia. Aveva gli occhi puntati su Mallory. Sollevò di nuovo la pistola.

Mallory fu più veloce: in una frazione di secondo, la sua arma teneva sotto tiro la testa dell'uomo. «Allora vuoi morire.»

Poi alzò la pistola verso il cielo e, sapendo di provocarlo, disse: «Io so molte cose sulla morte di tua madre, più di quante ne sai tu».

Parole magiche.

L'uomo abbassò la pistola, e Mallory vide tutte le sue ferite. Il braccio destro sembrava rotto, tutto il peso si reggeva sulla gamba destra, la sinistra era sul punto di cedere. Un occhio era ricoperto di sangue, ma l'altro la fissava. Voleva sapere il resto della storia.

Come ai vecchi tempi, come una puttana.

«So cos'hai fatto quella notte.»

L'unico occhio utile dello spaventapasseri si spalancò per la sorpresa. La gamba sinistra vacillò. Non si accorse di tenere la pistola puntata contro un mucchio di biancheria tremante. L'omino nascosto fra i panni smise di gemere e svenne.

Lo spaventapasseri voleva la sua storia.

«Hai trovato un messaggio dell'uomo che la seguiva» disse Mallory. «L'hai trovato sul pavimento la notte in cui è stata uccisa.»

Aveva indovinato, lo spaventapasseri annuiva.

«E hai avuto un sacco di tempo per leggerlo, due giorni e due notti. Le mosche nei capelli, gli scarafaggi che ti camminavano addosso. Il fornello era acceso, il caldo soffocante.»

La pistola era pesante, e lo spaventapasseri non controllava il bersaglio. Adesso puntava la donna dei piccioni. Era stremato, stanco di vivere, ma non avrebbe mollato.

Aspettava il seguito.

«Eri in bagno quando tua madre è stata uccisa.»

La signora dei piccioni non si era accorta dell'arma, ma i piccioni percepivano la tensione nell'aria come se si trattasse di una tempesta. Le ali sbattevano sulle pareti metalliche della voliera, una cascata di piume cadde a terra come una strana nevicata d'agosto.

Mallory si avvicinò, lentamente. «Hai sentito qualcosa.» Gli girò intorno, allontanando la pistola dello spaventapasseri dalla donna. «Hai aperto la porta del bagno, solo un po'. Un uomo era chino su tua madre.» Adesso ne era sicura: non aveva assistito allo strangolamento della madre. Quel bambino di sei anni aveva creduto che la madre fosse ancora viva mentre l'uomo la mutilava e l'impiccava. Se un pompiere e un dottore non sapevano distinguere un cadavere da un corpo ancora in vita, figurarsi un bambino.

La signora dei piccioni si mosse, Mallory la teneva sott'occhio. Armeggiava con un sacchetto di becchime.

Mallory avanzò.

Calma, adesso.

La pistola nella mano dell'assassino ondeggiò. «L'hai guardato mentre la impiccava, senza rumore, senza un grido. Lei non ha...»

No, lo spaventapasseri scuoteva il capo.

Eppure Mallory era sicura di non sbagliarsi. Ma non aveva ancora premuto il tasto giusto. «Non hai urlato. Ti sei limitato a guardare.»

La testa dell'uomo si piegò di lato. Il volto si contorse in un grido silenzioso e l'unico occhio pianse lacrime di sangue.

I piccioni sbattevano le ali contro la voliera.

«Hai *guardato* quel bastardo mentre uccideva tua madre! Hai lasciato che lo facesse!» Aveva solo sei anni, era traumatizzato e paralizzato dal terrore, e ora lei faceva leva sul senso di colpa. «Non hai chiamato aiuto, non hai nemmeno cercato di fermarlo.»

Le porte della voliera si spalancarono e i piccioni si levarono in volo. Planarono vicino allo spaventapasseri, poi si diressero verso il cielo. «Non sei riuscito a tirarla giù.» Mallory se lo immaginava, un ragazzino tremante, che piangeva per la madre, senza sapere che fosse morta. «Come hai potuto lasciarla lì, ancora viva?»

Lo spaventapasseri lasciò cadere la pistola, senza rendersene conto. Sul tetto adiacente, la signora dei piccioni fissava il cielo, seguendo il volo degli uccelli.

«Dopo due giorni di mosche e caldo, non ce l'hai fatta più. L'hai lasciata da sola, al buio. Sapevi cosa le stavano facendo gli insetti, quando hai chiuso la porta, e te ne sei andato lo stesso.»

La gamba cedette, e lo spaventapasseri crollò sulle ginocchia. Provò inutilmente a rialzarsi. Mallory si avvicinò per allontanare la pistola con un calcio.

L'uomo era indifeso, entrambi gli occhi spalancati sull'inferno che gli bruciava dentro.

Mallory si inginocchiò di fronte allo spaventapasseri, una posizione che assomigliava a una preghiera. In seguito, avrebbe ricordato quegli occhi velati, morti da molto tempo. Avrebbe dovuto piantargli una pallottola nella testa. Sarebbe stato un gesto di pietà.

Il tempo della redenzione.

In assenza di pietà, Mallory intendeva sfruttarlo in quanto unico testimone dell'omicidio di Natalie Homer. «So che è stato un poliziotto a uccidere tua madre. E tu mi aiuterai a inchiodare quel bastardo. Tu vuoi vendicarti, e io posso farlo per te.»

No, non era quello che voleva, e mai l'aveva voluto. Solo ora Mallory capiva il suo errore.

Il figlio di Natalie voleva morire, e fissava la pistola. Pregustava quel momento da così tanti anni, quel bambino stremato dal sole di agosto aspettava soltanto di essere punito. Tre impiccagioni, un unico grido disperato: *Prendetemi! Uccidetemi!* Aveva avvertito le sue vittime, le aveva spedite nelle braccia della polizia come altrettanti messaggeri. Mallory era in grado di leggere in fondo alla pazzia di quell'uomo, il danno irreversibile provocato a un bambino. «Hai pensato che tuo padre ti mandasse via perché ti credeva colpevole.»

Nessuna risposta. Quel poco di lucidità che gli rimaneva lo stava abbandonando. Fece per toccarlo, ma lui si ritrasse. Le mani di Mallory rimasero sospese in un gesto proibito. A un tratto un'ombra coprì il sole. Mallory udì il suono sordo della mazza da baseball. Un colpo secco spaccò in due il cranio dello spaventapasseri. Fece appena in tempo ad abbracciarlo, e caddero insieme.

Ronald Deluthe era sopra di loro. Una mazza da baseball pendeva dalla sua mano.

Il peso dello spaventapasseri la schiacciava, il suo sangue le colava sulla faccia e nei capelli. Per un attimo vide Ronald Deluthe, in piedi. Poi il corpo del poliziotto si abbatté sulla superficie ruvida del tetto.

Mallory aveva perso la pistola, era schizzata via insieme ai pezzi di carne e di ossa.

Com'era possibile? Doveva raccontargli com'era morta veramente sua madre, e che lui non avrebbe potuto fare niente per salvarla.

La Mercedes di Charles Butler si fermò di fronte al condominio. Parcheggiò in doppia fila vicino alle auto della polizia con il lampeggiante acceso. Un'ambulanza era ferma sul marciapiede e due uomini in camice aspettavano fuori.

Riker scese per primo dall'auto, urlando: «Cos'è successo? Dov'è l'agente ferito?».

«È colpa mia!» Un uomo gli corse incontro sbracciandosi. «Mi spiace, pensavo fosse tramortito. Mi sono distratto un attimo, mia moglie non si sentiva bene e pensavo stesse per svenire per via del cadavere nel ripostiglio. Quando mi sono voltato era sparito.»

Riker si precipitò sul tetto, la pistola in mano, gli occhi che saettavano in tutte le direzioni. Vide l'uomo con i capelli rossi che gemeva contorcendosi in un mucchio di biancheria bagnata. Sul tetto di fianco, una signora anziana dall'aria stordita fissava il cielo.

Trovò Deluthe dietro il deposito, steso a terra, con una mazza da baseball in mano. Qualche passo più in là c'era Mallory, e sopra di lei, il corpo di un uomo. In lontananza si sentiva il suono delle sirene. La carne dello spaventapasseri era calda, anche il sangue che colava dalla testa.

Riker liberò Mallory. Mallory teneva le mani premute contro la faccia dell'uomo nel tentativo di consolare un cadavere.

22

Il brusio dei curiosi si mescolava al gracchiare delle radio della polizia. Il solito nastro giallo delimitava il marciapiede. Un'ambulanza e un furgone dell'obitorio erano parcheggiati con le porte aperte: aspettavano i vivi e i morti. L'incaricato dell'ufficio del medico legale chiuse il sacco. La sigaretta gli penzolava dalla bocca, Riker gliela accese. «Il dottor Slope sta aspettando di fare l'autopsia. Che mi dice dell'altro cadavere?»

«Ce n'è solo uno» rispose Riker. «Questo.» Indicò quel che restava di George Neederland, il vecchio guardiano del negozio, l'uomo scomparso.

L'uomo dell'ufficio del medico legale alzò lo sguardo e vide un elicottero della polizia che decollava. «Avete appena portato via un corpo dal tetto. Cosa sta succedendo?»

«C'è un solo cadavere.» Riker si voltò e vide un altro giornalista che si avvicinava allo sbarramento della polizia. Il furgone di un'emittente televisiva scaricava luci e telecamere. Si voltò di nuovo verso l'incaricato del dipartimento di medicina legale. «Uno solo. Se la stampa riferirà qualcosa di diverso, il dottor Slope ti licenzierà in tronco. Farò in modo che lo faccia.»

Con fare meno minaccioso, Riker ringraziò Alice White che gli aveva portato una salvietta bagnata. Afferrò Mallory per un braccio e la costrinse a rimanere ferma mentre le ripuliva il sangue dalla faccia. «Accidenti, bambina mia, sei conciata peggio di Deluthe. Sei sicura che il sangue che hai addosso non sia tuo?»

Mallory si allontanò da lui diretta verso gli uomini della Scientifica urlando: «Ehi voi, fermatevi...».

Riker raggiunse l'ambulanza: «Avevate ragione ragazzi, Mallory non è ferita». Si voltò a guardare la collega che impartiva ordini e firmava i sacchetti con le prove, senza badare ai suoi vestiti malconci e ai capelli insanguinati che facevano inorridire gli spettatori.

L'infermiere che medicava Deluthe disse: «Si sta riprendendo».

Non c'era bisogno di proteggere il giovane poliziotto dai giornalisti, nemmeno sua madre avrebbe potuto riconoscerlo. Aveva la testa bendata, la faccia tumefatta, e una flebo al braccio. Riker aspettò finché non aprì gli occhi, poi continuò la lezione da dove l'aveva interrotta. «Quando hai trovato l'indirizzo di Natalie sui documenti del guardiano, dovevi venire da me. Mai muoversi senza rinforzi, figliolo... E la porta. Hai commesso un grave errore, quando hai visto la porta aperta avresti dovuto sapere che lo spaventapasseri era ancora nell'edificio.»

Deluthe tossiva. «Insomma, mi sta dicendo che sono licenziato?» Sorrise, e il labbro ricominciò a sanguinare.

«No» disse Riker. «Se volessi licenziarti, non perderei tempo a insegnarti come si fa a restare vivi.»

Il medico annunciò: «Tutto bene, si è stabilizzato».

«Dacci un minuto» disse Riker. Quando i medici si allontanarono dall'ambulanza aggiunse: «Ancora una cosa. Ti abbiamo promosso assassino, per un po'». Indicò due agenti seduti dentro all'ambulanza, si fidava di entrambi. «Waller ha preso i tuoi documenti e il distintivo, risponderà lui alle domande una volta all'ospedale. Tu tieni la bocca chiusa.» Si voltò e indicò Mallory. «Lei si prenderà il merito di averti picchiato di santa ragione. Chiariremo tutto domani.»

Prima che le porte dell'ambulanza si chiudessero sull'espressione perplessa di Deluthe, Charles Butler raggiunse Riker. «Mallory non dovrebbe andare in ospedale?»

«In linea teorica» rispose Riker. «Parlaci tu.»

«C'è qualcosa... qualcosa di strano in lei.»

«Davvero?» Riker si voltò a guardare la collega che si muoveva sulla scena del delitto come un automa. «Da cosa lo deduci?»

Charles colse il sarcasmo, ma si rifiutava di rispondere alle provocazioni che riguardavano Mallory. «Di solito è ossessionata dalla pulizia. Non sopporta nemmeno di avere una macchia sulle scarpe da ginnastica. Guardala ora, non sembra neppure accorgersi di tutto quel sangue sui vestiti e nei...»

«Sì, non sembra la solita fanatica. Ma è un buon segno, no? Tu che ne dici?»

Charles sospirò. Indicò la tasca della giacca di Riker. «Quando le darai quel libro?»

«Presto, aspetto solo il momento buono.»

Mallory si stava avvicinando. Charles si allontanò prima che gli ordinasse di rimanere oltre il nastro.

Riker sorrise, felice di vederla ancora viva. «Hai perso l'occasione d'informare Deluthe del casino che ha combinato oggi, ci ho pensato io.»

«Gli hai detto che ha ucciso un uomo disarmato,

l'unico testimone oculare dell'omicidio di Natalie Homer?»

«No, piccola, ho lasciato quella parte a te. Aspetta che esca dall'ospedale. Allora lo coglierai di sorpresa e il colpo sarà ancora più duro.»

Era una battuta, ma Mallory parve prendere l'idea in seria considerazione.

«Ho sentito che hai spremuto Geldorf.»

«Se l'è cercata» rispose Mallory.

«Certo. Per questo gli hai detto che lo spaventapasseri era un poliziotto. Dovevi avere ottime ragioni per rivelare un dettaglio come quello. Hai pensato che il vecchio fosse nella lista dell'assassino e gli hai dato un avvertimento. È stata la tua buona azione quotidiana.»

Mallory non avrebbe mai ammesso un gesto di pietà. Forse era ciò che Riker voleva credere, una sua fantasia. Il detective alzò gli occhi verso le nuvole, minacciavano pioggia. «Questa volta non siamo soddisfatti, vero Mallory?»

No, proprio no.

Mallory lo guardò, e lui rivide la sua Kathy a dieci anni, stravolta alla fine di una brutta giornata. Riker sentì crescere l'odio. L'odio verso il bastardo che aveva ucciso Natalie Homer. A vent'anni dal primo delitto, il numero delle vittime non poteva essere ufficializzato finché Sparrow era attaccata alle macchine che la tenevano in vita. E poi c'era Mallory, diversa, cambiata in maniera preoccupante.

Riker estrasse dalla tasca un sacchetto di carta marrone. Conteneva il libro. «Tieni, un premio di consolazione.» Le regalò l'ultima puntata della saga dello sceriffo Peety e Wichita Kid. «Credo che apprezzerai la dedica.»

Aveva contrassegnato la pagina, così che trovasse subito il messaggio del suo più grande ammiratore, una lettera d'amore scritta prima che Louis Markowitz e Kathy facessero amicizia.

Riker si allontanò mentre Mallory apriva il regalo. Era diretto all'auto di Mallory, pianificando un sabotaggio che le impedisse di tornare a casa da sola. E poi, se l'avesse vista piangere, Mallory non l'avrebbe mai perdonato, e Riker aveva già abbastanza preoccupazioni. Stava ancora pagando per tutti i crimini commessi contro Kathy bambina.

«Riker!» gridò lei. «Dove stai andando? Non abbiamo ancora finito qui...»

Come aveva potuto pensare che Mallory si sarebbe commossa?

L'appartamento di Manhattan era costoso ma austero. In salotto si percepiva l'odore di due fantasmi di Brooklyn, Louis e Helen Markowitz. La loro casa odorava dello stesso deodorante al pino. Riker pensò che fosse il modo con cui Mallory aveva scelto di ricordarli, visto che in tutto l'appartamento non si vedeva una fotografia o un ricordo di famiglia. Probabilmente credeva che nulla, in quella casa, avrebbe potuto rivelare la sua personalità, ma non era così. Il tappeto bianco testimoniava la sua ossessione per la pulizia, i vetri scintillavano e tutte le sedie erano allineate con ordine maniacale. Tutto era bianco e nero, senza compromessi, proprio come Mallory. Per questo il piccolo oggetto gli saltò subito all'occhio. Evidentemente, Riker non era stato l'unico a rubare dalla scena del delitto. Recuperò dal tappeto il fermacapelli d'avorio. Era finemente intarsiato e sembrava piuttosto prezioso. Sparrow lo indossava sempre quando si incontravano, era il suo oggetto preferito. Quel fermaglio l'aveva sempre incuriosito: valeva almeno una dose, eppure non era mai stato venduto. Morta Sparrow, quel fermacapelli sarebbe stato un ricordo o un trofeo per Mallory?

Si voltò e vide entrare la sua collega. Indossava una vestaglia bianca e si asciugava i capelli.

Riker mise in tasca il cellulare. «Il dottor Slope ha finito l'autopsia del guardiano notturno. Era morto da circa due settimane. Cause naturali. Credi che lo spaventapasseri avesse progettato quest'ultimo omicidio?»

«No. Aveva fatto amicizia con il vecchio anni fa. Voleva passare un po' di tempo nel palazzo dove la madre era stata uccisa. Quella era la sua idea di casa.»

Con grande sorpresa di Riker, Mallory accettò un bicchiere di bourbon e soda.

Si chiese se Mallory bevesse quando era sola. Certo, non avrebbe mai bevuto in pubblico, col rischio di perdere il controllo davanti a dei testimoni. «Allora è questo che ha innescato le impiccagioni? La morte del guardiano?»

«Non lo sapremo mai, grazie a Deluthe.» Mallory fissò la tasca in cui Riker aveva riposto il cellulare. «Che notizie ci sono dall'ospedale?»

«Se ti riferisci a Deluthe, sopravvivrà.» Riker la guardò finire il bourbon. «Ha il naso rotto, una frattura alla testa e la spalla lussata. E gli rimarrà una brutta cicatrice in faccia, un sacco di punti. Il dottore dice che Deluthe non sembra preoccupato per questo, anzi, è quasi contento.» Prese il telecomando del televisore. «Se invece pensavi a Sparrow, hanno detto che domattina sarà tutto finito.» Non riuscì a capire quale reazione la notizia avesse suscitato in Mallory. Perlomeno non aveva sorriso. «E ora le buone notizie.» Riker accese il televisore eliminando il sonoro, preferiva dare la sua versione dei fatti. «I giornalisti sono molto confusi sul numero dei cadaveri. Pensano che lo spaventapasseri sia ancora vivo, ma gravemente ferito.» Indicò l'immagine di un'adolescente presa d'assalto dai microfoni. «È quello che ha detto la ragazzina.»

Mallory annuì. «È rimasta sul tetto soltanto pochi minuti.»

La ragazzina tremava davanti alle telecamere e Riker si avvicinò allo schermo. «Guarda qui, il padre sta per picchiare i giornalisti.» Partì un pugno. «Bel colpo.» Poi l'inquadratura cambiò. Adesso c'erano tre bambini che parlavano tutti insieme. «Oh, i ragazzini! Adesso viene il bello.»

«Non hanno visto niente» disse Mallory. «Si sono nascosti prima che potessero...»

«Sì, ma secondo la loro versione, tu hai sparato a quel bastardo alle gambe, poi gli hai sottratto la pistola e gli hai sparato un'altra volta. Ma sapevano che era ancora vivo perché l'hanno visto allontanarsi da te strisciando. Dio benedica la loro fantasia.»

«Ho bisogno di qualcosa per innervosire un sospettato.» Mallory, nella sala operativa, allineava le fotografie sulla parete. «Dobbiamo risolvere l'omicidio di Natalie, stanotte.»

Era comprensibile. In mattinata le vere notizie sullo spaventapasseri sarebbero state di pubblico dominio. «D'accordo» disse Charles. «Erano due le persone che la pedinavano. Solo l'assassino di Natalie lo sapeva.» Mallory era scettica.

«È una questione di stile» continuò. «Il primo pedinatore era l'ex marito. Sono sicuro che Lars aveva ragione su questo. Forse potremmo perdonarlo per...»

No. Uno sguardo a Mallory e lo convinse del fatto che il perdono era fuori questione. Charles prese uno dei messaggi ingialliti. «Erik Homer picchiava la moglie, era un tipo poco paziente. Non è credibile che passasse delle ore a ritagliare – una alla volta – le lettere dai titoli dei giornali. E solo per comporre artistici messaggi per Natalie.» Lesse ad alta voce le parole del messaggio. «"Oggi ti ho toccato", suona più poetico che minaccioso. Non è nello stile di Erik Homer. Quando ha incontrato la seconda moglie, ha smesso di seguire Natalie. Infatti lei ha smesso di chiamare la polizia, e questo spiega l'intervallo di due settimane nelle denunce. È stato il secondo uomo che ha lasciato questi messaggi, l'amava e l'ha uccisa.»

«Ammettiamo che sia così.» Mallory si allontanò dalla parete per permettergli di osservare i ritratti dei suoi cinque sospetti come apparivano vent'anni prima. La fotografia di Lars Geldorf proveniva dall'archivio di un giornale. I primi piani di altri due detective e di un agente erano stati ricavati dalle Polaroid scattate sulla scena del delitto ed elaborate al computer. La foto di un altro agente era stata recuperata dal suo fascicolo personale. «Sappiamo che il nostro uomo era un poliziotto, ma chi?»

«Come possiamo essere sicuri che sia uno di questi?»

«Perché uno degli agenti ha informato la centrale dell'impiccagione classificandola come un suicidio, e *tre* detective sono corsi sul posto.»

«Fammi indovinare» disse Charles. «Di solito non intervengono tre detective per un suicidio?» Cosa stava tralasciando? Osservò le fotografie degli uomini in giacca e cravatta. «Hai ristretto il campo a questi detective perché tutti e tre hanno ignorato le denunce di Natalie?»

«No.»

Certo che no, troppo facile.

«Su una cosa hai ragione.» Mallory appese al pannello una fotografia di Natalie Homer che sorrideva al fotografo. «La amava, era ossessionato da lei, era la cosa più bella che avesse mai visto.»

Tu sei bella.

Glielo aveva mai detto? No, mai.

«Lui, invece, non era niente di speciale» disse Mallory.

Non era speciale, non era bello.

«Non era alla sua altezza» disse Mallory. «Tutto quello che poteva fare era guardarla e seguirla. Probabilmente pensava che avrebbe riso se avesse saputo che pensava spesso a lei, a loro due insieme. Lei era inavvicinabile, intoccabile.»

Lontana come la luna tu non immagini neppure quello che...

«Sospettavo di lui.» Mallory indicò la fotografia di Lars Geldorf. «Ancora oggi il vecchio è molto legato a Natalie. Era il primo della mia lista.»

«Era?» disse Charles. «E adesso?»

«Il figlio di Natalie spiò dalla porta del bagno. Se avesse visto un detective in abiti civili, non avrebbe mai saputo che era un poliziotto.»

Charles era sinceramente sollevato che Lars non fosse più fra i sospetti, ma non poté esimersi dal farle notare che Junior vide quell'uomo una seconda volta, due giorni dopo, fuori dall'appartamento. Il bambino doveva sapere che quegli uomini erano tutti poliziotti.

«Tre detective intervengono per un suicidio,» disse

Mallory «ma non è stato l'indirizzo ad attirare la loro attenzione. Uno degli agenti fornì il nome della vittima, ma nessuno era mai stato all'appartamento di Natalie quando era ancora viva. Ho controllato. Era lei ad andare alla polizia per le denunce. Hai letto l'interrogatorio di Deluthe con Alan Parris. Gli agenti rimasero nella stanza due secondi prima di chiudere la porta e chiamare rinforzi. Videro un cadavere senza capelli appeso a una corda. Era gonfio, ricoperto di vermi, il viso irriconoscibile.»

«Ma sapevano che era Natalie» disse Charles. «Sapevano che era il suo appartamento.»

«Uno di loro sì» disse Mallory. Indicò le fotografie degli agenti: «Riesci a distinguere Loman da Parris?».

«È facile» disse Charles, anche se non aveva mai visto né l'uno né l'altro. «Loman è l'unico presente nelle foto della scena del delitto, Parris non volle più entrare nella stanza. Oh, certo, si somigliano molto.» Perfino Lars Geldorf li aveva confusi. Entrambi erano poco più che ventenni, avevano lineamenti regolari, gli stessi capelli e occhi scuri sotto la visiera. «Junior li incontrò sul pianerottolo, con Alice White. Ma gli uomini in divisa erano due.»

«A rimanergli impressa fu proprio la divisa» disse Mallory. «Ma se il bambino non riusciva a distinguerli, come possiamo...»

«Proviamo a tirare una moneta» propose Charles, visto che la logica non li portava da nessuna parte.

Riker si voltò verso la finestra. I furgoni delle emittenti televisive erano parcheggiati in doppia fila. Uomini con telecamere e microfoni assaltarono i poliziotti di scorta al detective con la testa fasciata. Altri giornalisti osservavano una finestra al secondo piano. «Niente di meglio che una folla assatanata per far montare la paura.»

Waller e il collega entrarono sorreggendo Deluthe. Delle infermiere professioniste non avrebbero potuto essere più delicate di questi due uomini corpulenti, che scrutavano preoccupati la faccia dell'agente ferito. Le differenze gerarchiche sparivano quando qualcuno veniva ferito nello svolgimento delle sue funzioni.

Il segno della corda era visibile sul collo di Deluthe, una larga cicatrice gli attraversava la guancia e aveva un braccio appeso al collo. Era pallido, evidentemente non aveva preso antidolorifici.

Era stata un'idea di Mallory?

La guardia d'onore fu congedata. Riker non voleva spettatori. Quando la porta si richiuse, Mallory si avvicinò a Deluthe. Prese il braccio sano di Deluthe, quello ferito, e lo ammanettò.

23

Jack Coffey sedeva alla scrivania vicino alla cella. Si era avvicinato all'unica finestra della stanza, bloccandola con una matita. Il caldo era soffocante, mentre Coffey intratteneva il tenente dell'East Side. «L'agente di Stella Small, una persona davvero spaventosa, è riuscita a trovarle una parte in una soap opera. Ma la madre e la nonna hanno intenzione di riportarla a casa, nell'Ohio.»

«Meglio così.» I piedi di Loman tambureggiavano sul pavimento, fissava l'orologio.

«Quella poveretta ne ha passate abbastanza» aggiunse Coffey, compiacendosi del nervosismo di Loman. «Era in ospedale, imbottita di sedativi. L'agente si è piegata sul letto, le ha sorriso con i dentini acuminati e le ha detto: "Decidi tu, bambolina. È un contratto di tre anni per la soap opera più seguita di New York". Poi, con un'espressione preoccupata ha aggiunto: "Mi rincresce, tesoro. Preferisci seppellirti viva nell'Iowa?". A quel punto la madre di Stella ha ribattuto: "Noi viviamo nell'*Ohio*". E l'agente: "Che differenza fa?".»

«Bella storia, Jack.» Il sorriso di Loman stava svanendo. Prese un fazzoletto per asciugarsi la fronte e la testa calva. «Cosa diavolo ci faccio qui?»

«Dobbiamo chiudere un vecchio caso. Non te l'hanno detto? L'omicidio di Natalie Homer.» Coffey lesse sorpresa nello sguardo di Loman, ma niente di più.

«Non era un mio caso. Ero soltanto un agente, all'epoca.»

«Lo so, ho convocato anche Parris, sta arrivando.» Loman trasalì, poi si asciugò di nuovo con il fazzoletto. «Alan Parris?»

«Sì,» disse Coffey «il tuo collega.»

L'uomo che hai venduto per una promozione.

Il tenente Coffey dondolava sulla sedia, godendosi quel momento. Il tenente Loman non gli era mai piaciuto. «Allora, perché non hai parlato di quel caso? Quando hai portato i documenti...»

«Non ho collegato le cose.»

«Entrambe sono state impiccate e soffocate con i propri capelli. Di cos'altro avevi bisogno?»

«Le scene del delitto erano completamente diverse.» Loman estrasse le chiavi della macchina dalla tasca dei pantaloni. «Non rimarrò qui per questo.»

«Non hai scelta, Harvey. Sei stato convocato come testimone, quindi resterai qui finché non ci capiremo qualcosa.» Sempre sorridendo, il comandante della Crimini Speciali uscì chiudendo la porta dietro di sé.

L'ufficio era calmo e in penombra. I neon erano spenti, le scrivanie vuote. L'unica luce era puntata su Mallory e Ronald Deluthe, che indossava una maglietta insanguinata. I suoi jeans e il berretto da baseball, recuperati dalla parete, non avevano macchie. Riker era accanto alla finestra e osservava il marciapiede affollato. Vide la testa di Charles Butler svettare tra la folla di curiosi e giornalisti.

Mallory era ancora alle prese con la sua messa in scena. «Tieni giù quella faccia.»

Riker sospettava che Deluthe non avesse la forza di sollevarla. «Dovremmo riportarti all'ospedale, ragazzo.»

«È lui che vuole restare,» disse Mallory «quindi resta.»

Riker fu sul punto di aggiungere qualcosa, ma lasciò perdere per il bene di Deluthe. Dopo aver ucciso lo spaventapasseri, era una sorta di terapia, anche se non era quello lo scopo di Mallory. Lei voleva un sosia realisticamente malconcio.

«Anche se non vedono la faccia, riconosceranno i capelli. Non passano inosservati» disse Riker.

Mallory risolse il problema con il mascara. E dopo alcune pennellate, i capelli che spuntavano dalla fasciatura erano diventati castani. «Deluthe, ora sei al centro dell'attenzione.» Si chinò per guardarlo negli occhi. «Adesso non sei più invisibile, quindi fine dei capelli ossigenati. Hai capito?»

«Forte e chiaro» rispose Deluthe.

Riker era perplesso. L'empatia non era il forte di Mallory, eppure aveva compreso il significato dei capelli fosforescenti di Deluthe.

Mallory gli tamponò il labbro sanguinante.

«Janos ti porterà nell'ufficio, e io ti farò alcune domande. Non rispondere, annuisci e basta. E non lasciar trasparire nessuna emozione.»

«Sissignora.»

«È importante, ragazzo» disse Jack Coffey. «Non abbiamo prove, niente.»

Non potevano nemmeno giustificare un mandato d'arresto. E siccome non c'era motivo di menzionare che Deluthe aveva eliminato l'unico testimone oculare con una mazza da baseball, il tenente lo accompagnò lungo il corridoio.

«Allora l'avete preso.» La voce di Geldorf proveniva dalla porta della scala, dove si trovava insieme a Charles Butler. «Ottimo lavoro.»

«Salve Lars.» Riker ricambiò il sorriso del vecchio. «Conosci la tua parte?»

«Sì, Charles mi ha spiegato tutto, state tranquilli...»

Mallory gli fece segno di tacere. La porta si aprì e Alan Parris fece il suo ingresso scortato dal detective Wang. Riker studiò l'uomo e riconobbe una faccia che aveva il suo stesso problema: l'alcol. L'ex poliziotto non mostrava i segni di una sbronza recente, ma la paura può rendere sobri. Se non altro non puzzava di bourbon. Anche il fatto che indossasse un vestito nuovo indicava che fosse spaventato, cercava di assomigliare a un rispettabile cittadino invece che a un disoccupato alcolizzato.

«Signor Parris?» Mallory indicò la porta sul lato opposto della stanza. «Può aspettare lì? Grazie.»

Geldorf osservò l'uomo entrare nell'ufficio di Coffey e prendere una sedia vicino al divisorio di vetro. «Starà troppo comodo lì dentro. Avete bisogno di una stanza chiusa, senza finestre e senz'aria.» Il vecchio sembrava rinato, di nuovo arrogante e fastidioso. «Bisogna avere il controllo totale, decidere quando può andare in bagno, quando e se può mangiare.»

«Non ti riguarda» rispose Mallory, ricordandogli che era solo in visita alla Sezione Crimini Speciali. «Parris crede di essere qui per un colloquio informale.»

«No» disse Janos. «Quando ha visto Geldorf si è spaventato sul serio. Vuole un avvocato. Così dobbiamo aspettare un'ora fino a che...»

«Col cavolo.» Riker uscì dalla stanza ed entrò nell'ufficio urlando: «Cos'è questa storia dell'avvocato?».

La voce di Parris era risentita. «Avete intenzione di crocifiggermi per queste impiccagioni?»

«Non guardi la televisione? Non ascolti la radio? Abbiamo inchiodato l'assassino oggi pomeriggio. Abbiamo alcune domande da farti sull'omicidio di Natalie Homer.»

«Io non ero...» Parris si voltò verso la porta mentre Geldorf entrava nell'ufficio. Mallory si mise a sedere dietro la scrivania di Coffey, poi guardò Lars Geldorf intimandogli di rimanere zitto e di aspettare il suo turno.

«Dicevi, Parris?» continuò Riker.

«Non sono stato io a raccogliere le denunce di Natalie. Ero un agente, non un detective.»

«Ma la conoscevi, la vedevi tutti i giorni mentre eri di pattuglia.»

«Non mi ha mai degnato di uno sguardo.»

«E questo ti dava fastidio, vero?» Geldorf si piegò all'orecchio di Parris. «Era così carina, e tu avevi la pistola, tutto quel potere, e lei non si accorgeva nemmeno della tua esistenza.»

«Finiscila» disse Mallory. Ora tutti in quella stanza, compreso Alan Parris, erano uniti da un nemico comune, Lars Geldorf.

Il vecchio finse di ignorare Mallory e si mise a cercare qualcosa nella tasca della giacca. Estrasse una foto di Natalie Homer, un ingrandimento della donna con i capelli e il corpo mutilati. «Qui non è tanto carina...»

«Ho detto basta!» Mallory afferrò la fotografia, parte della sua rabbia era genuina.

«Voglio un avvocato.»

«Non ti biasimo, Parris» disse Riker. «Il vecchio dice cazzate, ma tu non sei accusato di alcun crimine.»

Si voltò verso Geldorf. «Non una parola di più.» Quest'ultima frase era piaciuta molto ad Alan Parris, che sorrideva.

«Signor Parris... Alan» disse Mallory. «Eri un poliziotto, sai quanto è difficile questo lavoro. Cosa puoi dirci di lei, qualcosa che possa...»

«Ogni volta che veniva alla stazione di polizia, raccoglieva una folla di detective. Parlavano con lei per ore. Per quello che le è servito...»

«Ti dispiaceva per lei?» chiese Riker.

«Povera ragazza. Meritava di meglio.»

«Dimmi dei controlli extra nella zona» disse Mallory. «Ogni tanto andavi a dare un'occhiata, vero? Magari ti fermavi da lei per...»

«Perché avrei dovuto? I detective non me lo hanno mai chiesto.» Parris si voltò verso Geldorf. «A voi bastardi piaceva parecchio, ma non le avete mai creduto.» Si rivolse a Mallory. «Vedevano Natalie solo quando era molto spaventata. Credevano fosse sempre così, paranoica.»

«Ma tu la conoscevi meglio» disse Riker. «La vedevi tutti i giorni, sapevi cosa stava passando.»

Lei era sempre Natalie per Alan Parris. Lui la chiamava per nome, troppa confidenza per una donna che a malapena si accorge di te.

Jack Coffey aveva lasciato aperta la porta della cella. Così il tenente Loman poté vedere la schiena di un uomo scortato lungo il corridoio. Mallory aveva ragione. Nessun altro avrebbe potuto essere più convincente del giovane poliziotto coperto di sangue, le manette ai polsi e alle caviglie. Le braccia muscolose di Janos afferrarono Deluthe prima che inciampasse.

«I ferri ai piedi sono una misura eccessiva» disse Harvey Loman.

Coffey fissava il sudore sul collo di Deluthe. Il mascara colava e la striscia marrone si mischiava al sangue sulla maglietta. Poi capì che il gioco non era finito quando Loman disse: «Non riesco a immaginare quel povero bastardo che corre più veloce di Janos».

«Il procuratore sta arrivando» disse Coffey. «Quindi rispettiamo le procedure. Ferri ai piedi e tutto il resto. Vogliamo proporgli un patto.»

«Sì, lui che cosa ha da offrire?»

«Può identificare l'uomo che ha ucciso Natalie Homer. Dunque, ricordi bene la scena del delitto?»

«Come potrei dimenticarla. Quella stanza era l'inferno in terra, la puzza, gli insetti, ma non era come il delitto della puttana.»

«Sparrow.»

«Sì, tutte quelle candele, il cappio diverso. E non era neppure morta. Continuo a non vedere alcun collegamento, Jack.»

«Lo spaventapasseri è il collegamento, è il figlio di Natalie. Credo tu l'abbia incontrato una volta, Harvey.»

Charles Butler entrò nell'ufficio. Siccome non aveva ricevuto ulteriori istruzioni, tutto ciò che poteva fare era osservare. Adesso erano in cinque, tutti pronti a scattare per via dello stress e del caldo.

Mallory fissava la finestra che dava sulla stanza della Crimini Speciali. «Sta arrivando.»

Cinque paia di occhi osservarono Janos che scortava il prigioniero alla scrivania sotto l'unica luce accesa.

Dall'ufficio del tenente si vedevano solo le catene, la fasciatura e il sangue. Il viso ferito era coperto dal berretto da baseball. Mallory guardò Charles, che non riusciva a nascondere i suoi pensieri. Non sapeva che l'uomo ferito fosse Deluthe ed era semplicemente curioso.

Mallory si sporse verso Alan Parris. «C'è una novità, abbiamo rintracciato un testimone. Una volta l'hai incontrato.»

«Sì» confermò Riker. «L'hai allontanato dalla porta di Natalie, ricordi? Aveva solo sei anni.»

«Uno dei bambini nel corridoio?»

Riker si voltò verso la parete di vetro e indicò l'uomo ferito scortato da Janos. «Era il figlio di Natalie.»

«Oh Cristo!» Parris fissò l'uomo in manette. «È lui l'assassino?» Da dov'era seduto non poteva vedere il profilo di Deluthe. «Dunque il bambino è impazzito.»

Mallory annuì, come per dire, *Sì, è molto triste*. «La sorella di Natalie l'ha nascosto in un altro stato, puoi indovinare il motivo.»

Parris scuoteva la testa. «Suo figlio ha impiccato quelle donne, non posso crederci, Cristo.»

Il detective Wang entrò nell'ufficio e gettò una busta sulla scrivania. Riker estrasse il contenuto, fotografie di vent'anni prima, tre detective e due agenti. Le sparpagliò sul tavolo.

Com'era prevedibile, Parris si concentrò sul proprio ritratto, giovane, appena uscito dall'accademia di polizia. Stava per dire qualcosa quando Mallory lo anticipò: «Non ci vorrà molto». Prese le fotografie e si alzò.

«Certo» disse il tenente Loman. «Ricordo bene quei bambini nel corridoio, almeno uno di loro.» Fissava i sacchetti delle prove che contenevano la confezione di un rullino di vent'anni prima e tutti i messaggi indirizzati a Natalie Homer. «Sai perché me lo ricordo, Jack? Quel ragazzino entrò nell'appartamento di Natalie e prese la scatola vuota di un rullino. Voleva un souvenir dell'omicidio di quella povera donna. Vorrei poterlo dimenticare.»

Mallory guardava dall'alto la faccia gonfia di Deluthe. Parlava a voce alta, perché le sue parole risultassero udibili in tutta la stanza. «Prenditi tutto il tempo che vuoi. Queste sono le foto dell'anno in cui tua madre è stata uccisa.»

Deluthe teneva la testa bassa e fissava le fotografie che Mallory teneva in mano.

Mallory disse: «Questo?».

Il giovane poliziotto annuì.

«Sicuro?»

Deluthe annuì di nuovo.

Inaspettatamente Mallory si chinò su di lui e abbassò la voce. «Non parlare, non muoverti. Abbiamo ancora un po' di tempo prima che io torni là dentro. So che non riesci a toglierti quel morto dalla testa, non ci riuscirai mai, adesso è parte di te, come quello che gli hai fatto.» Indicò l'uomo corpulento accanto a lui: «Il detective Janos si è offerto di occuparsi di te per un po'».

Deluthe la guardò, ferito. «Credi che sia matto?»

Mallory annuì. «Lo siamo tutti.»

«La pazzia è un luogo» disse Janos. «Ci entri, e ci esci.»

«Succede molto spesso, c'è anche una procedura, si chiama *prevenzione suicidi*.» Sollevò di nuovo la fotografia. «Coraggio, indica questa foto e abbiamo finito.»

Deluthe allungò il braccio ammanettato e lo fece.

Mallory contò fino a dieci. «Ora annuisci un'altra volta.»

Fece ciò che Mallory gli chiedeva, poi chinò la testa, gli occhi fissi al pavimento, il ritratto del rimorso.

«Bel lavoro.» Apprezzava il realismo.

Deluthe si afflosciò sulla sedia, i pugni stretti, gli occhi chiusi. L'effetto anestetizzante dello shock stava svanendo. Mallory si voltò verso Janos: «Riportalo in ospedale».

Mallory finse di guardare la fotografia mentre camminava verso l'ufficio di Coffey.

Arthur Wang le bloccò la strada, allungandole un sacchetto che conteneva le prove, i messaggi e la confezione del rullino con il logo Polaroid. «Il capo ha finito con questa roba.»

Il detective Wang aprì la porta della cella e diede al tenente Coffey una copia delle fotografie. Mallory gli aveva detto di dire una cosa soltanto: «È la prima».

Jack Coffey fissò la fotografia per un istante, poi la mise sulla scrivania di fronte a Loman. «Lo spaventapasseri ti ha riconosciuto.»

«Ti ha riconosciuto.» Mallory spinse al centro del tavolo la fotografia di Lars Geldorf, poi si voltò verso Allan Parris e disse: «Puoi andare adesso».

L'ex poliziotto lasciò in fretta l'ufficio e Geldorf sprofondò nella sedia. Strinse la foto di vent'anni prima, all'epoca aveva cinquantacinque anni, e scosse la testa. «È una pazzia.» C'era una punta di panico sul suo volto quando alzò gli occhi oltre la testa di Mallory e vide Charles.

Mallory poteva fare a meno di voltarsi, conosceva

molto bene quella faccia che non sapeva nascondere le sue emozioni. Nessun attore è capace di recitare lo shock come un uomo onesto con un coltello puntato alla schiena.

Benvenuto nel mio lavoro, Charles.

Osservò il viso di Lars Geldorf e ci vide riflesso il dispiacere di Charles Butler, che finalmente aveva capito il ruolo che aveva quella sera. Senza saperlo aveva preparato il vecchio, il suo amico, alla resa dei conti. E ora voleva solo lasciare quell'ufficio, e le persecuzioni di Mallory.

Ma lei non aveva ancora finito. «Charles?»

Si fermò. Mallory sapeva che l'avrebbe fatto. Charles aveva lo sguardo ferito quando si voltò.

«Mi spiace. Avrei voluto che fosse Parris o Loman» disse la regina dei bugiardi. Solo Lars Geldorf le credeva. La porta si chiuse su Charles Butler, e l'unica fonte di conforto per il vecchio scomparve.

«Non ho mai posato gli occhi sul figlio di Natalie» disse Geldorf.

«Per questo è ancora vivo» disse Mallory.

Il vecchio si voltò verso Riker. «Aiutami, ti dico che io...»

«Lars, ti prego» disse Riker impassibile. «È finita, perché lo spaventapasseri avrebbe dovuto mentire?»

«Ti faccio le mie scuse.» Mallory sorrideva. «Pensavo che non avessi risolto il caso perché eri un pessimo detective.» Prese le foto della scena del delitto, le sistemò sul tavolo. «So perché Parris non è nelle fotografie. È stato in quella stanza solo per qualche secondo. E tu?» Impilò le foto con ordine. «Tu non sei in queste foto perché sei stato tu a scattarle, quella notte.»

«Avrei potuto dirtelo io!» disse Geldorf.

Mallory prese la confezione del rullino. «Questo particolare non mi tornava. Lo spaventapasseri ne ha lasciato uno dopo ogni delitto. Non aveva nulla a che fare con l'omicidio di Natalie, solo con la *scena* del suo omicidio. Questa scatola è vecchia di vent'anni. Il ragazzino l'ha trovata sul pianerottolo mentre stavi scattando le fotografie a sua madre.» Buttò la confezione sul tavolo. «Qualcosa per ricordarsi di te.»

«E il cerchio si chiude» disse Riker. «La famiglia ha sempre saputo che era stato un poliziotto a uccidere Natalie. Ci siamo chiesti come un bambino di sei anni avesse potuto riconoscere un poliziotto in borghese. Per questo avevamo ristretto il campo a Loman e Parris, loro portavano la divisa.»

«Ma lo spaventapasseri ci ha fornito la vera spiegazione» disse Mallory, che mentiva e respirava con la stessa naturalezza. «Quando ti ha visto scattare le foto sapeva già che eri un poliziotto. Era la seconda volta che ti vedeva.»

Geldorf si allungò sulla sedia. «Siete davvero bravi, ma non potete farcela. Sono stato io a inventare questo gioco, voi non avete niente.» Si alzò e si abbottonò la giacca. «Provateci con qualche altro.»

«Non così in fretta Lars.» Rimase colpito quando Riker gli mise le mani sulle spalle e lo costrinse a rimanere seduto. «Il capo d'accusa è omicidio.»

E quell'accusa era appesa a un sacco di bugie raccontate da una mosca sul muro.

«Tutte quelle salsicce» disse Mallory. «Troppe per una persona sola, ricordi? Natalie stava cucinando per il figlio, che era in bagno mentre tu uccidevi sua madre. Abbiamo sempre pensato che l'assassino fosse qualcuno che conosceva.»

«Il suo ex marito» gridò Geldorf.

«No» disse Riker. «L'ex marito fu il *primo* a pedinare Natalie. Poi però conobbe la seconda moglie e tutto finì. Eri tu che le lasciavi i messaggi sotto la porta. La spaventavi perché venisse alla stazione di polizia da te. Che barzelletta. Tu e quella bellissima ragazza. Anche vent'anni fa, avevi il doppio dei suoi anni.»

«Non credevi che Natalie fosse a casa quella sera» disse Mallory. «Era sempre al lavoro quando passavi da lei per lasciarle le lettere d'amore. Ti ha sorpreso mentre infilavi il messaggio sotto la porta. Per questo il bambino non vi ha sentiti parlare prima che tu la uccidessi. Quale spiegazione avresti potuto fornire?»

Riker si diresse verso la porta e disse: «Vado a comunicare al capo che è fatta».

Mallory proseguì: «Ci ha detto che sua madre afferrò la padella e la lasciò cadere. Poi scivolò e cadde battendo la testa contro la cucina a gas. Era svenuta, ma tu credevi stesse bluffando. L'hai trascinata sulla macchia di grasso poi l'hai voltata supina».

Le pupille di Geldorf erano dilatate? Sì.

«Stava rinvenendo,» continuò Mallory «avevi paura che gridasse? Per questo le hai stretto le mani intorno alla gola e l'hai uccisa?»

Jack Coffey era entrato nella stanza. «A quel punto hai avuto paura, vecchio?» Coffey diede a Mallory dei fogli dattiloscritti. «È la dichiarazione di Loman.»

Geldorf allungò il collo, riuscì a leggere il primo foglio. «Loman? L'altro...»

«L'ex collega di Alan Parris.» Riker sorrideva. «Ha dato tutta la colpa a te. Sostiene che hai cercato di insabbiare il caso, nascondendo le prove e...»

«Stavo *proteggendo* le mie prove!»

«È la tua parola contro la sua.» Mallory smise di leggere. «E lui è un tenente.» Mallory sapeva che la dichiarazione di Loman non aveva alcun valore, perché si limitava a ripetere la versione di Geldorf sul depistaggio dei giornalisti, ma ripiegò i fogli e disse: «Con questo abbiamo finito».

Coffey gettò le prove in una scatola; riordinava i frammenti di quella giornata. Poi il tenente le allungò un pezzo di carta. «Non conosco questa testimone.»

«È la nipote della padrona di casa, Alice White. Vide un uomo rubare la corda e il nastro dalla cassetta degli attrezzi del custode.» Un'altra bugia. «Sta venendo qui per l'identificazione.» Mallory prese la fotografia di Geldorf e la mise nella scatola con noncuranza. «Testimonierà che il figlio di Natalie è rimasto in quell'appartamento per due giorni a tenere compagnia alla madre morta, insieme a mosche e scarafaggi. Non mi meraviglio che sia impazzito.» Citando Susan Qualen disse: «A chi chiedi aiuto quando un poliziotto uccide tua madre? Alla polizia?». Si voltò verso Geldorf. «Ci ha detto che il ronzare degli insetti era assordante, e lui aveva solo sei anni. Credo che il rumore si sia intensificato man mano che cresceva.»

«Hai il diritto di rimanere in silenzio...» Riker cominciò a leggere da un foglio l'elenco dei suoi diritti. Terminate le ultime formalità, il presunto colpevole poteva chiamare un avvocato. Avevano calcolato i tempi alla perfezione.

Mallory strappò il foglio dalle mani di Riker. «Ascolta Geldorf, è stata una notte lunga e tu conosci questa litania a memoria. Firma e basta.» Gli passò la penna e Geldorf la prese, come migliaia di criminali prima di lui. È così naturale accettare un oggetto che qualcuno ti porge. Esitò.

Mallory batté il pugno sul tavolo: «Firma! Chiama il tuo avvocato!».

Erano arrivati in fondo, e Geldorf cominciava a realizzare che non c'erano margini per un accordo, segno che c'erano troppe prove contro di lui. Si piegò su se stesso, sollevò le mani in una specie di preghiera. «Amavo quella donna. Ho pianto per la sua morte. Natalie era...» Aveva perso il filo dei pensieri, la ragione, aveva perso tutto. Il vecchio chinò la testa e Mallory faticò a capire le parole che borbottava: «Ero un buon poliziotto una volta, e questo deve pur contare... qualcosa».

Lo fissò incredula. «Ti aspettavi un accordo?»

«Non mi interessa se era un poliziotto.» Jack Coffey mostrava segni d'impazienza. «Non gli offriremo...»

«È il mio caso.» Mallory si voltò verso Geldorf. «So cosa stai pensando, vecchio. Tutto quell'imbarazzo nel dipartimento, e poi risparmiare alla città il costo del processo, anche questo dovrebbe valere qualcosa, giusto?»

Geldorf annuì.

Jack Coffey, visibilmente in collera, disse: «Facciamola breve, Mallory».

Mallory si avvicinò, fissò Geldorf. «Questo è un buon accordo, l'unico che possiamo offrirti. L'accusa non chiederà la pena di morte. Niente telecamere, niente giornalisti, e la verità non uscirà mai da questa stanza. Se rinunci al processo, probabilmente riusciamo a convincere il procuratore a occuparsi del tuo caso stanotte, senza clamore.» Infatti era già stato tutto approvato. La sentenza sarebbe arrivata in mattinata. «Con gli sconti applicati agli ex poliziotti, ti farai quindici anni.» Praticamente era una condanna a vita, Geldorf aveva settantacinque anni.

Mallory spinse un blocco per appunti sul tavolo. «Scrivi la tua versione come più ti piace. Chiamalo delitto passionale. Racconta che amavi quella donna alla follia. Hai cinque secondi, prendere o lasciare.»

«Il tempo è scaduto.» Il pugno di Jack Coffey si abbatté sul tavolo e Geldorf sobbalzò. «Adesso!»

Lars Geldorf prese il blocco per appunti, gli tremavano le mani quando cominciò a scrivere la sua confessione.

Mallory seguì il collega nell'ufficio, non voleva che andasse via, non ancora. Era una delle poche persone di cui le importasse qualcosa, ma questo non significava che si fidasse di lui. Riker si mise a sedere alla scrivania, lontano dalle luci. La sigaretta accesa brillava nell'oscurità.

«Come sta Sparrow?» Voleva metterlo alla prova. Secondo l'infermiera, Riker chiamava l'ospedale ogni ora.

«È quasi finita» disse. «È questione di ore.»

Mallory trattenne un commento che a lui non sarebbe piaciuto, poi, dopo un lungo silenzio, aggiunse: «Hai voluto il caso Sparrow a tutti i costi. Solo per fedeltà a un'informatrice? Oppure credevi che l'assassinio di Frankie Delight sarebbe tornato a tormentarti?».

Riker alzò le spalle. «C'era di più, ma è una cosa tra me e Sparrow.» Si alzò dalla sedia e spense la sigaretta. «Sto andando all'ospedale, voglio essere lì quando...»

«No, non ci andrai» disse Mallory. «So che è uscita dal coma. Non me lo avresti detto, vero?» I loro occhi si incontrarono. «Adesso tocca a me andare da Sparrow.»

Bel colpo, vero Riker?

Dopo tutto quello che aveva passato, ora doveva tirarsi indietro e consegnare una donna impotente nelle mani della sua peggior nemica. Ma dovette cedere. I diritti che Mallory rivendicava su Sparrow erano molto più validi dei suoi.

Annuì, l'accordo era stipulato.

Mallory guardò dalla finestra finché Riker non uscì dall'edificio. I giornalisti gli si buttarono addosso con microfoni e telecamere, il trattamento riservato alle star. Il sergente Bell uscì di corsa dalla porta per salvarlo con una conferenza stampa di bugie. Riker s'incamminò sul marciapiede. Lasciò passare due taxi, non aveva nessun posto dove andare.

Mallory tornò alla scrivania. Una lampada si accese in fondo all'ufficio. Il capo della Scientifica sedeva in un rettangolo di luce, le braccia incrociate, in attesa.

Mi stai spiando, Heller?

La fissava da lontano, cinque scrivanie più in là. Cosa aveva sentito della conversazione con Riker? Mentre Mallory lo raggiungeva, vide che aveva gli occhi rossi e gonfi. Evidentemente non aveva dormito.

«Warwick libri usati» disse solo questo, aspettando la sua reazione. Mallory era stupita, si sentiva minacciata.

Heller fraintese la sua espressione. «Allora Warwick era fra i sospettati, lo sapevo.»

Mallory si mise a sedere vicino alla scrivania. Giocare con quell'uomo era una faccenda rischiosa. «Non posso darti nessuna informazione su di lui.» Era sempre una buona idea mischiare verità e bugia. «Warwick non è lo spaventapasseri, questo ti aiuta?»

Heller sollevò la faccia. «Allora non hai bisogno di

378

questo.» Le diede un foglio. «Peccato, ho dovuto chiedere un sacco di favori per ottenerlo.»

Mallory lesse la fotocopia della cartella clinica. Da bambino John Warwick era stato accusato di aver ucciso la sorella gemella. Un testimone oculare lo aveva scagionato, non prima che la polizia avesse passato ore cercando di estorcergli una confessione, un bambino di otto anni terrorizzato che piangeva per la sorella e chiamava la mamma. Bande di giornalisti avevano pedinato la famiglia, ingigantendo il trauma di un bambino senza colpa. John Warwick aveva trascorso il resto della sua infanzia in manicomio, tormentato dalle bugie della polizia e dei giornalisti, perso in un dolore terribile, incapace di credere alla sua stessa innocenza.

Mallory posò il documento. Per ciò che ricordava del libraio, non sarebbe stato capace di uccidere una mosca. L'idea di Heller era patetica. Il passato di Warwick non era affar suo. Gli disse: «Non avresti dovuto ficcare il naso nei nostri affari, Heller. Se Warwick fosse stato davvero un sospetto, avresti potuto rovinare tutto».

«Dovevo sapere» disse. «Quel bastardo di Riker non si è fidato di me a proposito del libro. Doveva essere catalogato come prova.» Non c'era animosità nella voce di Heller, neanche un po'. Era un uomo felice.

Il libro.

Mallory rifletté, ma non riuscì ad arrivare a nessuna conclusione. Il libro non era rovinato dal fuoco o dall'acqua, eppure doveva essere quella la prova che Riker aveva rubato dal pavimento allagato nell'appartamento di Sparrow.

Aveva rischiato tutto per nascondere il possibile collegamento tra una puttana e la figlia di Markowitz.

«*Ritorno a casa*» disse Mallory. «Un libro di Jack Swain.»

Quando Heller annuì, Mallory capì che quell'uomo aveva prove concrete contro Riker, ma nessuna logica avrebbe potuto condurlo alla conclusione successiva. Riker era la brutta copia dello sceriffo Peety.

Godeva di un tale rispetto che nessuno l'avrebbe creduto colpevole di un furto, nemmeno in presenza di prove evidenti. Perfino Heller non era riuscito a credere alle prove che lui stesso aveva raccolto. Aveva rinnegato la sua incrollabile e assoluta fede nei fatti per cercare la prova inesistente dell'innocenza di Riker. Aveva trovato qualcosa che luccicava come la verità, mentre era soltanto fede.

Senza scambiarsi altre parole, lasciarono l'ufficio e raggiunto il marciapiede, si separarono.

Mallory rimase in silenzio anche mentre quella donna l'abbracciava e la ringraziava. Indietreggiò e fissò la faccia sorridente della prossima e ultima vittima dell'assassino di Natalie Homer. Susan Qualen aveva creduto alla stampa che sosteneva che l'unico figlio di sua sorella era ancora vivo. Il danno di un omicidio commesso vent'anni prima non sarebbe finito con quella sera. Si sarebbe trascinato fino al mattino. Dopo la rapida sentenza contro Lars Geldorf, la sorella di Natalie avrebbe appreso che la polizia aveva ucciso suo nipote con una mazza da baseball.

«Ci dispiace molto, signorina» le avrebbe detto Jack Coffey.

24

Quando Charles chiuse gli occhi, vide una piccola ladra che frequentava le prostitute e viveva di espedienti: una bambina davvero ammirevole. L'eroina di Louis Markowitz.

«Charles?»

Le palpebre si aprirono e Kathy crebbe davanti ai suoi occhi. Era così bella, e avrebbe voluto dirglielo. Altrimenti come avrebbe fatto a saperlo? La tragedia di Kathy Mallory era una sorta di malattia che non aveva nome, ma somigliava molto al vampirismo. Era arrivato a quella triste conclusione semplicemente osservandola. Non si specchiava, non si guardava nelle vetrine dei negozi, non si aspettava che una superficie riflettesse la sua immagine. Si voltò verso lo specchio che sovrastava il caminetto, uno specchio magico, quegli specchi che utilizzavano negli spettacoli del secolo scorso per riprodurre realtà distorte e sfuocate.

«Charles!»

«Sì?» rispose senza voltarsi.

«Voglio che tu tenga sott'occhio Riker stasera.» Mallory passeggiava avanti e indietro, impaziente. Teneva in mano il cellulare, avevano messo la sua chiamata in attesa. «Lo trovi in quel bar per poliziotti in fondo alla strada.» Riprese la telefonata, senza smettere di camminare. Charles fissò lo specchio, il suo naso gigantesco, e gli occhi meravigliosi di lei. Lo specchio allungava e distorceva le loro fattezze. Il volto umano di Mallory era scomparso, sostituito dall'aspetto bestiale di una pantera in gabbia, ferita gravemente dalla vita. Lei portava le cicatrici e lui sentiva il dolore. Che follia.

«Charles?»

Il bar di SoHo era piuttosto affollato. C'erano molti poliziotti. Charles Butler aveva perso la giacca e la cravatta da qualche parte, fra un delitto e l'altro. La camicia bianca era stropicciata, le maniche arrotolate, e il viso portava i segni di lunghe giornate interrotte soltanto da brevi sonnellini.

Riker fissava la sua faccia stanca nello specchio dietro il bancone, poi distolse lo sguardo: «Grazie lo stesso, ma prendo un taxi. Su, fatti dare un bicchiere, detesto bere da solo». Era una bugia, Riker si ubriacava spesso da solo.

Charles accettò e ordinò due giri di Chivas Regal. «Sparrow sta morendo e tu non vai all'ospedale?»

«No.» Pregò che Sparrow morisse prima che arrivasse Kathy, la vecchia nemica.

Mallory era diventata la poliziotta ideale, il paladino che tutti celebravano, un perfetto strumento di vendetta. Per come la vedeva Riker, le persone dovevano stare molto attente a quello che desiderano. Purgata dai limiti e dalle fragilità degli esseri umani, la legge assomigliava a uno spietato sociopatico.

Charles aspettava una risposta. Perché Riker non andava a trovare Sparrow? Riker non gli diede il tempo di riformulare la domanda: «Come ha fatto lo sceriffo Peety a uccidere Wichita Kid?».

«Al solito modo, l'altro ha estratto la pistola troppo tardi.»

«Impossibile» disse Riker. «Sobrio o ubriaco, perfino con il sole negli occhi, Wichita era il più grande pistolero del mondo.»

«Se intendi il più veloce, sì» citò a memoria. «"Quel giorno il pistolero era un giovane dio che camminava fra nuvole di polvere."»

Rabbrividì, poi tranguggiò un sorso del drink, come per eliminare un cattivo sapore. «Prosa terribile, hai ragione. Wichita era veloce con la pistola, ma lo sceriffo Peety era più grande.»

«Cosa?» Riker rimase ad aspettare chiarimenti mentre il suo compagno sorseggiava con calma il drink. L'espressione di Charles lo preoccupò, sembrava quasi il sorriso di Mallory.

«Un eroe più grande della vita stessa. Sono parole tue, Riker. Bene, era anche l'eroe di Wichita, da sempre. Il ragazzo amava quell'uomo. Forse ti chiederai... Wichita fu più lento di proposito? O aveva già perso quella sfida, prima ancora di estrarre la pistola? Forse credeva ancora che lo sceriffo Peety fosse il migliore. Forse è andata così, o forse è stato un suicidio.»

«Grazie Charles, mi ci arrovellerò per altri quindici anni.»

«Ti restituisco il favore.»

«Va bene, ti concedo una domanda. Spara.»

«Hai detto che Kathy subì una condanna postuma per omicidio e incendio doloso.»

«Esatto.»

«Non è morta e non ha ucciso nessuno. Però abbiamo un cadavere e un incendio. Questo ha a che fare con il fatto che Mallory odia Sparrow?»

«Sì.»

Charles aspettava il resto della spiegazione. Aspettò. Ora i due avevano ingaggiato una lotta a chi riusciva a spiazzare l'altro con il sorriso più insipido.

Riker cedette per primo. «Okay. Mi ci è voluto parecchio tempo per mettere insieme tutta la storia. Non la racconterai a nessuno, e quando avrò finito rimpiangerai di averla voluta sentire. La morte di Kathy Mallory ti perseguiterà fino alla fine dei tuoi giorni.»

«Parola d'onore, non lo dirò a nessuno.»

«Charles, sei sicuro di aver capito? Quando saprai la verità dovrai conviverci.»

«Ci sto.»

«Alcune parti sono soltanto supposizioni» ammise Riker, solo due persone conoscevano la storia. Una era una bugiarda patentata, l'altra una prostituta in fin di vita. «Quindici anni fa, Sparrow fece un accordo con uno spacciatore, scambiava videoregistratori rubati con eroina.»

«I videoregistratori che aveva rubato Kathy?»

«Sì. Così le puttane ti hanno raccontato della rapina al furgone? Bene, suppongo che lo spacciatore decise il luogo dell'incontro, un posto con finestre sprangate e senza porta sul retro. Nessuno nei paraggi. Gli edifici intorno erano stati demoliti, anche quello in cui si incontrarono sarebbe stato distrutto quella notte stessa...»

«Perché?»

«Il proprietario voleva appiccare il fuoco al palazzo per incassare l'assicurazione. C'erano materiali infiammabili ovunque, cherosene e diluente per vernici. Ma l'abbiamo scoperto dopo, dopo l'incendio.»

«L'incendio che uccise Kathy?»

«Proprio quello. Credo che lo spacciatore...»

«Frankie Delight?»

«Sì.» Riker si chiese cos'altro Charles fosse riuscito a mettere insieme con l'aiuto del Club delle Amiche del Libro. «Frankie voleva fregare Sparrow. Fu il primo a tirare fuori il coltello.»

«Quello con cui le ha provocato la cicatrice sul fianco?»

Riker annuì. «E fu lei a vincere, ma lasciò lì il suo coltello. Un testimone ha affermato di averlo visto piantato nel cadavere di Frankie Delight. Un'ambulanza raccattò Sparrow a tre isolati da lì.»

«E Kathy?»

«Vide tutto. Un'altra prostituta ha detto di averla vista il giorno dopo in ospedale da Sparrow, molto stanca. A quel punto Kathy fu mandata sulla scena del delitto per recuperare il coltello.» Riker voleva togliersi quell'immagine dalla testa, una bambina che estrae il coltello da un cadavere.

«Lou e io eravamo in macchina, dalla centrale chiamarono tutte le pattuglie per investigare su una pozza di sangue su Avenue B. Avremmo lasciato perdere se un'altra chiamata non avesse segnalato, allo stesso indirizzo, una bambina bionda. Seguiva una traccia di sangue dentro un edificio abbandonato. Siamo arrivati in tempo per vedere le fiamme e Kathy che usciva dall'edificio. Ci diede un'occhiata e tornò immediatamente indietro, nel bel mezzo dell'incendio.»

«Ma questo non...»

«Non è normale? No, non per una bambina. Ma aveva il coltello di Sparrow con le sue iniziali e le impronte digitali sul manico. Se fosse stata trovata vicino al corpo di Frankie Delight, la sua prostituta preferita sarebbe finita in prigione.»

«Così tornò indietro sapendo di rischiare la vita?»

«No, non se ne rese conto. Quella bambina campava grazie all'istinto di sopravvivenza. La teoria di Lou era che volesse raggiungere il tetto passando dalle scale antincendio.»

«Kathy avrebbe inscenato la sua morte?»

«Forse, era abbastanza intelligente per farlo. Ma non c'erano uscite antincendio. Quella mattina il proprietario aveva smantellato tutto. Cercammo di seguirla all'interno dell'edificio, poi un'esplosione fece saltare le tavole inchiodate alle finestre al piano di sotto. Le lattine di cherosene esplodevano come bombe. Non si poteva entrare né uscire.» Ricordava la porta aperta come un muro di fiamme. Il fuoco usciva dalle finestre del piano terra come dai reattori di un razzo. «Sembrava che l'edificio potesse staccarsi da terra e decollare. La porta sul retro era bloccata. I pompieri non cercarono nemmeno di aprirla. Tutto quello che poterono fare fu contenere l'incendio.»

Riker sbatté la mano sul bancone. «*Bang, bang, bang*. Le taniche di solvente esplodevano una dopo l'altra. A un certo punto il tetto prese fuoco, sapevamo che la bambina era morta. O almeno, io lo sapevo.» Era stato molto più difficile convincere Lou Markowitz.

«I pompieri ci mostrarono le scarpe della bambina, la prova che era riuscita ad arrivare sul tetto. Una scarpa era perfetta, l'altra carbonizzata. Gli esperti ci dissero che probabilmente si trovava al centro dell'esplosione, e che non si aspettavano di ritrovarla tutta intera.»

«Così Kathy fu dichiarata morta.»

«Non conoscevano il suo nome, tutto quello che avevano era un libro western bruciacchiato e le scarpe. Più tardi, un'informatrice collegò il libro alla bambina e la bambina a Sparrow. Due poliziotti andarono da lei in ospedale, le mostrarono il libro e le dissero che Kathy era morta».

«Ma non lo era.» Charles ricapitolò gli elementi a sua disposizione. «Finestre sprangate, niente porta sul retro, niente uscite antincendio, nessun tetto vicino. Come riuscì a scappare?»

«Kathy non l'ha raccontato a nessuno, e non lo farà mai. Quella domanda mi tormenta ancora.»

«Magari non se lo ricorda» disse Charles. «Per via del trauma.»

«E chi lo sa? Magari è volata via. Questa era la teoria di Sparrow.»

«Mi piace l'idea. Se una scarpa è rimasta intatta, perché non la bambina? Forse è atterrata su qualcosa di morbido, che so, sacchi dell'immondizia sul tetto vicino.»

«No, Charles, abbiamo controllato, non c'erano sacchi dell'immondizia e l'edificio era isolato. Abbiamo trovato Kathy quella sera stessa, nessuna ferita, nessun segno. Se ci pensi troppo ti verrà mal di testa.»

«Va bene.» Charles si coprì gli occhi con la mano. «Credevate che fosse morta, ma l'avete ritrovata quella notte, quindi non avevate smesso di cercarla.»

«Esatto.» Riker batté la mano sul bancone. «Eravamo in questo stesso bar, io e Lou.» Guardò il televisore montato sopra il bancone. «Stavamo guardando la tivù. Al telegiornale si parlava di una bambina con gli occhi verdi che aveva un debole per i western. Aveva avuto i suoi cinque minuti di notorietà.» E ne avrebbe avuti di più, se lo sciopero degli operatori della nettezza urbana non le avesse rubato la scena.

«All'improvviso nel bar calò il silenzio. Io guardo verso la porta e chi vedo? Sparrow. Questo è un bar di poliziotti e lei una puttana, si vede lontano un miglio. Cerco di mandarla via. Lou non è dell'umore. Ma poi vedo che perde sangue e ha il braccialetto dell'ospedale.»

«A quel punto hai pensato che avesse ucciso lo spacciatore?»

«No, non avevano ancora trovato i suoi resti. Il giorno dopo, portarono tutto in ospedale, non sapevano chi fosse. Dall'autopsia risultò che la coscia era stata colpita due volte da una lama. Il dottor Slope ipotizzò che il coltello avesse reciso l'arteria e che fosse morto dissanguato. Riuscì anche a dire da che angolazione era partita la coltellata. Sparrow era in ginocchio quando colpì Frankie Delight. E questo combacia con la ferita di Sparrow, lo shock la fece cadere.»

«Ma Kathy fu accusata dell'omicidio.»

«Charles, stai correndo troppo. Siamo al bar con Sparrow, la vogliamo riportare in ospedale, ma lei non vuole, suda e trema. Lou crede che sia in crisi di astinenza. Allora svuota il portafoglio. Avrà avuto ottanta dollari, una fortuna per una tossica. Fa scivolare i soldi sul bancone e Sparrow dice: "La bambina si chiama Kathy e vi assicuro che non è normale. Potrebbe essere ancora viva". E Lou dice: "No, Sparrow, solo se credi ai fumetti di Superman. Kathy non è volata via, è morta".»

Riker sollevò il bicchiere e lo fissò. «Non c'è molta differenza tra il detective Riker e un drogato. Finché ho da bere sono una persona a posto, ma se me lo portassero via?» Scosse la testa. «Sei un amico, Charles, ma arriverei a tagliarti la gola per un po' di bourbon. Per

Sparrow era lo stesso con l'eroina. Era ferita, non poteva lavorare, non aveva soldi nemmeno per una dose. Era in crisi di astinenza, ma rifiutò i soldi di Lou e disse: "Dovete trovarla, potrebbe essere ferita".»

«Allora sapeva che Kathy era viva.»

«No, non lo sapeva, è questo il punto. Sparrow aveva fede, e questo fece sì che anche Lou credesse in Kathy. Effettivamente la bimba poteva essere da sola al buio, ferita.»

Riker svuotò il bicchiere. «Quella notte Sparrow fu più uomo di me. Catturò la nostra attenzione. Disse che un travestito aveva commissionato alla bambina un furto: pezzi di ricambio di una Jaguar. Sparrow l'aveva scoperto perché la bambina le aveva chiesto cosa fosse una Jaguar: non poteva rubare quello che non conosceva. Questo accadeva molto prima che i poliziotti le dicessero che la bambina era morta. Racconta a Kathy di un riccone che va a puttane nell'East Village nei fine settimana. Lui ha una Jaguar. Era sabato sera, Lou mi afferra per il braccio e ce ne andiamo con Sparrow.»

Tre coglioni con una fede assoluta negli eroi dei fumetti.

Riker vedeva ancora Lou Markowitz che vagava per le strade bagnate a venti chilometri all'ora, alla ricerca di Kathy. Era da pazzi credere che la bambina si fosse salvata da quell'incendio. Eppure continuavano a cercarla sotto la pioggia. «Sapevamo che era morta, ma non riuscivamo a smettere di cercarla.»

Con gli occhi della memoria, Riker osservò l'amico che abbassava il volume della radio. Il rock & roll non andava bene quella sera. Cambiò canale. «A quel punto, troviamo la Jaguar. Lou accosta al marciapiede e spegne i fari.»

Riker, Lou Markowitz e Sparrow sedettero avvolti da una musica dolce e struggente, senza staccare gli occhi dalla Jaguar. E poi, come se Duke Ellington avesse pianificato quel momento, arrivò Kathy, una testa bionda dietro i bidoni della spazzatura. Sulla strada, a piedi scalzi, si avvicinava alla Jaguar.

La bambina ha bisogno di scarpe nuove.

Illuminato dalla luce di un lampione, il suo faccino brillava sotto la pioggia. Una cortina di vapore usciva dal tombino della metropolitana. Kathy si avvicinava. Sparrow sprofondò nel sedile posteriore. Lou Markowitz e Riker si piegarono sotto il cruscotto e osservarono affascinati la bambina che infilava un pezzo di metallo nella serratura. Non stava usando un appendiabiti o spaccando i finestrini. Aprì la portiera con l'abilità di un professionista. Quando entrò nella macchina, i due poliziotti scesero muovendosi in silenzio. Era difficile non ridere, oppure piangere. Quando Markowitz si piegò sulla portiera della Jaguar, la bambina era seduta sul sedile anteriore e stava smontando il cruscotto e la radio usando il coltello di Sparrow come cacciavite. Lou si avvicinò e chiese: «Piccola, cosa stai facendo?».

La bambina puzzava di fumo ed era molto arrabbiata. Puntò il coltello contro Louis dicendo: «Stai indietro, vecchio, o ti faccio a pezzi».

Lou prese il coltello dalle mani della bimba, che osservò spaventata la propria mano vuota.

«Dopo di che, Lou disse: "Niente male per un vecchio ciccione". La tirò fuori dalla macchina ma lei scappò e finì dritta fra le braccia di Sparrow. Quel che successe dopo, be', la bambina non se lo sarebbe mai aspettato. Fu davvero brutale. Sparrow trascinò Kathy da Lou dicendo: "Piccola, se non vai con quest'uomo io non verrò pagata".»

«Così alla fine Sparrow accettò...»

«Non un centesimo. Dimostrò di avere classe, davvero.» Il detective sollevò il bicchiere per brindare, senza rendersi conto che era vuoto. «Kathy sopravviveva perché correva veloce, ma Sparrow fece in modo che non avesse più un posto dove correre, nessuno di fidato da cui andare.»

Fu allora che Kathy morì. Scivolò a terra afferrando la gonna di Sparrow. Non voleva farsi prendere, implorava e piangeva ai piedi della puttana. «Kathy aveva rischiato la vita, e quella era la sua ricompensa! Sparrow se ne andò senza salutare.» Riker fissò il bicchiere per un attimo. «In quel momento Kathy pensava di essere stata venduta, giusto? Aveva capito quanto valesse per quella puttana: solo un'altra dannatissima dose. Eppure cercò di inseguirla.»

«Perché l'amava?»

«Perché quella donna era tutto ciò che aveva.» Riker aveva ancora nelle orecchie il pianto di Kathy che supplicava Sparrow di tornare, *per favore, per favore*. Dio, il panico nei suoi occhi quando Sparrow voltò l'angolo, e sparì.

«Kathy era come impazzita, ci minacciò con la pistola finta e il coltello. Quanto odiava Lou! Si era messo alle sue costole, l'aveva privata di tutto. Prima dei suoi libri e ora di Sparrow.»

«Questo spiega la sua iniziale ostilità,» disse Charles «e perché lo chiamò sempre e solo Markowitz.»

«Sì, credeva che avesse messo Sparrow contro di lei. Lou ha pagato per anni per questa colpa, e anch'io. Quella donna non dimentica, e non perdona.» Riker spinse il bicchiere sul bordo del bancone. «A quel punto ci dirigemmo verso Brooklyn. Io ero sul sedile posteriore e Kathy davanti con Lou.» Ricordava ogni dettaglio di quel viaggio, l'odore dei capelli bagnati, i giardini di periferia con le biciclette e i tricicli. L'autoradio al massimo, rock & roll. I cani abbaiavano e le luci delle lucciole si accendevano al ritmo di Buddy Holly.

La bambina era ammanettata al cruscotto. Kathy continuava a sputare insulti. «A questo punto la storia si fa inquietante.» Anche la musica era cambiata, Rolling Stones. «Ti aiuterà sapere che la moglie di Lou riusciva a sentire i bambini piangere anche su un altro pianeta.» La vecchia berlina verde accostò al marciapiede di fronte alla casa dove Helen Markowitz aspettava alla finestra illuminata. Improvvisamente si allontanò dalla finestra e corse verso la porta. Aveva intuito l'emergenza.

La macchina e la musica dovevano averla rassicurata che era tutto a posto. Di solito le cattive notizie non giungono a ritmo di rock. E la moglie di Lou non poteva aver visto la bambina nella macchina buia, né sentito la sua voce fra le chitarre e la batteria. Eppure Helen sembrava avere una missione da compiere quando uscì dalla porta, si precipitò giù dalle scale del portico e attraverso il prato bagnato.

La bambina urlava minacce di morte con tutto il fiato che aveva mentre Lou Markowitz sorrideva impotente e stupido. Adesso la sua vita era completa. Helen per poco non scardinò la portiera. Kathy era quasi a casa.

25

La lunga febbre estiva era finita. Il caldo lasciava il posto al vento e alla pioggia. I due uomini uscirono per strada.

«Louis deve averle detto dell'accusa di omicidio» disse Charles. «Quando si è arruolata nella polizia lui ha...»

«Sì.» Riker scrutava l'orizzonte in cerca di un taxi che lo portasse a casa.

«Non le ha detto tutto. Lei crede che sia stata Sparrow a tradirla, imputando a lei l'omicidio dello spacciatore. Lou non è riuscito a dirle la verità, Mallory si sarebbe chiesta perché la prostituta non è stata perseguita.»

Charles rimase in silenzio per un po' ad ascoltare la pioggia battente. «Mallory non avrà mai pace.»

«Neanche tu, e nemmeno io.»

Charles aprì la porta della Mercedes e aiutò Riker a sedersi, poi guardò altrove mentre l'amico ubriaco armeggiava con la cintura di sicurezza.

Avviò il motore e si immise nel traffico. «Sparrow ti ha detto che stava difendendo Kathy quando è stata accoltellata?»

«No, non le abbiamo chiesto niente di quella notte. Coscienza sporca. Se sei a conoscenza di un omicidio sei un complice. È stato difficile scoprire che cosa è successo. Frankie Delight era un pazzo, una mina vagante, e Sparrow, per quanto abile con il coltello, non era il tipo da attaccare per prima. Sarebbe saltata giù dai tacchi e scappata come il vento appena visto il coltello. Ma con lei c'era la bambina che, per quanto veloce, non sarebbe riuscita a star dietro a una puttana scalza. Per questo siamo giunti alla conclusione che Frankie l'abbia colpita mentre con il suo corpo faceva scudo a Kathy. È stato lui ad attaccare, Sparrow era in ginocchio quando gli ha piantato il coltello nella gamba.»

A Charles tornarono in mente le fotografie della cicatrice. La vedeva chiaramente, non un taglio, ma un buco scavato nel fianco. Eppure aveva trovato la forza di accoltellarlo.

Riker gli lesse nel pensiero e disse: «Il coltello di Sparrow era affilato come un rasoio, è stata fortunata a tranciare l'arteria».

Charles annuì in silenzio. «Mallory è andata in ospedale, vero? Per questo tu non sei andato, te l'ha impedito.»

Riker era stupito, tamburellava le dita al ritmo dei tergicristalli.

«Allora,» disse Charles «lascerai che tormenti una donna in fin di vita? Certo, non userà le mani... ma sai benissimo cosa sta succedendo in quella stanza, lo sai.»

«Non posso dirle la verità, e nemmeno tu. Devo fare in modo che possa credere in qualcosa, e lascerò che creda in Lou.»

Non avrebbe mai scoperto che Lou era riuscito ad

accaparrarsela grazie a un'intricata rete di bugie. «E lascerai che continui a odiare Sparrow finché sarà troppo tardi?»

«Non ci vorrà molto.» Riker aprì il finestrino e lanciò la sigaretta nella pioggia.

Charles non voleva mollare. «Per fortuna Frankie è stato colpito alla coscia. È stato più facile incolpare una bambina.»

«Detto così, sembra che abbiamo incastrato la piccola.» Riker sorrise. «Non era nemmeno un nostro caso. Altri due detective se ne sono occupati. Omicidio, sia pure per legittima difesa, e incendio doloso. Sparrow sarebbe andata in prigione.»

«Voi siete stati zitti e Kathy si è presa la colpa.»

«Beh, comunque è stata lei ad appiccare il fuoco. Decise di far sparire tutte le prove. Ha imbevuto il corpo di kerosene, ai medici è toccato lavorare su brandelli di carne carbonizzata. Così una bambina senza nome, morta, si è presa la colpa di tutto.» Riker sbadigliò. «Caso chiuso.» Anche i suoi occhi si chiusero.

Dopo venti minuti di silenzio, Charles accostò al marciapiede di fronte a casa di Riker. Non lo svegliò, lo prese in braccio e lo portò nel suo appartamento. Lo appoggiò sul letto sfatto, gli tolse la pistola e la mise in un cassetto. Dopo avergli tolto le scarpe, Charles seguì l'ultima indicazione di Mallory, entrò in bagno e accese la lampada a forma di Gesù.

Guidando verso casa, pensò alla spiegazione di Riker. Su un punto erano d'accordo. Lo spacciatore aveva colpito prima che dalla sua arteria femorale il sangue sgorgasse come una fontana. Sparrow era stata ferita, ma non mentre proteggeva la bambina. Rideva, e Frankie Delight le aveva conficcato il coltello nel fianco. Erano le parole di Mallory, il racconto di un testimone oculare.

Colta di sorpresa, Sparrow era caduta in ginocchio, fuori combattimento per la ferita e per lo shock. Forse aveva avuto il tempo di impugnare l'arma, ma non la forza di usarla, e lo spacciatore era lì, pronto a colpire di nuovo.

C'erano due segni sulla gamba di Frankie Delight, un atto di violenza che dimostrava rabbia e paura. Solo una bambina di dieci anni avrebbe potuto coglierlo di sorpresa. Charles immaginava la piccola ladra che rubava il coltello dalle mani della prostituta e colpiva lo spacciatore una, due volte. Chissà cosa provò nel vedere Frankie Delight cadere a terra e morire. Forse si era chiesta: *Come è possibile che una ferita alla gamba sia mortale?*

Kathy aveva ucciso un uomo per salvare Sparrow, poi aveva rischiato la vita provocando quell'incendio, ma come ricompensa non aveva ottenuto quell'amore di cui aveva bisogno, solo tradimento e abbandono. Soltanto così Charles riusciva a far combaciare tutti gli elementi e si spiegava come mai Sparrow non fosse mai stata perdonata.

Charles sapeva cosa stava succedendo nella stanza d'ospedale. Sparrow stava combattendo con la morte da giorni. Voleva vivere a tutti i costi, aveva ancora delle questioni in sospeso. Per tutti quei giorni Sparrow aveva aspettato Mallory.

La macchina si fermò allo stop: chiuse gli occhi, cercava di non pensare a quell'incontro, una litania di odio e di peccati, una musica con cui morire.

Poi si concentrò sull'ultima questione insoluta. Come aveva fatto Kathy a scampare all'incendio?

Non riusciva a capire tutto, ma era a buon punto. Gli piaceva la teoria di Sparrow. La bambina doveva essere saltata in aria con l'esplosione. Si immaginava Kathy circondata dal fuoco che superava il corpo in fiamme di Frankie Delight. I suoi piedi toccavano a mala pena il pavimento, sembrava volare. Doveva raggiungere le scale prima che il fuoco la raggiungesse. Dietro di lei, tutto crollava. Charles riusciva quasi a sentirla, mentre recitava l'unica preghiera che i bambini conoscono: «Mamma». O forse aveva invocato Sparrow? Le fiamme correvano verso le scale, lambivano i suoi capelli. Il pavimento crollava.

Bang! Bang! Bang!

Kathy uscì sul tetto e vide il cielo e... poi cosa? Nessuna uscita antincendio, nessuna via di fuga. Aprì le braccia come sottili ali bianche. Cosa accadde dopo? Il mondo intero esplose sotto i suoi piedi. Probabilmente anche lei era saltata in aria, ma come spiegare il fatto che si fosse salvata? Com'era possibile? Considerata la potenza dell'esplosione, Kathy avrebbe dovuto essere morta o ferita in modo molto grave.

Negli anni successivi, Charles avrebbe capito lo spirito su cui si fondava il Club delle Amiche del Libro: il bisogno disperato di conoscere il finale della storia. Non sarebbe riuscito mai a scoprire come avesse fatto a salvarsi, ma avrebbe continuato a chiederselo fino alla fine della sua lunga vita. Nell'ultima pagina del suo diario avrebbe scritto un'unica frase.

Kathy, sai volare?

Epilogo

Il detective Mallory rabbrividì ma il dottore non ci fece caso. Si piantò le unghie nel palmo della mano per provare dolore, per rimanere lucida, per affrontare Sparrow.

La pioggia batteva sulla finestra della stanza d'ospedale. Le luci erano basse e padre Rose armeggiava accanto al letto con la corona del rosario. L'estrema unzione, una perdita di tempo prezioso.

Il giovane medico le lesse nel pensiero: «Non credo che sappia cosa sta succedendo».

Mallory fissava Sparrow nel letto, gli occhi privi di espressione, la bava alla bocca. Sparrow le sembrava più piccola ora, come quando si torna nella casa in cui si è vissuti da bambini. «Come faccio a sapere se è sveglia?»

Il dottore alzò le spalle. «Cambia qualcosa? Sveglia non significa necessariamente lucida. Le rimangono poche ore. I suoi organi stanno cedendo.»

E il medico non voleva essere lì quando sarebbe successo. Perché indugiare su un fallimento? Lasciò la stanza, sembrava fuggire dalla morte. Mallory ascoltò i suoi passi nel corridoio.

Soltanto un prete poteva essere attratto da Sparrow adesso. «Ti penti dei tuoi peccati?»

«Padre, ci vorranno secoli, è una prostituta.» Mallory aprì la porta invitando l'uomo a uscire. Il prete la guardò stupito, come se non avesse capito. «Si sbrighi,» disse «non posso stare qui tutta la notte, e neanche Sparrow.»

Padre Rose si chinò sul letto: «Puoi mostrarmi un segno di contrizione, figliola?».

«Sì,» disse Mallory «glielo leggo nello sguardo.»

«Lei è una donna senza cuore.»

«Lo so» disse Mallory.

«Sta morendo, perché non la lascia in pace?» Poi bisbigliò parole che Mallory non riuscì a sentire e concluse con il segno della croce.

«Fatto, adesso vada.» Mallory attraversò la stanza e si avvicinò al prete. «Padre, se ne vada». Mostrò il tesserino per ricordargli che rappresentava la legge. «Ho un incarico ufficiale. Non ha scelta.»

Le sarebbe piaciuto che il prete avesse opposto resistenza, ma non lo fece. Guardò Sparrow. Per lui, quella prostituta era già morta. Non sarebbe stato possibile danneggiarla in altro modo. E la sua presenza non avrebbe recato alcun conforto.

Lasciò la stanza in silenzio e Mallory bloccò la porta con una sedia. Fine delle visite.

Si avvicinò alla vecchia nemica, la donna che l'aveva tradita e, soprattutto, abbandonata. Adesso era la prostituta a essere completamente indifesa, incapace persino di sollevare un braccio. La sua pelle aveva lo stesso colore delle lenzuola.

«Sparrow, sono io.»

Non ci fu risposta, solo il respiro e un movimento di

quegli occhi che non vedevano niente. Poteva sentirla? Capiva le sue parole? Non c'era modo di saperlo. L'unica certezza in quella stanza era la morte, e stava arrivando.

Mallory si chinò sulla donna e sfiorò con le labbra una ciocca di capelli dietro l'orecchio. «Sono Kathy» sussurrò.

Mi sono persa.

Mallory si mise a sedere accanto al letto, aprì il vecchio libro, l'ultimo western. «Ti leggerò una storia» disse, e allungò la mano per accarezzare Sparrow.